KATHARINA PETERS

LEUCHTTURMMORD

atb aufbau taschenbuch

KATHARINA PETERS, Jahrgang 1960, schloss ein Studium in Germanistik und Kunstgeschichte ab. Sie begeistert sich für Aikido, ist passionierte Marathonläuferin und lebt am Rande von Berlin.

In der Serie mit Romy Beccare bisher im Aufbau Taschenbuch: »Hafenmord«, »Dünenmord«, »Klippenmord«, »Bernsteinmord« und »Deichmord«.

Mit der Kriminalpsychologin Hannah Jakob als Hauptfigur »Herztod«, »Wachkoma«, »Vergeltung« sowie »Abrechnung«.

Aus der Wismar-Serie bisher »Todesstrand«, »Todeshaff« und »Toteneis«.

Mehr zur Autorin unter www.katharinapeters.com

Eine Gruppe Teenager, die zu nächtlicher Stunde am Greifswalder Bodden zum Grillen verabredet war, entdeckt an der südlichen Spitze der Insel Zudar am Fuße des Leuchtturms Maltzien die Leiche einer jungen Frau. Merle Zober ist gerade achtundzwanzig Jahre alt geworden, sie ist verheiratet, Mutter von zwei kleinen Kindern und stammt aus Putbus. Ihre Halsschlagader wurde durchtrennt, sie verblutete.

Die Spurenlage am Tatort erweist sich als schwierig; auch DNA-Spuren helfen nicht weiter. Wie sich bald herausstellt, war die Ehe der Zobers alles andere als glücklich. Der dreißigjährige Ehemann wird als schwieriger, unzugänglicher und aufbrausender Typ beschrieben. Bald findet die Kommissarin Romy Beccare heraus, dass Merle ein Verhältnis mit einem Exkollegen hatte, der Kontakte zum Rotlichtmilieu pflegte. Auch zwei andere Männer machen sich verdächtig. Merle kannte sie aus ihrer Zeit bei der Bundeswehr. Zumindest einer der Männer hat sie verfolgt. Doch dann stößt Romy auf eine ganz andere, heißere Spur.

KATHARINA

PETERS

LEUCHTTURMMORD

EIN RÜGEN-KRIMI

aufbau taschenbuch

MIX
Papier aus verantwortungsvollen Quellen
FSC® C083411
www.fsc.org

ISBN 978-3-7466-3206-3

Aufbau Taschenbuch ist eine Marke
der Aufbau Verlag GmbH & Co. KG

3. Auflage 2017

Umschlaggestaltung Christin Wilhelm, www.grafic4u.de
unter Verwendung mehrerer Motive
von © shutterstock / Sabine Schmidt, schankz und Kuzma
Gesetzt in der Garamont Amsterdam durch
LVD GmbH, Berlin
Druck und Binden CPI books GmbH, Leck, Germany
Printed in Germany

www.aufbau-verlag.de

PROLOG

Wie niederträchtig, sich über den Tod eines anderen Menschen zu freuen. Mareike tat es trotzdem - bevor eine moralische Instanz mit spröder Stimme verschämt Einhalt gebieten konnte, stieg das Gefühl warm und süß in ihr hoch, und es büßte angesichts des schrecklichen Geschehens keineswegs an Intensität ein. Nie wieder wirst du dich in meine Ehe einmischen, dachte sie, und Piet, nun, er würde sich beruhigen und endgültig damit abfinden, dass es vorbei war, so oder so.

Mareike verbarg ihr Gesicht rasch hinter einer besorgten Miene und streckte ihre Hand nach seiner aus. Doch er war schneller und zog seine zurück. Dabei wischte er die Zeitung über den Tischrand, und die Blätter raschelten zu Boden. Das Fernsehprogramm für die kommende Woche fegte über die blanken Fliesen. Er stand wortlos auf und verließ wenig später die Wohnung. Mareike beobachtete vom Küchenfenster aus, wie er ins Auto stieg, den Blick starr nach vorn gerichtet.

Merle war tot, einem Verbrechen zum Opfer gefallen, wie der Zeitungsartikel andeutete. Jugendliche, die auf Rügens südöstlicher Halbinsel Zudar an einem abgelegenen Strand in der Nähe des Leuchtturms Maltzien zum Grillen und Feiern verabredet gewesen waren, hatten ihre Leiche am letzten Freitag entdeckt. Die Polizei suchte nach Zeugen und bat um sachdienliche Hinweise. Mareike bückte sich, hob die Zeitung auf und überflog den Artikel ein weiteres Mal. Was hast du da vorgehabt, Merle? Dich mit einem neuen Liebhaber vergnügen wollen? Auch aus dem Kollegenkreis? Hat er dich getötet? Oder hatte dein Mann von deinen Seitensprüngen und Eskapaden die Nase voll? Sie wusste, dass ein gehässiges Lächeln ihre Lippen umspielte, und sie ließ es gewähren.

Fast drei Monate lang war es Piet gelungen, die Affäre mit seiner Kollegin vor ihr zu verheimlichen. Eine Meisterleistung, die sie ihm niemals zugetraut hätte, wie sie zugeben musste – zumal sie Merle bei einem Betriebsfest selbst kennengelernt hatte. Normalerweise konnte sie in ihrem Mann lesen wie in einem offenen Buch, doch diesmal hatte sie nichts bemerkt, weder verräterische Spuren und Hinweise noch auffällige Verhaltensweisen, die sie bei anderen Gelegenheiten zuverlässig alarmiert oder zumindest zu gesteigerter Wachsamkeit veranlasst hatten. Merle war verheiratet und Mutter von zwei Kindern, und sie hatte einen guten Stand in der Firma, soweit Mareike das einzuschätzen vermochte. Warum sollte sie sich mit Piet einlassen? Allein der Gedanke schien absurd. Als die Sache dann doch aufgeflogen war, weil sie nach alter Gewohnheit mal wieder sein Smartphone kontrolliert und verdächtige SMS-Nachrichten entdeckt hatte, zögerte Mareike keinen einzigen Tag.

»Du wirst es beenden – sofort.«

Das hatte er getan. Wenig später waren sie von Stralsund nach Greifswald gezogen, wo Piet dank ihrem Vater und seinen hilfreichen Kontakten eine neue Stelle in der Verwaltung der Universität antrat. Es war ihm schwergefallen, Merle zu vergessen – so schwer, dass es ihm völlig egal gewesen war, ob seine offen ausgelebten Verlustgefühle, seine Trauer, der Schmerz, der sein Gesicht zeichnete, sie, Mareike, verletzen könnten. Fast schien es so, als hätte er sich nicht einmal die Mühe gemacht, seine Gefühle zu verbergen oder wenigstens angemessen zu kontrollieren.

Das habe ich dir wirklich übel genommen, überlegte sie beim Tischabräumen – wie sehr du sie vermisst hast, wie tief die Sehnsucht war, die sich in deinen Augen eingenistet hatte, und die Hoffnungslosigkeit. Es hatte Wochen gedauert, bis er sich von ihr verführen ließ.

Warum das alles?, dachte sie. Eine alberne Frage, weil sie so leicht zu beantworten war. Er gehörte ihr, seit sie sein Geheimnis kannte, und zwar mit Haut und Haaren, und diese Gewissheit liebte sie mehr als ihn. Piet tat gut daran, sich das stets vor Augen zu führen.

1

Die Tote am Leuchtturm. So ähnlich hatte die Schlagzeile gelautet, wenn Kommissarin Ramona Beccare, genannt Romy, sich recht erinnerte. Rechtsmediziner Möller, seit Jahren ein zuverlässiger Verbündeter bei der Entlarvung von Gewalttätern, hatte sich auffallend schnell festgelegt, was die Einordnung der Verletzungen anging. Der Mörder - allem Anschein nach ein Mann - hatte ein Skalpell oder ein Messer mit einer schmalen, aber dafür umso schärferen Klinge benutzt, mit der er seinem Opfer, das durch brutale Schläge und Tritte bereits erheblich verletzt war, die Halsschlagader durchtrennte, und zwar mit einem einzigen tiefen Schnitt. Der Mord war mit großer Wahrscheinlichkeit nicht zufällig geschehen. Sowohl Ausführung als auch Umstände sprachen dafür, dass die Tat detailliert geplant und vermutlich bewusst wirkungsvoll in Szene gesetzt worden war.

Der Täter hatte Merle Zober, einer jungen Frau Ende zwanzig, die aus Putbus stammte, verheiratet und Mutter von zwei Kindern war, unterhalb des Leuchtturms Maltzien aufgelauert oder war ihr gefolgt - am frühen Abend, als kaum eine Menschenseele in der ohnehin abgelegenen wildwüchsigen Gegend unterwegs war, schon gar nicht in der Nebensaison Anfang Mai. Das Dorf lag in einiger Entfernung, und ein einsamer Wanderer, der den alten Plattenweg zwischen Feldern und Bäumen zum Bodden hinunterlief, blieb unbemerkt oder würde zumindest keine Aufmerksamkeit erregen. Selbst einem Wagen dürfte keine große Beachtung geschenkt werden. Er hatte sie überfallen, zusammengeschlagen und getreten und schließlich getötet, eindeutige DNA-Spuren oder Fingerabdrücke konnten nicht gesichert werden, da im Laufe des Abends ein kurzer, aber heftiger Regenschauer niedergegangen war und der Täter darüber hinaus mit großer Wahrscheinlichkeit Handschuhe getragen hatte. Die Waffe wurde nicht gefunden.

»Jede Wette – das ist kein Fall, den ihr kriminaltechnisch löst«, hatte sich Marco Buhl, leitender Techniker, mit einer vergleichsweise frühzeitigen Einschätzung festgelegt.

Sie war verblutet. Vielleicht hatte der Täter sogar zugesehen, wie das Leben aus ihr herausgeflossen war, bevor er sich aus dem Staub machte. Die Leiche wurde erst Stunden später von Jugendlichen entdeckt, die nachts ein Lagerfeuer entzündet hatten und das Wochenende stimmungsvoll einläuten wollten. Die Partystimmung dürfte schnell verflogen sein. Doch abgesehen von dem Leichenfund hatte niemand etwas Auffälliges bemerkt, weder direkt am Tat- und Fundort noch im Umkreis. Auch die Dorfbewohner wussten nichts Besonderes zu berichten.

Hass, dachte Romy und schob den Ordner mit den Aufnahmen der getöteten Merle Zober zur Seite. Was hatte die gerade einmal achtundzwanzigjährige Frau angestellt, die als lebhaft, freundlich, beliebt und witzig, beruflich engagiert und vielseitig interessiert beschrieben wurde, dass sie einen derartigen Hass auf sich gezogen hatte? Den Gedanken einer zufälligen Auswahl eines Opfers schloss sie aus, obwohl er, wie sie zugeben musste, nicht hundertprozentig abwegig war.

Seit der Tat waren über zwei Wochen ins Land gegangen, in denen die Ermittler des Bergener Kommissariats in Zusammenarbeit mit der Stralsunder Polizeiinspektion nach einer Spur suchten, und Romy stellte sich die Frage nach dem Motiv zum wiederholten Male, ohne dass sich bisher eine klare und eindeutige Antwort abzeichnete. Das zunächst durchgängig positive Bild hatte zwar Risse und Konturen bekommen, die ihre Aufmerksamkeit geweckt hatten, sogar als Motiv taugten und Nachforschungen erforderlich machten, aber kein Ansatz hatte vertieft werden können.

Merle Zober war seit fünf Jahren verheiratet und Mutter von zwei kleinen Kindern; die Ehe mit dem dreißigjährigen Thilo galt als schwierig - der Mann hatte beruflich mehrfach Schiffbruch erlitten, er trank zu viel und war als jähzornig bekannt, das Paar stritt häufig, so die Aussagen von Familienangehörigen, Bekannten und auch einigen Nachbarn. Freunde betonten hingegen, dass die beiden trotz vieler Konflikte ihre Ehe nicht aufgegeben hätten und schwierige Phasen nun mal zum Ehe- und Familienleben dazugehörten - so wie die tückischen Strömungen zur Ostsee oder die Abbrüche zu den Steilküsten.

Für die Tatzeit hatte Thilo ein überzeugendes Alibi - er half bei einem Freund auf dessen Pferdehof aus, nachdem er die Kinder bei seiner Schwester abgeliefert hatte, wo sie auch übernachten sollten. Dass Merle abends nicht nach Hause gekommen war, hatte er nicht bemerkt, weil er selbst nach einigen Bieren zu viel auf den Heimweg verzichtet und auf dem Hof übernachtet hatte. Darüber hinaus war sein Entsetzen mit Händen greifbar. Romy, die zweimal mit ihm gesprochen hatte, hielt ihn einer derartigen Tat an der Mutter seiner Kinder eigentlich nicht für fähig - was allein für sich kein besonders gutes Argument darstellte, wie ihr natürlich auch klar war. Beziehungskrisen bildeten einen besonders fruchtbaren Boden für Hass und konnten explosionsartig eskalieren, noch dazu wenn ein Partner jähzornig war.

Die Antwort auf die naheliegende Frage, was Merle zu dieser Zeit am Leuchtturm auf der Halbinsel Zudar vorgehabt hatte, führte die Nachforschungen wenig später in eine andere, vielversprechende Richtung. So schien es jedenfalls, resümierte Romy, während sie mit halbem Ohr mitbekam, dass Fine, seit Jahrzehnten Urgestein und gute Seele im Innendienst der Bergener Dienststelle, sich laut dröhnend vom Daten- und Rechercheexperten Max verabschiedete. Der erwiderte den Gruß in deutlich dezenterer Tonlage, dann wurde es leise im Kommissariat, und Romy konzentrierte sich wieder auf die Rekapitulation der bisherigen Rechercheergebnisse.

Merle hatte sich bis vor einigen Monaten häufig mit ihrem Liebhaber am Leuchtturm getroffen, wie eine Kollegin schließlich aussagte, wenn auch mit Verspätung und deutlichem Zögern. Piet Schubert, Anfang dreißig, war ein Exkollege aus der Stralsunder Firma, einer kleinen Brauerei, in der Merle als kaufmännische Leiterin beschäftigt war. Die Affäre war wohl ausgesprochen heikel, da der Mann ebenfalls verheiratet war, und endete abrupt, als die betrogene Ehefrau Wind davon bekam. Doch auch dieser Aspekt führte in eine Sackgasse. Schubert war mittlerweile mit seiner Frau nach Greifswald gezogen, wo er in der Verwaltung der Universität arbeitete. Er hatte Merle seit der Trennung nicht mehr getroffen, und zur Tatzeit war er beim Bowlen gewesen, gemeinsam mit seiner Frau. Ein Dutzend Leute bestätigte das Alibi, und sowohl Handy- als auch Maildaten stützten seine Aussage, dass seit Monaten kein Kontakt mehr zwischen den beiden existierte. Romy hielt den Ex-Liebhaber für ähnlich überzeugend und unschuldig wie Merles Ehemann, zumal er, auf die Liaison angesprochen, die heimlichen Treffen ohne Zögern zugegeben hatte.

Max Breder hatte die Aufmerksamkeit schließlich auf Merles Zeit bei der Bundeswehr gelenkt, wo sie direkt nach dem Abitur einen zwölfmonatigen freiwilligen Wehrdienst absolviert hatte. Einem internen Bericht zufolge hatte die Rekrutin sich dort nicht nur Freunde gemacht, und Kollege Kasper Schneider war es gelungen, im Gespräch mit einem Ausbilder Einzelheiten in Erfahrung zu bringen. Das jedenfalls hatte er zwei Stunden zuvor von unterwegs telefonisch durchgegeben. Genaueres wollte er bei seiner Rückkehr nach Bergen berichten – die war längst überfällig. Romy blickte zum zweiten Mal auf die Uhr und wollte Max gerade in den Feierabend schicken, als der Kollege die Tür aufstieß. Kasper Schneider, Hardy-Krüger-Typ mit Vollbart und typischer Vertreter norddeutscher Einsilbigkeit, war mit deutlich über sechzig der Älteste und Erfahrenste im Team, zudem berühmt für sein gutes Gedächtnis und recht passable Kochkünste.

Er goss sich eine Tasse Kaffee ein und ließ sich auf einen Stuhl im Gemeinschaftsraum fallen.

»Stau«, knurrte er. »Was soll das bloß im Sommer werden? Überall wird gebaut.« Er winkte ab und trank einen Schluck.

»Und sonst so?«, fragte Romy. »Neuigkeiten, die uns endlich weiterbringen könnten als bis in die nächste Sackgasse?«

»Ich glaube nicht.« Kasper stellte die Tasse ab und warf Max und Romy einen vielsagenden Blick zu. »Merle hat seinerzeit zwei gleichaltrige Kameraden aus Stralsund angeschwärzt, Christoph Gärtner und Jakob Dorfner – zum einen wegen sexueller Nötigung, zum anderen wegen Diebstahl. Die Sache war ziemlich heikel. Mehrere Pistolen und Munition waren verschwunden, und Merle hat die beiden stark belastet.« Er zog sein Notizheft hervor.

»Klingt nach Zoff.«

»Unbedingt, aber das Ganze liegt inzwischen acht Jahre zurück, und ich finde, dass es nicht zu diesem Mord passt.«

Max nickte sofort.

»Sehe ich genauso«, stimmte Romy nach kurzem Zögern bei. »Dennoch …«

»... hältst du eine Überprüfung für nötig.«

»Du sagst es. Sicher ist sicher.«

»Dachte ich mir. Ich habe die beiden für morgen zum Gespräch gebeten, und Max könnte im Vorfeld schon mal ein paar Infos zusammentragen.«

Romy erhob sich. »Gut. Dann lasst uns für heute Feierabend machen.«

»Alles klar, bis morgen. Aber fahr nicht wieder in die falsche Richtung.«

Max lächelte.

»Danke für den Tipp.«

Romy hatte ihre Wohnung in Binz vor einigen Wochen aufgegeben und war mit Jan ins Mönchgut gezogen. Jan Riechter leitete das Stralsunder Kommissariat - bei den Ermittlungen zum Fall eines ermordeten Rechtsanwaltsgehilfen knapp ein Jahr zuvor waren sie sich nähergekommen. Die beiden hatten eine ganze Weile nach einer gemeinsamen Bleibe gesucht und sich auf den ersten Blick in die kleine reetgedeckte Bauernkate verliebt, die in Middelhagen zum Verkauf gestanden hatte. Der Renovierungsbedarf war nach monatelanger Schufterei immer noch erheblich, und bis alles auch nur ungefähr so hergerichtet sein würde, wie sie es sich ausgemalt hatten, würde wohl das Jahr ins Land gehen. Der Garten war verwildert, die Räume im Dachgeschoss wirkten alles andere als romantisch, sondern düster und verwohnt, der Standard der Elektrik hinkte gut und gerne um dreißig Jahre hinterher, die Heizungsanlage stammte aus DDR-Zeit, und bei steifer Brise klapperten die Fensterläden. Doch das abgeschiedene Grundstück, der große Kamin in der Wohnküche und die frei liegenden Dachbalken machten einiges wett, ebenso der Blick in Richtung Wasser und Wiesen und der Duft des Boddens sowieso. Der Neuanfang war gewöhnungsbedürftig, nicht nur hinsichtlich ihres geänderten Fahrtweges – zweimal war Romy nach Dienstschluss ganz automatisch in Richtung Binz abgebogen.

Sie waren ein leidenschaftliches Paar, das sich nichtsdestotrotz den gemeinsamen Alltag ihrer Beziehung – privat und beruflich – erarbeiten musste. So brachte es Romy für sich immer wieder auf den Punkt. Manches passte zwischen ihnen zusammen, ohne dass sie ein Wort darüber verlieren mussten, anderes barg Konfliktstoff, immer wieder. Der Traum vom gemeinsamen Häuschen auf Rügen, zwischen Rapsfeldern und Mohn, Bodden und Meer, mitten in der Idylle, den sie vor vielen Jahren mit einem anderen Mann geträumt hatte, war gemeinsam mit Jan Wirklichkeit geworden. Aber mit den Träumen war das so eine Sache. Ich traue euch Träumen nicht mehr über den Weg, und das hat viele Ursachen, dachte sie. Ich bin vorsichtiger geworden, erfahrener, ja: älter. Und ich weiß, dass Idylle nicht als Langzeitprojekt funktioniert, sondern nur als perfekter Augenblick, in dem alles in der Wahrnehmung ruht und ich mich nicht von einem durchgedrehten Killer ablenken lasse. Oder von klappernden Fensterläden.

Als sie nach Hause kam, stand die Küchentür zur Terrasse offen. Jan hatte gekocht. Es duftete nach gebratenem Fisch und Backkartoffeln. Er lächelte ihr entgegen. »Und? Fall aufgeklärt?«

Sie winkte ab und brachte ihn kurz auf den neuesten Stand.

»Sieht nicht so aus, als ob sich die Ereignisse überschlagen würden«, meinte er. »Da hatten wir schon andere Fälle. Dann kann ich also fürs Erste in Stralsund bleiben und die Kollegen vor Ort unterstützen? Da ist nämlich zurzeit im OK-Bereich einiges los, und wir kommen einfach nicht weiter.«

»Kannst du.« Romy setzte sich auf die Holzbank auf der

Terrasse. Jan reichte ihr den Teller. Eine Weile aßen sie schweigend. Er kocht besser als ich, dachte sie.

»Es ist schön hier«, sagte er plötzlich. »So habe ich mir das Leben vorgestellt.« Er lächelte und griff nach ihrer Hand. »Die frische Brise, die über die Salzwiesen weht, wir beide in der Abendsonne vor einem halb fertigen Haus im Mönchgut und deine fragenden Augen - was will man mehr?«

»Ich könnte noch etwas Fisch vertragen.«

»Sollst du kriegen. Wir haben ja noch einiges vor.«

»Was genau meinst du?«

»Ich hab die Schleifmaschine mitgebracht - wir könnten oben die Dielen abziehen. Oder hattest du was anderes im Sinn?«

»Wie könnte ich? Natürlich nicht.«

Christoph Gärtner, als Tischler im väterlichen Kleinbetrieb tätig und für zehn Uhr bestellt, hatte sich um eine gute halbe Stunde verspätet. »Hab's nicht eher geschafft«, bemerkte er achselzuckend und folgte Kasper in den kürzlich neu eingerichteten Vernehmungsraum gegenüber von Romys Büro.

»Stau?«

»Nö - der Kunde und seine Sonderwünsche, Folge achtunddreißig.«

»Klingt anstrengend.«

»Sie sagen es. So ein Großkotz aus der Hauptstadt. Lässt sich ein Ferienhäuschen ans Wasser stellen und denkt, ihm gehört die Welt und Rügen sowieso.« Gärtner, ein breitschultriger, hochgewachsener Typ, blondes Kurzhaar, seeblaue Augen, schüttelte den Kopf und setzte sich. Er trug seine Arbeitsklamotten, denen man durchaus ansah, dass sie seit Stunden im Einsatz waren, mit bemerkenswerter Lässigkeit.

»Wir haben gestern telefoniert …«

»Ich kann mich gerade noch so erinnern.«

»Gut zu wissen.«

Gärtner legte seine Hände auf den Tisch – kräftige und alles andere als gepflegte Bauarbeiterpranken, mit denen er sicherlich ganz gut zulangen konnte, wie Kasper kurz überlegte –, zog sie dann rasch wieder zurück und beugte den Oberkörper ein Stück vor. »Herr Kommissar, kommen wir zur Sache. Wie gesagt, dieser Großkotz aus Berlin wartet, und er wartet nicht gerne. Wenn ich es mir leisten könnte, würde ich ihm den Mittelfinger zeigen, kann ich aber nicht.«

Kasper hob eine Braue. »Verstehe.«

»Schön. Ich kann mir denken, worauf Sie hinauswollen – Merle ist auf übelste Weise ermordet worden, und wir hatten nicht das beste Verhältnis, wie Sie längst wissen. Sonst hätten Sie mich und Jakob nicht angerufen, und ich säße nun kaum hier.« Er hielt mit fragendem Blick inne und wartete Kaspers Nicken ab. »Lassen Sie es mich auf den Punkt bringen: Weder mein Kumpel noch ich haben irgendetwas mit diesem Mord zu tun, und Jakob wird Ihnen genau das Gleiche erzählen.«

»Anzunehmen.«

»Wäre auch ein bisschen spät, oder? Nach acht Jahren schnappen wir uns die Lady und bringen sie um? Warum so lange warten?«

»Ich verstehe, worauf Sie hinauswollen, aber das Leben spielt manchmal ganz schön verrückt. Und der Tod sowieso … Wie dem auch sei, die Ermittlungen bei der Bundeswehr sind damals im Sande verlaufen.«

»Richtig – weder für die eine noch für die andere Behauptung fanden sich Beweise. Und Merle hat wenig später die Truppe verlassen.«

»Haben Sie eine Ahnung, warum sie Sie belastet hat?«

Gärtner zuckte mit den Achseln. »Wir waren von Anfang an nicht gut aufeinander zu sprechen, wie das manchmal so ist. Vielleicht hatte sie uns auf dem Kieker. Ich weiß es bis heute nicht.«

Irgendwas wird schon gewesen sein, dachte Kasper, und ich schätze, du bist längst nicht so ahnungslos und unschuldig, wie du tust. »Sie und Ihr Kumpel hatten jedenfalls Ärger?«

»Na klar, und ich gebe zu – wir hätten ihr ganz gerne mal so richtig die Meinung gegeigt, aber Mord? Quatsch.«

Zugegeben, das klang schon ziemlich weit hergeholt, auf den ersten Blick. Andererseits waren die beiden Ex-Soldaten alles andere als Unschuldsengel, wie Max' frühmorgendliche Recherchen bereits ergeben hatten. Sowohl Christoph Gärtner als auch Jakob Dorfner waren vor einigen Jahren mehrfach polizeilich aufgefallen – mit kleineren Straftaten, aber immerhin: Prügeleien, Diebstahl, Sachbeschädigung konnte man nicht so einfach unter den Tisch fallen lassen oder wohlmeinend als Jugendsünden abhaken, auch wenn die Geschichten bereits geraume Zeit zurücklagen. Zum einen erschienen Merles Anschuldigungen nun nachträglich in einem anderen Licht, zum anderen hatte Max darüber hinaus einen hochinteressanten Zusammenhang hergestellt, der Gärtner aus der Ruhe bringen dürfte, sobald er auf dem Tisch lag, schätzte Kasper.

»Sie langen aber ganz gerne mal hin«, fuhr er fort.

Gärtner verschränkte die Arme vor der Brust und seufzte. »Sie haben sich meine Akte angesehen. War klar.«

»Dafür ist sie ja da«, entgegnete Kasper in lapidarem Ton. »Steht ein bisschen was drin.«

»Ja: Randale auf dem Fußballplatz, ein paar Kneipenschlägereien und so weiter. Ich war zwischenzeitlich mal ein bisschen wild drauf, Jakob auch. Aber was hat das mit Mord zu tun?«

»Das hat mit Gewalt zu tun, mit Gewaltbereitschaft.«

Gärtner verdrehte die Augen. »O Mann …«

»Hören Sie doch endlich auf mit dem Theater«, unterbrach Kasper ihn plötzlich mit erhobener Stimme. »Sie sind ihr wieder begegnet, nicht wahr?«

Gärtner zuckte zusammen.

Na bitte. »Und zwar hier auf Rügen.« Kasper nickte mit grimmiger Miene. »Ja, das wissen wir auch schon, und wir sollten allmählich zur Sache kommen, Herr Gärtner – der Berliner Großkotz wartet nicht ewig auf Sie, wenn ich das eingangs richtig verstanden habe. Unser Datenspezialist hat heute früh bereits einige interessante Informationen aus dem Netz gezogen und mit vorliegendem Material abgeglichen. Immerhin beschäftigen wir uns seit über zwei Wochen mit dem Fall, außerdem ist das eine Spezialität von ihm. Wir wissen, dass Merle hin und wieder Konzerte besucht hat. Sie und Ihr Kumpel auch, nicht wahr?«

Gärtner war ziemlich perplex. Kasper lächelte leise. Max verblüfft uns auch immer wieder, dachte er. Und sein Timing ist großartig.

»Die sozialen Netzwerke sind eine reine Fundgrube, auch für uns«, fügte er hinzu. »Was die Leute da freiwillig von sich erzählen, ist beachtlich oder auch: dämlich, je nachdem. Ihr Kumpel Dorfner hat vor etlichen Wochen während eines Musikfestivals in Binz Fotos hochgeladen und gepostet, dass Ihnen beiden, Zitat: ›die Schlampe Merle‹ über den Weg gelaufen sei. Und dass man ihr einen Denkzettel verpassen müsste, so was in der Art. Für mich klingt das nach später Rache.«

Gärtner atmete tief aus.

»Was sagen Sie dazu?«

»Na schön … Ja, eine zufällige Begegnung, ein paar blöde Bemerkungen …«

»Unser begabter Datenspezialist wird weitersuchen, Stichwort Telefonverbindungen und was sonst noch so alles überprüft werden kann. Und wir werden uns natürlich auch in Ihrem Freundeskreis umhören.«

»Schon gut.« Gärtner hob die Hände. »Sparen Sie sich die Mühe. Wir haben sie ein paarmal angerufen, um ein paar Unfreundlichkeiten loszuwerden, aber mehr war da nicht«, beteuerte er eilig.

»Unfreundlichkeiten? Dabei wird es nicht geblieben sein. Ich denke, Sie haben sie verfolgt. Auch solche Schnittpunkte findet unser Datenmensch.«

»Schön für ihn und selbst wenn ... mit dem Mord haben wir nichts zu tun!«

»Tja, Sie werden verstehen, dass ich allmählich ins Grübeln gerate und mich ernsthaft frage, ob mich Ihr Alibi überzeugen wird.«

»Ich brauche ein Alibi?« Gärtner blies die Wangen auf.

»Ja und Ihr Kumpel auch.« Kasper warf einen Blick auf die Uhr. »Wenn mich nicht alles täuscht, dürfte er gerade eingetroffen sein und mit meiner Kollegin sprechen. Sie ist nicht ganz so geduldig wie ich, aber das nur so nebenbei. Also – was haben Sie am Freitag vor zwei Wochen gemacht? Und wer kann das bestätigen?«

Jakob Dorfner war ein bildschöner Mann, und das wusste er auch. Dunkles, volles Haar, grüne Augen, sportlich schlank, Zähne wie gemalt, smarter Typ. Er trug einen legeren Anzug und moderne Sneaker und verströmte selbstgefällige Gelassenheit. Romy stutzte einen Moment, und er lächelte amüsiert. Dorfner war es gewohnt, dass seine Attraktivität zumindest kurzfristig für Verwirrung sorgte, und er badete darin.

Romy bat ihn, sich zu setzen. »Sie wissen, warum wir Sie zur Befragung gebeten haben?«

»Natürlich.«

»Darf ich fragen, was Sie zurzeit beruflich machen?«

»Ich arbeite in einem Begleitservice.«

Romy hob den Blick. Er dürfte der Renner in seinem Club sein.

»Ich begleite mehr oder weniger betuchte Damen ins Theater, in schicke Lokale, zu Ausstellungseröffnungen, auf Wochenendtrips, gerne auch mal in den Urlaub und so weiter.«

Und so weiter. »Wie lange kennen Sie Christoph Gärtner?«

»Seit der Schulzeit. Wir sind völlig gegensätzliche Typen, verstehen uns aber sehr gut und haben immer wieder viel Spaß miteinander.« Er schlug ein Bein übers andere und betrachtete einen Moment seine gepflegten Hände. Wenn Romy nicht alles täuschte, war er ein wenig enttäuscht, dass sie nicht näher auf sein berufliches Engagement eingegangen war.

»Hatten Sie beim Bund auch viel Spaß miteinander?«

»Durchaus – bis Merle dazwischenfunkte.«

Romy nickte. »Erzählen Sie. Was war dran an ihren Anschuldigungen?«

»Gar nichts. Warum sollten wir Waffen klauen? Völliger Irrsinn. Und was den Vorwurf der sexuellen Nötigung betrifft …« Er setzte ein herablassendes Lächeln auf. »Also, ich bitte Sie, ich habe seit meinem fünfzehnten Lebensjahr regelmäßig Sex, und ich habe es noch nie nötig gehabt, Überzeugungsarbeit zu leisten – wenn Sie verstehen, was ich meine.«

Romy stöhnte innerlich auf. Es war schon eine ganze Weile her, dass sie mit einem Typen zu tun gehabt hatte, der derart überzeugt von sich und seinen erotischen Qualitäten gewesen war. »Also, ich fasse mal zusammen: Die Frauen liegen Ihnen zu Füßen und einige Männer wahrscheinlich auch«, entgegnete sie in neutralem Ton. »Merles Typ waren Sie aber wohl nicht.«

»Möglich.«

»Und das hat Sie förmlich vom Hocker gehauen.«

»Nein.«

»Frustriert, erbost oder gar Ihren Ehrgeiz angestachelt. Dabei sind Sie übers Ziel hinausgeschossen.«

Er lächelte milde. »Nein. Sie liegen falsch mit Ihrer Theorie. Ich habe sie einmal angeflirtet, in eindeutiger Absicht, sie hat mich abblitzen lassen, auch eindeutig, und das war es dann auch schon. Wer nicht will, der hat schon – so einfach ist das.«

»Was ist mit Ihrem Freund?«

»Das Gleiche. Sie war nicht interessiert, er hat es achselzuckend hingenommen. Sie dürfen mir glauben: Merle hat herumgesponnen und sich wichtig gemacht, genau wie bei dem Waffenklau. Sie hat die Gelegenheit genutzt, um uns eins auszuwischen.«

Romy überlegte einen Moment. »Wissen Sie, wir ermitteln schon ein paar Tage in diesem Fall und haben einiges zu Merle Zober zusammengetragen. Als Spinnerin oder Wichtigtuerin oder böswillige Lügnerin wurde sie bislang nicht beschrieben, ganz im Gegenteil.«

Dorfner zuckte mit den Achseln. »Nun, Menschen ändern sich. Das liegt ja alles schon eine ganze Weile zurück – wir waren damals um die neunzehn, zwanzig Jahre alt, ein unruhiges Alter.«

»Haben Sie Merle nach Ihrer Zeit beim Bund wiedergesehen?«

Er schüttelte sofort den Kopf. »Nö. War ich auch nicht scharf drauf, nach dem Scheiß, den sie über uns verbreitet hat.«

»Und Ihr Freund?«

»Für den dürfte das Gleiche gelten.«

Romy nickte mit ernster Miene. »Ist Ihnen nie der Gedanke gekommen, die Dinge geradezurücken? Banal ausgedrückt – ihr mal die Meinung zu sagen beziehungsweise sie zur Rede zu stellen, warum sie einen derartigen Mist über Sie verbreitet hat?«

Dorfner lächelte kühl. »Verstehe: Wir schnappen uns Merle nach acht Jahren und machen sie wegen der alten Geschichten fertig. Ist das Ihr Ermittlungsansatz?«

»Ich gebe zu – acht Jahre sind ein langer Zeitraum, aber es gibt schwächere Motive, und manchmal geraten die Dinge aus dem Ruder«, entgegnete Romy. »Vielleicht war lediglich geplant, der Frau eine Abreibung zu verpassen, und das Ganze ist eskaliert.«

»Unsinn.«

»Nun, die schlichte Tatsache, dass Sie und Ihr Freund schon häufiger mit dem Gesetz in Konflikt geraten sind, stimmt mich durchaus nachdenklich.«

»Meine Güte, ja, wir haben uns vor Jahren mal ein paar Dinger geleistet – mit Anfang zwanzig! Passiert eben. Aber das hat herzlich wenig mit Mord zu tun, wenn Sie mich fragen.«

»Das tue ich – ja. Und ich werde immer stutziger.«

»Aha.«

»Die Story von den längst vergangenen Jugendsünden, die kaum der Rede wert sind, zieht nicht.«

»Nein? Und warum nicht?«

»Weil Sie lügen.«

Dorfner stutzte und sah sie mit unbewegter Miene an.

»Sie waren kürzlich mit Ihrem Freund auf einem Konzert in Binz, und dort haben Sie Merle wiedergesehen.«

Dorfner rieb sich die Nase.

»Die gemeinsame Zeit beim Bund stand augenblicklich wieder lebhaft vor Ihrem inneren Auge – nach all den Jahren, die plötzlich zusammenschmolzen. Und Sie haben sich darauf gefreut, ihr richtig eins mitzugeben.« Romy hob eine Braue. »Das jedenfalls ist Ihren Posts zu entnehmen, die an Deutlichkeit nichts zu wünschen übrig lassen.«

Er kniff die Augen zusammen und wich ihrem Blick für einen Moment aus. »Na schön …«

»Schön? Schön geht anders. Sie waren verdammt scharf darauf, ihr einen Denkzettel zu verpassen. Und wie gesagt – so was kann schon mal richtig fies enden, ohne dass es vorher so geplant war.«

»Nein!«

»Sie haben Merle beobachtet, abgepasst und überfallen …«

»Nein.« Er legte die Hände auf den Tisch und hob das Kinn. »Das haben wir nicht. Das Einzige, was ich zugebe, ist der Gedanke, dass ich ihr gerne mal eine heruntergehauen hätte, auch zwei. Und das war es. Glauben Sie nicht, dass ich so schlau gewesen wäre, diesen Post zu löschen, wenn wir tatsächlich etwas mit dem Mord zu tun gehabt hätten?«

Kein schlechtes, wenn auch alles andere als ein ausreichendes Gegenargument. Romy erhob sich langsam. »Wir werden sehen. Ich lasse Sie jetzt ein paar Minuten allein und bespreche mich mit meinem Kollegen, der Ihren Freund befragt hat. Mein Tipp: Nutzen Sie die Zeit und überlegen Sie sich gut, was Sie zu Protokoll geben möchten.«

»Das ist ganz einfach, Frau Kommissarin: Wir haben Merle weder zusammengeschlagen noch ermordet.«

Sowohl Dorfner als auch Gärtner blieben nach der Unterbrechung bei ihren Aussagen und gaben nur das zu, was ihnen inzwischen nachgewiesen werden konnte. Sie hatten Merle einige Zeit nach der Begegnung auf dem Konzert immer mal wieder belästigt, beteuerten jedoch, ihr kein einziges Haar gekrümmt zu haben. Die Alibis der beiden bezeichnete Romy als wackelig, und Kasper stimmte ihr zu. Gärtner war angeblich auf einer Baustelle beschäftigt gewesen, was jedoch lediglich sein Vater bestätigen konnte, und Jakob Dorfner hatte auf zwei Dates verwiesen, doch nur eine der Frauen war bereit, eine Aussage zu machen. Die andere war angeblich mit einem stadtbekannten Stralsunder Geschäftsmann verheiratet und sah sich außerstande, ihre Anonymität preiszugeben, wie er vollmundig erläutert hatte.

Romy informierte Jan am späten Nachmittag telefonisch über die neueste Entwicklung, und er entschied nach kurzem Überlegen, umgehend mit dem Staatsanwalt zu sprechen. »Untersuchungshaft kriegen wir ohne eindeutige Beweise nicht durch – davon gehe ich ziemlich stark aus.«

»Ja, ich auch.«

»Aber wir werden die beiden im Auge behalten, ihre Lebensläufe auf Herz und Nieren prüfen und auch ihr Bewegungsprofil in den letzten Wochen checken. Max soll sich dahinterklemmen und sich mit Frauke aus meinem Team abstimmen, wenn er Simon nicht erreicht. Der hat gerade viel um die Ohren. Vielleicht entdecken wir etwas.«

»Gut.« Romy runzelte die Stirn. »Ich finde es übrigens ein bisschen merkwürdig, dass Merle offensichtlich mit niemandem über die ›Belästigungen‹ gesprochen hat, wie die beiden es ausdrücken. Jedenfalls deutete in den bisherigen Befragungen keiner etwas an. Eine Kollegin sprach lediglich davon, dass sie in letzter Zeit ein wenig unausgeglichen gewirkt habe. Sie hat das auf das Ende der Affäre geschoben, das ihr immer noch zu schaffen gemacht hätte.«

»Das könnte bedeuten, dass die Aktionen der beiden entweder tatsächlich nicht der Rede wert waren, so wie sie es beteuern, und die Geschichte nur angesichts der Mordermittlungen verheimlicht haben. Oder aber …«

»Sie wollte nicht über das Thema sprechen«, vollendete Romy den Satz. »Weil Dorfner und Gärtner die Wahrheit sagen und Merle damals tatsächlich Mist gebaut hat, in welcher Form auch immer.«

»Oder ihre Angaben entsprechen den Tatsachen, und Merle hatte Angst, als die beiden plötzlich wieder auftauchten.«

»Niemand beschrieb sie als ängstlich.« Unter Umständen haben wir die falschen Fragen gestellt oder nicht mit den richtigen Leuten gesprochen. Romy wechselte mit dem Telefon ans andere Ohr. »Ich greife das noch mal auf und versuche, auch Leute aufzutreiben, zu denen sie während ihrer Zeit beim Bund Kontakt hatte, alte Schulfreunde zum Beispiel. Das ist irgendwie eine merkwürdige Geschichte.«

»Du gehst nach wie vor grundsätzlich von einem persönlichen Hintergrund aus, nicht wahr?«

»Ja. Du etwa nicht? Die Frau ist brutal zusammengeschlagen worden – da hat jemand seinen ganzen Hass herausgelassen. Sie hatte nicht die geringste Chance.«

»Ich weiß, aber falls sich der aktuelle Verdacht gegen die beiden Ex-Kameraden nicht erhärten lässt und wir weiterhin keine Spur in ihrem Umfeld entdecken, müssen wir in Betracht ziehen, dass Merle einem irren Gewalttäter zum Opfer gefallen ist. Einem Mörder, der womöglich nicht zum ersten Mal zugeschlagen hat«, wandte Jan ein. »Vielleicht hat er Merle nach Kriterien ausgesucht, die nur er kennt. Und wenn das so ist, wird er womöglich bald wieder ein Opfer suchen.«

Bitte nicht, dachte Romy, aber Jan hatte natürlich recht. Nach zweieinhalb Wochen ohne konkrete Spur blieb ihnen gar nichts anderes übrig, als alle Möglichkeiten in Betracht zu ziehen.

»Wenn der Fall sich weiter in diese Richtung entwickelt,

sollte Max sich ungeklärte Morde ähnlichen Kalibers vornehmen und nach einem Muster Ausschau halten«, fuhr Jan fort. »Sicher ist sicher. Die nächste Feriensaison auf der Insel steht vor der Tür.«

»Ich hoffe, dass du falschliegst. Aber ich gebe es weiter.«

»Ich hoffe es auch. Bis später, Schatz. Ich freue mich auf dich.«

Sie hörte das Lächeln in seiner Stimme.

2

Sie strich ihm mit dem Zeigefinger langsam über Nase, Mund, Kinn und Hals, hielt dort einen Moment mit laszivem Lächeln inne, bevor sie ihre Erkundungstour in Richtung Bauch fortsetzte. Er lächelte, als er Momente später ihren Blick auf seinem Gesicht spürte. Dann hielt er ihre Hände fest, wie sie es nicht anders erwartete, richtete sich auf, drehte sie auf den Bauch und drang von hinten in sie ein. Margret kam schnell und heftig. Wenige Minuten später schälte sie sich aus seinen Armen und ging unter die Dusche. Er stand auf, schlüpfte in seine Shorts und goss ihr ein Glas frisch gepressten Orangensaft ein. Das würde sie gleich, an der offenen Balkontür stehend, langsam trinken, bevor sie ihn fragte, warum er nicht unter die Dusche ging. »Weil ich deinen Geruch an mir mag«, würde seine Antwort lauten. Margret würde lächeln – sie liebte dieses Spiel –, den Umschlag auf die Kommode legen und sich mit einem zärtlichen Kuss verabschieden. »Bis in zwei Wochen, mein Lieber.«

Margret war Mitte vierzig, in zweiter Ehe mit einem schwerreichen Unternehmer verheiratet, durchaus attraktiv für ihr Alter und seit einem halben Jahr eine seiner verlässlichsten Kundinnen. Ein-, zweimal im Monat begleitete er sie zum Essen, ins Theater oder in eine schicke Bar, danach schlief er mit ihr, und sie entlohnte ihn fürstlich. Zweimal hatte er sie bereits auf Wochenendtrips begleitet – in die Schweiz zum Skifahren und nach Paris. Die Frau hatte in diesen Tagen mehr Geld ausgegeben, als ein Angestellter in einem Jahr verdiente – brutto, versteht sich. Margret war charmant und gebildet, selbstbewusst und witzig, sie wusste, was sie wollte, und sie nahm es sich mit bemerkenswerter Selbstverständlichkeit. Ihr Mann wusste von ihren Ausflügen und tolerierte sie, solange sie diskret vorging und kein ungünstiges Licht auf ihn fiel. So lautete die Abmachung, und sie galt im Übrigen gegenseitig. »Ich pflege meine Hobbys, er seine, und wir haben beide unseren Spaß, solange wir dem anderen dabei nicht auf die Füße treten.«

Jakob war es völlig egal, welche ehelichen Vereinbarungen seine beste Kundin getroffen hatte. Er genoss die Zeit mit ihr und war sicher, dass sie mehr in ihm sah als einen begabten Callboy. Sie empfand Zuneigung für ihn – mindestens. Und darum würde sie ihre spontane Absage überdenken und ihm bezüglich seines Alibis doch aus der Patsche helfen. Die Tatsache, dass sie das Thema seit ihrem Telefonat einige Stunden vor ihrem Date bislang nicht aufgegriffen hatte, musste gar nichts bedeuten.

Sie schläft nicht nur gerne mit mir, sie mag mich, dachte er erneut und reichte ihr das Glas, als sie schließlich, frisch duftend und angekleidet, vor ihm stand. Sie ergriff es mit leisem Lächeln und leerte es in einem Zug, während sie vor ihm stehen blieb, statt sich zur Balkontür umzudrehen. Jakob sah sie verblüfft an. Sie stellte das Glas ab und hob den Blick. »Du hast Probleme mit der Polizei.«

Er lachte leise. »Aber nein, ganz und gar nicht …«

»Wenn du keine Probleme hättest, würdest du kein Alibi benötigen, schon gar nicht von mir.«

»Es handelt sich um eine reine Formalität.«

»Ja?« Sie stützte eine Hand in die Hüfte.

»Wie ich schon am Telefon sagte: Eine Frau, die ich vor Jahren beim Bund kennengelernt habe, ist ermordet worden«, beteuerte er rasch. »Die Polizei überprüft alle Leute, die je mit ihr zu tun hatten. An dem Abend waren wir beide zusammen.«

Unter anderem, fügte er in Gedanken hinzu, doch das

Treffen mit der anderen Frau hatte Stunden vorher stattgefunden und taugte nicht sonderlich gut als Alibi. Im Fokus polizeilicher Ermittlungen zu stehen dürfte selten für Freude und Begeisterung sorgen, doch in seinem Job war das Risiko, schnell ins Abseits zu geraten, besonders groß. Natürlich war ihm klar, dass Margret nicht im Mindesten erpicht darauf war, die Verbindung zwischen ihnen quasi offiziell zu bestätigen, schon gar nicht im Zusammenhang mit einer polizeilichen Untersuchung, aber ihre Aussage könnte alle Verdachtsmomente vom Tisch fegen, und er rechnete sich gute Chancen aus, sie umzustimmen. Er lächelte sein charmantestes Lächeln.

Margret blickte ihm tief in die Augen. Dann schüttelte sie den Kopf. »Jakob, du kennst die Regel: diskret. Ich will nicht das Geringste mit der Polizei zu tun haben, weder offiziell noch inoffiziell, das habe ich deutlich gemacht.«

Jakob zog die Brauen zusammen. »Das heißt …«

»Das heißt, dass ich auf gar keinen Fall aussagen werde. Such dir jemand anderes.«

»Dein Name könnte unter Umständen völlig rausgehalten werden.«

»Ja? Wie aufmerksam«, spöttelte sie. »Und außerdem der reinste Schwachsinn. Bei einer Mordermittlung kann niemand seinen Namen heraushalten. Vergiss es!«

»Aber …«

»Ich sagte: Vergiss es! Idiot!«

»Was?«

»Du hast richtig gehört. Ich hätte dich für klüger gehalten. Allein dein Ansinnen beweist mir, wie wenig du kapiert hast.« Sie wandte sich um und ging zur Garderobe.

Jakob spürte, wie ihm heiß wurde. Sie behandelt mich wie … ja: wie einen Dienstboten. Ich bin ein Dienstbote. Ich befriedige ihre sexuellen Bedürfnisse, wir spielen ein bisschen Pretty Woman mit vertauschten Rollen, und wenn es ernst wird, zeigt sie mir den Stinkefinger. Wir sind eben nicht in Hollywood, so einfach ist das. Er presste die Kiefer aufeinander. Margret schlüpfte in ihre Jacke.

Er atmete tief durch und trat langsam zu ihr. »Wann sehen wir uns?«

Sie klemmte sich ihre Tasche unter den Arm und legte eine Hand auf die Klinke. »Es war schön mit dir, Kleiner.«

Einen Moment lang verspürte er den innigen Wunsch zuzuschlagen, ihr das selbstbewusste Lächeln aus der Visage zu prügeln. Ihre Augen wanderten über sein Gesicht - neugierig, forschend, abwartend. Sie macht sich lustig über mich, dachte er, und sie kann es sich leisten. Es gibt Hunderte wie mich, die sie ordentlich vögeln können und für Abwechslung sorgen. So einfach ist das. Er unterdrückte einen ordinären Fluch und hob mit lässiger Geste die Hände. Augenblicke später war sie aus der Tür geschlüpft.

Er blieb gefühlte fünf Minuten wie vereist im Flur stehen, bevor er ins Wohnzimmer zurückging und sich einen Wodka eingoss. Dann eben nicht, dachte er. Leck mich! Als er den zweiten Wodka intus hatte, atmete er bereits ruhiger. Er streckte sich auf dem Sofa auf, als ihn ein seltsames Geräusch aufhorchen ließ. Er brauchte einen Moment, bis er realisierte, dass es sich um den Vibrationsalarm seines Smartphones handelte. Vielleicht hat sie es sich anders überlegt, dachte er im Aufstehen – ihre Aussage gegen fünf Nummern ohne Bezahlung. Er zog eine Grimasse. Doch es war Christophs Konterfei, das ihm vom Display entgegengrinste. Jakob stöhnte leise und stellte die Verbindung her.

»Alles klar?«

»Geht so.«

»Die Alte gibt dir kein Alibi?«

»So ist es.«

»Hast du es ihr nicht richtig besorgt, oder was?«

»Ach, lass den Scheiß.« Jakob trat an die Bar und goss sich den dritten Wodka ein.

»Mann, ich habe keinen Bock auf die Bullenscheiße!«

»Ach, echt nicht? Wär ich kaum draufgekommen. Ich kann mir auch was Besseres vorstellen. Andererseits …«

»Ja?«

»Wir waren es nicht, schon vergessen?«

»Wow, und du glaubst, dass es die Bullen interessiert, den wahren Täter zu finden? Mann, wo lebst du denn? Wenn sie uns irgendwas nachweisen können, werden sie das ganz schnell tun und uns einbuchten, Ende. Fall erledigt. Oder glaubst du allen Ernstes, die haben zum Spaß gegen uns ermittelt und dabei dein tolles Posting entdeckt? Sie hat uns damals kräftig in die Eier getreten, wir sind ihr kürzlich mehrfach auf die Pelle gerückt, wenn auch nur telefonisch, und …«

»Schon klar, das nennt man ein Motiv«, fiel Jakob ihm unwirsch ins Wort.

»Ganz genau, egal, was beim Bund vorgefallen ist oder ob man uns irgendwas nachweisen konnte. Wir waren keine Engel und sind es heute auch nicht. Also sieh zu, dass du irgendeine Lady findest, die dir ein Alibi gibt, damit die Bullen uns in Ruhe lassen.«

»So einfach ist das in meiner Branche nicht.«

»Dann außerhalb deiner Branche. Hast du eben mit irgendeinem Kumpel zusammengesessen – Mann, lass dir was einfallen! Seit wann bist du so schwer von Begriff?«

Jakob strich sich durchs Haar. »Ich hab's kapiert, schon vor deinem Vortrag. Fahr mal runter, Alter. Dein Papi-Alibi klingt auch nicht gerade überzeugend.«

»Immer noch besser als gar keins!«, fuhr Christoph ihn an. »Oder glaubst du, dass man dir Sonderkonditionen einräumt, weil du stadtbekannten Ladys das Leben versüßt?«

Einen Moment herrschte Stille.

»Ich lasse mir was einfallen«, erwiderte Jakob schließlich.

»Gut.« Das klang versöhnlich. »Das kriegen wir schon hin.«

»Klar. Wir haben bisher immer alles hingekriegt.« Jakob streckte sich wieder auf dem Sofa aus. »Wie läuft eigentlich dein Nebenjob?«

»Ja ... Könnte noch mehr draus werden.«

»Das klingt einsilbig.«

»Besser so – im Moment.«

»Okay, verstehe.«

»Meld dich.«

»Mach ich.«

Jakob legte das Handy beiseite und stand dann abrupt auf. Er ging unter die Dusche – Margrets Geruch abspülen und klar im Kopf werden. Eine halbe Stunde später telefonierte er mit dem Bruder einer Exfreundin. Für einen Hunderter würde er jede Aussage zu Protokoll geben, die Jakob haben wollte, und überdies kein Wort über die Gefälligkeit verlieren. Na bitte.

Christoph hatte das Ganze anfangs für einen Witz gehalten oder zumindest für eine irgendwie seltsame Nummer. Der Auftrag von Robert Leistner war einige Monate zuvor eingegangen – ein fetter Auftrag mit richtig schönen Zahlen, auch unterm Strich, der zumindest den zarten Hoffnungsschimmer aufkommen ließ, dass das nächste Quartal etwas besser laufen würde als das letzte und vorletzte und vorvorletzte. Der Stralsunder Unternehmensberater, Schwerpunkt Personalcoaching, hatte einen sechs Meter langen und drei Meter hohen Aktenschrank in massiver Kernbuche fertigen lassen, und Christoph hatte sich gemeinsam mit einem Auszubildenden einen ganzen Tag lang um den Aufbau gekümmert. Leistner, ein schlanker Mittvierziger, der sich ganz gut gehalten hatte, war sichtlich angetan von dem Ergebnis, und während Christoph seinen Azubi anwies, das Werkzeug in den Wagen zu bringen und dort auf ihn zu warten, nickte er immer wieder anerkennend, strich über das Holz, öffnete Schubladen und Schränke und wandte sich schließlich um.

»Wirklich eine schöne Arbeit«, betonte er.

»Das freut uns.« Christoph reichte ihm das Auftragsblatt zur Unterschrift. Er war verlegen – wie immer, wenn sein Vater ihn nachdrücklich aufgefordert hatte, nachzufragen, wann die Rechnung beglichen werden würde, höflich und freundlich selbstverständlich. Christoph hatte immer das Gefühl, dass die Leute ihm an der Nasenspitze ablasen, dass der Betrieb Probleme hatte. Aber das war ja eigentlich nichts Neues.

Leistner zeichnete ab. »Ich werde Sie weiterempfehlen.«

Christoph lächelte. »Danke. Wir freuen uns über jeden neuen Auftrag.«

Leistner nickte und hob den Kopf. »Es ist wohl nicht immer so einfach, bei all den Billiganbietern, seiner Linie treu und als kleiner Familienbetrieb im Geschäft zu bleiben.«

»Sie sagen es.« Christoph verstaute die Auftragsmappe.

»Schwedische Familienmöbel, Spanplatte aus Fernost und so weiter.«

»Ganz genau.«

»Ach ja ... Die Rechnung ist übrigens bereits beglichen. Habe ich vorhin online erledigt.« Leistner lächelte. »Je eher, desto besser, oder?«

Christoph atmete erleichtert aus. »Danke.«

Leistner ließ seinen Blick lange über den wuchtigen Schrank schweifen, bevor er ihn wieder ansah. »Darf ich Ihnen einen kleinen Tipp für den Betrieb mitgeben – aus der Sicht des Unternehmensberaters?«

»Das kann sicher nicht schaden«, entgegnete Christoph, obwohl ihm das Thema nicht unbedingt behagte.

»Weichen Sie nicht auf den Billigsektor aus – Sie haben da keine Chance, selbst wenn Sie einen kurzfristigen Erfolg verbuchen können. Suchen Sie die Nische und bleiben Sie dort: individuelle Fertigung, hochwertiges Material, Service nahe am Kunden, maßgeschneiderte Konzepte und so weiter. Die Leute, die sich so etwas leisten können und wollen, wird es immer geben, in jeder Region. Haben Sie Geduld.«

»Klingt gut, aber im Moment suchen wir genau diese Kunden mit der Lupe.« Und mein Vater ist völlig verzweifelt, weil er die Löhne trotz des schönen Auftrags wahrscheinlich wieder nicht pünktlich zahlen kann, ganz zu schweigen von der Anschaffung dringend benötigter Geräte und Werkzeuge, die seit Jahr und Tag hinausgeschoben werden muss. Doch den Gedanken behielt er für sich.

Leistner setzte eine nachdenkliche Miene auf. »Wie gesagt – mich haben Sie überzeugt, und ich werde Sie weiterempfehlen.« Plötzlich lächelte er. »Und wenn Sie mal an einem Nebenjob außerhalb Ihrer Branche interessiert sind, sagen Sie Bescheid.«

Christoph musterte ihn verblüfft. Leistner fing seinen Blick ein. »Sie sind ein großer kraftstrotzender Kerl, wenn ich das richtig einschätze und auch so geradeheraus sagen darf. Ein paar Stunden als Türsteher bringen Ihnen womöglich mehr als zwei Tage im Betrieb.«

»Sie machen Witze.«

»Ganz und gar nicht.« Leistner hob die Hände. »Einer meiner Geschäftsfreunde ist Besitzer mehrerer Bars und Clubs. Rufen Sie mich an, wenn Sie Lust haben, mal was anderes zu machen und gut zu verdienen. Und wenn Ihnen mein Vorschlag deplatziert scheint – vergessen Sie ihn sofort wieder.«

Christoph schob die seltsame Unterredung zunächst beiseite – und kam ein paar Tage später doch darauf zurück. Was genau den Ausschlag gegeben hatte, wusste er im Nachhinein nicht zu sagen – die erneut dürftigen Ergebnisse der Monatsauswertung, das bittere Gesicht seines Vaters oder das endgültige Zerbrechen seiner Beziehung. Vielleicht das Zusammenspiel von allem. Nichts lief rund, nur im Fitnessstudio und beim Kampfsport machte er nach wie vor eine gute Figur.

Leistner reagierte, als hätte er nichts anderes erwartet und als gehörte es ganz selbstverständlich zu seinen Aufgaben, Leute, denen er zufällig im Alltag begegnet war, ins Clubmilieu zu vermitteln. Später wurde Christoph klar, dass der Zufall eine bedeutend kleinere Rolle gespielt hatte. Leistner hatte im Vorfeld detaillierte Erkundigungen eingezogen – sowohl über den Betrieb als auch über ihn höchstpersönlich.

»Ich gucke mir immer sehr genau an, mit wem ich es zu tun habe, und erfasse sehr schnell, wer meines Erachtens Potenzial verschenkt und zugleich neugierig ist, was das Leben abseits der üblichen Bahnen sonst noch an spannenden Aufgaben bereithält, manchmal ohne sich dessen bewusst zu sein. Personalcoaching ist nun mal mein Thema«, antwortete Leistner eine Weile später, als sie sich näher kennengelernt hatten und längst beim Du waren, auf seine diesbezügliche Nachfrage. »Dass in dir mehr steckt als ein zugegebenermaßen talentierter Tischler habe ich sofort erkannt.«

»Ein talentierter Türsteher? Danke für das Kompliment.«

Leistner lachte. »Warte es ab.«

Leistner Geschäftsfreund hieß Karl Brandt. Er ließ Christoph einige Nächte in der Kälte bibbern, ohne ihn großartig zu beachten, bevor er ihn in unregelmäßigen Abständen auch als Aufpasser und Türsteher im Club sowie in einer Bar in der Altstadt einsetzte. Was genau darunter zu verstehen war, erörterte Brandt sehr allgemein. »Wer sich nicht zu benehmen weiß oder randaliert, fliegt raus. Wer als Gast unerwünscht ist, bestimme ich. In der Regel geht es hier friedlich zu. Du wirst schon mitkriegen, wenn dein Eingreifen nötig ist.«

Der Job war unkompliziert und lukrativ. Hin und wieder mimte Christoph den starken Mann, ohne dass er dabei seine Muskeln tatsächlich spielen lassen musste. Es genügte meist, den Kopf zu schütteln und sich breitbeinig in die Tür zu stellen, um einem Gast den Zutritt zu verwehren oder ihn mit festem Griff hinauszugeleiten, falls er sich nicht an die Regeln hielt. Brandt beschäftigte mehrere starke Jungs, der Umgangston untereinander war locker, aber niemand erzählte seine Lebensgeschichte. Darüber hinaus galt die ungeschriebene Regel, dass weder über Gäste noch Gepflogenheiten oder besondere Vorkommnisse gesprochen wurde, mit niemandem. Wer Interna weitertrug, hatte nichts zu lachen – hieß es.

Im Hinterzimmer des Clubs wurde gepokert und gewettet, und zwar um viel Geld, wie Christoph bald mitbekam. Männer, die es sich leisten konnten, in einer Nacht fünf- oder gar sechsstellige Summen zu verlieren, auch Leistner war mit von der Partie. Dass es dabei nicht allein um das richtige Blatt ging, wurde Christoph eines Nachts klar, als er den Auftrag erhielt, einen schwer verletzten Mann zum Arzt zu bringen.

3

Merles Mutter hatte das gemeinsam in Putbus betriebene und in der Region nicht nur bei Touristen hochgeschätzte Restaurant nach dem plötzlichen Tod ihres Mannes vor zwei Jahren verkauft und sich, wie sie mit gepresster Stimme betonte, monatelang, fast ein Jahr lang völlig gehen lassen. »Ich habe aufgegeben, könnte man sagen. Inzwischen geht es mir besser, nach dem Neuanfang hier oben in Juliusruh. Nicht die schlechteste Idee, etwas zu tun, wieder mit Menschen zu tun zu haben. Das Meer ist ganz nah und die Schaabe auch – ich mag die Gegend lieber als den Trubel oben am Kap oder das Gewusel in Binz. All das nimmt mir die Schwere … Es nahm mir die Schwere …« Sie brach ab.

Katrin Markwart arbeitete halbtags als Serviererin in einem auch in der Nebensaison gut besuchten Eiscafé – im Vergleich zu ihrer früheren Tätigkeit und ihrer Position sicherlich ein deutlicher Rückschritt, aber darum ging es ihr ganz offensichtlich nicht. Romy saß ihr an einem Tisch am Fenster gegenüber, das den Blick auf die Fußgängerzone freigab, und nippte an ihrem Espresso. Sie war froh, dass die Frau sich bereit erklärt hatte, ein weiteres Mal mit der Polizei zu sprechen, obwohl es ihr sichtlich schwerfiel.

»Seit einer Woche gehe ich wieder arbeiten«, fügte sie nach einem langen Moment des Schweigens hinzu. »Zu Hause fällt mir die Decke auf den Kopf … Ich kann doch sowieso nichts tun, nichts ändern.« Sie warf einen prüfenden Blick durch den Laden, aber alle Gäste waren versorgt. »Sie sollten das Sanddorneis probieren«, erklärte sie plötzlich mit heller Stimme. »Ich versichere Ihnen, es ist das beste auf der Insel.«

»Glaube ich gerne. Später vielleicht.«

Katrin Markwart nickte langsam. »Ja …« Sie schob die Eiskarte von einer Seite des Tisches zur anderen. »Werden Sie ihn kriegen? Den Täter.«

»Das hoffen wir.«

»Aber bisher gibt es keine Spur, oder?«

»Es gibt keine konkrete Spur, leider. Doch wir sind mittlerweile auf einen Anhaltspunkt gestoßen, der uns nachdenklich stimmt und dem wir nachgehen möchten«, erklärte Romy. »Ihre Tochter war nach dem Abitur für ein Jahr beim Bund …«

»Du liebe Güte – ja, aber das liegt doch schon so viele Jahre zurück«, fiel Markwart ihr erstaunt ins Wort. »Im Herbst neun, wenn ich mich recht entsinne. Was hat das mit dem furchtbaren Verbrechen an ihr zu tun?«

»Vielleicht gar nichts. Aber ich möchte überprüfen, ob es einen Zusammenhang gibt. Ihre Tochter hatte seinerzeit einen durchaus bedeutsamen Konflikt mit zwei Kameraden. Erinnern Sie sich daran, dass sie von Problemen berichtete, wenn sie nach Hause kam?«

Markwart zog die Brauen zusammen. »Sind Sie sicher?«

»Ja. Mein Kollege hat das überprüft. Es ging zum einen um verschwundene Waffen und zum anderen um sexuelle Nötigung. Merle bezichtigte zwei Kameraden, doch man konnte ihnen in beiden Fällen nichts nachweisen.«

»Tja, also um ehrlich zu sein …« Merles Mutter schüttelte den Kopf. »Merle war alles andere als eine problembeladene junge Frau, und ich erinnere mich nicht, dass sie über so etwas gesprochen hat. Andererseits … Wir hatten damals nicht gerade das beste Verhältnis. Sie war neunzehn, zwanzig und glaubte schon seit einigen Jahren, die Weisheit mit Löffeln gefressen zu haben, wie so viele in dem Alter.« Markwart machte eine abwehrende Geste. »Wir hätten gerne gesehen, dass sie das Restaurant übernimmt oder sich zumindest dort engagiert. Aber nein, das war nichts für sie.«

Das kenne ich doch irgendwoher, dachte Romy. Ihre Eltern hatten auch ziemlich entsetzt reagiert, dass weder sie noch ihr Bruder das gastronomische Erbe in München antreten wollten.

»Sie wollte mal was ganz Neues ausprobieren«, fuhr Markwart fort. »Als Frau zum Bund, das war und ist ja immer noch was Besonderes – wir hielten es für eine Schnapsidee, aber es war ihre Entscheidung. Später hat sie dann die Fachhochschule für Wirtschaft besucht und damit dann doch wieder einen ganz normalen Weg eingeschlagen ... Sie war gut in ihrem Job, soweit ich weiß.« Merles Mutter brach ab und holte tief Luft. »Nun, wie dem auch sei, sie hat zu jener Zeit nicht mit ihren Eltern gesprochen, wenn sie etwas bedrückte.«

»Das ist nicht ungewöhnlich«, sagte Romy. »Ich habe das ganz ähnlich gehalten als Teenager und später auch.«

»Abnabelung.«

»Ja, in manchen Familien wird der Einschnitt deutlicher wahrgenommen als in anderen und verläuft auch turbulenter. Können Sie sich an Freunde erinnern, mit denen Merle damals zusammen war? Dort war sie möglicherweise mitteilsamer.«

»Nun, es gab so was wie eine Clique, Mitschüler und Freunde aus dem Segelverein. Mit sechzehn haben wir sie dort angemeldet, wir konnten es uns leisten«, berichtete Markwart, und für einen Moment schwang Stolz in ihrer Stimme mit. »Merle hat damals viel Zeit mit denen verbracht, die hingen dauernd zusammen, bis dann jeder seiner Wege ging. Aber ob ich die Namen noch zusammenkriege, ist ziemlich fraglich, und wie lange die Verbindungen hielten, weiß ich auch nicht. Ihre Freundschaften gingen uns nichts an. Vielleicht kann Ihnen Thilo mehr dazu sagen.«

»Ich werde ihn darauf ansprechen. Danke für den Hinweis.« Romy trank einen Schluck Espresso. Merles Abgrenzung von den Eltern war immer noch spürbar. Sie zögerte kurz, gab sich dann einen Ruck. »Ist die Beziehung zwischen Ihnen und Merle in den letzten Jahren enger geworden? Falls Sie mir die persönliche Frage gestatten.«

»Nun … Als sie selbst Mutter wurde, gab es eine Annäherung zwischen uns, ja, das würde ich so sehen, aber …« Markwart erhob sich plötzlich, als ein Gast am Tresen den Blick umherschweifen ließ. Sie kassierte und kehrte wenig später an den Tisch zu Romy zurück, setzte sich aber nicht wieder. »Um ganz ehrlich zu sein – so richtig warm sind wir nie geworden«, nahm sie den Gesprächsfaden zögernd wieder auf. »Leider. Ich weiß nicht, warum. Sie ist mir immer ein bisschen fremd geblieben, auch nach dem Tod ihres Vaters. Dabei hatte ich ja nur noch sie …«

Wie bitter, dachte Romy und verabschiedete sich kurz darauf, ohne ein Sanddorneis zu probieren. »Danke für Ihre offenen Worte.«

Ihr Blick folgte der Kommissarin, die am kleinen Buchladen vorbei in Richtung Strand ging und dort einen Moment stehen blieb, um die Aussicht zu genießen – so vermutete Katrin. Der späte Mai war ihre Lieblingsjahreszeit – die Natur hatte klirrende Kälte und Winterstürme ertragen und stand nach zögerlichem Beginn nun in voller Blüte, noch ungebeugt von der Hitze des Sommers; die Insel begann in allen Farben zu erstrahlen und verströmte den verheißungsvollen Duft der nahenden Reife. Die schönste Zeit zum Wandern, zum Innehalten und Sichsattsehen. Katrin wandte sich um und ging in die Küche. Die Chefin würde jeden Augenblick eintreffen, und sie musste noch den Geschirrspüler ausräumen.

Als der erste Schock abgeklungen war, hatte Merles Tod

eine seltsame Leere in ihr hinterlassen, die sich nun nach und nach zu füllen begann: mit der ebenso bedrängenden wie unbarmherzigen Wahrheit, dass sie ihre Tochter nicht vermisste. Dieses unfassbar schreckliche Verbrechen an einer jungen Frau und Mutter war kaum zu begreifen - vielleicht sollte man es gar nicht erst versuchen -, doch Katrins persönlicher Verlust als Mutter ihres einzigen Kindes entpuppte sich eher als Scheingefecht, als Angst davor, wieder in die Zeit zurückzufallen, als Franks Tod ihr den Boden unter den Füßen weggerissen hatte. Ein entsetzlich schmerzvolles Gefühl, das sie über viele Monate jeden Augenblick jeden Tages beherrscht hatte. Diese Tochter hatte ihr nie nahegestanden, und umgekehrt war es ganz ähnlich gewesen. Sie hatten einander nie vermisst. Manchmal hatte Katrin ernsthaft darüber nachgesonnen, ob Merle einer dieser Säuglinge gewesen war, die auf der Entbindungsstation mit einem anderen Kind, ihrer wahren Tochter, verwechselt worden war. Das klang wie die verzweifelte Suche nach einer Erklärung für ihre seltsame innere Distanz. Vielleicht sollte sie aufhören, zu suchen, zu deuten und sich Vorwürfe zu machen - oder ihr etwas nachzutragen. Merle hatte früh mit der Abnabelung begonnen, eigene Entscheidungen gefällt und nie viel von sich preisgegeben. Probleme in der Schule, mit Freunden, beim Bund, im Job? Allenfalls hatte Katrin Andeutungen mitbekommen.

In der Ehe war es immer wieder recht turbulent zugegangen - Merle hatte sich aber selten und dann nur oberflächlich dazu geäußert. Dafür hatte Thilo einige Male offen mit ihr und auch mit dem Schwiegervater gesprochen. Er war ein Hitzkopf, einer, der beruflich nicht Fuß fassen konnte und manchmal zu viel trank, dafür machte er sich als Vater ganz hervorragend und konnte seine Stärken und Schwächen sehr gut einschätzen. Katrin mochte ihn und zweifelte keine Sekunde daran, dass er die schwere Situation meistern und mit den Kindern bestens klarkommen würde.

Die ersten Fragen der Polizei hatten unter anderem darauf abgezielt, ob sie sich vorstellen könne, dass ihr Schwiegersohn etwas mit dem Mord zu tun hatte. Was für ein absurder Gedanke! Thilo hat seine Frau angebetet, dachte sie, obwohl sie ihn betrogen hatte – das jedenfalls war weiterführenden Fragen zu entnehmen gewesen. Und wenn er es gewusst oder zufällig erfahren hätte? Wären dann nicht die Fetzen geflogen? Natürlich. Aber Mord? Niemals.

Katrin realisierte erst jetzt, dass sie über die Untreue ihrer Tochter keineswegs verwundert war. Es passte zu Merle. Es war ihre Art, mit dieser zwar immer wieder schwierigen, aber doch insgesamt stabilen Ehe und dem gemeinsamen Leben Frieden zu schließen, statt alles in Frage zu stellen und auszubrechen. So klang es auch bei Thilo an. Außerdem gehörte die Affäre seit Monaten der Vergangenheit an, das hatte er betont – unter herzzerreißendem Weinen. Wann habe ich Merle das letzte Mal weinen sehen, verzweifelt, von Kummer und Schmerz erfüllt? Auf der Beerdigung ihres Vaters? Ich weiß es nicht, stellte Katrin mit leisem Entsetzen fest. Ich weiß so wenig von ihr. Und nun ist es zu spät.

Weder Thilo noch engere Freunde konnten auf die Frage nach Merles Clique gegen Ende der Schulzeit konkrete Namen nennen. Erst das Gespräch mit einem Oberstufenlehrer, den Merle in der zwölften Klasse in Englisch hatte, bevor er an eine Rostocker Schule gewechselt war, sowie Nachforschungen im Segelverein führten die Bergener Ermittler weiter. Auf Fotos, die im Zusammenhang mit Veranstaltungen im Vereinsheim und bei Regatten entstanden waren, war Merle häufig inmitten einer Gruppe von vier, fünf ungefähr gleichaltrigen Jugendlichen zu sehen. Im Zuge der Identifizierung sowie weitergehender Recherchen, die Max auf bewährte Weise angestellt hatte, war der Datenexperte jedoch auf einen seltsamen Umstand gestoßen, wie er zwei Tage nach Romys erneuter Unterredung mit Merles Mutter in der Teambesprechung am Vormittag einleitend anmerkte.

»Das heißt konkret?«, fragte Kasper.

Bitte, Max, keine umständlichen Beschreibungen und stundenlangen Erläuterungen, wie sich dir welche Details warum erschlossen haben und welche Rückschlüsse die Datenbank aufgrund welcher Querverbindung in Zeile dreihundert möglich machte, flehte Romy stumm und seufzte unterdrückt.

»Von dieser Clique, die anfänglich aus fünf, seit dem Frühjahr 2005 aus sechs Leuten bestand, lebt nur noch ein Einziger«, entgegnete Max ungewöhnlich knapp und in aller Seelenruhe.

»Wie bitte?« Romy riss die Augen auf.

Kasper stellte seine Kaffeetasse mit leisem Klirren wieder ab.

»Möchtet ihr es genauer wissen?« Max lächelte plötzlich.

»Unbedingt! Leg los.«

»Stefan Timmer und Leo Schmizz, seit der Oberstufenschulzeit mit Merle befreundet, kamen Anfang 2010 bei einem Glatteisunfall auf der B196 kurz hinter Zirkow ums Leben. Sie waren mit überhöhter Geschwindigkeit von der Fahrbahn abgekommen und frontal in einen Baum gerast. Beide starben noch am Unfallort.«

Max warf einen kurzen Blick auf den Monitor. »Zweieinhalb Jahre später trifft es Sonja Greif. Sie lag nach einem Sportunfall im Sommer 2012 im Bergener Krankenhaus, wo sie völlig unerwartet akute Herzprobleme bekam und starb. Allerdings litt sie seit einigen Jahren unter chronischen Nierenproblemen und in diesem Zusammenhang immer mal wieder auch unter einer Herz-Kreislauf-Schwäche.«

Romy schlug ein Bein über das andere und sah Max gespannt an. »Wie hast du das so schnell und genau in Erfahrung gebracht?«

»Fine hat telefonischen Kontakt zur Familie aufgenommen – der Vater war bereit, detaillierter Auskunft zu erteilen.«

Fine, die meist laut und dröhnend ihre Meinung kundtat und wuchtige Auftritte bevorzugte, hatte durchaus eine sanfte und mitfühlende Seite und entwickelte neuerdings auch am Telefon bemerkenswerte Qualitäten. »Verstehe.«

»Wenn du es genauer von ihr wissen willst – die Kollegin hat im Moment im Amtsgericht zu tun, dürfte aber am späten Mittag zurück sein.«

»Gut. Wie geht es weiter?«

»Nina Bisdorf kam ein Jahr später ums Leben, nämlich im letzten Sommer, als sie allein mit ihrem Segelboot unterwegs war. Die Frau war schwere Allergikerin. Sie erlitt einen anaphylaktischen Schock. Sie hatte, wie rekonstruiert wurde, versehentlich einen Fitnessriegel gegessen, der Nüsse enthielt, gegen die sie allergisch war, und konnte ihr Asthmamittel nicht finden.«

»Das kann doch nicht wahr sein!«, entfuhr es Romy. »Die Frau stirbt mit Mitte zwanzig, weil sie den falschen Riegel isst?«

»So sieht es aus.«

»Und sie war ganz sicher alleine unterwegs?«, fragte Kasper. Seine Miene spiegelte Verblüffung.

Max nickte. »Es gab nicht den geringsten Hinweis auf Fremdverschulden oder auch nur einen vagen Verdacht. Eine tragische Verkettung unglücklicher Umstände – so steht es im Polizeibericht.«

»Zwei junge Männer kommen bei einem Verkehrsunfall ums Leben, eine Frau stirbt im Krankenhaus bei einer Herzattacke, eine zweite auf ihrem Boot, Merle wird ermordet …« Romy wiegte den Kopf. »Das klingt nach völlig unterschiedlichen Ereignissen. Erst durch das Wissen um die freundschaftlichen Bande entsteht ein … ja: merkwürdiges Gefühl.«

»Könnte man so ausdrücken.«

»Was ist mit dem letzten aus der Clique?«, fragte Romy. »Hast du zu dem schon Näheres?«

»Klar. Jurek Ohlhof ist ein Jahr jünger als die anderen. Er stammt aus Niedersachsen und kam 2005 mit seinen Eltern nach Rügen, als sein Vater die Geschäftsführung eines Tagungshotels in Sellin übernahm«, fuhr Max fort. »Er trat in den Segelverein ein und fand Anschluss an die Gruppe. Die fünf Älteren machten im Sommer Abi, Merle ging dann im Herbst zum Bund, die anderen fingen an zu studieren oder jobbten, traten einen Ausbildungsplatz an, während Jurek Ohlhof noch ein Jahr Schule vor sich hatte.«

Max blickte kurz hoch. »Fine hat auch mit der Mutter von Nina telefoniert, die sich recht gut an die sechs erinnern kann. Sie erzählte, dass die sich noch eine ganze Weile immer mal wieder getroffen haben. Doch wie lange die Verbindung hielt und wie intensiv sie war, als alle flügge geworden waren, kann sie nicht einschätzen. Ratet mal, wo ihr bevorzugter Treffpunkt war, wenn sie nicht gerade im Segelverein zusammenkamen.« Max hob eine Braue. »Am Leuchtturm Maltzien.«

»Hm«. Romy schüttelte langsam den Kopf. »Und dieser Ohlhof …«

»Ist 2006 nach Bremen übergesiedelt und hat dort studiert, ist Übersetzer geworden. Seine Eltern haben Rügen Anfang 2012 wieder verlassen, als sein Vater ein lukratives

Jobangebot aus Süddeutschland erhielt. Aber Jurek verbringt regelmäßig Zeit auf der Insel. Er hat ein kleines Ferienhaus in Wiek.«

Romy spürte Kaspers fragenden Blick, und sie nickte. »Wir sollten unbedingt mit ihm sprechen.«

Max räusperte sich. »Er ist für ein verlängertes Wochenende auf der Insel, wie ich bereits in Erfahrung gebracht habe. Kontaktdaten liegen vor.«

Romy erhob sich lächelnd. »Gute Arbeit, mein Lieber. Kündigst du uns an? Und hast du Stralsund schon auf den neuesten Stand gebracht?«

»Wird sofort erledigt.«

Kasper leerte seine Tasse und stand auf. Romy blieb in der Tür stehen und drehte sich noch einmal zu Max um. »Kannst du mal herausfinden, bei welchen Ärzten die beiden Frauen in Behandlung waren?«

»Das dürfte kein Problem sein.«

Kasper schlug die Route über Sagard und Glowe Richtung Norden ein. »Willst du tatsächlich mit den Ärzten reden?«, fragte Kasper kurz hinter Bergen, als sich die Straße durch üppiges Rapsgelb zu schlängeln begann. »Mal abgesehen davon, dass sie dir nichts sagen dürfen. Worum genau geht es dir?«

»Ich würde ganz gerne aus erster Hand erfahren, wie es um die Gesundheit dieser beiden jungen Frauen bestellt war. Und ob es schon vor den tragischen Todesfällen ernste Probleme gab. Dazu könnten wir natürlich auch noch die Familien befragen … Doch nun gucken wir uns erst mal den Ohlhof an.«

Kasper wirkte nicht überzeugt, enthielt sich aber eines Kommentars. Der Kollege war stiller in letzter Zeit, noch zurückhaltender. Als sie den Jasmunder Bodden hinter sich gelassen hatten, warf Romy ihm einen Seitenblick zu. »Ist eigentlich alles in Ordnung bei dir?«

Kasper drehte ihr nur kurz das Gesicht zu. »Ja, klar.«

Schweigen.

»Ich finde, du bist anders als sonst.«

»Anders?«

»Auffallend still.«

»Och … das kommt dir nur so vor.«

»Eben nicht.« Romy verdrehte die Augen. »Kasper – ich bitte dich! Ein paar Tage kenne ich dich nun auch schon. Wenn du was auf dem Herzen hast …«

Kasper winkte rasch ab. »Es ist alles in Ordnung. Hab halt gerade eine besonders maulfaule Phase, das ist nichts Ungewöhnliches hier oben und in meinem Alter schon mal gar nicht. Mach dir keine Gedanken.«

Romy seufzte. »Na schön. Vielleicht hast du ja Lust, am Wochenende mal bei uns vorbeizuschauen? Jan kocht wirklich nicht schlecht, und ein Grill steht bei uns auch rum.«

»Mal sehen.«

»Wusste ich doch, dass dich dieser Vorschlag vor Begeisterung fast vom Sitz reißen würde.«

Immerhin – ein leises Schmunzeln zupfte an seinem Mundwinkel.

Ohlhofs Ferienresidenz – ein hübsches Holzhaus mit blauen Fensterläden, eingerahmt von zweckmäßigem Buschwerk und einigen früh blühenden Gewächsen in Tongefäßen – befand sich in der Nähe des Hafens und unweit des beliebten Surfreviers im Norden der Insel. An der Hauswand lehnte ein schmuckes Mountainbike, auf dem Rasen trocknete ein Segel. Der Mann, der lesend in einem Korbsessel auf der Terrasse in der Sonne saß und aufblickte, als Romy und Kasper auf sich aufmerksam machten, hatte wenig Ähnlichkeit mit dem schmalen, pickeligen Teenager auf den Fotos. Vollbart und Brille ließen ihn älter als siebenundzwanzig wirken; er war immer noch schlank, aber wesentlich muskulöser. Er treibt viel Sport, dachte Romy. Ohlhof stand auf und trat rasch näher.

»Sie sind die Kommissare aus Bergen, nicht wahr?«, fragte er und öffnete das Gartentor. »Ihr Kollege hat Sie angekündigt. Treten Sie ein.« Er wandte sich mit einladender Geste zur Terrasse um. »Haben Sie etwas dagegen, wenn wir draußen sitzen bleiben?«

»Ganz und gar nicht.«

Ohlhof stellte zwei Holzstühle bereit. »Tee? Wasser?«

Kasper lehnte dankend ab. Romy nahm ein Glas Wasser. »Sie wissen, warum wir hier sind.«

»Ja - Merle. Wie fürchterlich.« Er nahm Platz und lehnte sich in den Sitz zurück. Seine Miene war ernst. »Ich habe letztens zufällig von dem Verbrechen gehört. Wie lange ist das jetzt her?«

»Mittlerweile drei Wochen. Wie haben Sie davon erfahren, wenn ich fragen darf?«

Er hob die Hände. »Ich glaube, ich bin aufgrund einer Radiomeldung stutzig geworden und …«

»In Bremen?«

»Nein.« Er lächelte kurz. »Nein - ich war auf dem Weg hierher, wie so häufig. Es war die Rede von Merle Z. aus Putbus, Ende zwanzig, das konnte eigentlich nur sie sein.«

»Verstehe. Sie hatten keinen intensiveren Kontakt mehr zu Merle und der alten Clique aus dem Segelverein?«

Ohlhof schlug ein Bein über das andere. Er zögerte einen Moment. »Die alte Clique?«, entgegnete er schließlich.

»So wird es von verschiedenen Seiten berichtet - Nina, Sonja, Stefan, Leo, Merle und Sie. Sie haben viel Zeit miteinander verbracht, in der Schule, beim Segeln.«

»Stimmt, wir sind uns eine Zeitlang regelmäßig über den Weg gelaufen, es gab die eine oder andere Fete, auf der wir uns gemeinsam amüsiert haben - wir sind ja ungefähr in einem Alter. Clique? Nun ja, vielleicht könnte man es so ausdrücken.«

»Sie würden nicht von einer engen Freundschaft sprechen?«

Er schüttelte den Kopf. »Nein, zumindest nicht, was mich betraf. Ich war ja nur für anderthalb Jahre in Putbus. Die anderen kannten sich bereits wesentlich länger.«

»Es existieren viele Fotos, auf denen Sie stets in einer Gruppe zusammensitzen.«

Ohlhof hob die Hände. »Was besagt das schon?«

Nicht allzu viel, für sich betrachtet, dachte Romy. »Sie haben ein Jahr nach den anderen Abitur gemacht und Rügen dann verlassen.«

»Genau.«

»Haben Sie die fünf je wiedergesehen?«

Ohlhof überlegte nur kurz. »Nein. Wie das so ist – man geht nach der Schule getrennte Wege und läuft sich höchstens zufällig mal über den Weg.«

»Sie sind nicht in Kontakt geblieben?«

»Nein.«

»Dabei ist das heute so einfach – Mails, SMS, soziale Netzwerke.«

»Mag sein. Vielleicht haben die anderen, die hier in der Gegend geblieben sind, den Kontakt untereinander aufrechterhalten. Aber dazu kann ich Ihnen nichts sagen.«

»Sie sind häufig auf Rügen – es wäre völlig unkompliziert gewesen, in Verbindung zu bleiben.«

»Ja, schon, wenn das Interesse vorhanden gewesen wäre. Aber mein Leben unterscheidet sich ganz wesentlich von den Teenagerjahren.«

»Inwiefern? Wenn ich fragen darf.«

»Na klar. Ich arbeite viel und lebe sehr zurückgezogen. Ich bin gerne auf dem Wasser oder mit dem Rad unterwegs. Cliquen sind überhaupt nicht mehr meine Welt.«

Romy sparte sich die Frage nach einer festen Beziehung.

»Warum wollen Sie eigentlich so genau über jene Zeit Bescheid wissen?«

Die Frage war berechtigt. »Wir tappen ziemlich im Dunklen«, gab sie unumwunden zu. »Auf der Suche nach Anhaltspunkten für diesen grausamen Mord haben wir uns Merles Biografie genauer angesehen, ihre Kontakte, ihren Werdegang überprüft und so weiter. Und als wir bei der Clique landeten, stellte sich heraus, dass von dieser Sechsergruppe – ob nun eng oder locker und für wie lange auch immer miteinander befreundet – außer Ihnen niemand mehr lebt.«

Ohlhof öffnete den Mund und schloss ihn wieder. »Ach du liebe Güte.«

»Das ist neu für Sie?«

»Ja. Was ist passiert?«

»Es gab einen Autounfall, bei dem Stefan und Leo ums Leben kamen, Sonja starb völlig unerwartet aufgrund von Herzproblemen im Krankenhaus, Nina erlitt auf ihrem Boot einen anaphylaktischen Schock«, berichtete Romy. »Und schließlich Merles Tod. All das geschah im Verlauf von gut vier Jahren, wobei der Mord zweifellos hervorsticht.«

Ohlhof trank einen Schluck Tee.

»Hatten Sonja und Nina eigentlich bereits damals in der Schulzeit gesundheitliche Probleme?«

»Ich kann mich, ehrlich gesagt, nicht daran erinnern.«

»Nina war Allergikerin«, fügte Romy hinzu. »Sie hatte Asthma und vertrug Nüsse nicht.«

Ohlhof runzelte die Stirn. »Möglich – im Sinne von: will ich nicht ausschließen, aber ich entsinne mich, ehrlich gesagt, nicht besonders gut. Vielleicht hat sie es nicht an die große Glocke gehängt, oder ich habe es nicht registriert.«

Kasper beugte sich plötzlich vor. »Sie dürfte immer einen Inhalator dabeigehabt haben.«

Ohlhof wandte ihm das Gesicht zu. »Wie gesagt – das ist durchaus möglich, aber ich kann es nun mal nicht bestätigen.«

»Sonja war nierenkrank«, ergänzte Romy.

Ohlhof schüttelte den Kopf. »Ja? Tut mir leid. Auch dazu weiß ich nichts.«

Romy warf Kasper einen Blick zu. Hier kommen wir nicht weiter. Er nickte ihr zu.

»Na schön, Herr Ohlhof«, wandte Romy sich wieder an den jungen Mann. »Danke erst mal für Ihre Zeit, und falls Ihnen noch etwas einfällt …«

»Melde ich mich – na klar.«

Wenige Minuten später saßen sie wieder im Wagen. Kasper startete den Motor und schlug für die Rückfahrt die Route über Trent ein.

»Und?«, fragte Romy. »Was hältst du von ihm?«

»Schwer einzuschätzen. Ruhiger Typ, selbstbewusst.«

»Wie ein typischer Siebenundzwanzigjähriger wirkt er nicht auf mich.«

»Was ist schon typisch?«, wandte Kasper ein. »Vielleicht wissen wir einfach zu wenig, um das beurteilen zu können.«

»Kann sein.«

»Und es dürfte wohl kaum nötig sein, mehr über ihn in Erfahrung zu bringen. Mit dem Fall hat er nicht das Geringste zu tun«, stellte Kasper fest.

»Bist du sicher?«

»Du etwa nicht? Wie es aussieht, hat er während seiner Rügener Zeit Anschluss unter Gleichaltrigen gesucht, in dieser Fünfergruppe gefunden und die Clique ein gutes Jahr später komplett wieder abgehakt. So ist das manchmal.«

»Er ist seit Jahren regelmäßig auf der Insel.«

»Das sind viele.«

»Ja, schon …«

Kasper sah sie kurz an. »Worauf willst du hinaus?«

»Es gibt fünf Tote, nur er lebt noch.«

»Das allein macht dich misstrauisch?«

»Ein wenig.«

Kasper atmete tief durch. »Es gibt bizarre Zufälle im Leben.«

»Will ich gar nicht ausschließen.«

»Dennoch willst du mehr über den Typen wissen, nicht wahr?«

»Ja, unter anderem.«

Sie setzten mit der Wittower Fähre über. Romy stieg aus und blickte übers Wasser. Der Wind frischte landeinwärts auf und ließ das Schilf erzittern. Wir sind immer noch keinen Schritt weitergekommen, dachte sie. Der leise Verdacht gegen Ohlhof ist nichts wert, solange wir keine Hinweise finden. Das wird Jan auch so sehen und der Staatsanwalt erst recht.

4

Der Mann hatte schlimm ausgesehen – er hatte aus zahlreichen Wunden im Gesicht geblutet und schwer geatmet, die Augen waren zugeschwollen. Christoph erinnerte sich, dass er heftig erschrak, als der Typ von zwei Männern, die ihm ab und zu mal im Club über den Weg liefen, auf den Rücksitz seines Wagens gehievt wurde. Einer von ihnen raunte ihm die Adresse eines Arztes in Devin zu. »Er weiß Bescheid. Beeil dich.«

Der Verletzte hieß Louis und hatte mächtig Prügel bezogen. Das erzählte er später auf der Rückfahrt in erstaunlich laxem Ton – nachdem ihn ein mürrischer Doktor ohne viele Worte gegen fürstliche Entlohnung mitten in der Nacht notdürftig verarztet und das Schmerzmittel zu wirken begonnen hatte.

»Was ist denn passiert?«, fragte Christoph. »Hast du dich mit gezinkten Karten erwischen lassen?«

Louis blickte hoch in den Rückspiegel und suchte Christophs Blick. »Soll das ein Witz sein? Ich habe doch nicht am Spieltisch gesessen.«

»Schon gut.«

Lästige Fragerei unerwünscht, dachte Christoph.

»Ich war im Ring, wenn du es genauer wissen willst«, schob Louis ein paar Minuten später nach.

Christoph nickte, als wäre ihm sonnenklar, worum es ging. »Okay.«

»Die Wetten standen gegen mich, aber ich habe mich ganz gut gehalten.«

»Frei nach dem Motto – du müsstest mal den anderen sehen?«

»So ungefähr. Fährst du mich nach Hause? Ich muss dringend ausschlafen.«

»Klar doch.«

Christoph beschloss, die Sache auf sich beruhen zu lassen. Wer sich im Club mit wem warum prügelte, ging ihn gar nichts an. Wäre es anders, hätte Brandt ihn eingeweiht. Andererseits hatte man ihn für vertrauenswürdig befunden, Louis zu begleiten, und der wiederum war ja vergleichweise mitteilungsfreudig gewesen, jedenfalls sobald er wieder zum Plaudern imstande war. Ein paar Tage später rief Louis auf dem Handy an, als Christoph gerade von einer Baustelle nach Hause fuhr.

»Wollte mich noch mal bedanken.«

»Nicht der Rede wert.«

»Sag das nicht.«

»Okay.«

»Der nächste Drink geht auf mich, wenn du Lust hast.«

»Immer.«

»Hast du Bock, am Wochenende einen Kampf anzusehen?«

Christoph zögerte den Bruchteil einer Sekunde. »Nun …«

»Ich sorge dafür, dass du rein kannst – Brandt wird garantiert nichts dagegen haben. Du bist ja einer von uns.«

»Okay.«

»Sag doch nicht immer: okay.«

»Ähm … Wie du willst.«

Die Kämpfe fanden einmal im Monat im Hinterhaus des Clubs in ausgebauten Kellerräumen statt. Manchmal lag ein längerer Zeitraum zwischen den Veranstaltungen. Hohe Gewölbe, flackerndes Licht, dumpfe Technobässe, die stetig im Hintergrund dröhnten. Die Atmosphäre erinnerte ihn an *Matrix*. Er war ziemlich perplex, dass er bislang nicht das Geringste von diesen Aktivitäten mitbekommen hatte. Offensichtlich waren die Räume gut isoliert, und die Beteiligten bewahrten Stillschweigen. Um den Ring verteilt standen meist vier, fünf Dutzend Männer zusammen, ab und an auch deutlich mehr, hin und wieder waren einige wenige Frauen dabei. Die Zuschauer verfolgten das Geschehen und feuerten die Kämpfer an, auf die sie gewettet hatten - angespannt oder freudig johlend, wütend, lachend oder mit gespielter Gleichmütigkeit. Es roch nach Schweiß und Bier, nach verbrauchter Luft, Testosteron und Turnhalle. Die Regeln waren denkbar einfach: Es gab keine. Die Kämpfer fielen mit bloßen Fäusten übereinander her. Erlaubt war alles, was Wirkung zeigte, und Sieger war, wer seinen Gegner ausknockte oder ihn zum Aufgeben zwang, was allerdings selten geschah. Fairness und Rücksichtnahme waren verpönt, einzige zugelassene Vorsichtsmaßnahme: ein Schutz für die Zähne.

Christoph war entsetzt und fasziniert zugleich, und als Louis ihm zuraunte, wie viel selbst der Verlierer eines Kampfes verdiente, sobald er sich einen halbwegs bekannten Namen in der Szene gemacht hatte und eine hohe Wettquote einfuhr, pfiff er leise durch die Zähne. Damit so viel übrig blieb, musste der kleine Betrieb seines Vaters einen richtig guten Auftrag an Land ziehen.

»Woher stammen die Jungs, die sich hier in den Ring stellen?«, fragte er beim zweiten Bier.

»Du meinst, so klasse Leute wie ich?« Louis grinste. »Nun, ich war mal Kickboxer und bin dann in die Fighting-Szene gegangen. Harter Job, aber das ist meine Welt, und er bringt was ein, wenn du die richtigen Leute kennst und dich präsentieren kannst. Um hier antreten zu dürfen, musst du was draufhaben, und zwar nicht nur körperlich und technisch.«

»Sondern?«

»Illegale Kämpfe kannst du an vielen Orten bestreiten, und da kommt oftmals ein seltsames Volk zusammen. Brandt und seine reichen Geschäftsfreunde haben aber ziemlich klare Vorstellungen, was hier abgehen soll und was nicht. Sie wollen keine Loser im Ring – keine abgewrackten Hooligans oder heruntergekommene Straßenschläger, die aus ihren Motorradgangs rausgeflogen sind. Du musst schon ein bisschen Stil mitbringen und dich und deine Fähigkeiten angemessen verkaufen können, dann stimmen auch die Wetten, und du kriegst gute Kämpfe.«

Er rückte ein Stück näher an Christoph heran. »Hier geht jede Menge Schotter über den Tisch«, raunte er ihm zu. »Die versammelten Herren – Leute aus allen möglichen Branchen, wenn du verstehst, was ich meine – haben was übrig für deftige Schlägereien, bei denen im wahrsten Sinne des Wortes kein Auge trocken bleibt, und sie lassen sich diesen Spaß richtig was kosten. Das darfst du mir glauben.«

»Tu ich.«

»Bist du eigentlich interessiert?«

»Woran jetzt genau?«

Louis griff kurz nach Christophs Oberarm. »Du bist gut in Form, und als Türsteher und Aufpasser machst du was her – du wirst wissen, wie du deinen Körper einsetzt, und blöd bist du auch nicht. Oder willst du wetten? Für heute Abend hätte ich einen guten Tipp.« Er zwinkerte.

Bei den nächsten Kämpfen stand Christoph direkt am Ring, und bei einigen Wetten lag er richtig. Er intensivierte sein Training, zunächst nur so zum Spaß, wie er sich einzureden versuchte, dann zunehmend zielgerichteter. Er begann mit Louis zu trainieren und war verblüfft, wie sehr ihn der Rausch des Kampfes und der Herausforderung zu faszinieren begann. Sein harter, durchtrainierter Körper gefiel ihm, und er begann die Möglichkeiten auszuloten, die in ihm steckten. Nach einer langen Arbeitswoche war er in der Lage, Samstagnacht in irgendeinem Club stundenlang ausgelassen zu tanzen, ohne auch nur das geringste Zeichen von Ermüdung zu spüren – dazu musste er keine einzige Pille einwerfen. Und die Frauen beachteten ihn auch wieder.

Christoph schüttelte den Kopf, als er an die Vernehmung und das Telefonat mit Jakob zurückdachte. Blieb zu hoffen, dass der rasch ein anderes Alibi auf die Beine stellte und die Polizei das Interesse an ihnen verlor.

Simons neue Kollegin Olivia Durant war Anfang des Jahres zum Stralsunder Team gestoßen. Sie war in Rostock und beim LKA Schwerin im OK-Bereich tätig gewesen und hatte um Versetzung gebeten. Warum, wusste niemand so ganz genau, aber es wurde gemunkelt, dass sie mit einem Staatsanwalt liiert gewesen war und die beiden es mit der Wahrung von Dienstgeheimnissen nicht so genau genommen hatten, worauf es zu internen Querelen gekommen war. Jan interessierten solche Geschichten herzlich wenig. Ihm gefiel Olivias Laufbahn, er hatte sie sofort ins Team genommen und Simon an die Seite gestellt. »Damit du nicht nur hinterm Schreibtisch rumhängst wie Kollege Breder auf Rügen. Ein bisschen Straßenluft wird dir guttun.«

Kein schlechter Ansatz – im Gegensatz zu Max hatte Simon überhaupt nichts dagegen, sein Büro zu verlassen und aktiv in den Einsatz zu gehen –, doch die Zusammenarbeit mit Olivia gestaltete sich anfangs ziemlich holperig, und er würde sie auch nach einigen Monaten nicht gerade als harmonisch bezeichnen.

Olivia war mit knapp vierzig eine erfahrene Beamtin, die sich nicht die Butter vom Brot nehmen ließ. Sie hatte zahlreiche Weiterbildungen absolviert, unter anderem als Fallanalytikerin, war selbstbewusst und neigte zu Scharfzüngigkeit. Die Idee, sich auf einer neuen Dienststelle behutsam vorzutasten und statt Forschheit ein wenig Zurückhaltung und Umsicht an den Tag zu legen, schien ihr nicht einen Moment in den Sinn zu kommen. Simon hätte es durchaus begrüßt, wenn sie etwas kleinere Brötchen backen würde, aber die Rolle hatte sie offensichtlich ihm zugedacht – dem Youngster mit gerade mal siebenundzwanzig Jahren und einem bislang überschaubaren Karriereverlauf. Mindestens einmal am Tag sehnte er sich an seinen Schreibtisch oder wahlweise an Jans Seite zurück, der ja nun auch nicht unbedingt als der umgänglichste Charakter in der Hansestadt durchging, geschweige denn als Vorgesetzter mit überragender Charmequote galt.

Simon seufzte, während er im Auto vor dem Krankenhaus auf seine Kollegin wartete und seinen Gedanken freien Lauf ließ. Die Meldung über einen schwer verletzten Mann, der in den frühen Morgenstunden fast nackt und ohne Papiere in einer Parkanlage am Knieperdamm im Norden der Stadt unweit der Klinik aufgefunden worden war und im Koma lag, hatte das Kommissariat vor einer Stunde während der Besprechung erreicht. Der Verletzte war Opfer brutaler Gewalt geworden. Jan hatte sich mindestens zwei Minuten lang lauthals darüber ereifert, dass die Dienststelle nicht sofort hinzugezogen worden war, bevor er die Kriminaltechnik kontaktierte sowie Simon und Olivia losschickte, um mit dem Arzt und den Rettungsleuten zu sprechen.

Die Umstände ähnelten in auffallender Weise einem anderen, etliche Wochen zurückliegenden Fall, so viel stand bereits fest. Auch der Mann, ein athletischer, durchtrainierter Typ, wahrscheinlich Kraft- oder Kampfsportler, war übel zugerichtet worden, und auch ihn fand man in der

Nähe der Klinik; er erlag auf dem Weg ins Krankenhaus seinen Verletzungen. Seine Identität konnte nicht eindeutig geklärt werden - so war er dem organisierten Verbrechen zugeordnet worden, ohne jedoch in diesem Zusammenhang sonderlich aufgefallen zu sein. Vielleicht hatte er als Bodyguard gearbeitet. Unter Umständen war es zu Streitigkeiten innerhalb des Milieus gekommen, so schätzten die Kollegen aus dem OK, die sie zurzeit tatkräftig unterstützten, aber diese Annahme war nicht viel mehr als eine halbherzige Vermutung. Die Ermittlungsergebnisse verdienten nicht einmal diesen Namen, und die Akte wäre sicherlich über kurz oder lang auf dem Stapel »unerledigt« gelandet. Nun gab es ein zweites Opfer - und trotz des offensichtlichen Zuammenhangs demnächst vielleicht zwei Akten, die auf dem erwähnten Stapel landen würden ...

Das Gespräch mit den Rettungsleuten und dem Arzt war alles andere als erhellend bezüglich der Tatumstände gewesen. Die Hinweise beschränkten sich auf die Beschreibung schwerer Schlag- und Trittverletzungen, die das Opfer - ebenfalls sportlich und durchtrainiert - möglicherweise nicht überleben würde.

Eine Not-OP wurde gerade vorbereitet, während ein Assistent der Rechtsmedizin die Verletzungen dokumentierte. Olivia hatte sich die wenigen Kleidungsstücke, die der Mann getragen hatte, aushändigen lassen und war noch einmal auf dem Absatz umgekehrt und in die Klinik zurückgehetzt, um mit einem Pfleger aus der Ambulanz zu sprechen.

»Sicher ist sicher. Vielleicht ist dem was aufgefallen. Geh vor, warte im Auto und sag Jan Bescheid«, hatte sie Simon noch zugerufen. »Bin gleich zurück.«

Na toll. Darf ich den Wagen schon mal vorfahren? Simon hatte Meldung erstattet, sich mit Frauke abgesprochen und seitdem grübelnd zum Fenster hinausgeblickt. Er startete den Motor, als er schließlich Olivia entdeckte, die den Weg zum Parkplatz hinunterlief und gleich darauf neben ihm Platz nahm.

»Und? Was Neues?« Simon ordnete sich in den fließenden Verkehr ein.

Die Kollegin schüttelte den Kopf und öffnete die Plastiktüte mit den Klamotten. »Er trug Slip und eine Sporthose«, führte sie aus. »Immerhin, das erste Opfer war vollständig entkleidet gewesen, bis auf die Unterhose.«

»Eine Sporthose?«

»Ja – so sieht das Teil zumindest auf den ersten Blick aus. Außerdem hat die Spurensicherung einen Schuh in der Nähe des Fundorts entdeckt, der ihm gehören könnte. Wir bringen den Kram gleich in die Technik.«

Wir?

»Kümmerst du dich darum?«

»Klar doch.«

Der Mann könnte Boxer gewesen sein – der Schuh war ein handelsüblicher Sportschuh, der beim Boxen getragen wurde. Der vorläufige rechtsmedizinische Befund stützte diese These, die auch für das erste Opfer zutreffen dürfte. Auf einem Etikett in der Sohle des Schuhs fand sich der Vorname Tibor. Die Ärzte schätzten ihn auf Anfang zwanzig, er überlebte die OP nicht. Seine DNA war nirgends registriert; das kleine Tattoo auf seiner Brust führte nach einer ersten Überprüfung in einen Sportclub, den es jedoch seit zwei Jahren nicht mehr gab. Ein Mitgliederverzeichnis war nicht aufzutreiben, und weiterführende Recherchen brachten lediglich vage Ergebnisse und den schwammigen Verdacht, dass das Ganze etwas mit illegalen Boxkämpfen und Sportwetten, Geldwäsche und so weiter zu tun haben könnte und direkt in den vielschichtigen Bereich der organisierten Kriminalität führte. Ermittlungen gestalteten sich dort in der Regel als schwierig, zeitaufwändig, häufig ergebnislos und überaus riskant.

»Also genau das Richtige für uns«, meinte Olivia nach Jans abschließender Darstellung zum aktuellen Ermittlungsstand und fasste Simon ins Auge.

Der Fall hat sie gepackt, und witzig ist sie auch noch, dachte Simon. Sein Blick fiel auf Jan, der wiederum Olivia fixierte. »Bei allem Respekt, Kollegin, aber ...«

Sie strich sich eine blonde Haarsträhne aus der Stirn. »Wie alt waren die beiden Opfer – Anfang, Mitte zwanzig?«

Jan nickte.

»Wir könnten uns als Familienangehörige ausgeben, die unbedingt wissen wollen, was passiert ist, und in dem einen oder anderen Boxclub nachfragen.«

»Wer ist wir?«, fragte Simon, in höchstem Maße beunruhigt.

»Ich mache mich ein bisschen älter und stelle mich als Mutter von Tibor vor, und Simon spielt den älteren Bruder oder Cousin ...«

»Moment!«, unterbrach Jan sie eilig. »Das ist viel zu gefährlich. Wir wissen nichts über die Opfer, geschweige denn über die Hintergründe des Geschehens. Die halten dich sofort für ein Fake, und ihr lauft ins offene Messer.«

»Ganz meine Meinung«, pflichtete Simon rasch bei. »Offene Messer finde ich richtig scheiße.«

Olivia zuckte mit den Achseln. »Man muss es ja nicht übertreiben mit dieser Nummer, aber als Einstieg ist sie bestimmt nicht schlecht. In den Kreisen ist es garantiert nicht üblich, sich gegenseitig Familiengeschichten zu erzählen und Fotos von Mutti herumzuzeigen. Ergo – Tibors Mutter wird kaum jemand persönlich kennen.«

Jan verschränkte die Arme vor der Brust. »Tibor ist erst heute früh ums Leben gekommen. Und wenig später sucht die Mutter nach ihm?«

»Ich habe einen Anruf erhalten – einen anonymen. Jemand hat die Familie benachrichtigt.«

Jan starrte Olivia abschätzend an. »Was versprichst du dir davon?«

»Ich fände es hilfreich, wenn die Szene nervös würde und sich rührt. Damit ergibt sich Ermittlungsspielraum, zumindest die Chance darauf, und zwar in alle möglichen Richtungen.«

Simon atmete tief durch.

»Ich glaube nicht an die Theorie, dass es den üblichen Stress im Milieu gab, bei dem zwei Jungs dran glauben mussten«, fuhr Olivia fort. »Dabei verschwinden die Leute in der Regel spurlos, oder man findet ihre Leichen ewig und drei Tage später: verbuddelt, mit Betonschuhen in einem Hafenbecken versenkt oder Ähnliches …«

»Ausnahmen bestätigen die Regel«, wandte Jan ein.

»Darüber hinaus haben beide Opfer noch gelebt und hätten mit etwas Glück gerettet werden können. Auch das ist eher ungewöhnlich«, fuhr Olivia fort.

»Vielleicht gab es eine Strafmaßnahme, bei der die Täter gestört worden sind, und sie haben sich entschlossen, die beiden zurückzulassen«, schlug Simon vor.

»Bei einer Strafmaßnahme gestört? Und das gleich zweimal im Abstand weniger Wochen und jedes Mal in der Nähe der Klinik? Was für ein Zufall.«

»Nun …«

»Quatsch. Die hatten Kämpfe hinter sich, bei denen was schiefgegangen ist. Oder auch nicht …«

»Wie meinst du das?«, fragte Jan.

»Bei illegalen Kämpfen geht es hart und schmerzvoll zu«, antwortete Olivia nach kurzem Überlegen. »Der Sieger muss seinem Gegner für alle erkennbar klar überlegen sein – allein schon wegen der Auszahlung der Wettgelder. Vielleicht haben wir es hier mit Fights zu tun, die in besonders aufgeheizter Stimmung aus dem Ruder liefen oder bei denen die Beteiligten von vornherein mehr sehen wollten als den klaren Kampfvorteil eines Boxers. Ein sauberer Knockout reicht dann nicht – es muss richtig zur Sache gehen. Je blutiger und gefährlicher, umso besser. Wenn der Unterlegene sich gut gehalten hat, kriegt er wenigstens eine Minichance – indem er in der Nähe einer Klinik deponiert wird.«

»Klingt ziemlich derbe.« Jan runzelte die Stirn. »Gehe ich recht in der Annahme, dass du dich schon mal mit diesem Thema befasst hast?«

»Ja, ist aber schon eine Weile her. Ich wüsste gern genauer, was hinter dem Tod der beiden jungen Männer steckt, worauf sie sich warum eingelassen haben. Und wer daran verdient hat.«

Simon war unschlüssig, ob er eine ähnliche Wissbegierde entwickeln wollte, aber wie es aussah, hatte er ohnehin keine Wahl.

»Einen Versuch wäre es wert«, schob sie nach. »Ein bisschen Herumstochern kann nicht schaden. Die Veranstalter und alle Beteiligten dieser Fights werden garantiert in Deckung gehen, nachdem es jetzt einen zweiten Toten gegeben hat. Sie wissen, dass die Polizei eins und eins zusammenzählt und besonders aufmerksam sein wird. Niemand wird offiziell irgendein Wort über die Sache verlieren.«

Jan deutete ein winziges Nicken an. »Gut, aber nur in Absprache mit mir und detailliert vorbereitet. Wir hängen die Aktion nicht an die große Glocke, vorerst jedenfalls nicht.«

»Geht klar.« Olivia lächelte zufrieden.

Simon seufzte leise.

»Ach, sei still – du hast mich noch nicht als Mutti erlebt.«

Jan grinste.

5

Ende des Jahres war Schicht im Schacht. Kasper konnte immer noch nicht fassen, wie nah das Ende plötzlich war, und er hatte Mühe, sich das Leben als Pensionär vorzustellen – immer Wochenende, immer Urlaub. Mit Mitte sechzig war manches anders als zehn oder gar zwanzig Jahre zuvor, keine Frage, selbst bei bester Gesundheit und guten Fitnesswerten ließ die Geschmeidigkeit nach, nicht grundsätzlich, aber bei vielen. Wenn ihn ein Infekt erwischte, brauchte er drei Wochen, um wieder in Gang zu kommen, früher waren es höchstens zwei gewesen, wenn überhaupt. Er war am Ende einer anstrengenden Arbeitswoche rechtschaffen müde, und wenn sie ruhiger verlaufen war, fühlte er sich dennoch ausgelaugt.

Aber vielleicht bilde ich mir diesen ganzen Mist auch nur ein, weil ich mich sorge, dass es abwärtsgehen könnte, weil ich Befürchtungen anhäufe, statt mich auf mehr Freizeit und Ruhe zu freuen, auf die Möglichkeit, neue Ziele ins Auge zu fassen. Aber welche? Angeln, lesen, wandern? Kaspers Vater war kürzlich vierundneunzig Jahre alt geworden, hatte allerdings die meiste Zeit der letzten Jahre im Dämmerzustand verbracht. Saß im Sessel und starrte stumm zum Fenster hinaus. Möchte ich das?, grübelte Kasper. Oder ist es vermessen, diese Feststellung zu treffen? Vielleicht nimmt der Alte Dinge wahr, von denen andere gar nichts wissen können, ich schon mal gar nicht. Außerdem: Er ist dreißig Jahre älter – eine ganze Generation. Was hat das mit mir zu tun? Andere in meinem Alter planen eine Weltreise, engagieren sich wo auch immer, gehen jede Woche dreimal ins Fitnessstudio, hocken ständig bei Enkeln herum, stürzen sich in die Gartenarbeit oder übernehmen einen Job für rüstige Rentner. Was für Aussichten ...

Kasper schob die Grübeleien beiseite, während er im Fahrstuhl in den dritten Stock des Ärztehauses fuhr, wo er einen Termin mit Doktor Gertrud Stine hatte. Sie war als internistische Ärztin im Bergener Krankenhaus beschäftigt gewesen, als Sonja Greif nach ihrem Sportunfall völlig unerwartet aufgrund von Herzproblemen starb. Da er vor einiger Zeit selbst bei ihr in Behandlung gewesen war, erhoffte er sich eine günstige Einstiegssituation für ein vertrauliches Gespräch. Romy wiederum hatte sich mit Nina Bisdorfs Allergikologen sowie ihrem Bruder verabredet, und Max würde währenddessen den Rechner heiß laufen lassen, um so viele Informationen wie möglich über Ohlhof aufzutreiben.

Bezüglich der ehemaligen Kameraden vom Bund gab es aus der PI Stralsund keine Neuigkeiten, allerdings hatte Jakob Gärtner seine Angaben den Tatabend betreffend inzwischen geändert und damit für ein überzeugenderes Alibi gesorgt – jedenfalls auf dem Papier. Romy traute dem Frieden nicht, doch das allein machte den Mann offiziell noch nicht verdächtig.

Kasper musste zwanzig Minuten warten, und als er der Ärztin schließlich gegenübersaß, schwand seine Hoffnung, ohne großen Aufwand in ein Gespräch über eine verstorbene Patientin einsteigen zu können. Doktor Stine wirkte müde, erschöpft und dezent genervt. Sie unterbrach Kasper nach wenigen einleitenden Sätzen mit einer abwehrenden Handbewegung.

»Falls Sie mich dazu bewegen wollen, Ihnen Einzelheiten zum Krankheitsverlauf einer ehemaligen Patientin zu erzählen – vergessen Sie es. Sie wissen, dass ich das gar nicht darf.«

»Ja, das weiß ich.«

»Und warum versuchen Sie es dennoch? Weil ich Sie mal behandelt habe?« Sie hob eine Braue. »Ich bitte Sie, Herr Kommissar.«

Kasper sah sie nachdenklich an. Einen Moment lang war er versucht, ohne ein weiteres Wort aufzustehen und zu gehen. Sie war im Recht und darüber hinaus weder die Bohne kooperativ noch freundlich oder verständnisvoll. Romy wäre längst patzig geworden, und er würde wohl beim nächsten Kränkeln einen anderen Arzt konsultieren. Vielleicht hatte sie einen richtig miesen Tag hinter sich …

»Wir kommen nicht weiter«, wagte er einen zweiten Versuch. »Merle Zober ist vor drei Wochen ermordet worden. Und nun stellen wir fest, dass vier junge Menschen aus ihrem früheren Freundeskreis ebenfalls tot sind. Macht uns stutzig, auch wenn die anderen Todesfälle unauffällig wirken, auf den ersten Blick – tragische, aber erklärbare Geschehnisse.«

Sie sah ihn unverwandt an. Ich werde ungewöhnlich viele Worte machen müssen, dachte Kasper. Vielleicht ist was schiefgegangen damals, von ärztlicher Seite. »Wir wollen ausschließen, dass keine Fragen offenblieben oder Skepsis, ein ungutes Gefühl«, fuhr er fort. »Das könnte ein Anhaltspunkt sein. Darum bin ich hier. Wir wissen aus Unterredungen mit der Familie, dass Sonja schon längere Zeit unter Nierenproblemen litt und an akutem Herzversagen starb. Details aus der Patientenakte interessieren mich nicht.«

Die Ärztin legte die Hände auf den Tisch.

»Es sind oft die kleinen Dinge, die nicht zusammenpassen und einen nicht zur Ruhe kommen lassen. Das ist in meinem Beruf häufig der Fall. Vielleicht geht es Ihnen manchmal ganz ähnlich.«

Die Ärztin deutete ein winziges Nicken an. Dann drehte

sie sich abrupt zu ihrem PC um, tippte etwas ein, las zwei Minuten und wandte sich wieder Kasper zu. »Es ging ihr gut. Sie war nach einem Beinbruch operiert und einige Tage später auf die Internistische verlegt worden, weil ihre Nierenwerte auffällig waren und parallel behandelt werden mussten«, erklärte sie in sachlichem Ton.

»Auffällig?«

»Ja, das heißt, dass sie nicht alarmierend waren oder gar bedrohlich, aber behandlungswürdig. Es ging ihr insgesamt gut, auch wenn ihr Kreislauf nicht durchgehend stabil war …«

»Was ist damit gemeint?«

»Blutdruckschwankungen, völlig harmlos. Sie befand sich auf dem Weg der Besserung.« Doktor Stine zögerte einen Moment. »Die Nachtschwester stellte den Tod während der Routine-Runde zu Beginn ihrer Schicht fest und alarmierte mich umgehend«, fuhr sie dann in leisem Ton fort.

»Niemand hatte etwas mitbekommen?«

»Nein, sie lag in einem Einzelzimmer.«

Kasper überlegte kurz. »Hat sie keine Beschwerden gehabt?«

»Ich denke schon. Sie können so heftig gewesen sein, dass sie nicht mehr in der Lage war, Hilfe zu rufen. Oder aber sie wurde im Schlaf überrascht und konnte nicht mehr reagieren.«

»Wie lange war sie tot, als man sie fand?«

»Ungefähr eine Stunde. Der Kollege, den ich zur Einschätzung hinzuzog, war der gleichen Ansicht.«

»Sonja war sehr jung, Mitte zwanzig.«

Doktor Stine nickte. »Wir waren zutiefst erschüttert. Niemand hatte damit gerechnet, aber natürlich passiert so etwas, auch sehr jungen Menschen.«

»Die Medikamente …«

»Hatte sie bestens vertragen. Bei der Überprüfung der Patientendokumentation wurden keinerlei Auffälligkeiten festgestellt. Ich habe unseren Pathologen persönlich gebeten, sich die Leiche sehr genau anzusehen …«

»Demnach waren Sie unsicher?«

»Nein. Ich war bestürzt, ja, fassungslos und wusste, welche Fragen auf uns einstürmen würden, wenn so ein junger Mensch aus heiterem Himmel an Herzversagen stirbt.«

Kasper lehnte sich zurück. Doktor Stine wirkte engagiert und glaubwürdig. »Ich verstehe.«

»Wirklich?«

»Ja. Danke für Ihre Offenheit, die natürlich unter uns bleibt.« Kasper nickte ihr zu, erhob sich und trat, ein Foto von Ohlhof aus der Tasche ziehend, an ihren Tisch. »Nur noch der Vollständigkeit halber – ist Ihnen dieser Mann schon mal über den Weg gelaufen?«

Doktor Stine schüttelte sofort den Kopf. »Nein. Weder damals noch in letzter Zeit.«

»Gut.« Kasper wandte sich zur Tür. »Alles Gute.«

»Ihnen auch. Wie geht es eigentlich Ihrem Kreislauf?«, schob die Ärztin nach, als er bereits in der offenen Tür stand.

»Kann nicht klagen.«

»Schön, aber lassen Sie sich ruhig mal wieder durchchecken. Kann nicht schaden.«

»Mach ich.« Vielleicht.

Über das Gesicht der Ärztin flog ein winziges Lächeln, plötzlich hob sie nachdenklich das Kinn. »Mir fällt gerade noch etwas ein. Eine der Schwestern – sie befand sich damals in der Ausbildung – hat besonders heftig auf den Tod von Frau Greif reagiert. Ich hatte den Eindruck, dass die beiden sich privat kannten. Das mag nebensächlich klingen, aber …«

»Ganz und gar nicht. Ich würde gerne mit der Schwester sprechen. Verraten Sie mir ihren Namen?«

Nora Teuber hatte gerade Dienstschluss und befand sich auf dem Weg zum lediglich wenige Gehminuten entfernten Markt, als Kasper sie auf dem Handy erreichte. Sie war völlig perplex, aber umgehend zu einem Gespräch bereit und schlug vor, dass sie sich in einem Café am Kirchplatz trafen.

Teuber war klein und mollig, hektische rote Flecken hatten sich über ihre Wangen verteilt, und ihre Lippen waren bleich. Kasper bestellte einen Milchkaffee und hoffte, dass die Aufregung der jungen Krankenschwester im Laufe des Gesprächs abklingen würde.

»Wir waren alle völlig fassungslos«, erklärte sie bereits zum zweiten Mal.

»Das kann ich mir gut vorstellen ...«

Sie verrührte ihren Eiskaffee mit hektischen Bewegungen. »Und es gibt weitere Tote? Leute, die früher mit Sonja befreundet waren? Das ist ja entsetzlich!«

Kasper hob die Hände. »Frau Teuber – es geht um eine Routineabfrage im Zusammenhang mit einem Fall, der uns seit geraumer Zeit beschäftigt. Auch junge Menschen sterben, das ist tragisch. Wir wollen nur sichergehen ...«

»Ja, ja, schon klar.« Teuber nickte. »Ich weiß, worauf Sie hinauswollen.«

»Schön. Doktor Stine hält es für möglich, dass Sie Sonja näher kannten. Vielleicht haben Sie etwas mitbekommen oder beobachtet, was wichtig für uns sein könnte.«

»Sie war eine sehr sympathische Patientin – immer gut drauf, geduldig, freundlich, hat nie auf der Klingel gesessen, wenn Sie verstehen«, erzählte Teuber schließlich zunehmend ruhiger. »Ja, wir sind manchmal ins Gespräch gekommen, wir waren ungefähr in einem Alter, hörten ähnliche Musik, schwärmten für dieselben Bands. Sonja hatte gerade ihr Studium beendet – Umwelttechnik oder so was. Wenn ich mich recht erinnere, hatte sie einen Job in Aussicht. Es lief alles ganz gut, eigentlich ...« Teuber brach ab und rührte wieder in ihrem Eiskaffee, bevor sie einen Löffel probierte.

»Hat sie vielleicht mal ihre Schulzeit erwähnt und von einem alten Freundeskreis gesprochen?«

»Sie hat vom Segeln und Surfen erzählt – mit Freunden, ja. War 'ne schöne Zeit, meinte sie. Sie haben jedes Wochenende gefeiert, und es gab viel zu lachen.«

»Erwähnte sie Streit? Probleme?«

Teuber sah ihn erstaunt an. »Nein. So gut kannten wir uns ja nun auch wieder nicht. Sie betonte, dass es immer sehr lustig zugegangen wäre.«

Kasper zeigte ihr das Foto von Ohlhof, aber Teuber reagierte wie die Ärztin. »Nie gesehen. Wer ist das?«

»Spielt keine Rolle. Reine Routineabfrage.«

»Ach so.«

»Falls Ihnen noch etwas einfällt, melden Sie sich bitte.«

»Natürlich.«

Kasper war davon überzeugt, dass Teuber nichts Erhellendes beizutragen hatte, und verabschiedete sich. Als er ins Kommissariat zurückkehrte, war Romy auch gerade eingetroffen. Die Gespräche, die sie mit Nina Bisdorfs Arzt sowie ihrem Bruder geführt hatte, waren im Ergebnis ähnlich verlaufen wie Kaspers Unterredung.

»Keine Besonderheiten«, berichtete Romy. »Sie war seit vielen Jahren Allergikerin gewesen und ging verantwortungsbewusst damit um. Das betonen beide. Ninas Bruder Gabriel meint, dass sie noch niemals zuvor einen falschen Riegel eingepackt beziehungsweise gekauft, geschweige denn gegessen hatte ...« Sie atmete laut aus und überlegte einen Moment. »Er hat Ohlhof als einen aus der Clique wiedererkannt, mit der seine Schwester eine Zeitlang herumgezogen sei, wie er es ausdrückte. Allerdings war er ziemlich baff, wie sehr er sich verändert hat.«

Kasper zuckte mit den Achseln. »Waren wir ja auch. Aber was soll's? In dem Alter entwickelt man sich manchmal in eine völlig andere Richtung.«

»Gabriel beschrieb ihn übrigens als fünftes Rad am Wagen.«

»Er war der Jüngste und zuletzt dazugestoßen. Die haben es nie so einfach.«

Romy nickte. »Möglich.«

Kasper warf einen Blick in die Runde. »Sind Fine und Max eigentlich schon im Wochenende?«

»Ja, du hast die beiden um ein paar Minuten verpasst. Wir werden jetzt auch Feierabend machen. Jan hat den Grill bereits angeworfen, und alles andere läuft uns nicht davon. Wenn ich es richtig verstanden habe, will Max morgen ohnehin noch ein paar Abfragen starten – in aller Ruhe. Und Jan wird sicher auch im Büro vorbeischauen. So viel zum Thema Wochenende.«

»Viel los in der Hansestadt.«

»Ja – illegale Boxkämpfe, wie es aussieht. Es hat Tote gegeben. Sie tappen ähnlich im Dunkeln wie wir, und der Staatsanwalt ist alles andere als erfreut. Aber das nur so am Rande.«

Es war weit nach Mitternacht, als Kasper, gesättigt und einigermaßen guter Dinge, nach Bergen aufgebrochen war und Romy das Geschirr in den Spüler zu stapeln begann. Jan hatte die Reste einer Folienkartoffel vertilgt und sah ihr einen Moment schweigend zu. »Hat das nicht Zeit bis morgen?«

»Nö. Wer weiß, was morgen ist.«

»Na schön.« Er reichte ihr Gläser und Teller zu, und einen Moment hörte man nur das Klappern des Geschirrs. Ein friedliches alltägliches Geräusch.

Romy gähnte.

»Lass uns schlafen gehen«, murmelte Jan und zog sie an sich.

Im nächsten Moment klingelte ihr Smartphone. Romy nestelte es aus ihrer Hosentasche. »Es ist Max.« Sie stellte die Verbindung her. »Sag mal, Kollege – ich denke, du hast Feierabend gemacht.«

»Hatte ich ja auch, aber dann ist mir noch was eingefallen, was ich unbedingt …«

»Lass uns das Ganze abkürzen: Ist es wichtig?«

»Ja. Es gibt Fotos im Netz, die bei den Beerdigungen der beiden Frauen – Sonja und Nina – entstanden sind und hochgeladen wurden. Hinz und Kunz durften ihre Kommentare und Beileidsbekundungen hinterlassen.«

»Und?«

»Ich hab dir mal die Links geschickt – falls du nichts Besseres vorhast, fahr deinen Laptop hoch und …«

Doch, hatte ich, bis vor einer Minute, eindeutig. »Max, spuck es endlich aus!«

»Ich möchte es nicht beschwören, aber ich glaube, dass Ohlhof bei beiden Beerdigungen dabei war, wenn auch ein wenig abseits.«

»Wie bitte?«

»Schau dir die Fotos an.«

Wenige Minuten später beugten sich Romy und Jan über den Monitor und inspizierten die erste Aufnahme. Romy entdeckte den Mann auf den zweiten Blick. Er hatte sich abseits der Trauergäste, die sich an Sonjas Grab versammelt hatten, hinter einen Baum gestellt. Die Aufnahme war in einem Moment entstanden, in dem er den Kopf vorbeugte und Richtung Grabredner sah. Das konnte Ohlhof sein, durchaus, aber zwingend erkannte man ihn nicht wieder. Es konnte auch jemand anders sein, der einen neugierigen, vielleicht heimlichen Blick auf die Trauernden werfen wollte. Jan ging es ähnlich. Er setzte eine skeptische Miene auf. »Na, ich weiß nicht …«

Eigentümlicherweise war das Fotos von Ninas Beerdigung irritierend ähnlich: die Trauergäste am Grab, die sich im Halbkreis um eine Rednerin gruppierten, und im Hintergrund, halb von einem Baum verdeckt, stand wieder dieser Mann, vielleicht Ohlhof, vielleicht jemand, der ihm nur sehr ähnlich sah.

»Möglicherweise ist es jemand anders, der beide Frauen kannte, aber nicht offiziell eingeladen war«, bemerkte Jan.

»Und warum versteckt er sich? Selbst nichtgeladene Gäste müssen sich auf dem Friedhof nicht ins Gebüsch verkrümeln. Der Typ aber will nicht gesehen werden, das signalisiert seine Haltung eindeutig.«

Jan nickte nachdenklich. »Ihr solltet Kontakt mit dem Fotografen aufnehmen.«

»Gute Idee. Ich schreibe Max eine Nachricht und …«

»Alles Weitere später …« Er umfasste ihre Taille und begann an ihrem Ohr zu knabbern.

»Einverstanden …«

6

Jakob tat sich schwer mit Zurückweisungen. Die hatten ihm schon als Kind arg zu schaffen gemacht. Margret war seine beste Kundin gewesen, darüber hinaus eine kluge Frau und interessante Persönlichkeit. Sie hatte ihn wegen eines völlig nebensächlichen Fauxpas wie einen Schuljungen abblitzen lassen. Er war seinen fraglos besten Job los. Nachdem er die Sache mit dem Alibi erledigt hatte, kaute er einige Stunden auf der Idee herum, mit verändertem Gesicht und gefakten Ausgangsdaten ein neues Profil für die Website des Begleitservice zu entwickeln, das sie anlocken könnte – er kannte ihre Vorlieben, er wusste, was sie scharf machte. Doch bei gründlicherem Überlegen wurde ihm klar, dass viele Frauen eine solche Nummer amüsant und aufregend fänden, Margret würde jedoch mit allergrößter Wahrscheinlichkeit nicht zu ihnen gehören. Bestenfalls fände sie den Versuch kindisch. Auf zwei Mails hatte sie nicht reagiert, und Jakob war längst klar, dass er sich Ärger einhandeln würde, wenn er nicht lockerließ.

Und wenn ich dir ein bisschen Ärger bereite oder zumindest für Unruhe sorge? Ein noch gefährlicherer Gedanke, der nichtsdestotrotz das kleine Feuer der Rachgier neu entfachte. Margret war in zweiter Ehe mit Philipp Feldkamp verheiratet, einem Immobilientypen, der nicht nur in Stralsund, sondern im gesamten Bundesland aktiv war. Er ließ Geschäftshäuser bauen oder sanieren, entwickelte Ferienparks und Hotelanlagen und galt als einflussreich, auch in politischen Kreisen – so hatte Margret es durchblicken lassen. Stichwort Diskretion. Das wurde bei solchen Leuten immer großgeschrieben.

Der Service, für den Jakob arbeitete, galt als absolut zuverlässig und verschwiegen. Würde bekannt werden, dass er einer Ex-Kundin auf die Füße trat oder sich auch nur danebenbenahm, aus welchen Gründen auch immer, würde das einige unschöne Konsequenzen nach sich ziehen. Keine Agentur würde ihn mehr beschäftigen, und auf sich allein gestellt, dürfte er kaum über die Runden kommen. Also lass den Scheiß, rief er sich selbst zur Ordnung. Und doch …

Margrets Lieblingsbar befand sich in der Altstadt – sie waren regelmäßig dort eingekehrt und stets wie sehr gute Stammgäste begrüßt worden. Den Barmann Ron schien sie seit hundert Jahren zu kennen. Ob man Jakob ohne Begleitung reinließ, war alles andere als selbstverständlich, und selbst wenn Christoph, der dort seit einiger Zeit hin und wieder aushilfsweise den Türsteher oder Aufpasser gab, ein gutes Wort für ihn einlegen würde – Barmänner hatten die Diskretion sozusagen erfunden. Ein paar dumme Fragen, während er einsam an der Theke herumhing und seinen Wodka schlürfte, und Ron würde ihn nicht nur rausschmeißen lassen, sondern womöglich Margret informieren … Alles in allem also eine weitere saudumme Idee.

Dann flatterte der neue Auftrag herein – eine fünfzigjährige Arztgattin suchte Abwechslung, in jeder Hinsicht. Sie bestellte ihn ins Hotel und wollte zwei Stunden gut bedient werden, wie sie, ohne mit der Wimper zu zucken, erklärte. Nach ihren Vorlieben gefragt erläuterte sie ebenso unverblümt, dass sie *Fifty Shades of Grey* mit großem Interesse gelesen habe. Zum Abschluss der Nacht fände sie den Besuch einer Bar mit gehobenem Ambiente ganz hinreißend. Jakob setzte sein strahlendstes Lächeln auf – die Kundin war Königin, und zwar immer.

Zwei Stunden später schlug er ihr vor, für einen Absacker in der Altstadtbar vorbeizuschauen, und sie war sofort einverstanden. Christoph schob Türsteherdienst, und Jakob zwinkerte ihm zu. Die Arztgattin war rundum zufrieden und ziemlich müde. Sie ließ sich nach zwei Cocktails ein Taxi kommen, und Jakob begleitete sie zum Auto; sie verabschiedete sich mit Kussmund und dem leise gehauchten Versprechen, dass sie sich bald wiedersehen würden. Als der Wagen um die Ecke bog, atmete er tief aus und spürte im gleichen Moment Christophs Hand auf seiner Schulter.

»Na? Harter Dienst?«

»So könnte man sagen, ja.«

Sie lachten. Christoph sah auf die Uhr. »Gleich ist hier Feierabend. Ich erwarte noch einen Kumpel. Was ist, nimmst du einen Drink mit uns?«

»Klar.«

Der Kumpel hieß Louis und war breit wie ein Schrank. Er war nicht begeistert über Jakobs Anwesenheit, das spürte der sofort. Der irritierte Blick war unübersehbar, das kühle, abwägende Nicken ging gerade noch so als höflich durch.

»Ist ein sehr guter Freund von mir«, erklärte Christoph und stellte Jakob vor.

»Glaub ich dir gerne. Ich muss trotzdem kurz alleine mit dir sprechen«, entgegnete Louis. »Ist wichtig.«

Christoph kratzte sich im Nacken. Die Situation behagte ihm ganz und gar nicht.

»Wir können auch ein andermal quatschen«, warf Jakob rasch ein. »Kein Problem für mich, echt nicht. Ich bin ohnehin ziemlich groggy.« Er grinste.

Christoph zögerte. »Sicher?«

»Ja, klar. Ich hole nur noch meine Jacke. Schönen Abend noch.«

Er nickte Louis zu und wandte sich zur Tür. Als er eine

Minute später wieder auf die Straße hinaustrat, standen die beiden ein ganzes Stück abseits, in der Nähe des Seiteneingangs vor dem Mülltonnenplatz. Louis hatte die Arme verschränkt, er wippte vor und zurück, während Christophs Silhouette wie eingefroren war. Keine guten Nachrichten, dachte Jakob. Gehen sie mich etwas an? Nein. Vielleicht hatte Christoph Probleme, ernste Probleme – nicht nur diesen Kram mit seiner Ex und dem maroden Betrieb seines Vaters, in dem nicht viel für ihn abfiel, jedenfalls kein halbwegs anständiges Gehalt. Er würde mit mir sprechen, wenn er wollte, dass ich Bescheid weiß. In letzter Zeit ist er deutlich wortkarger geworden. Vielleicht traut er sich nicht, oder dieser Louis bestimmt gerade, wer was erfahren darf. Im Bruchteil einer Sekunde entschied Jakob, die Situation selbst in die Hand zu nehmen.

Er wandte sich von der Straße ab und durchquerte im Halbdunkel den Hinterhof des Gebäudes. An der rückwärtigen Seite angelangt, schlich er auf leisen Sohlen an der Hauswand entlang und grübelte nicht länger als einen Moment darüber nach, wie ein zufälliger Beobachter seine Aktion wohl einschätzen mochte.

Die Hausecke, an der die beiden im Schutz der Müllcontainer zusammenstanden und aufeinander einredeten, wurde nicht von der Hausbeleuchtung erfasst. Jakob schlich näher und blieb erst stehen, als er ihre Stimmen deutlich hörte.

»Wie oft willst du mich das noch fragen? Ich habe keine Ahnung«, erklärte Louis in aufgebrachtem Tonfall. »Es ist wohl was schiefgegangen, schätze ich mal, ich war nicht dabei. Man hätte abbrechen müssen.«

»Und du kanntest beide?«

»Zum dritten Mal: ja, aber nur vom Sehen.«

»Und wie geht es jetzt weiter?«

»Im Moment gar nicht. Füße still halten oder besser gesagt: die Fäuste. Keine Kämpfe, keine Wetten, nichts dergleichen und kein Wort. Bis die Bullen die Sache zu den Akten legen. Stell um Gottes willen niemandem eine Frage. Und wenn dir jemand was aus der Nase ziehen will, sagst du sofort Bescheid. Hast du das verstanden?«

»Ja, ja …«

»Mensch, Christoph, ich meine es ernst. Brandt und Co und die bunte Schar seiner Geschäftsfreunde müssen das aussitzen, und gerade von denen will keiner irgendwelche Bullenfragen beantworten und in die Nähe zwielichtiger Gestalten gerückt werden. Das geht schneller, als du gucken kannst, wenn erst mal ein Verdacht aufgekommen ist. Dann ist auch ganz schnell die Presse da, und es geht richtig zur Sache.«

»Das habe ich durchaus kapiert. Aber sie werden ermitteln – immerhin gibt es zwei Tote.«

»Ja, gibt es. Die haben sich eben mit Leuten geprügelt, die einiges mehr draufhatten – wie und warum auch immer. Oder sie haben versucht, ihr eigenes Süppchen zu kochen, Kampfabsprachen getroffen oder so was, was ihnen gar nicht gut bekommen ist. Aber letztlich sollte dir das scheißegal sein. Hauptsache, du hältst den Mund. Du weißt von nichts, Ende.«

»Ich bin zwar neu in dem Geschäft, aber nicht blöd und im Übrigen auch nicht scharf auf irgendwelche polizeilichen Befragungen oder anderen Ärger.«

Das kann ich mir denken, dachte Jakob. Das hatten wir doch gerade erst. Mein lieber Freund, was hast du bloß mit Leuten zu tun, die sich wegen zweier toter Männer sorgen? Genügt dir die Story mit Merle nicht?

»Gut. Es geht weiter, sobald Feldkamp grünes Licht gibt«, erklang wieder Louis' gedämpfte Stimme.

Jakob fielen beinahe die Augen aus dem Kopf.

»Das weiß ich von Brandt. Feldkamp ist derjenige mit den richtigen Kontakten, der früher als andere weiß, wie der Hase warum wohin läuft. Inzwischen schieben wir alle eine ruhige Kugel.«

»Okay.«

»Sag nicht immer okay.«

»Wie du meinst.«

Jakob hatte genug gehört. Er schlich auf demselben Weg über den Hinterhof zurück und lief anschließend den Frankendamm ein Stück in Richtung Neuer Markt, wo er ein Taxi nahm. Zu Hause trank er einen halben Liter Orangensaft und ging unter die Dusche, um den Kopf frei zu bekommen. Als er ins Bett fiel, leuchteten die Vorboten des beginnenden Morgens mit violettem Lichtspiel unter dunstigem Wolkenschleier auf. Über der Ostsee züngelt jetzt der Morgen, und der Tag streckt seine Finger nach uns aus – das hatte seine Großmutter immer gesagt. Jakob räkelte sich. Die Alte war klasse gewesen, hatte sich nie von jemandem in ihr Leben hineinreden lassen. Jahrzehntelang lebte sie auf Rügen, in einem abgelegenen Kaff im Norden der Insel, wo ihr zweiter Mann eine Räucherei betrieben hatte. Der Fisch schmeckte großartig – nach Salz und Butter, nach Meer, würzig und rauchzart. Das Haus hatte Jakob dunkel und geheimnisvoll in Erinnerung, alles hatte irgendwie fischig gerochen und bitter, nach Fichtennadeln, billiger Seife und Holzpolitur. Wenn Jakob an Sommer dachte, sah er seine Großmutter vor sich mit ihrer glitschigen Gummischürze und den Pantinen. Ihr Lachen war immer rau gewesen und zum Schluss zahnlos, weil sie sich geweigert hatte, ihr Gebiss zu tragen. Die Bienen summten im Garten, und Oma schlurfte durch die Küche, wo es nach Kompott und Kuchen duftete. Der nahende Tod hatte sie nicht erschrecken können. Nichts ist gewisser als er, auch das waren ihre Worte gewesen. Und doch: Schade, dass es dich nicht mehr gibt.

Jakob drehte sich auf die andere Seite. Margret kam ihm wieder in den Sinn. Was hast du für einen feinen Gatten? Kämpfe, Wetten, tote Boxer. Es könnte doch noch was auf dich zukommen, dachte er, irgendwas, was dir das selbstsichere Lächeln aus dem Gesicht katapultiert, ganz diskret natürlich. Schöner Gedanke. Mit ihm schlief er ein.

Die Friedhofsverwaltung hatte im Auftrag der Eltern die Zeremonie fotografiert. Mit dieser Nachricht empfing Max Romy, als sie am Samstagmorgen in der Dienststelle eintraf – nach deutlich zu wenig Schlaf. Jan, ähnlich müde wie sie, war bereits unterwegs in die PI. Fine stellte ungefragt eine Tasse Kaffee vor sie auf den Tisch. »Moin. Kasper kommt auch gleich. War wohl nichts mit dem freien Wochenende.«

»Dagegen hätte ich auch nicht das Geringste einzuwenden gehabt.«

»Ach, komm – der Fall nagt doch ohnehin an dir«, entgegnete Fine.

Auch wieder wahr. Romy sah sich die ausgedruckten Aufnahmen an, die Max ihr bereitgelegt hatte. Die Bilder waren stark vergrößert, und die Ähnlichkeit mit Ohlhof war nun deutlicher zu erkennen. »Wir sollten zunächst mit dem Fotografen sprechen. Vielleicht ist ihm etwas aufgefallen.«

»Ich habe bereits versucht, den Typen zu erreichen – bisher ohne Erfolg. Er hat ein paar Tage frei. Vielleicht ist er verreist«, erklärte Max. »Auf jeden Fall habe ich ihm eine Nachricht auf der Mobilbox hinterlassen.«

»Gut. Und wie sieht es mit deiner sonstigen Ohlhof-Recherche aus? Interessante Neuigkeiten?«

Max schüttelte den Kopf. »Man findet im Netz und auch sonst wenig über ihn – erstaunlich wenig für einen Mann in seinem Alter. Er scheint zu den seltenen Ausnahmen seiner Generation zu gehören, die Wert darauf legen, so wenig digitale Spuren wie möglich zu hinterlassen, schon gar nicht im privaten Umfeld. Aus der Unizeit finden sich einige Einträge, auch in der Sportrubrik, und das war es im Grunde schon. Wie es aussieht, besteht sein Leben aus dem Job, Sport und Rügenaufenthalten. Hinweise auf Familie, Freunde, Beziehungen, Bekannte: nichts.« Er zuckte mit den Achseln. »Ich bin bislang allerdings noch nicht in die Tiefe gegangen. Warum auch? Dazu besteht wohl kein Anlass.«

»Richtig«, murmelte Romy. »Ist ja schließlich kein Verbrechen, aus einer Gruppe von Jugendlichen der Einzige zu sein, der noch lebt, und einen heimlichen Blick auf Trauergäste zu werfen. Verwunderlich ist lediglich, dass er es verschweigt. Und darum sollten wir noch einmal mit ihm reden. Ich bin gespannt auf seine Reaktion.«

Die Tür knarrte, als Kasper eintrat. Er grüßte einsilbig in die Runde und runzelte die Brauen, als Max ihm die Aufnahmen unter die Nase hielt. »Seltsam – wenn er es ist.«

»Das finden wir auch.«

»Vielleicht hat er's vergessen.«

Romy spitzte die Lippen. »Unwahrscheinlich.«

Kasper zuckte mit den Achseln. »Das heißt nichts.«

»Schon klar.« Romy überlegte einen Moment. »Ich möchte ihn hier befragen, damit das Ganze einen verbindlicheren Anstrich bekommt.« Sie blickte Fine an. »Du kommst im Moment am Telefon noch charmanter herüber als sonst ...«

Fine hob eine Braue. »Ich hoffe sehr stark, dass du das ernst meinst.«

»Aber natürlich.«

»Und wenn er zögert?«

»Sagst du ihm, dass wir seine Hilfe bei der Identifizierung von Fotomaterial benötigen, auf das wir gerade erst gestoßen sind. Wäre schön, wenn er zeitnah nach Bergen kommen könnte, je eher desto besser.«

»Also am besten sofort – gut, ich kümmere mich darum.« Fine stapfte mit energischen Schritten zur Tür hinaus.

»Und was machen wir so lange?«, ergriff Kasper das Wort.

»Wir gehen die Akte noch einmal durch und …«

Kasper stöhnte leise auf. »Mal was ganz Neues.«

»Ich halte es außerdem für sinnvoll, noch einmal mit Ninas Bruder Gabriel Bisdorf zu sprechen.«

»Gut.«

Fine steckte den Kopf wieder zur Tür herein. »Ohlhof kommt gegen Mittag vorbei.«

»Und wie hat er reagiert?«

»Etwas verblüfft, aber durchaus kooperativ. Mein Charme dürfte ihn umgehauen haben.«

»Klingt doch vielversprechend.« Romy griff nach ihrem Handy. »Gabriel dürfte auch am Wochenende arbeiten. Ich melde uns an. Die Akte läuft uns nicht weg, und außerdem haben wir ja Max – dem wird schon nichts entgehen. Was hältst du davon?«

Kasper lächelte erleichtert.

Ninas Bruder war selbständiger Bootsbauer und betrieb in Lauterbach eine kleine Reparatur- und Servicefirma, die er vom Vater übernommen hatte. In der Hochsaison beschäftigte er in der Regel zwei, drei Aushilfen, den Rest des Jahres arbeitete er gemeinsam mit einem Auszubildenden und einem Gesellen. Als Romy und Kasper eintrafen, saß er im Büro über der Steuererklärung und war dankbar für jede Ablenkung, wie er bemerkte. »Möchten Sie einen Kaffee?«

»Vielen Dank, für mich nicht«, entschied Romy nach einem raschen Blick in Richtung Kaffeemaschine. Die Glaskanne schmorte garantiert seit Stunden auf der Heizplatte, und der mickrige Kaffeerest dürfte inzwischen nach Teer schmecken.

Kasper lehnte ebenfalls ab.

Gabriel war ein Jahr älter als Nina. Sie sei immer der helle Kopf gewesen, so hatte er im ersten Gespräch mit warmer Stimme betont - gutes Abi, BWL-Studium, beste Jobaussichten -, während er selbst der handwerklich Begabte sei. Die Geschwisterbeziehung sei immer eng und vertraut gewesen.

Romy reichte ihm die Fotos. »Würden Sie sich die Bilder bitte in aller Ruhe ansehen? Fällt Ihnen etwas auf?«

Gabriel verzog keine Miene. »Sie meinen natürlich den Typen hinterm Baum, nicht wahr?«, fragte er.

»Haben Sie ihn seinerzeit bemerkt?«

»Ehrlich gesagt: nein. Ist das Jurek?«

»Was meinen Sie?«

»Gut möglich. Aber warum versteckt er sich?«

»Das ist eine berechtigte Frage«, erwiderte Romy. »Hätten Sie eigentlich etwas einzuwenden gehabt, wenn er näher ans Grab getreten wäre und sich zu Ihnen gesellt hätte?«

Gabriel schüttelte den Kopf. »Nein, natürlich nicht. Warum auch? Er kannte Nina ja mal ganz gut ... Vielleicht hat er zufällig von der Beerdigung erfahren und wollte nicht stören. Ist ja immer so eine Sache mit trauernden Familienangehörigen. Zu intim für manche Leute.«

»Ja, möglich.«

Gabriel warf ihr einen langen Blick zu. »Worauf wollen Sie eigentlich hinaus?«

Romy hob rasch die Hände. »Wir gehen im Augenblick jeder Frage nach, jeder Auffälligkeit im Umkreis dieser Clique.«

»Aber wenn ich Sie richtig verstanden habe, geht es doch um Merle - um den Mord an ihr?«

»Richtig.«

»Meine Schwester ist im letzten Jahr auf tragische Weise ums Leben gekommen. Das Gleiche gilt für die drei anderen. Was hat das mit Ihrer Suche nach Merles Mörder zu tun?« Gabriel runzelte die Stirn.

Kasper beugte sich zu ihm vor. »Wenn es innerhalb einer Gruppe von Leuten so viele Tote gibt, schauen wir uns - egal, wie sie gestorben sind - einfach mal genauer um«, erklärte er ruhig und bestimmt zugleich.

Gabriel nickte zögernd. Überzeugt wirkte er nicht. Vielleicht hat er recht mit seiner Skepsis, überlegte Romy.

»Wenn Ihnen also noch irgendwas einfällt, was mit den sechs Freunden zu tun hat - nur heraus damit«, fuhr Kasper fort. »Auch wenn es Ihnen nebensächlich erscheinen mag.«

»Jurek mochte die Merle besonders gern, glaub ich. Meine Schwester sagte mal so was.«

»War er verliebt in sie?«, fragte Romy.

»Keine Ahnung. Das sollten Sie ihn fragen.«

»Das werden wir. Danke für Ihre Hilfe, Herr Bisdorf.«

Der Wind hatte aufgefrischt. Eine Böe zerzauste Romys Locken, als sie zur Tür hinaustraten. »Kannst du dich an einen gemeinsamen Fall erinnern, bei dem wir derart lange auf der Stelle traten?«

Kasper schüttelte den Kopf. »Nö. Verdammte Flaute. Aber irgendwann muss sie ja mal ein Ende haben.«

7

Vor einigen Jahren hatte es in Schwerin einen Fall gegeben, der Olivia lange beschäftigte, um es sachlich zu beschreiben, und, wie es aktuell aussah, nun neue Nahrung erhielt. Bauarbeiter hatten die Leiche eines halb nackten jungen Mannes auf einer Baustelle unweit eines Ärztehauses entdeckt. Der Mann war totgeprügelt worden. Die Rechtsmedizin hatte im Nachhinein nicht mehr feststellen können, ob und wie lange er möglicherweise noch gelebt hatte, als man ihn dort ablegte, aber der Fundort war zweifelsfrei nicht der Tatort gewesen. Es fanden sich weder Zeugen noch sonstige Hinweise auf das Geschehen, die Spurenlage war dürftig, aber Olivia, die krankheitsbedingt wiederholt auf die Unterstützung ihres Partners verzichten musste, konnte mit Hilfe ihrer internen Rechercheassistentin in mühsamer Kleinarbeit ermitteln, dass es sich bei dem Toten um den fünfundzwanzigjährigen Felix Mocker handelte, der als DJ in verschiedenen Clubs gearbeitet und sich in der illegalen Fight-Szene bewegt hatte. Der Zugang zu diesem Milieu gelang über einen verdeckten Ermittler mit sehr guten Kontakten, der zwei junge Männer ausfindig machte, die bereit waren, anonym Hinweise zum Hintergrund zu liefern. Der tote Boxer hatte offenbar für so viel Unruhe gesorgt, dass eherne Regeln gebrochen wurden. So jedenfalls schätzte Olivia die Situation ein, und sie zweifelte nicht einen Augenblick daran, auf diesem Weg weitere Erkenntnisse gewinnen zu können.

Das Ungewöhnliche an diesem Fall bestand nicht etwa darin, dass sich die Ermittlungen über einen langen Zeitraum hinzogen und zunächst wenig Verwertbares zutage förderten, sondern dass die Nachforschungen genau in dem Augenblick eingestellt wurden, als endlich Licht am Ende des Tunnels aufblitzte. Bereits die ersten Andeutungen der beiden Informanten, vom V-Mann Erik übermittelt, hatten Olivia in helle Aufregung versetzt.

Illegale Kämpfe und Wetten, die eine illustre Gesellschaft anlockten, war eine Sache. Kämpfe, bei denen es durchaus um Leben und Tod gehen konnte, eine ganz andere. Wenige Tage nachdem Olivia ihrem Vorgesetzten und Dienststellenleiter Peter Fransen Bericht erstattet hatte, wurde der Fall eingestellt. Sie reagierte völlig fassungslos, als er sie in sein Büro bat und ihr die Entscheidung des zuständigen Staatsanwalts mitteilte.

»Wie bitte? Das kann nicht sein Ernst sein! Und mit welcher Begründung?«

»Die Staatsanwaltschaft vertraut den Informanten nicht beziehungsweise schätzt die mögliche Ausbeute als zu gering ein.«

Olivia stemmte eine Hand in die Hüfte. »Das ist ein Witz, oder? Ich reiße mir wochenlang den Arsch auf, um den Fall voranzubringen, Erik setzt Himmel und Hölle in Bewegung – na, wohl eher Hölle –, um Zeugen zu finden, die uns helfen können, und dann zu mobilisieren, und jetzt, als es endlich spannend wird, vertraut man ihnen nicht? Was ist das für eine …«

Fransen verließ seinen Schreibtisch, umrundete Olivia und schloss eilig die Tür hinter ihr. »Schrei nicht so!«

»Doch – ich brauch das jetzt.«

Fransen setzte sich wieder. »Staatsanwalt Henrik Barth hat große Ohren, wie du weißt.«

»Das ist mir …«

»Ja: scheißegal. Ist mir bekannt. Wie dem auch sei – der ganze Fall ist anders eingestuft worden, als du ihn wahrgenommen hast. Ende. Barth glaubt der Geschichte nicht.

Da ist bei einem Kampf was schiefgegangen, und er geht davon aus, dass die Informanten sich aufblasen wollen.«

»Seit wann blasen Informanten sich auf?« Olivia raufte sich die Haare. »Wozu? Wir haben händeringend den Kontakt gesucht, nicht die.«

»Um abzulenken, von eigener Schuld womöglich.«

»Wie bitte?« Sie fixierte ihn mit offenem Mund. Doch bevor sie noch etwas sagen konnte, hob er die Hand. »Lass gut sein. Ich weiß genau, was du denkst.«

»Da wäre ich mir an deiner Stelle nicht so sicher.«

»Barth hat eingestellt – Ende. Such dir einen anderen Fall. Es gibt genug zu tun.«

»Aber ...«

»Kein Aber. Das ist eine dienstliche Anweisung.« Er wies mit unmissverständlicher Geste zur Tür.

Olivia hatte die Dienststelle wenige Minuten später wutentbrannt verlassen. Ihr war klar, dass Fransen die Hände gebunden waren, doch sie hatte keineswegs vor, die Sache auf sich beruhen zu lassen. Zwei Tage später traf sie sich in einem stets überfüllten Bistro am Hauptbahnhof mit Erik. Selbstverständlich verschwieg sie ihm, dass es den Fight-Fall nicht mehr gab, und hoffte inständig, dass Fransen nicht auf die Idee gekommen war, den V-Mann höchstpersönlich in Kenntnis zu setzen, um sich gegenüber Barth abzusichern. Der Mann mit den großen Ohren verfügte tatsächlich über beachtliche Lauscher. Darüber hinaus galt er als autoritär und selbstgefällig, bewies aber in der Regel einen guten Riecher. Ausnahmen bestätigen die Regel, dachte Olivia. Diesmal liegst du völlig daneben.

Erik trug eine abgewetzte Lederjacke zu Billigjeans, seine Haare wirkten ungepflegt, das Basecap hatte er gefühlte hundert Jahre in Benutzung. Kaum jemand würde ihm den Job zutrauen, den er seit vielen Jahren sehr umsichtig erledigte. Soweit Olivia wusste, hatte Erik seine berufliche

Karriere als Polizist begonnen, war aber vor geraumer Zeit aus dem offiziellen Dienst ausgeschieden – über die Hintergründe sprach er nie – und einige Zeit später als Vermittler zwischen den Welten tätig geworden, wie er es blumig umschrieb.

Erik vertilgte gerade ein großes Stück Kuchen, als sie sich mit ihrem Milchkaffee zu ihm setzte. »Es gibt ein paar Fotos«, nuschelte er undeutlich. »Und einen Videofilm.«

»Von dem …«

»Genau. Allerdings nur heimlich mit der Handykamera aufgenommen. Dürfte wohl klar sein, dass da niemand was aufzeichnen darf.«

»Und es handelt sich wirklich um den Kampf, bei dem …«

»Ja, aber es ist nur ein Ausschnitt.«

»Was kann man erkennen?«

»Die Boxer und einige Zuschauer direkt am Ring.« Erik warf ihr ein Grinsen zu. »Reizende Zuschauer.«

»Wer hat sie gemacht?«

»Gemeinschaftsaktion der Informanten.«

Olivia schwieg einen Moment beeindruckt. »Warum tun die beiden das eigentlich?«

»Sie kannten Felix ganz gut – aus einem der Technoclubs, in denen er aufgelegt hat. Sind übrigens waschechte Rüganer. Er hat dafür gesorgt, dass sie dabei sein konnten – die Fights sind normalerweise ja keine frei zugängliche Veranstaltung, wie du dir denken kannst. Ursprünglich wollten sie ihren Kumpel aus Jux und Tollerei filmen, für den privaten Gebrauch. Und sie hatten natürlich auf ihn gewettet. Aber der Spaß war schnell vorbei, und als seine Leiche gefunden wurde …« Erik brach ab.

»Verstehe. Irgendeine Chance, dass wenigstens einer offiziell …«

»Ich denke nicht. Zu gefährlich.«

»Schade, aber nachvollziehbar.«

Erik stand auf, schlurfte zur Theke und holte sich ein weiteres Stück Kuchen und einen Latte macchiato. Fünf Minuten aß und trank er wortlos und mit hörbar gutem Appetit. Olivia lehnte sich zurück und wartete ab. Früher oder später würde er reden oder mit beiläufigem Nicken aufstehen und gehen, weil seiner Einschätzung nach für den Moment alles gesagt war.

»Es war anfangs ein relativ normaler Fight – das habe ich dir ja bereits übermittelt«, hob er plötzlich in noch leiserem Tonfall an, schob den Kuchenteller beiseite und griff nach einem Zahnstocher. »Aber es sollte deutlich deftiger zur Sache gehen als sonst, so viel war bereits zu Beginn klar.« Er säuberte sich in aller Gemütsruhe beide Zahnreihen und steckte das Hölzchen dann wie eine Zigarette in den Mund.

»Deutlich deftiger heißt: ohne jede Rücksicht auf Verluste?«

»Ja. Der Typ, der den Kampf ankündigte, sprach von einem No-limit-Fight. Aus einer heftigen Schlägerei entwickelte sich ab Runde drei ein richtig fieser Kampf. Felix hat sogar aufgegeben, aber es ging weiter. Irgendwann brach der Ringrichter dann doch ab. Zu diesem Zeitpunkt dürfte Felix schon fast hinüber gewesen sein. Irgendwelche Bodyguards brachten ihn weg, es herrschte ein Riesengetöse – wie beim Revierderby in Rostock, damit du eine Vorstellung hast. Jemand drehte die Musik auf, dann wurden die Wetten ausgezahlt.«

»Und die beiden sind abgehauen?«

»Sie sind so schnell wie möglich raus aus dem Laden, haben aber nicht mitbekommen, was mit Felix passierte.«

Olivia sah ihn nachdenklich an. »Bist du sicher?«

»Ja. Sie waren davon überzeugt, dass man ihn zum Arzt bringen würde.«

»Ist das neuerdings üblich – dass die versuchen, sich totzuschlagen?«

»Es gibt immer Leute, denen es nie hart genug zur Sache geht. Der Gewinner bekommt sehr viel Geld, die Wetteinsätze sind beträchtlich, deutlich höher als üblich, und natürlich stirbt nicht jedes Mal ein Boxer.«

»Aber es wird billigend in Kauf genommen.«

Erik zuckte mit den Achseln. »Die Kämpfer wissen, worauf sie sich einlassen.«

»Wird Druck auf sie ausgeübt?«

»Nicht auszuschließen. Ist schon eine zwielichtige Branche. Sie könnten trotzdem ablehnen.«

»Wie komme ich an die …«

»Ich schicke dir den Kram von einer anonymen Mailadresse an eine andere anonyme Mailadresse. Zugangsdaten findest du in dem Kaugummistreifen, den ich dir gleich gebe. Beide Konten werden nach der Aktion sofort gelöscht. Ich würde an deiner Stelle nicht deinen eigenen und auch keinen dienstlichen PC benutzen und das Material gut verstecken.«

»So viel Aufwand?«

Erik nickte. »Du wirst bald verstehen, warum. Sei vorsichtig. Ach, noch was – ich weiß, dass eingestellt wurde. Ich weiß sogar, warum.«

Es war zweifellos ein brutaler Kampf. Die Boxer schenkten sich nichts, das wurde in der wenige Minuten währenden Szene deutlich. Obwohl die Qualität bedenklich schlecht war – Wackler, Dunkelheit, die von grellen Spots aufgerissen wurde –, spiegelte das Video die aufgeheizte Atmosphäre eindringlich wider. Und doch waren es die Männer, die unten am Ring standen und die Kämpfer mit aufgerissenen Mündern und hocherhobenen Fäusten antrieben, die Olivia besonders schockierten. Wenn sie nicht alles täuschte, befanden sich sogar einige Frauen im Publikum.

Die Fotos waren unscharf. Erst in der Nachbearbeitung waren einzelne Gesichter etwas besser zu erkennen, und Olivia verstand schlagartig, warum Erik derart vorsichtig war. Staatsanwalt Barth stand in der zweiten Reihe und verfolgte den Kampf mit gierigen Augen – zumindest sah ihm der Mann verdammt ähnlich, insbesondere hinsichtlich der Größe seiner Ohren.

Im Grunde wusste Olivia in diesem Augenblick, dass der Fall an dieser Stelle endete – wollte sie nicht in Teufels Küche geraten. Die Ähnlichkeit reichte nicht aus, um den Staatsanwalt zu belasten, und sollte sie es dennoch versuchen, würde dies der Anfang vom Ende ihrer Karriere sein – und könnte womöglich Schlimmeres nach sich ziehen. Zugleich war es ihr unmöglich, das Ganze zu den Akten zu legen, beiseitezuschieben, zu verdrängen, zu vergessen; sie beschloss, ihr Material gut zu verstecken, wie Erik es ihr geraten hatte, und heimlich an dem Fall dranzubleiben, und aktivierte die Freundschaft zu einem jungen Staatsanwalt.

Später überlegte sie häufig, dass dies vielleicht der entscheidende Fehler gewesen war. An irgendeiner Stelle sickerte etwas durch. Olivia spürte bald, dass sie unter Beobachtung stand. Man versetzte sie in ein anderes Team, schickte sie ständig auf Fort- und Weiterbildungen, isolierte sie von ihren früheren Kollegen, seltsame Gerüchte machten auf einmal die Runde. Hin und wieder geschahen Dinge, die als Warnung verstanden werden konnten – ein aufgebrochener Briefkasten, Trojaner auf ihrem PC, zerstochene Reifen. Ihre Energie ließ spürbar nach, ihre Konzentration auch; sie war ständig nervös und fürchtete sich, ihrer Angst in die Augen blicken zu müssen. Und die entwickelte sich mit all ihren Facetten zu ihrer zuverlässigsten

Begleiterin. Monate später lag ein Zeitungsausschnitt in ihrer Post. Zwei junge Männer waren auf Rügen auf vereister Straße ums Leben gekommen. Ein tragischer Unfall.

Olivia übernahm wenig später eine Schwangerschafts- und Elternzeitvertretung in Rostock und bewarb sich danach in Stralsund - einfach so, weil sie die Stadt mochte und die Nähe zur Insel. Es kehrte Ruhe ein. Zumindest redete sie sich das ein. Dass sie trügerisch war, musste ihr niemand erzählen. Bereits der erste Boxer, der in Stralsund auf dem Weg in die Klinik an seinen Verletzungen gestorben war, hatte sie aufgewühlt. Sie hatte zwei Nächte nicht geschlafen und schließlich entschieden, den Fall im Team zu bearbeiten, ohne ihre Vorkenntnisse zu erwähnen und zu aktivieren - es sei denn, es fänden sich vielversprechende Hinweise.

Der zweite Tote änderte vieles, vielleicht alles - er trug einen Namen. Das schien ihr wie eine Mahnung, ein Zeichen, mochte der Gedanke auch noch so albern und versponnen sein. Aber es kam noch etwas anderes hinzu: Sie fühlte sich in Riechters Team sicher. Die Kollegen nahmen ihr die taffe, erfahrene Ermittlerin ab, ohne mit der Wimper zu zucken, und Jan gab ihr Spielraum. Sie vertraute ihm. Und wenn sie nicht alles täuschte, hatte er nichts dagegen einzuwenden, hin und wieder ausgetretene Pfade zu verlassen, was auch bedeutete, dass keineswegs jeder einzelne Ermittlungsschritt mit dem Staatsanwalt besprochen wurde. Dünnes Eis. Aber Riechter schien ihr der Richtige für solche Tänzchen.

8

Ohlhof nahm sich viel Zeit. Falls ihn die Fotos irritierten, ließ er sich bemerkenswert wenig anmerken – bis auf eine plötzliche Erweiterung seiner Pupillen und ein flüchtiges Stirnrunzeln war keine Reaktion festzustellen. Romy behielt ihn sehr genau im Auge, während Kasper mit leisem Gähnen in der Akte blätterte.

»Was sagen Sie dazu?«, fragte Romy schließlich.

Ohlhof lehnte sich langsam zurück und hob den Blick. »Das habe ich wohl verdrängt.«

»Verdrängt?« Romy hob die Brauen. Immerhin unternahm er keinen Versuch, den Friedhofsbesuch zu bestreiten.

»Vergessen, beiseitegeschoben, abgehakt – nennen Sie es, wie Sie wollen«, erwiderte er ruhig. »Die Situation war mir nicht mehr geläufig. Ist das so verwunderlich?«

»Tja …« Romy tauschte einen schnellen Seitenblick mit Kasper. »Ein bisschen schon. Als wir gestern das erste Mal mit Ihnen sprachen, gaben Sie vor, von den Todesfällen innerhalb Ihrer Clique nicht das Geringste mitbekommen zu haben. Es war neu für Sie, dass von Ihren engeren Freunden aus dem Segelverein und der Schule keiner mehr lebt. Diese Fotos hingegen …«

»Das sind Momentaufnahmen«, unterbrach er sie ruhig. »Sie zeigen mich, hinter einem Baum stehend, während einige Meter weiter Trauergäste um ein Grab stehen. Ich habe die Szene von Weitem im Auge behalten.«

»Sowohl bei Sonjas als auch bei Ninas Beerdigung.«

»Ja.«

»Das wollen Sie mir als zufällige Situationen, Momentaufnahmen verkaufen?«

»Ich will Ihnen gar nichts verkaufen. Im Übrigen verband mich keine enge Freundschaft mit den anderen. Das habe ich bereits gestern betont, wie Sie sich vielleicht erinnern.«

»Durchaus. Und Sie gaben an, von den Todesfällen nichts mitbekommen zu haben«, wiederholte Romy.

»Richtig.« Ohlhof nickte. »Und nun stellt sich heraus, dass ich offensichtlich auf dem Friedhofsgelände unterwegs war, als Sonja und Nina begraben wurden. Welche Schlussfolgerungen ziehen Sie daraus?«

»Sie wussten sehr wohl, dass die beiden Frauen nicht mehr lebten, und ich frage mich, warum Sie sich gestern unwissend stellten.«

Ohlhof lächelte freundlich. »Das ist Ihre ganz persönliche Bewertung. Ich gebe zu Protokoll, dass ich es schlichtweg vergessen hatte – ein Versehen, ein Irrtum. Ich habe mich nicht unwissend gestellt, wie Sie es gerade ausdrückten, oder gar gelogen. In Ermangelung konkreter Hinweise beim Mordfall Merle Zober suchen Sie offensichtlich händeringend nach kleinsten Anhaltspunkten – mögen sie noch so abwegig oder gar absurd scheinen.«

Romy spürte, wie sein Blick suchend, fast tastend über ihr Gesicht glitt. Er will mich aus der Fassung bringen, dachte sie verblüfft, und er macht das gar nicht mal schlecht.

»Na schön«, mischte Kasper sich mit unbewegter Miene ein. »Sie sind also auf dem Friedhof herumspaziert, haben in gebührendem Abstand bei beiden Beerdigungen ein, zwei Blicke auf die Gäste und das Grab geworfen und sind dann unverrichteterdinge wieder gegangen. Später vergessen Sie das Ganze – richtig?«

»Ja.«

»Wenn wir uns nun um Aufnahmen bemühen, die im Zusammenhang mit den Begräbnissen von Leo Schmizz und Stefan Timmer entstanden sind, werden wir dann wieder Sie entdecken – versteckt hinter einem Baum stehend?«

»Nein.«

»Sicher?«

»Ganz sicher.«

»Ich notiere es«, entgegnete Kasper.

»Tun Sie das.« Ohlhof legte die Hände auf den Tisch. »Kann ich jetzt gehen?«

»Eine Frage noch«, ergriff Romy wieder das Wort. »Sie mochten Merle sehr gerne, nicht wahr?«

Er wandte ihr langsam das Gesicht zu. »Wie kommen Sie darauf?«

»Das haben unsere Recherchen ergeben.«

»Ihre Recherchen?« Seine Stimme vibrierte. »Warum recherchieren Sie zu meiner Person?«

»Wir erforschen Merles Leben, das auf blutige Weise endete«, entgegnete Romy kühl. »Und in diesem Zusammenhang erwähnte jemand, dass Sie Merle gerne hatten. Was ist eigentlich so schlimm daran?«

»Nichts, gar nichts. Ich wundere mich nur, dass ...« Er winkte ab. »Aber wenn Sie es genau wissen wollen – ja, ich mochte sie.«

»Waren Sie verliebt in sie?«

Er schüttelte den Kopf.

»Sie waren zu sechst – drei junge Männer, drei junge Frauen. Haben sich keine Paare gebildet?«

»Keine Ahnung, wer damals auf wen stand ...« Er lächelte gleichmütig. »Ich glaube, das wechselte alle paar Tage. Wie das so ist in dem Alter.«

Er klingt wie ein Fünfzigjähriger, der einen melancholischen Blick auf seine Jugend zurückwirft, dachte Romy. Dabei ist er gerade mal Ende zwanzig – manch einer fängt erst in dem Alter an, seine Pubertät hinter sich zu lassen.

»Ich bin ein paar Jahre älter als Sie«, erwiderte sie. »Aber ich kann mich noch ziemlich genau daran erinnern, in wen ich während der Oberstufen- und Abizeit verschossen und mit wem ich zusammen war.«

»Schön für Sie. Aber was bedeutet das schon?« Er stand langsam auf. »Ich würde jetzt gerne gehen.«

Kasper erhob sich ebenfalls. »Kommen Sie mit. Wir drucken das Protokoll aus – dann können Sie es gleich unterschreiben.«

Ohlhof wandte sich grußlos von Romy ab und verließ den Raum. Kasper kehrte wenige Minuten später zu ihr zurück. Sie hob den Blick. »Ein komischer Vogel, oder?«

Er zuckte die Achseln. »Keine Ahnung. Komischer Vogel allein ist noch nicht strafbar.«

»Er hat gelogen – ich bin ganz sicher.«

»Er hat sich geirrt«, korrigierte Kasper.

»Aber da stimmt doch was nicht!«, ereiferte sich Romy.

»Womöglich hast du recht – bleibt nur die Frage, ob das für unseren Fall ermittlungsrelevant ist.«

»Ich will, dass Max an ihm dranbleibt.«

»Dafür brauchen wir aber ein bisschen mehr als dein Misstrauen gegen ihn.«

»Ich spreche mit Jan.«

»Viel Vergnügen.«

Romy war klar, dass die Fakten nichts hergaben, was eine weitere Ermittlung rechtfertigte. Selbst wenn Jan Verständnis für ihren Argwohn aufbrächte, ganz einfach, weil sie häufig damit richtiglag, bevor die Beweise es belegten, würde spätestens der Staatsanwalt den Kopf schütteln und sein Veto einlegen. Romy holte sich einen Kaffee und betrat Max' kleines Büro. »Ohlhof ist mir nicht geheuer.«

Er schob den Stuhl ein Stück zurück, schlug ein Bein über das andere und blickte sie abwartend an.

»Kannst du jemanden ausfindig machen, der uns mehr zu ihm erzählen könnte, ohne dass er es sofort mitbekommt? Einen Schulkameraden zum Beispiel oder jemanden von der Uni?«

»Schwierig ohne …«

»Darum komme ich ja zu dir.« Romy lächelte. »Irgendeine Idee, die dir bei seinem Lebenslauf kommt?«

Max rieb sich nachdenklich die Nase. »Die Familie dürfte damals recht komfortabel gewohnt haben, als Ohlhofs Vater 2005 die Leitung des Tagungshotels übernahm. Die hatten sicherlich auch Personal … Vielleicht kann ich mich in der Richtung mal schlaumachen.«

»Gute Idee. Und womöglich gelingt es dir, einen Kommilitonen ausfindig zu machen, der mehr mit ihm zu tun hatte.«

»Ich versuche mein Glück.«

»Danke. Und das bleibt erst mal …«

»Natürlich unter uns. Schon klar.« Max lächelte und legte kurz den Zeigefinger über seine Lippen.

Romy nickte ihm zu und drehte sich um, als ihr Smartphone klingelte – Jan. »Es wird spät bei mir«, sagte er ohne Einleitung.

»Okay – neue Erkenntnisse bei euch?«

»Nein, nichts Konkretes. Wir haben vor, einschlägig bekannte Lokalitäten abzuklappern. Ich schicke zwei Leute rein, so unauffällig wie möglich, und wir müssen die entsprechenden Vorbereitungen treffen. Sobald nähere Informationen und Datenmaterial vorliegen, darf Breder uns bei der Überprüfung unterstützen.«

»Macht er gerne.«

»Klar. Und bei euch?«

»Hm, wir fischen im Trüben.«

»Irgendwas, was ich in diesem Zusammenhang wissen sollte?«

»Nö.«

»Verstehe.«

Romy war sicher, dass er das tat.

Bis zum frühen Abend hatten sie vier Boxclubs und mehrere Spielcasinos sowie Bistros, in denen Kampfsportler verkehrten, aufgesucht, in denen nach Erkenntnissen der OK-Abteilung ein Nachforschen durchaus lohnte – entweder weil Mitglieder und Stammgäste polizeilich aufgefallen waren oder das Gerücht illegaler Kämpfe und Wetten immer mal wieder die Runde machte. In zwei Läden reagierte niemand sonderlich mitfühlend oder gar gesprächig auf Olivias Versuch, etwas über die Hintergründe ihres angeblich verstorbenen Sohnes erfahren zu wollen – Achselzucken, Kopfschütteln, Schweigen. In zwei weiteren Läden wehte ihnen eisige Ablehnung entgegen, und der Betreiber machte keinen Hehl aus seiner Haltung, dass es ihm scheißegal war, wer warum Fragen stellte. Als sie den Laden verließen, folgten ihnen für eine gute halbe Stunde zwei Typen.

Olivia spürte Simons Anspannung wie einen zweiten Puls, und sie war sicher, dass er zum ersten Mal in dieser Weise ermittelte. Sie wusste selbst nur allzu gut, dass Zureden oder gar Kritisieren wenig hilfreich war. Der junge Beamte würde die Unsicherheit auf seine ganz persönliche Art und Weise früher oder später abstreifen – oder auch nicht.

Da sie die Aufgabe übernommen hatte, Boxer oder Bistro- beziehungsweise Casino-Gäste in ein Gespräch zu verwickeln, und die Aufmerksamkeit auf sich zog, bediente Simon die versteckt am Körper angebrachte Bodycam.

»Alles ist wichtig«, hatte sie ihm im Vorfeld eingeschärft. »Die Leute, mit denen wir sprechen, genauso wie die Fotos, die hinter der Bar an der Wand hängen, Terminkalender, Plakate und so weiter. Mach lieber zehn Aufnahmen zu viel als ein Bild zu wenig, und vergiss nicht, die Videokamera zu aktivieren.«

»Wenn sie uns erwischen ...«

»Schlagen wir wie besprochen Alarm, und das Team, das in der nächsten Seitenstraße wartet, ist in Nullkommanichts vor Ort.«

Simon wirkte nicht überzeugt. »Nullkommanichts kann verdammt lange dauern.«

»Ich weiß, aber das kriegen wir hin, Schatz.«

Simon verdrehte die Augen.

In dem letzten Laden auf ihrer Liste – ein Bistro, das vorzugsweise Menüs und Fitnessdrinks für Sportler anbot – entschied Olivia spontan, auf einen weiteren Einsatz als verzweifelte Mutter zu verzichten und so sachlich wie möglich vorzugehen. Vielleicht hatte sie auch einfach keine Lust mehr auf die Rolle, auf das leidvoll geplagte Gesicht, die tränenerstickte Stimme, eine mimische Maskierung, die anstrengend war und sehr wahrscheinlich bereits für eine gewisse Unruhe in der Szene gesorgt hatte. Sie war davon überzeugt, dass ihre wiederholten Auftritte den Verantwortlichen längst übermittelt worden waren.

Olivia nahm neben Simon an der Theke Platz und scannte mit versteckten Blicken die Gäste – größtenteils junge Männer, teils in Sportdress, teils in legerer Freizeitkleidung. Eine junge Frau mit Augenbrauenpiercing und dunkel umschatteten Augenhöhlen servierte ihnen Eiweißshakes, die scheußlich schmeckten. Auf dem Namensschild an ihrem T-Shirt stand: Patty. Olivia trank einen weiteren Schluck, und es gelang ihr nur mit Mühe, nicht angewidert die Miene zu verziehen.

»Kommt für euch noch was dazu?«, fragte Patty höflich. »Etwas zu essen?«

»Im Moment nicht, danke.« Olivia zog das Foto von

Tibor aus der Tasche und reichte es ihr. »Schon mal gesehen?«

Patty betrachtete das Bild nur flüchtig. »Nein.«

»Sieh mal genauer hin.«

»Hab ich. Kenn ich nicht.«

Olivia nickte düster, während sie das Foto wieder einsteckte. »Schade.«

Patty spülte zwei Gläser und sah ins Leere.

»Er ist totgeschlagen worden«, fuhr Olivia leise fort. »Schon der zweite innerhalb einiger Wochen. Er heißt Tibor.«

Die junge Frau warf ihr einen hastigen Blick zu. Ein Schatten flog über ihr Gesicht. »Ist ja krass.«

»Ist bei einem illegalen Fight passiert.«

Patty stutzte kurz. »Wie jetzt?«, schob sie rasch nach.

»Er hat wohl zu spät gemerkt, dass es um mehr ging als ums Gewinnen.«

»Aha. Keine Ahnung, worauf du hinauswillst.«

»Na schön.« Olivia bezahlte und schob einen Zwanziger extra über den Tresen. »Meine Nummer steht da drauf. Ruf mich an. Jederzeit.«

Patty sagte kein Wort, steckte den Schein ein und wandte sich einem anderen Gast zu.

»Glaubst du wirklich, dass die sich meldet?«, fragte Simon, als sie kurz darauf auf die Straße traten.

»Das halte ich für möglich.«

»Warum? Was unterscheidet sie von den anderen, die wir bisher angesprochen haben?«

»Ich denke, sie kennt ihn und ist ziemlich erschrocken.«

»Das heißt gar nichts.«

»Wenn sie ihn gut leiden konnte, möchte sie die Sache unter Umständen nicht auf sich beruhen lassen.«

Simon seufzte. »Na gut. Lass uns zurückfahren. Die Auswertung der Fotos und des Videomaterials dürfte uns die ganze Nacht und den Sonntag kosten – allerdings nur, wenn es schnell geht und Max einen besonders guten Tag hat.«

»Na dann. Essen wir unterwegs noch ein Fischbrötchen? Ich habe das dringende Bedürfnis, diesen Shake-Geschmack wieder loszuwerden. Was für ein widerliches Zeug! Trinken die das wirklich regelmäßig?« Sie schüttelte sich.

»Schon möglich. Fisch ist eine gute Idee. Hätte ich auch Lust drauf.«

»Prima – und noch was, Simon: Fahr nicht auf direktem Weg in die PI.«

»Geht klar.«

Simon kurvte eine halbe Stunde durch die Stadt und schlug erst den Weg zur Dienststelle ein, als Olivia Entwarnung gab. Zwei dunkle Fahrzeuge – ein Audi und ein BMW – waren ihnen eine ganze Weile in gleichmäßigem Abstand gefolgt und hatten die Verfolgung erst aufgegeben, als sie in Richtung A20 fuhren.

»Okay.« Olivia atmete langsam und tief aus, während sie im Seitenspiegel beobachtete, wie die Wagen zurückblieben. »Die sind wir los. Fahr zurück.«

Die erste grobe Auswertung des Bildmaterials nahm den weiteren Abend und die halbe Nacht in Anspruch. Olivia war kein Technikfreak, darum nutzte sie die Zeit und legte sich zwischenzeitlich in ihrem Büro zwei Stunden aufs Ohr, während Simon und Jan mit Unterstützung einer Technikfrau sowie in Kooperation mit Max Fotos abglichen und durch die Datenbank laufen ließen, Videos analysierten und nach unterschiedlichsten Schnittstellen suchten.

Als Olivia mit einem frischen Kaffee und hellwach wieder zum Team zurückkehrte, herrschte nach wie vor reges Treiben im Besprechungsraum. Simon telefonierte gerade mit Max auf Rügen, Jan besprach sich mit zwei Kollegen aus der OK-Abteilung. An einer Schautafel hingen Dutzende von Fotos – teilweise inzwischen identifizierte Personen, teilweise mit Fragezeichen und Verbindungsstrichen oder kleinen Anmerkungen versehen. Auf einer zweiten Tafel waren Aufnahmen von Plakaten, Veranstaltungshinweisen und Ähnlichem aufgeführt. Olivia trat näher und studierte das Material gründlich.

Am unteren Rand der zweiten Schautafel entdeckte sie ein Foto, das sie beim zweiten Hinsehen stutzen ließ. Diesen Typen kenne ich von irgendwoher, dachte sie. Das Bild stammte aus dem letzten Bistro, wo Patty ihnen den scheußlichen Shake serviert hatte – es war von dem Werbeplakat eines Boxstudios abfotografiert, auf dem mehrere Sportler abgebildet waren und das schon eine ganze Weile hinter dem Tresen hing, wenn sie nicht alles täuschte. Ecken und Ränder waren vergilbt, die Farben verblasst.

»Was entdeckt?«, fragte Jan, der plötzlich hinter ihr stand.

»Ich weiß nicht. Habt ihr schon einen Namen zu dem Mann?«

»Noch nicht, aber Max ist der Profi für diese Art von Recherchen. Dürfte nicht mehr allzu lange dauern.«

»Hinweise zu Tibor?«

Jan schüttelte den Kopf. »Bislang nichts Eindeutiges. Aber wir sind noch lange nicht durch. Sollte mich wundern, wenn wir nicht an der einen oder anderen Stelle etwas entdecken.« Er musterte sie aufmerksam und fasste kurz nach ihrem Arm. »Olivia, darf ich dir zwischendurch mal eine ganz direkte Frage stellen?« Sein Ton klang gedämpft.

»Natürlich.«

Er nickte in Richtung Fenster, und sie stellten sich ein paar Schritte abseits. »Sehe ich das richtig – diese Boxergeschichten beschäftigen dich ziemlich, oder?«

Olivia spürte einen winzigen Nadelstich im Herzen. »Mich beschäftigt jedes Opfer von Gewalt ziemlich.«

»Das meine ich nicht.«

»Was meinst du dann?«

»Gab's mal Ärger in Schwerin?«

Olivia hielt kurz die Luft an und hob das Kinn. »Worauf willst du hinaus?«

»Ich stelle mich immer vor meine Leute, egal, worum es geht«, erklärte Jan unumwunden. »Aber ich muss wissen, woran ich bin, und …«

»Das wäre ich auch gerne. Sag schon – aus welcher Ecke weht der Wind?«

Jan starrte einen Moment zum Fenster hinaus, dann sah er sie wieder direkt an. »Ich habe das dumme Gefühl, dass sich jemand dafür interessiert, an welchen Fällen du arbeitest.«

»Wie …«

Jan hob eine Hand. »Halt, jetzt bist du dran! Vertrauen gegen Vertrauen. Gab es Ärger in Schwerin? Wenn ich mich vor dich stelle, muss ich wissen, was warum los ist.«

Klingt logisch, dachte Olivia. Ihr Herz schlug schmerzhaft schnell. »Du hast recht«, entgegnete sie nach kurzem Zögern. »Danke für den Hinweis. Ich habe vor Jahren mal einen Fall bearbeitet, bei dem ein Boxer bei einem illegalen Fight ums Leben gekommen war. Doch die Ermittlungen wurden eingestellt, und mit meiner Karriere lief es danach ziemlich unrund weiter …«

»Das hast du bislang nicht erwähnt.«

»Nein. Ich hatte gute Gründe.«

»Warum wurde eingestellt?«

»Die offizielle Begründung lautete, dass meine Informanten nicht überzeugend waren und der Aufwand als wenig lohnenswert erachtet wurde.«

»Und deine Erklärung?«

Sie zog eine Braue hoch, überlegte zwei Sekunden und entschied sich schließlich, die Katze aus dem Sack zu lassen. »Der Staatsanwalt hat bei dem Kampf gewettet und das Geschehen im Ring höchstpersönlich verfolgt – davon bin ich zumindest zu neunundneunzig Prozent überzeugt.«

Jan schnappte nach Luft. »Geht das etwas genauer?«

»Ja«, erwiderte Olivia.

Nachdem sie die alte Geschichte in groben Umrissen vor ihm ausgebreitet hatte, sagte er eine volle Minute gar nichts.

»Hat Barth persönlich nachgehakt?«, fragte sie schließlich.

»Nein.«

»Hätte mich auch gewundert – so plump ist er nicht. Und darum ist er besonders gefährlich.«

Jan runzelte die Brauen. »Nun ...«

»Zweifelst du daran?«

»Nein, nur solange ...«

»Vor einigen Jahren sind auf Rügen zwei junge Männer bei einem Autounfall auf eisglatter Straße ums Leben gekommen«, fügte Olivia eilig und in scharfem Ton hinzu.

Jan starrte sie verdutzt an.

»Der Zeitungsausschnitt dazu steckte in meinem Briefkasten. Es dürfte nicht allzu weit hergeholt sein, davon auszugehen, dass es sich bei den beiden um die Freunde von Felix Mocker handelte, die als Informanten tätig wurden. Und bei dem *Unfall* wurde garantiert nachgeholfen.«

Diesmal blickte Jan gefühlte fünf Minuten ins Leere, bevor er Olivia mit ernsten Augen ansah. »Was für ein seltsamer Zufall«, murmelte er. »Dieser Unfall spielt zurzeit in einem anderen Fall auf Rügen auch eine Rolle.«

»Zufall?«

»Wir müssen Bergen informieren«, murmelte Jan. »Und

noch was, Olivia. Offiziell bist du mit einem ganz anderen Fall betraut worden, okay?«

Sie nickte. Gute Idee.

»Solange hier nicht völlig klar ist, womit wir es zu tun haben, nehmen wir dich aus der Schusslinie.«

»Das klingt überzeugend.«

»Wenn handfeste Beweise auf dem Tisch liegen, sehen wir weiter. Das Material von deinen Informanten …«

»Ist nach wie vor sicher gebunkert.«

»Gut.« Er nickte und klopfte ihr auf die Schulter. »Das kriegen wir schon hin.«

»Danke, Jan. Irgendwie war mir klar, dass ich mich auf dich verlassen kann.« Sie mühte sich ein Lächeln ab. Im nächsten Augenblick durchfuhr es sie wie ein Blitz: Der Mann auf dem Foto könnte der Boxer gewesen sein, gegen den Felix Mocker angetreten war und sein Leben verloren hatte.

9

Romy war am frühen Sonntagmorgen von Lobbe in Richtung Norden eine Stunde barfuß am Strand spazieren gegangen, bevor sie nach Bergen weitergefahren war. Jan war gegen halb fünf nach Hause gekommen und hatte sie auf den neuesten Stand gebracht, bevor er sich erschöpft schlafen gelegt hatte, und sie brauchte die Zeit für sich, um seinen Bericht sowie die seltsamen Zusammenhänge zu verdauen, die sich plötzlich zwischen den einzelnen Fällen auftaten.

Romy genoss den kühlen Wind, der über ihr Gesicht strich, und den Sand zwischen den Zehen, während sie die zänkische Auseinandersetzung eines Möwenpaares verfolgte. Es roch nach Seetang. Richtung Lobbe war ein früher Jogger mit seinem Hund unterwegs, und auf dem Wasser tuckerte ein Fischerboot Richtung mohnroter Horizont.

Die brisante Lage, in der die neue Ermittlerin Olivia steckte, berührte und verstörte sie. Jan hatte sie gebeten, zumindest vorerst über die tieferen Hintergründe Stillschweigen zu bewahren - sicherheitshalber, nicht etwa weil den jeweiligen Teams nicht zu trauen war - und den Verdacht bezüglich des Unfalltodes von Leo Schmizz und Stefan Timmer allgemein den Nachforschungen der OK-Abteilung Stralsund zuzuschreiben, die im Laufe der aktuellen Ermittlungen zufällig auch auf den Schweriner Fall gestoßen seien. Das dürfte kein Problem sein. Doch die größte Überraschung wartete noch auf sie.

Max, der die Nacht durchgearbeitet hatte, wirkte nichtsdestotrotz quicklebendig, als sie eintraf und sich neben

Kasper setzte, der mit konzentrierter Miene seinen Kaffee umrührte und von allerbester Wochenendlaune meilenweit entfernt schien. Das bin ich auch – Mordermittlungen fördern selten die gute Laune, dachte Romy, aber er wirkt in letzter Zeit ständig unzufrieden oder tief in Gedanken versunken. Sie warf ihm einen aufmunternden Blick zu, den er mit winzigem Lächeln quittierte.

Max hingegen versprühte Tatendrang und brannte förmlich darauf, seine neuesten Erkenntnisse loszuwerden. In altbekannter Breder-Manier verschaffte er ihnen einen weitschweifenden Überblick über die Stralsunder Ermittlungen, die sich nun mit Rügener Belangen kreuzten, und ließ sich auch nicht ausbremsen, als Romy ihm zwischenzeitlich mit lebhafter Gestik signalisierte, dass sie längst Bescheid wüsste und auch Kasper über die wesentlichen Neuigkeiten im Bilde war.

»Wir sehen uns demnach diesen Unfall noch mal genauer an«, fasste er mit konzentrierter Miene zusammen. »Falls die beiden tatsächlich sterben sollten, weil sie etwas über den Schweriner Fight in Umlauf brachten, wie die Kollegen nun zumindest den Verdacht hegen, müssten wir uns en détail mit dem Geschehen befassen. Diese Recherchen sollen übrigens relativ unauffällig erfolgen, hat Jan hinzugefügt …« Max warf Romy einen fragenden Blick zu, die ihm zunickte.

»Es sollen im Moment keinerlei Verdachtsmomente nach außen dringen«, erklärte sie betont beiläufig. »Der Fall wurde seinerzeit eingestellt – um ihn wieder aufzurollen, brauchen wir handfeste Beweise. Und das Milieu ist vielschichtig, wie wir alle wissen.«

»So kann man es auch ausdrücken«, meinte Kasper mit leisem Räuspern. »Allerdings sollten wir nicht außer Acht lassen, dass das Ganze bislang lediglich ein Verdacht ist, der im Laufe einer anderen Ermittlung auftauchte, mehr nicht.«

»Aber auch nicht weniger«, wandte Romy ein. »Wir tasten uns behutsam und unauffällig vor, und dann werden wir ja sehen, was da dran ist.«

»Unauffällig und behutsam ist eine Spezialität von mir«, bemerkte Max mit leicht erhobenem Kinn. »Darüber hinaus sollten wir noch einmal mit Piet Schubert sprechen.« In seinen Augen blitzte es auf.

Romy schüttelte verwirrt den Kopf. »Wieso das? Was hat Merles Ex-Lover mit diesen Geschichten zu tun?«

»Eine ganze Menge.« Max Stimme vibrierte plötzlich. »Es war Schubert, der damals gegen Felix Mocker antrat …«

»Was?« Romy riss die Augen auf. »Seit wann weißt du das denn?«

»Seit einer knappen halben Stunde. Im Zuge der Auswertung des Fotomaterials, dass die Stralsunder im Laufe ihrer nächtlichen Ermittlungen im Boxer- und Wettmilieu sammelten, wurde der gegnerische Boxer, wie ich vorhin schon erwähnte, bei einem aktuellen internen Abgleich wiedererkannt …«

»Ja, das wissen wir«, unterbrach Romy ihn ungeduldig. Olivia hatte den Mann erkannt. »Du hast es erwähnt, aber …«

»Er konnte nicht identifiziert werden, weder damals noch im Laufe der Nacht«, fuhr Max in aller Seelenruhe fort. »Als das Foto nach eingehender und aufwändiger Überarbeitung der Stralsunder Technik vorhin erneut bei mir landete, war mir klar, um wen es sich handelte.« Max lächelte und drehte den Laptop herum.

Die Aufnahme war körnig und sicherlich einige Jahre alt, aber sie zeigte ohne Zweifel Piet Schubert. »Merles Ex war während seiner Stralsunder Zeit einige Jahre Mitglied in einem Fitness- und Boxstudio, das habe ich inzwischen überprüft – er ist auf einem Plakat in einem Bistro zu erkennen, in dem die …«

»Ein ganz normales Sportstudio?«, fiel Kasper ihm ins Wort. Er klang völlig perplex, und Max hatte zweifellos seine helle Freude daran.

»Ja.«

»Und wie kommt der Mann dazu, in einem illegalen Fight in Schwerin anzutreten und einen anderen Boxer totzuschlagen?«

Max hob die Achseln. »Die Frage müssen wir wohl ihm stellen.«

Romy tastete nach ihrem Handy. »Ich muss Jan informieren. Ich denke, dass die Befragung eine gemeinsame Aktion wird.«

Kasper warf ihr einen langen fragenden Blick zu. »Und was hat das Ganze mit dem Mord an Merle Zober zu tun?«

»Vielleicht nicht das Geringste. Und doch …«

»Sie wurde brutal zusammengeschlagen«, bemerkte Kasper nachdenklich. »Das könnte jemand getan haben, der regelmäßig trainiert, sprich: boxt.«

»Ja, aber Schubert hat ein Alibi, und zwar ein hundertprozentiges, wenn du dich erinnerst.«

»Tue ich, ja. Vielleicht hat er noch Kontakte in die Szene.«

»Möglich.« Kasper nickte und stand langsam auf. »Teilen wir uns auf? Ich denke, ich sollte mich um den Unfall kümmern und die Kollegen von der Verkehrspolizei befragen, die das Ganze damals aufgenommen und protokolliert haben. Fine wird gleich hier sein und kann die Akten heraussuchen.«

»Genau so machen wir es.« Romy erhob sich ebenfalls und wandte sich an Max. »Und du solltest dringend ein paar Stunden schlafen, bevor du dich wieder an die Arbeit machst.«

»Wird erledigt, sobald ich die Stralsunder eingehend informiert habe.«

»Hervorragende Arbeit übrigens.«

»Danke.« Max lächelte.

»Ach, noch was – bezüglich Ohlhof …«

»Keine Sorge, an dem bleibe ich natürlich auch dran. Du kriegst die Infos, sobald ich was entdecke.« Damit wandte er sich um und ging in sein Büro.

Romy sah ihm einen Moment nach, dann wählte sie Jans Nummer. Der brauchte nicht lange, um wach zu werden. Die Nachricht über die Identifizierung elektrisierte ihn förmlich – das war selbst am Telefon spürbar. »Das ist ein ziemlicher Hammer. Ich kümmere mich darum, dass er in die PI gebracht wird«, erklärte er nach kurzem Überlegen. »Die Greifswalder Kollegen werden uns sicher unterstützen.«

»Ich wäre bei der Vernehmung gerne dabei.«

»Wir können ihn hier gemeinsam befragen«, stimmte Jan sofort zu. »Neue Erkenntnisse im Fall Merle oder so was in der Art, die in der übergeordneten Dienststelle in Stralsund zusammengetragen werden. Den Box-Fall schieben wir dann nach, wobei Olivia im Hintergrund bleibt, vielmehr bleiben muss. Falls Schubert immer noch in der Szene unterwegs ist, könnte es für sie …«

»Schon verstanden. Wir sollten auch Leo Schmizz und Stefan Timmer ins Spiel bringen. Ich bin gespannt, ob wir Schnittstellen zwischen den dreien entdecken. »

»Das kriegen wir alles hin. Aber jetzt gehe ich erst mal zehn Minuten unter die Dusche.«

Ich wäre gerne dabei, fuhr es Romy durch den Kopf. »Okay, wir sehen uns später.«

Jakob hatte fast den ganzen Samstag auf dem Gedanken herumgekaut – mit ihm gespielt, ihn mehrmals verworfen, wieder aufgegriffen, abgewandelt, erneut aus seinem Kopf verbannt und schließlich am Sonntagvormittag entschieden, dass er mit Christoph sprechen musste. Es wurde Zeit für ein paar offene Worte, so oder so. Er rief ihn auf dem Handy an.

»Lust auf ein kräftiges Frühstück?«

»Hm.«

»Haben wir schon länger nicht mehr gemacht.«

»Stimmt.«

»Ich lad dich ein.«

»Das klingt vielversprechend.«

Eine gute halbe Stunde später trafen sie sich in einem Café am Apollonienmarkt zwischen Meeresmuseum und St.-Jakobi-Kirche und bestellten ein üppiges Frühstück mit Fisch und Eiern, Orangensaft und Körnerbrötchen. Christoph wirkte angestrengt, aber zufrieden und sehr hungrig. Eine Weile griffen sie beherzt zu und tauschten Belanglosigkeiten aus. Einige Rucksacktouristen betraten das Lokal, und Jakob spürte den interessierten Blick einer jungen Frau. Er zwinkerte ihr zu.

Christoph goss sich eine weitere Tasse Kaffee ein. »Gibt's einen besonderen Grund für die Einladung? Hab ich deinen Geburtstag vergessen?«

Jakob grinste. »Der war vor einem halben Jahr.«

»Okay.«

»Einen Anlass gibt es trotzdem.«

»Aha. Dann leg mal los.« Christoph lehnte sich zurück und verschränkte die Arme vor der Brust.

»Deine finanzielle Misere könnte bald ein Ende finden.«

»Ach, mir geht es ganz gut inzwischen.«

Jakob nickte. »Aber du musst eine Menge dafür tun, wenn mich nicht alles täuscht. Den Laden deines Vaters in Schwung halten, nachts den Aufpasser in Clubs spielen …«

»Das tue ich nur hin und wieder – und zwar hauptsächlich aus Jux und Tollerei. Ist mal was anderes«, erklärte Christoph.

»Na schön.« Jakob winkte ab. »Wie auch immer, ich verdiene meine Brötchen jedenfalls leichter.«

»Bist du sicher?«

»Auf jeden Fall.«

»Nimm es mir nicht übel, aber ich hätte keinen Bock, jede Frau zu bedienen, nur weil sie dafür bezahlt.«

»Kein schlechter Einwand. Ich hätte allerdings noch viel weniger Bock auf Typen, die mir was über tote Boxer erzählen und mich beschwören, ja die Klappe zu halten.«

Das hatte gesessen. Christoph erblasste. Er öffnete den Mund und schloss ihn wieder. Langsam beugte er sich über den Tisch und starrte Jakob an. »Bist du verrückt geworden?«, flüsterte er. »Verdammt, woher weißt du das?«

»Zufall. Das Klofenster war auf«, behauptete Jakob. »Euer Gespräch war nicht zu überhören.«

Christoph atmete tief aus. »Hör zu – vergiss das ganz schnell wieder, und misch dich nicht ein!«, forderte er ihn in scharfem Ton auf.

»Ich dachte, wir sind Freunde.«

»Darum ja. Das ist eine Welt für sich und …«

»Wir haben über die Jahre schon so einiges durchgestanden, und zwar oft gemeinsam, oder? Gute Zeiten, schlechte Zeiten, aufregende Zeiten.«

»Schon, aber …«

»Im Übrigen gibt es eine Verbindung zwischen deinem, sagen wir: neuerdings deutlich gesteigerten Interesse am Boxen, deinen neuen Kontakten und meinem Job. Und genau sie hat mich auf eine Idee gebracht, von der wir beide profitieren könnten.«

»Ich verstehe kein Wort.«

Jakob lächelte. »Wirst du gleich. Was sagt dir der Name Feldkamp?«

Christoph stierte ihn sekundenlang stumm an. »Nichts Besonderes«, meinte er schließlich. »Wieso?«

»Nun zier dich doch nicht so – der Name ist bei eurer Unterredung gefallen!«

»Schön, das ist irgendein Geschäftsmann, der sich gerne mal einen Boxkampf anguckt und über gute Beziehungen verfügt. Was ist schon dabei?«

»Tja, es geht um illegale Fights und Wetten.«

»Meine Güte – und?«

»Und in letzter Zeit ist einiges schiefgegangen.«

»Worauf willst du hinaus?«, fuhr Christoph ihn an. »Mir eine Moralpredigt halten? Ich habe nicht den blassesten Schimmer, was es mit den Toten auf sich hat. Niemand weiß, was da passiert ist.«

»Ach ja? Und das glaubst du? Ausgerechnet du? Normalerweise bin ich doch der Naive, der Begriffsstutzige von uns beiden. Wenn die Polizei diese Läden umkrempelt und dein Name fällt …«

Christoph hob rasch die Hände. »Vergiss es. Es gibt nichts umzukrempeln, und mein Name fällt nirgendwo. Ich habe mir lediglich mal den einen oder anderen Kampf angesehen, und dabei ist es zugegebenermaßen hart zugegangen, aber beide Kämpfer verließen den Ring quicklebendig. Und nun komm endlich zum Punkt.«

Jakob lächelte. Christophs rigorose Abwehrhaltung würde schon noch Risse bekommen. Davon war er überzeugt. Er schlug ein Bein über das andere. »Ich habe Feldkamps Frau über Monate regelmäßig bedient, wie du es so schön ausgedrückt hast.«

»Reizender Zufall.«

»Ja, nicht wahr? Sie hat mir einen Arschtritt gegeben und mich ziemlich derbe abserviert, als ich sie wegen der Merle-Sache um ein Alibi gebeten habe. Du erinnerst dich?«

»Du hast die Sache anders gelöst – war ein heißer Tipp von mir.«

»Richtig. Hat sehr gut geklappt.«

»Und weiter?«

»Diskretion ist für das Ehepaar Feldkamp sehr, sehr wichtig.«

»Sie dürften nicht die Einzigen sein. So sind diese Leute nun mal. Und wie du schon bemerkt hast: Es handelt sich um ein illegales Hobby. Niemand will das an große Glocke hängen, schon gar nicht, wenn man einen Namen zu verlieren hat.«

»Die beiden stinken vor Geld, Arroganz und Einfluss – sie lässt sich von einem Callboy das Leben versüßen, er vertreibt sich die Zeit bei illegalen Kämpfen, bei denen auch mal Boxer sterben. Diese Informationen müsste man doch sinnvoll vermarkten können.« Jakob lächelte. »Oder?«

Christoph verstummte. Sein Blick wurde für einen Moment dunkelgrau und starr. »Habe ich das richtig verstanden – du denkst ernsthaft daran, die beiden …?«

»Warum nicht?«

»Ganz einfach – mit denen ist nicht mal ansatzweise zu spaßen!«, fuhr Christoph ihn an. Dann räusperte er sich und senkte seine Stimme wieder. »Hör zu, die hetzen dir Leute auf den Hals, die du nicht kennenlernen möchtest und ich übrigens auch nicht.«

Jakob zuckte mit den Achseln. »Ist mir alles längst sonnenklar. Also müsste man das Ganze richtig schlau einfädeln, ganz in Ruhe und sehr professionell. Niemand darf auf uns kommen. Denk einfach mal darüber nach.«

»Vergiss es, und zwar schnell!«

»Noch ein Stück Kuchen zum Nachtisch?«

»Nein, danke.«

Als sie das Café eine Viertelstunde später verließen, verabschiedete sich Christoph eilig und mit mürrischem Gesichtsausdruck. Jakob sah ihm eine Weile nach und war davon überzeugt, dass der Freund früher oder später seinen Unmut abstreifen und den Vorschlag gründlich durchdenken würde. Der Gedanke, die Feldkamps bis in die Grundfesten zu erschüttern und um einen Teil ihres Geldes zu bringen, war einfach zu verlockend. Er würde zu gerne Margrets Gesicht sehen, wenn ihr klar werden würde, dass sie klein beigeben musste.

Kasper fuhr gegen Mittag raus nach Kluis, einem kleinen, beschaulichen und zugleich sehr alten Weiler mit gerade einmal dreihundert Einwohnern einige Kilometer nordwestlich von Bergen, eingebettet in Ackerland, Wiesen und Wälder, wo der Tourismus bislang kaum Spuren hinterlassen hatte. Das gab es auch auf Rügen. Kollegin Simone Bergmann, die verantwortliche Polizistin bei der Aufnahme des tödlichen Unfalls, hatte vor einigen Jahren das Haus ihrer Eltern geerbt und lebte, soweit Kasper wusste, dort inzwischen allein. Die erwachsenen Kinder waren längst flügge, und der Ehemann, etliche Jahre älter als die Fünfundfünfzigjährige, hatte im vorletzten Sommer einen Herzinfarkt nicht überlebt.

Als Kasper eintraf, bat ihn Simone in den Garten, wo sie – den aufgewühlten Beeten, herumliegenden Gartengeräten und erdigen Händen nach zu urteilen – seit Stunden beschäftigt war. Es roch nach Sommererde und feuchter Wiese.

»Setz dich doch schon mal auf die Terrasse – ich komme gleich«, forderte sie ihn auf und wusch sich an einer Pumpe. Eine Strähne ihres üppigen dunklen Haares, durch das sich silbrige Fäden zogen, fiel ihr ins Gesicht. »Wie war das noch bei dir – Tee oder Kaffee?«, fragte sie kurz darauf im Näherkommen und schüttelte die nassen Hände aus.

Kasper erfasste mit einem Seitenblick die Teekanne. »Wenn du eine Tasse erübrigen kannst, nehme ich hiervon.«

»Klar.« Sie lächelte, setzte sich zu ihm an den wuchtigen Holztisch und goss den Tee ein. »Worum genau geht es? Was interessiert euch an einem über vier Jahre zurückliegenden Unfall mit Todesfolge, noch dazu an einem so schönen Sonntag?«

Simone war eine große, zupackende Frau mit gesunder Gesichtsfarbe und einer sehr direkten Art, die stets ohne Umschweife zur Sache kam. Selbstbewusst und in sich ruhend, dachte Kasper. Er legte die Akte auf den Tisch und beschloss, ebenso geradlinig auf den Punkt zu kommen. »Hat sich bei dir damals auch nur der Hauch eines Zweifels gerührt, dass irgendwas nicht stimmen könnte?«

»Nein. Es war arschglatt«, entgegnete Simone ohne das geringste Zögern. »Sie sind viel zu schnell unterwegs gewesen und von der Fahrbahn abgekommen, der Wagen überschlug sich und krachte in einen Baum. Der Fahrer war sofort tot, der andere starb wenig später.« Sie faltete ihre Hände. »Es war tragisch, weil die beiden so jung waren, andererseits …«

»Ja?«

»Bei den Witterungsbedingungen hat sich niemand gewundert. In der Kurve ist schon häufiger was passiert.«

»Sind die beiden früher schon mal wegen überhöhter Geschwindigkeit oder Ähnlichem aufgefallen?«

»Nein, soweit ich weiß, nicht, aber das muss ja nichts heißen.«

»Es gab keine Zeugen.«

»Nein«, stimmte Simone zu. »Der Fahrer eines Schneeräumfahrzeugs alarmierte uns. Als er den Wagen entdeckte, war ungefähr eine Viertelstunde seit dem Unglück vergangen, wie aufgrund der beschädigten Uhr des Unfallautos geschlussfolgert wurde.«

Kasper nickte. Der Mann war überprüft worden – an seiner Aussage bestand nicht der geringste Zweifel Ebenso wenig bot der Untersuchungsbericht der Kriminaltechnik Spielraum, der auf eine Manipulation hinweisen könnte.

Simone trank einen Schluck und sah ihn forschend an. »Darfst du deutlicher werden? Was vermutet ihr?«

»Die Namen der beiden jungen Männer tauchen im Zusammenhang mit anderen Fällen auf, die wir zurzeit bearbeiten ...«

»Gleich mehrere Fälle?«

»Tja ... Es ist durchaus denkbar, dass es Leute gab, denen dieser Unfall nur allzu recht war.«

»Oh.« Simone stellte ihre Tasse wieder ab.

»Ein Verdacht, dem wir gerade nachgehen – höchst diskret übrigens.«

»Ich verstehe.« Sie schüttelte den Kopf. »Aber bei dem Unfall gab und gibt es nichts zu deuteln. Allerdings ... Vielleicht waren sie in der Nacht nicht alleine unterwegs. Es könnte sie jemand verfolgt haben, und darum sind sie unvorsichtig gefahren.«

Kasper nickte. »Hat man ihre Handys eigentlich gefunden?«

Simone überlegte einen Moment. »Soweit ich weiß – ja.«

»Aber du bist nicht hundertprozentig sicher?«

»Nein, das heißt, ich erinnere mich nicht mehr so genau. Dazu müsstet ihr euch den Technikbericht noch mal anschauen.«

»Da sind wir auch dran.«

»Gut. Mehr kann ich zu der Sache nicht sagen. Hast du Lust auf einen Rundgang in meinem Garten?«

»Lust schon, aber ...«

»Gut, ein andermal vielleicht.«

»Ja, gerne und danke für den Tee.«

Kasper telefonierte während der Rückfahrt mit Marco

Buhl, dem Leiter der Kriminaltechnik, der versprach, sich sofort zu kümmern und sich ebenso schnell zu melden. Sein Rückruf erfolgte eine gute halbe Stunde später, als Kasper bereits ins Kommissariat zurückgekehrt war.

»Wir haben nur ein Smartphone gefunden, und zwar das von dem Fahrer, Leo Schmizz, und das war ziemlich hinüber. Was wir wiederherstellen konnten, gab nichts her.«

»Schick das Material trotzdem mal rüber. Max soll sich damit befassen.«

»Mach ich.«

»Keine einzige Spur von Stefan Timmers Handy?«

»Nö.«

»Das ist merkwürdig.«

»Es soll Leute geben, die hin und wieder ohne Telefon …«

»Ja, ja, aber kein junger Typ Anfang zwanzig, noch dazu bei einer Spritztour am Wochenende«, unterbrach Kasper ihn. »Wo gibt es denn so was?«

Marco gab ein knurrendes Geräusch von sich. »Wir haben die Unfallstelle in einem weiten Radius gründlich abgesucht.«

»Daran zweifle ich auch nicht.«

»Gut zu wissen.«

Als Kasper das Gespräch beendete und sich umdrehte, stand Fine hinter ihm. »Ich muss mit jemandem aus Timmers Familie sprechen, möglichst heute noch.«

»Ich kümmere mich gleich darum.«

»Danke. Max …«

»Hat wenig geschlafen und genug zu tun«, erklärte Fine in bestimmendem Ton. »Im Moment hängt er gleichzeitig am Telefon und vor dem Monitor.«

Das macht er doch immer so, dachte Kasper, verkniff sich aber die Bemerkung. Fine stellte sich nach wie vor häufig mit breiter Brust vor Max, und man tat gut daran, ihre Einwände oder Anmerkungen nicht zu hinterfragen.

»Ich soll dir übrigens ausrichten, dass er bei all der Hektik Ohlhof nicht vergessen hat«, fügte sie hinzu.

»Wie schön.«

10

Das erste Gespräch mit Piet Schubert lag Wochen zurück. Seinerzeit hatte Merles Ex-Lover die Fragen ruhig und sachlich beantwortet und dabei nicht allzu viel von sich verraten – angesichts seines überzeugenden Alibis war das auch gar nicht nötig gewesen. Romy hatte den hochgewachsenen, kräftigen Mann auf angenehme Weise selbstbewusst in Erinnerung. Als er jetzt vor ihr saß, wirkte er zumindest dezent verunsichert – und verärgert.

»Die Greifswalder Polizei bringt mich an einem Sonntagmittag nach Stralsund, damit ich hier noch einmal meine Aussage zu dem Mord an Merle zu Protokoll gebe?«, fragte er, kaum dass er am Tisch Platz genommen hatte. »Ist das Ihr Ernst?«

»Natürlich.« Romy nickte freundlich. Jan verfolgte die Befragung im Nebenraum gemeinsam mit Olivia und würde sich zu gegebener Zeit einschalten. »Die Polizeiinspektion ist die übergeordnete Dienststelle, und es muss schon alles seine Richtigkeit haben. Darüber hinaus sind uns noch ein paar abschließende Fragen eingefallen, die keinerlei Aufschub dulden.«

»Aha. Und wenn ich nicht zu Hause gewesen wäre?«

»Hätten wir es anders geregelt.«

»Na toll.« Er schüttelte den Kopf und leierte in den nächsten Minuten die Antworten auf Romys Fragen – die im Wesentlichen denen entsprachen, die sie bereits im ersten Durchgang gestellt hatte – in gelangweiltem Ton herunter.

»Merle ist ziemlich übel zugerichtet worden«, hob Romy nach kurzer Pause schließlich erneut an.

»Das betonten Sie bereits. Ich will es gar nicht genauer wissen.«

»Ich weiß nicht, ob ich Ihnen das ersparen kann.«

Schubert runzelte die Stirn. »Was meinen Sie?«

»Sie wurde zusammengeschlagen.«

»Das ist furchtbar, aber …«

»Da ist jemand äußerst brutal vorgegangen. Der Schläger wusste sehr genau, wo es wehtut.«

»Ich verstehe nicht, worauf Sie hinauswollen.«

»Nein?«

»Nein.«

»Der Mörder könnte ein Schläger gewesen sein, der professionell boxt«, entgegnete Romy ruhig. »Darauf will ich hinaus.«

Schubert ließ sich in die Rückenlehne fallen und blies die Wangen auf. »Und was genau wollen Sie von mir? Ich war es nicht, und das wissen Sie auch. Ein Dutzend Leute kann bestätigen, wo ich zur Tatzeit war.« Er beugte sich wieder vor und stützte die Hände auf den Tisch. »Wenn Sie also keine weiteren …«

Romy schob rasch die Fotos von Schmizz und Timmer über den Tisch. »Kennen Sie diese beiden jungen Männer?«

Schubert musterte die Aufnahmen und schüttelte sofort den Kopf. »Nein, nie gesehen.«

»Sicher?«

»Meine Güte – ja.«

»Das sind ehemalige Freunde von Merle.«

»Ja und? Warum …«

Die Tür schwang auf, und Jan trat lächelnd ein. »Entschuldigen Sie, dass ich hier so reinplatze, Herr …«

»Schubert.«

»Herr Schubert, ich bin der Leiter des Kriminalkommissariats Stralsund, und ich würde Ihnen gerne umfassend erklären, warum meine geschätzte Kollegin aus Bergen auf

Merles Freunde zu sprechen kommt«, erläuterte Jan charmant. »Unter Umständen können Sie uns nämlich bei einem anderen Fall, der uns zurzeit in Stralsund beschäftigt, weiterhelfen.« Er gab Schubert die Hand und setzte sich.

»Ich bin gespannt.«

»Sie haben vielleicht davon gehört oder darüber gelesen, dass es im Abstand einiger Wochen hier in der Hansestadt zwei ungeklärte Todesfälle nach beträchtlicher Gewalteinwirkung gab – junge Männer, die wir bislang nicht identifizieren können. Von einem wissen wir lediglich den Vornamen, von dem anderen: nichts.«

»Und warum sollte ausgerechnet ich etwas dazu sagen können?« Schubert wirkte perplex.

Jan griff in die Akte und zog die Fotos der beiden toten Boxer hervor. »Schon mal gesehen?«

»Nein.«

»Lassen Sie sich Zeit. Dieser Mann hier heißt Tibor.«

Schubert hob die Hände. »Schöner Name, aber da klingelt gar nichts bei mir. Und jetzt verraten Sie mir doch bitte einmal …«

»Die beiden haben geboxt und sind bei illegalen Fights angetreten – so der Stand unserer bisherigen Ermittlungen. Ein Milieu, in dem Sie sich auch auskennen, nicht wahr?«

Stille senkte sich herab. Mit allem hatte Schubert gerechnet, nur nicht damit. Er atmete tief ein. »Daher weht also der Wind. Nun gut, ich habe viele Jahre in einem Sportstudio geboxt«, erklärte er schließlich leise. »Das ist nicht verboten.«

»Natürlich nicht«, schaltete sich Romy ein. »Ich boxe auch – macht Spaß und bringt jede Menge Fitness.«

»Sie sagen es.«

Jan rieb sich das Kinn und suchte seinen Blick. »Sie sind allerdings bei illegalen Fights angetreten.«

»Tatsächlich. Und das können Sie beweisen?«

Jan hielt ihm das Foto von Felix Mocker unter die Nase. »Erinnern Sie sich an den Kampf gegen diesen jungen Mann?«

Schubert musterte das Bild nur kurz. »Nein.«

»Liegt ein paar Jahre zurück, ungefähr fünf. Das Ganze fand in Schwerin statt, und Mocker ist dabei gestorben, weil Sie gewonnen, sprich: ihn richtig fertiggemacht haben.«

»Blödsinn.« Schubert war blass geworden und hatte Mühe, ruhig sitzen zu bleiben, aber er war dabei, sich wieder zu fangen.

Der abrupte Wechsel hat ihn erschüttert, aber nicht aus der Bahn geworfen, überlegte Romy. Er wusste, wie er sich verhalten musste. Oder er sagte die Wahrheit.

»Ich habe keine Ahnung, woher Sie diese Informationen haben, und letztlich ist mir das auch völlig egal.«

»Sollte es nicht.«

Schubert hielt Jans Blick stand. »Wenn Sie eindeutig beweisen könnten, was passiert ist, hätten Sie mich festnehmen lassen und auf meine Rechte aufmerksam gemacht, und ich würde längst vor dem Untersuchungsrichter sitzen.«

»Das kann immer noch passieren.«

»Kann? Wissen Sie, was ich glaube?«

»Erzählen Sie es mir.«

»Ihre sogenannten Beweise sind alles andere als überzeugend, und genau das ist der Grund, warum ich bislang nur befragt werde.«

Er kriegt gerade Oberwasser und macht das gar nicht schlecht, dachte Romy, während Jan die Arme verschränkte und, seiner Grüblermiene nach zu urteilen, die verschiedenen Möglichkeiten abwog, die ihnen blieben – den Mann wieder laufen zu lassen und zu observieren oder den Staatsanwalt einzuweihen, einen Deal anzubieten.

»Die beiden jungen Männer, deren Fotos ich Ihnen vorhin zeigte, ehemalige Schulfreunde von Merle, sind bei einem Autounfall im Winter vor vier Jahren auf Rügen ums Leben gekommen«, ergriff Romy das Wort. »Wir überprüfen zurzeit die Umstände des Unglücks, weil wir nicht ausschließen können, dass der Tod der beiden einigen Leuten sehr gelegen kam.«

Schuberts Augen glitten langsam über ihr Gesicht.

»Es waren Freunde von Mocker, die sich denKampf angesehen haben«, fuhr Romy fort.

»Warum erzählen Sie mir das alles?«

»Womöglich ist es nicht ganz ungefährlich, Einzelheiten solcher Kämpfe zu wissen und/oder weiterzugeben«, antwortete Jan. »Wir können uns ganz gut vorstellen, was in der Szene abgeht, und würden unsere Ermittlungen gerne forcieren, ohne jemanden zu gefährden.«

»Der Kampf liegt viele Jahre zurück – da kräht doch kein Hahn mehr nach.«

»Was den Schweriner Fight angeht – okay, da gebe ich Ihnen recht. Doch die Todesfälle hier in Stralsund sind brandaktuell. Außerdem gehen wir von ein und derselben Szene aus. Die Überschneidungen, die wir entdeckt haben, belegen das.«

»Wie auch immer, ich kann Ihnen weder zu der einen noch zu der anderen Sache etwas sagen«, wehrte Schubert ab.

»Der Polizei ist Material zugespielt worden, das Ihren Kampf gegen Mocker zweifelsfrei belegt«, sagte Jan ruhig.

»Material? Was für Material?«

»Sie sind fotografiert und gefilmt worden.«

Schubert atmete scharf ein. »Quatsch!«

»Nun …«

Er beugte sich vor. »Wollen Sie behaupten, dass Sie im Besitz von Filmaufnahmen sind, die zeigen, dass ich Mocker totgeschlagen habe?«

»Es gibt Kampfszenen.«

»Das beweist gar nichts, schon gar nicht nach so langer Zeit!«

Stimmt, dachte Romy.

»Ich mache Ihnen einen Vorschlag …«

»Wirklich?«

»Wir halten Ihren Namen aus allem heraus …«

»Tun Sie das. Was anderes wird Ihnen auch gar nicht übrig bleiben.« Schubert hob das Kinn. »Ich möchte jetzt gehen oder einen Anwalt sprechen.«

»Na schön.« Jan breitete kurz die Arme aus. »Erlauben Sie mir noch einen kleinen Hinweis.«

Schubert war aufgestanden und schob den Stuhl beiseite. Er stützte sich mit beiden Händen auf der Lehne ab und verlagerte das Gewicht von einem Bein aufs andere. »Ja?«

»Wir kriegen mit, falls Sie die entsprechenden Leute warnen, und machen uns unseren eigenen Reim darauf.«

»Ich habe keine Ahnung, wovon Sie sprechen.«

Natürlich nicht, dachte Romy. Augenblicke später war Schubert zur Tür hinausgeschlüpft, und Olivia trat ein. Jan sah sie an. »Und? Wie ist dein Eindruck?«

»Ich bin ziemlich sicher, dass er es war«, sagte sie. »Und er wirkt gut gebrieft, auch nach so langer Zeit.«

»Wie es aussieht, hat er sich aus allem zurückgezogen, schon vor Jahren – sehr wahrscheinlich nach dem Kampf gegen Mocker. Nichtsdestotrotz könnte er uns wertvolle Hinweise liefern.«

»Danach scheint ihm so gar nicht der Sinn zu stehen – verständlicherweise. Man wird ihm klargemacht haben, dass er sich sein eigenes Grab schaufelt, wenn er redet.« Sie räusperte sich.

»Ja, anzunehmen. Nun gut. Wir werden ihn beschatten und gründlich durchchecken«, entschied Jan. »Und dann sehen wir weiter.«

Romy stand seufzend auf. »Schade – da ich hatte mir ein bisschen mehr von versprochen.«

»Warten wir es ab«, sagte Olivia und warf mit einer grazilen Bewegung ihr langes honigfarbenes Haar über die Schulter zurück. »Was nicht ist, kann noch werden.« Sie lächelte aus hellgrünen Katzenaugen.

Eine bildschöne Frau, dachte Romy.

»Ich würde übrigens gerne die Beschattung übernehmen«, erklärte Olivia.

Jan zögerte einen Moment. »Gut, aber …«

»Alles in akkurater Absprache und Feinabstimmung«, fügte sie rasch hinzu. »Du kannst dich darauf verlassen. Ich habe nicht die geringste Lust, die Jungs auf mich aufmerksam zu machen.«

Das glaubte Romy ihr aufs Wort.

Marco Buhl hatte auf den ersten Blick und nach damaligem Erkenntnisstand völlig recht gehabt. Die Daten, die von Leo Schmizz' Smartphone wiederhergestellt worden waren, gaben nichts her – ein paar Kontaktinfos, unvollständige Telefonlisten, ein Dutzend Fotos und Filmchen, nichts Auffälliges oder Bedeutsames im Sinne der Ermittlungen, und der Großteil war beschädigt.

Kasper ging den Bericht und die Auflistungen mit leisem Stöhnen lediglich zur Sicherheit ein zweites Mal im Detail durch. Nichts, dachte er, und das war umso bitterer, da Stefan Timmers Phone nach wie vor verschwunden blieb. Niemand, mit dem er zwischenzeitlich aus dem Familien- und Bekanntenkreis Kontakt aufgenommen hatte, konnte sich den Verbleib anders erklären als damit, dass das Gerät beim Unfall zerstört worden oder anderweitig abhandengekommen war.

»Vielleicht hat jemand das Teil eingesteckt«, hatte Timmers Vater vorgeschlagen.

»Jemand? Sie meinen die Sanitäter und Polizisten, die sich um die beiden Jungen kümmerten und versuchten, ihr Leben zu retten?« Kasper hatte selbst gehört, dass seine Stimme zornig klang.

»Schon gut … Sie haben gefragt, und was weiß ich denn? Vielleicht hat er es auch in irgendeiner Kneipe liegen lassen. Glaub ich aber nicht. Das Teil war teuer und ziemlich neu. Er hat es gehütet wie seinen Augapfel … Aber letztlich hat uns damals kaum etwas weniger interessiert als dieses bescheuerte Handy - wenn Sie verstehen, was ich meine.«

Ja, Kasper hatte verstanden.

Falls der Unfall tatsächlich im Zusammenhang mit dem Schweriner Fight provoziert worden war, könnte sich natürlich jemand am Auto zu schaffen gemacht haben, um Hinweise zu beseitigen - Fotos zum Beispiel - oder um Kontakte und Nachrichten zu überprüfen, grübelte Kasper weiter. Er hätte eine Viertelstunde Zeit gehabt, und womöglich war das Handy von Timmer gut zu erreichen gewesen, während dieser Jemand bei Schmizz nicht schnell genug fündig geworden war …

Kasper blätterte auf die letzte Seite, wo einige Ausschnitte von gesendeten Nachrichten beziehungsweise SMS-Chat-Verläufen, auch älteren Datums, aufgeführt waren - kurze Dialoge zu Treffpunkten, Verabredungen mit Freunden und so weiter. Nichts von Belang.

Plötzlich stutzte er.

Ich hab ihn gesehen und kaum wiedererkannt, hatte Leo einige Monate vor dem Unfall an Stefan gesimst.

Echt? Erinnerst du dich noch an seine Puppe und das hübsche Video? Krass, oder?

Die Antwort bestand in einem Smiley, der heftiges Gelächter zum Ausdruck brachte.

Jrk hat echt nen Ding zu laufen gehabt. Sollten wir vielleicht mal Mrl anrufen? Über die alten Zeiten plaudern?

Der Rest fehlte. Kasper ließ das Blatt sinken. Nebenan war gerade Romy eingetroffen und besprach sich mit Max. Als Kasper aufstand und in der offenen Tür stehen blieb, drehten sich beide zu ihm um und starrten ihn verwundert an.

»Was ist?«, fragte Romy.

Er trat näher und reichte den beiden das Blatt. »Was hat das zu bedeuten?«

»Gute Frage«, murmelte Romy. »Für mich klingt das so, als ob sie sich zu Zeiten der Clique über ihn lustig gemacht haben – über ihn und seine Freundin. Offensichtlich machte damals ein Video die Runde, und Jurek scheint häufiger mal verspottet worden zu sein. Leider können wir die beiden nicht mehr fragen. Der Name der Freundin würde mich doch sehr interessieren.« Sie blickte hoch und sah Max an. »Hattest du vielleicht schon Gelegenheit …«

»Ja. Du könntest mit einem Kommilitonen sprechen, mit dem Ohlhof mehrere Seminare und Sportkurse besuchte – Kontaktdaten schicke ich dir gleich. Darüber hinaus konnte ich die Putzfrau ausfindig machen, die bei den Ohlhofs beschäftigt war.«

Romy lächelte. »Sehr gut.«

Kasper reckte sich und sah auf die Uhr. »Müssen wir das heute noch erledigen?«

»Wäre mir ganz lieb. Vorschlag: Ich hänge mich ans Telefon, und du sprichst auf dem Heimweg mit der Putzfrau«, schlug Romy vor. »Wie klingt das?«

»Hm. Nun gut, das hatte ich ohnehin befürchtet.«

»Sie wohnt bei dir um die Ecke und hat Zeit für ein kurzes Gespräch«, warf Max ein. »Ich schick dir gleich noch …«

»Schon klar.«

Romy drehte sich zu Max um. »Bist du fit genug, um dich noch ein bisschen um Piet Schubert zu kümmern? Der Mann blockt sehr gekonnt ab.«

»Mach ich.«

»Und in zwei Stunden ist für uns alle Feierabend.«

»Gute Idee.« Kasper griff nach seiner Jacke und machte sich auf den Weg. Erst als er im Wagen saß, fiel ihm auf, dass er sich noch nicht einmal verabschiedet hatte.

Sie werden es verschmerzen, dachte er und blickte auf sein Handy. Sigrid Koch wohnte im südlichen Bergen, im Tilzower Weg, und sie gehörte zu der Sorte Zeuginnen, deren Befragung zumindest bei kniffliger Ermittlungslage und verordnetem oder absolut notwendigem Stillschweigen kein Zuckerschlecken war. Frau Koch – Ende vierzig, mittelgroß, rund – befand sich in heller Aufregung, als Zeugin vernommen zu werden, wie sie Kasper in einem Atemzug mit der Begrüßung an der Tür versicherte. Ihre Wangen waren mit flammend roten Flecken übersät, die Augen blitzten, und ihre Stimme verriet Hektik.

Kasper stöhnte unterdrückt, während er ihr ins Wohnzimmer folgte – einen kleinen, penibel ordentlichen Raum. Romy wäre hier viel besser klargekommen, schätzte er. Er ließ Kochs aufgeregten Schwall noch eine Minute über sich ergehen, in der er seine weitere Vorgehensweise überdachte, dann unterbrach er sie ruhig. »Moment bitte.«

Koch schnappte nach Luft und blickte ihn erwartungsvoll an.

»Ich benötige einige allgemeine Auskünfte von Ihnen, das ist alles. Dennoch muss ich Sie dringend ersuchen, den Inhalt unseres Gesprächs vertraulich zu behandeln.« Er warf ihr einen strengen Blick zu.

Sie nickte schnell und schluckte. »Selbstverständlich, Herr Kommissar.«

»Auch Ihre beste Freundin sollte nichts erfahren.«

Erneutes Nicken. »Natürlich nicht. Es sollte nichts nach außen dringen. Das verstehe ich.« Sie faltete die Hände im Schoß. »Worum geht es denn?«

»Sie haben vor einigen Jahren bei Familie Ohlhof in Putbus geputzt oder sogar den Haushalt geführt, wenn wir richtig informiert sind.«

Koch machte kugelrunde Augen. »Ja, das stimmt. Woher …«

»Recherchen.«

»Natürlich.« Sie nickte wieder. »Logisch.«

Kasper atmete tief aus. Er beschloss spontan, einen Ermittlungsgrund zu erfinden. »Es gab seinerzeit etliche Einbrüche in Putbus. Eine ähnliche Einbruchserie scheint sich gerade zu wiederholen, und wir wollen dem auf den Grund gehen, bevor die Hauptferiensaison beginnt«, erklärte er. »Manche Einbruchsopfer melden eine Tat nicht, selbst wenn ein erheblicher Schaden entstanden ist – aus Scham oder Angst, wie auch immer.«

»Wirklich?«

»Wirklich. Ist Ihnen vielleicht seinerzeit bei den Ohlhofs etwas aufgefallen?«

Koch runzelte die Brauen. »Sie meinen – ob dort eingebrochen wurde?«

»Gab es vielleicht Hinweise?«

»Tja …«

»Beschädigte Fenster und Türen …«

»Nein.«

»Oder auch ein seltsames Verhalten der Familie, das Ihnen jetzt zu denken gibt.«

»Wie meinen Sie das?«

»Viele Menschen reagieren traumatisch, wenn sich jemand Zutritt zu ihrem Heim verschafft hat – und zwar unabhängig davon, was gestohlen und zerstört wurde«, führte Kasper aus. »Jurek Ohlhof war ein Teenager zu jener Zeit. Kam Ihnen an dem Jungen etwas merkwürdig vor?«

Koch nickte stockend. »Nun ja, der war schon ein bisschen eigenartig, um ehrlich zu sein. Aber ob da ein Zusammenhang mit einem Einbruch bestand, kann ich natürlich nicht sagen.«

»Egal, erzählen Sie mal, was Ihnen aufgefallen ist.«

»Jurek war ein ruhiger Typ – ein schmaler, unauffälliger Junge, hat viel vor seinem PC herumgehangen, kaum etwas erzählt. Mit dem war wenig los.«

»Das klingt nicht zwingend ungewöhnlich für dieses Alter«, wandte Kasper ein. »Nach unserer Kenntnis war er im Segelverein und oft mit einer Clique unterwegs.«

»Ja?« Koch blickte ihn verwundert an. »Also, ich kenne ihn fast nur als Stubenhocker, und wenn ich dort war, hatte er nie Besuch.«

»Das kann an Ihren Arbeitszeiten gelegen haben.«

»Ich war zu ganz unterschiedlichen Zeiten im Haus – auch mal nachmittags oder sogar abends, weil ich auch für die Familie gekocht oder Gäste bewirtet habe«, entgegnete sie.

Interessant, dachte Kasper. »Demnach kennen Sie den Freundeskreis gar nicht?« Er pflückte die Fotos der Clique aus dem Ordner, die Koch sich sehr genau ansah.

Sie zögerte. »Hm, kann sein, dass die mal zu einer Gartenparty eingeladen waren – aber das dürfte die große Ausnahme gewesen sein. Jurek wirkte auf mich wie ein Einzelgänger.«

»Demnach wissen Sie auch nichts von einer Freundin?«

»Nein.« Sie schüttelte den Kopf. »Er war viel zu schüchtern, zu unsicher für Mädchengeschichten.«

Koch beugte sich vor. »Glauben Sie, dass die Einbrecher aus dem Freundeskreis stammen?«, fragte sie mit Verschwörermiene.

»Dazu kann ich Ihnen nichts sagen.« Das stimmt sogar, dachte Kasper.

»Ich verstehe.«

Wenige Minuten später beendete Kasper die Unterredung, nicht ohne Koch vorher noch einmal auf ihre Pflicht zur Verschwiegenheit hinzuweisen, was sie mit entrüstetem Gesichtsausdruck zur Kenntnis nahm. Er gab die Informationen an Max weiter und fuhr nach Hause. Der Anrufbeantworter blinkte, aber er verspürte nicht die geringste Lust, ihn abzuhören.

11

Ohlhofs Exkommilitone aus Bremen bestätigte in einem längeren Telefonat das Bild vom eher zurückgezogen lebenden und unsicheren Einzelgänger, wie es auch die Putzfrau beschrieb – allerdings beschränkte er diesen Eindruck auf den Beginn des Studiums. In den letzten beiden Jahren an der Uni hatte Ohlhof zunehmend mehr Sport getrieben, sich körperlich verändert und insgesamt selbstbewusster gewirkt. Inwieweit er auch kontaktfreudiger geworden war, vermochte der Studienkollege jedoch nicht zu bewerten, und ob es eine Freundin gegeben hatte, entzog sich ebenfalls seiner Kenntnis. Über Privates habe Ohlhof selten gesprochen, und nach der Uni wäre der Kontakt abgebrochen.

Wie passte das zusammen?, überlegte Romy, als sie die Dienststelle nach abschließender Besprechung mit Max verließ. Auf der einen Seite die Sechser-Clique, die sich zum Segeln und Feiern traf, auf der anderen das Bild des auf andere eher scheu wirkenden Ohlhof, Typ: unsicherer Teenager, Jahre später ergänzt durch die Kommentare von Schmizz und Timmer, die ihn als schrägen Vogel bezeichneten. *Seine Puppe und das Video.*

Es muss nicht immer alles zusammenpassen, dachte Romy und startete ihren Roller. Ohlhof hat sich entwickelt, verändert und sicher zu Hause nicht viel von sich preisgegeben, ähnlich wie Merle. Und er selbst hatte im ersten Gespräch dem Eindruck der engen Cliquen-Freundschaft widersprochen. Möglicherweise war er nicht der Beliebteste in der Gruppe gewesen. Das fünfte Rad am Wagen? Und doch war die Zeit so wichtig für ihn gewesen, dass er Jahre später die Beerdigungszeremonien von Sonja und Nina heimlich beobachtete und zunächst behauptete, niemanden aus der Clique nach seinem Umzug nach Bremen je wiedergesehen zu haben. Das war irritierend, aber keineswegs von strafrechtlicher Relevanz.

Romy fuhr vom Parkplatz und entschied spontan und wohl auch aus gegebenem Anlass, vor ihrer Heimfahrt eine Runde zu boxen. Die Jugendboxarbeit im E-Werk Sassnitz hatte sie vor einiger Zeit aufgegeben, seitdem war sie Mitglied in einem Club in Bergen, in dem sie auch außerhalb der offiziellen Übungsstunden trainieren konnte – und sei es an den Fitnessgeräten oder am Sandsack oder Punchingball.

Es war nicht viel los – zwei junge Männer arbeiteten im Kraftraum und stemmten Gewichte, ein weiterer bewegte das Springseil. Romy hatte wenig Hoffnung, einen Sparringpartner zu treffen, und setzte sich zum Warmwerden für fünfzehn Minuten auf das Ergometer. Nach einer Runde Schattenboxen hatte sie Betriebstemperatur erreicht und freute sich, als sie Olaf beim Aufwärmen entdeckte. Der Fünfundzwanzigjährige war ein Leichtgewicht, der erst seit einem Jahr trainierte, er war sehr begabt und scheute sich nicht, mit einer Frau in den Ring zu gehen.

Wenig später begannen sie, einander bei mittlerem Tempo zwei Runden lang spielerisch zu umtänzeln, ab Runde drei gaben beide Gas. Romy lief der Schweiß in Strömen den Rücken hinunter, ihr Puls erreichte inzwischen locker hundertsechzig Schläge. Sie benötigte ihre volle Konzentration, um immer wieder Olafs Linker auszuweichen und dabei ihre Deckung nicht aufzugeben. Der Mann war blitzschnell und schenkte ihr nichts. Das Tempo war inzwischen gleichmäßig hoch, sie freute sich über einen Treffer und kassierte Sekundenbruchteile später eine Kombination, die sie nach Luft schnappen ließ.

Die Bilder der verletzten, der totgeprügelten Boxer huschten durch ihren Kopf. Konnte man tatsächlich an den Punkt geraten, an dem es nur noch darum ging, den anderen zu zerstören? Oder mit genau dieser Absicht in den Ring steigen? Den Gegner auszuknocken, ihn mit Geschicklichkeit und punktgenauer Treffsicherheit zu überrumpeln war eine Sache, in zielgerichteter Zerstörungsabsicht über ihn herzufallen etwas völlig anderes, das nicht das Geringste mit Sport zu tun hatte. O ja, Wut gehörte manchmal dazu, schlich sich ein, genauso wie Angst, beides konnte durchaus in hochgradiger Aggression münden, doch Kampfkunst bestand darin, beides zu überwinden, als Spiegel zu begreifen und daran zu wachsen.

Genau darum ging es bei illegalen Fights nicht. Das Publikum wollte keinen fairen Kampf, sondern Gewalt sehen, fernab jeglicher Regeln und selbst auf die Gefahr hin, dass die Boxer sich erhebliche Verletzungen zufügten und in Lebensgefahr brachten, so einfach war das. Es ging um viel Geld, die Stimmung war aufgeheizt, die Boxer schwammen auf einer Welle von Testosteron und Adrenalin, und spätestens sobald der erste entscheidende Treffer ausgeteilt war, kippte die Auseinandersetzung in eine hektisch-brutale Schlägerei. Es gab Leute, die nur das sehen wollten – Schmerz, Angst, unter Umständen einen Kampf auf Leben und Tod.

Romy traf Olaf an der Schulter und wich rasch zur Seite aus. Er blockierte ihren Versuch, eine Gerade hinterherzusetzen, und hätte beinahe einen Punch gelandet. Ihr Atem ging schnell. Sie preschte vor und zielte auf seinen Kopf. Er parierte, und plötzlich ging sie zu Boden.

»Oh, Scheiße«, kommentierte er mit zerknirschter Miene und half ihr hoch. »Tut mir leid.«

»Schon gut«, beschwichtigte Romy. »War ein astreiner Treffer. Gut gemacht. Aber ich habe genug für heute.«

Sie duschte und fuhr nach Hause - müde und abgekämpft und voll schwerer Gedanken, die so gar nicht zu einem späten Maisonntag auf Rügen passten. Der Himmel färbte sich bereits kobaltblau, Sommerduft lag in der Luft, bald würde der Mohn blühen und der Jasmund grün vor der Kreide leuchten. Als sie zu Hause eintraf und ihren Roller abstellte, bog Jan gerade um die Ecke. Er machte einen ausgelaugten und nachdenklichen Eindruck. Sie setzten sich nach dem Essen mit einem Glas Wein auf die Veranda und beobachteten den Sonnenuntergang. Er griff nach ihrer Hand. Für den Moment war es still, friedlich und schön. Die Zeit rieselte durch ein Stundenglas. Romy erinnerte sich plötzlich an das einige Wochen zurückliegende ebenso denkwürdige wie kurze Gespräch mit ihm.

»Wollen wir eigentlich Kinder?«, hatte er gefragt. »Sollten wir uns Kinder wünschen?«

»Ich weiß es nicht«, hatte sie nach kurzem Überlegen geantwortet. »Wir sollten sehr genau darüber nachdenken.«

In der Stille dieses schönen Augenblicks wünschte sie sich nichts anderes als ein Kind mit Jan. Aber wie sähe es morgen aus? Im Angesicht und unter dem Druck erschöpfender und aufwühlender Ermittlungen zu grausigen Straftaten.

In der Nacht klingelte ihr Handy zweimal. Das erste Mal gegen drei Uhr früh, die Nummer war unterdrückt, und Olivia, innerhalb von Sekundenbruchteilen hellwach, setzte sich auf und meldete sich mit einem leisen »Ja?«

Leises Rascheln.

»Wer ist dran?«, fragte Olivia.

Räuspern.

»Patty?«, riet Olivia.

»Er hat manchmal im Bistro gegessen.«

Es war Patty, und ihre Stimme klang traurig, sehr leise

und alkoholgetränkt. »In letzter Zeit häufiger. Wir … mochten uns.«

»Ich verstehe.«

»Echt?«

»Ja. Sie waren ineinander verliebt …«

»Ein bisschen vielleicht, aber wir waren kein Paar.«

»Auf dem Weg dorthin?«

»Vielleicht.«

»Was ist passiert?«

»Keine Ahnung. Er hat viel trainiert, und ich dachte …« Patty brach ab, es klang, als würde sie einen Schluck trinken.

»Er hat sich auf einen Kampf vorbereitet.«

»Ja«, nuschelte Patty. »So sah es aus. Ich sollte aber nicht darüber reden. Ich habe mir nichts dabei gedacht …«

»Wobei hast du dir nichts gedacht?«

»Dass ich nicht darüber reden sollte«, wiederholte Patty undeutlich. »Es war mir schon klar, dass das kein normaler Boxkampf war. Es gibt etliche Jungs, die da mitmischen, ein bisschen Geld verdienen und Bock auf diese heftigen Fights haben, mehr weiß ich nicht. Mehr sollte ich auch gar nicht wissen. Aber Tibor ist tot …«

»Ja.«

»Aber warum? Hat es ihn so schwer erwischt? Ich meine, er ist schon öfter in den Ring gestiegen und …«

»Er ist im Anschluss an den Kampf gestorben, so viel wissen wir. Es hat ihn mächtig erwischt. Patty, erinnerst du dich an Namen? Hat er mal Trainingspartner erwähnt? Oder Leute, mit denen er Geschäfte macht?«

»Nein, natürlich nicht. Über so was redet man doch nicht.«

»Wo hat Tibor trainiert?«

»Keine Ahnung. Und wenn ich es wüsste, würde ich den Mund halten.«

»Du hast mich angerufen.«

»Ja, das stimmt. Ich bin ... so traurig.«

»Das kann ich gut verstehen. Willst du mir nicht doch helfen, Patty? Es geht nicht um Sport oder etwas härtere Fights mit dem entsprechenden Feeling und ein bisschen Kleingeld für die Boxer«, erklärte Olivia. »Sie verletzen sich lebensgefährlich, während ein paar widerliche Ärsche sich an der Brutalität aufgeilen und hohe Wetten darauf abschließen, wer bei dem Kampf den Kürzeren zieht. Wir würden dem gerne ein Ende bereiten.«

Schweigen.

»Patty?«

Die Leitung war tot. Olivia trank ein Glas Wasser und ging zurück ins Bett. Sie brauchte fast eine halbe Stunde, um wieder einzuschlafen. Als sie das nächste Mal hochschreckte, war es kurz nach halb fünf.

»Ich hab gehört, dass du mich sprechen willst.«

Olivia lächelte. »Erik! Ja, das stimmt, hab mal ein bisschen herumgehört, was du so treibst. Die alten Buschtrommeln funktionieren also noch.«

»Durchaus. Worum geht's?«

»Gegenfrage: Konntest du damals deine Spuren verwischen?«

»Selbstverständlich.«

»Gut.« Olivia war erleichtert.

»Also?«

»Es geht um zwei tote Boxer.«

Stille.

»Das Thema scheint dich irgendwie zu verfolgen.«

»Ja, irgendwie schon. Einer heißt Tibor, mehr wissen wir nicht. Die gleiche Geschichte wie vor einigen Jahren, nur diesmal in Stralsund, und die Anzeichen mehren sich, dass es einen Zusammenhang mit Schwerin gibt.«

»Geht das genauer?«

»Und ob. Im Zuge der Ermittlungen sind wir auf den Mann gestoßen, der seinerzeit in Schwerin gegen Mocker angetreten ist - Piet Schubert, wohnt mittlerweile in Greifswald und blockt natürlich …«

»Interessant. Und wie seid ihr auf den gekommen?«

»Er ist bei einer anderen Ermittlung auf Rügen in den Fokus geraten, und ich habe ihn unabhängig davon auf einem Plakat wiedererkannt.«

»Du gehst also davon aus, dass es um dieselbe Fight-Szene geht?«

»Ja. Schubert hat damals in Stralsund gelebt, scheint aber nach dem Kampf gegen Mocker ausgestiegen zu sein.«

»Das wisst ihr genau?«

»Nein, aber zu neunzig Prozent.«

Erik atmete tief aus.

»Ich ermittle hier mit voller Rückendeckung durch meinen Chef. Irgendjemand in Schwerin interessiert sich übrigens dafür, an welchen Fällen ich arbeite …«

»Klingt …«

»Genau.«

»Und was genau willst du von mir?«

»Ich könnte dir ein bisschen was zu Schubert mailen, und du streckst mal deine Fühler in Schwerin aus«, schlug Olivia vor. »Die Beweise, die ich habe, belegen zwar, dass er gegen Mocker gekämpft hat, aber das war es dann auch schon. Es dürfte aussichtslos sein, ihn ohne weitere Hinweise wegen Totschlag ranzukriegen.«

»Und eigentlich interessieren dich ja ohnehin die Hinterleute«, stellte Erik fest.

»So ist es.«

»Ich befürchte, dass der Mann mit den großen Ohren immer noch an einem sehr langen Hebel sitzt.«

»Ist mir klar.«

»Ich befürchte weiter, dass er ihn nutzen wird, sobald er

spitzkriegt, wohin der Hase läuft und wer ihn ins Rennen geschickt hat.«

Olivia schluckte. »Ich weiß.«

»Ganz sicher?«

»Ja.«

»Ist es das wert?«

»Die Geschichte hat mich Nerven gekostet … und einiges mehr«, erwiderte Olivia. Meinen inneren Frieden zum Beispiel. »Ich habe sie schließlich abgeschrieben, mich verkrochen und mehrfach die Dienststelle gewechselt. Und kaum habe ich mich hier eingerichtet, geht irgendwie alles wieder von vorne los. Wie du eingangs schon sagtest – scheint mein Thema zu sein, ob ich will oder nicht.«

Erik schwieg einen langen Moment. »Du hörst von mir. Mailadresse und so weiter.«

»Danke.«

Olivia legte auf. Es tat gut, Erik als Rückendeckung hinter sich zu wissen. Sie war hellwach und beschloss, sofort in den Tag zu starten. In Bewegung bleiben. Eine halbe Stunde später machte sie sich auf den Weg nach Greifswald.

Gabriel fuhr noch früher ins Bootshaus als sonst. Er liebte den einsamen Tagesbeginn am Wasser, den ungestörten Blick hinüber zur Insel Vilm, den geruhsamen Wochenauftakt bei einer Tasse Kaffee und einer Zigarette. Noch klingelte kein Telefon, kein Kunde, der es besonders eilig hatte, kein Mitarbeiter, der mürrisch aus dem Wochenende in den Montag stolperte. Graublauer Morgendunst hing über der See und hielt die Stille sanft umschlossen.

Doch wenn er ehrlich war, fühlte sich dieser äußere Frieden schal an. Er hatte nicht gut geschlafen – seit die Polizei ermittelte, schlief er keine Nacht durch. Er hatte Nina damals identifiziert; ihr aufgedunsenes Gesicht, die blau verfärbten Lippen geisterten durch seine Träume.

Meist fuhr er zitternd hoch und wälzte sich anschließend von einer Seite auf die andere, um irgendwann aufzustehen und sich auf den Weg zu machen.

Die Geschichte mit der perfekten Bruder-Schwester-Beziehung war ein bisschen dick aufgetragen. Ja, sie hatten sich ganz gut verstanden, besser als manch andere Geschwister, aber das lag ausschließlich daran, dass Gabriel zumindest in dieser Hinsicht niemals ehrlich gewesen war und den äußeren Schein gewahrt hatte. Nina hatte stets im Mittelpunkt der elterlichen Aufmerksamkeit gestanden – sie war begabt gewesen, humorvoll, attraktiv, ein Kind, wie man es sich als Eltern kaum zu wünschen wagte. Er hatte schlicht nicht mithalten können, und da ihm das seit Kindertagen klar gewesen war, hatte er sich ohne Murren hinter ihr eingeordnet und den Zweitplatzierten mit großer Hingabe und Selbstverständlichkeit gespielt.

Es war aussichtslos und ermüdend, gegen Unumstößliches anzurennen, und es hatte eindeutig auch Vorteile, wenn die Eltern einem weniger Beachtung schenkten. Seine Schulnoten waren nie so wichtig gewesen, da die Berufswahl ohnehin entschieden war, er war der nette ältere Bruder, der sich gut mit seiner Schwester verstand, sie sogar bewunderte, und auch bezüglich der körperlichen Entwicklung und Gesundheit wurde wenig Aufhebens um ihn gemacht. Er war kerngesund, während Nina diese Allergie hatte und bestimmte Nahrungsmittel niemals essen durfte. Das Asthmaspray war ihr ständiger Begleiter, ihr Schutzpatron gewesen.

Gabriel verstand bis heute nicht, warum sich kein Spray in Reichweite befunden hatte. Auf dem Boot hatte es stets einen Ersatzinhalator gegeben. Nun, an dem Tag nicht, das stand fest, oder er war Nina entglitten und über Bord gefallen, weil sie in Panik geraten war, und kurz darauf war sie kollabiert.

Er schluckte. Ihr Tod war schrecklich gewesen. Die Eltern waren in tiefen Depressionen versunken, seitdem kümmerte Gabriel sich fast ausschließlich alleine um die Firma und einen Großteil familiärer Belange. Er hatte die Stärke besessen, und er besaß sie immer noch, ebenso Ruhe und Übersicht. Einer musste die Nerven behalten. Das war seine Aufgabe, und er bewältigte sie besser, als man ihm zugetraut hatte. »Was würden wir nur ohne dich tun«, war ein Standardsatz seiner Eltern, seit Nina nicht mehr lebte.

Ein schöner Satz. Er tröstete darüber hinweg, wie unermesslich groß ihr Leid war. Er überspielte auch die Erkenntnis, dass sie um ihn, den Sohn, nicht in diesem Maße getrauert hätten. Der frühe Abschied vom ältesten Sohn wäre tragisch gewesen, aber sie wären darüber hinweggekommen. Der Gedanke war weder bitter noch zynisch, noch war er Ausdruck seines Selbstmitleids, er entsprach schlicht der Wahrheit. Nina, das Lieblingskind, hatte gehen müssen - auf tragische, kaum anzunehmende Weise, die alles verändert hatte. Der Schmerz würde immer tief, scharf und unerträglich sein, keinem noch so großen Gott würden sie dieses Schicksal verzeihen.

Ich vermisse dich weniger, als ich wohl sollte, Schwesterherz, flüsterte er lautlos. Meine besondere, meine erstarkte Rolle gefällt mir. Der Schatten, den du wirfst, ist bleich. Damit kann ich gut leben.

Als der große Trubel vorbei gewesen war, hatte er mit zwei Freunden Ninas Wohnung aufgelöst und sich auch sonst um alles gekümmert, was in einem Trauerfall getan werden musste. Er verkaufte und verschenkte ihren gesamten persönlichen Besitz und Hausrat, lediglich ihre Computerausstattung - einen uralten PC, Drucker, diverses Zubehör, ein kleines Notebook sowie ein fast nagelneues Laptop - behielt er für sich selbst. Letzteres war erst wenige Monate alt, und Gabriel brauchte für das Büro einen leistungsstarken Rechner. Nina hatte ihre persönlichen Dateien auf einem Stick gesichert, dessen Inhalt Gabriel sich einige Monate nach ihrem Tod flüchtig angesehen hatte – in der Hauptsache Fotos und Videos: Nina auf dem Boot, an der Uni, im Urlaub, Familie, Freunde, besondere Anlässe. Vielleicht verspürten die Eltern irgendwann einmal das Bedürfnis, alles in Ruhe durchzusehen und ihrem Kind auf diese Weise noch einmal zu begegnen. Das würde wehtun, aber die Erinnerung konnte auch Trost spenden.

In einem Ordner befand sich sogar Material aus der Schulzeit, wie Gabriel dem Datum entnommen hatte. Er entsann sich an diese Zeit mit der Clique. Er wäre gerne dabei gewesen, hin und wieder jedenfalls. Aber Nina war nie auf die Idee gekommen, ihn dazuzubitten. Es waren ihre Freunde, Gymnasiasten, Segelfreaks, da passte kein älterer Bruder rein, der womöglich den Aufpasser gegeben hätte. Sie sprach es nie so deutlich aus, aber er hatte genau gespürt, dass sie ihn nicht in ihrer Welt haben wollte. Manchmal war er der Gruppe klammheimlich gefolgt, hatte von Weitem beobachtet, dass sie es sich gutgehen ließen – beim Grillen und Feiern. Jurek war als Letzter dazugekommen. Warum sie ihn aufgenommen hatten, erschloss sich Gabriel nach kurzer Zeit: Der Knabe hatte Geld, war leicht zu manipulieren und bot eine gute Zielscheibe. Sie hatten sich oft lustig über ihn gemacht. Gabriel hatte mehr als einmal Telefonate belauscht, die Nina mit Sonja geführt hatte und bei denen sie sich ausgeschüttet hatten vor Lachen. Offensichtlich war Jurek in Merle verliebt gewesen, ohne zu bemerken, dass sie ihn nicht ernst nahm.

Kein schöner Zug von denen, dachte Gabriel und trank den letzten Schluck Kaffee. Auch Nina hatte ein Biest sein können. Plötzlich erinnerte er sich an dieses Video, das Nina und Sonja sich angesehen hatten, ohne mitzubekommen, dass die Tür nur angelehnt war. Sie hatten gekreischt vor Lachen. Durch den schmalen Spalt hatte Gabriel nicht gesehen, was die beiden derart erheitert hatte, doch es schien um Jurek zu gehen. Als er ein paar Tage später Ninas Rechner benutzte, weil sein PC mal wieder abgestürzt war, hatte er nach dem Video gesucht – vergeblich. Bevor er intensiver nachforschen konnte, hatte Nina ihn verscheucht, und später war das Ganze in Vergessenheit geraten.

Gabriel wandte sich um, als das Telefon im Büro klingelte. Er streifte die Gedanken ab und eilte an den Schreibtisch. Ein Kunde würde sich verspäten. Er stand im Stau. Montagmorgen, die B196, was konnte man anderes erwarten? Er hätte über Garz fahren sollen, dachte Gabriel, das wusste man eigentlich, wenn man hier häufiger unterwegs war. Aber er blieb höflich und freundlich. Der Tag hatte gerade erst begonnen. Als er den Hörer auflegte, fiel ein Schatten durch die offene Tür.

12

Max rief an, als Romy sich gerade auf ihren Roller setzen wollte.

»Schubert und Zober haben sich während ihrer Affäre zweimal ein gemeinsames Wochenende gegönnt«, kam er nach kurzer Begrüßung ungewöhnlich schnell zur Sache. »Einmal auf Usedom, der zweite Trip ging nach Zingst.«

»Stimmt, Schubert hat dazu ohne Zögern Angaben gemacht.«

»Die nichtsdestotrotz zu überprüfen waren. Ich habe bereits nach der ersten Befragung Kontakt zu den Hotels aufgenommen und meine Anfrage dann kürzlich noch um einige Auswahlparameter sowie andere Personaldaten ergänzt, die bei unseren Fällen bedeutsam sind.«

»Klingt nach aufregender Polizeiarbeit«, meinte Romy und gähnte unterdrückt.

»Nun, ohne Rückhalt aus der Staatsanwaltschaft müssen wir umsichtig recherchieren und …«

»Schon klar, Max, es geht um die berühmten Überschneidungen, und ich denke, du hast was entdeckt, oder?«

»Und ob.« Seine Stimme vibrierte plötzlich. »Zum jeweils gleichen Zeitraum lag die Buchung eines Gastes vor, den wir gut kennen.«

Romy hielt kurz die Luft an.

»Ohlhof.«

»Das ist …«

»Interessant.«

»Hochinteressant. Er hat die beiden beobachtet.« Romy war völlig perplex. »Aber das war riskant, immerhin …«

»Er hat sich stark verändert, das betonen alle, die ihn aus

der Schulzeit kennen«, warf Max ein. »Wenn er sich Merle nicht zu sehr genähert hat, dürfte die ihn kaum wiedererkannt haben. Und da sie ohnehin nur Augen für Schubert gehabt haben dürfte …«

»Wir müssen Schubert fragen, ob ihm was aufgefallen ist.« Vielleicht sollte ich das selbst übernehmen, dachte Romy. »Danke, Max. Ich spreche mit Stralsund.«

Jan reagierte ähnlich perplex. »Ruf ihn an«, meinte er schließlich. »Und schickt ihm ein aktuelles Foto von Ohlhof.«

»Mach ich. Und anschließend knöpfe ich mir Ohlhof vor. Das muss er mir erklären«, betonte Romy.

»Finde ich auch. Ich denke, der Staatsanwalt wird uns für weitergehende Ermittlungen nun keine Steine mehr in den Weg legen. Ich spreche so schnell wie möglich mit ihm. Nur bezüglich des Motivs schwimmen wir noch, oder?«

»Nach meinem Gefühl hängt es irgendwie mit der Clique zusammen, aber der Typ läuft insgesamt nicht ganz rund.«

Jan lachte leise. »Das werde ich dezent umformulieren, wenn du gestattest.«

»Nur zu – dir wird schon was einfallen.«

Romy erreichte Schubert auf dem Weg zur Uni. Seine Stimme klang ungehalten, aber er versprach, sich das Bild anzusehen und zeitnah zurückzurufen. »Oder wollen Sie mich lieber noch mal nach Stralsund chauffieren lassen?«, fragte er mit unverkennbar ironischem Unterton.

»Nein, eine kurze telefonische Rückmeldung reicht uns fürs erste.«

»Super.«

Romy gab den Fotoauftrag an Max weiter und machte sich auf den Weg ins Kommissariat. Schuberts Rückruf erreichte sie kurz nach ihrer Ankunft in Bergen.

»Der Typ kommt mir tatsächlich irgendwie bekannt vor«, sagte er. »Ich weiß nicht, wo ich ihn schon mal gesehen habe, aber das Gesicht sehe ich nicht zum ersten Mal.«

»Auf Usedom könnte er Ihnen über den Weg gelaufen sein. Oder in Zingst.«

»Tja, ich weiß nicht. Möglich. Wer ist das?«

»Dazu kann ich Ihnen im Moment nichts sagen.«

»Hat er was mit Merles Tod zu tun?«

»Herr Schubert, ich darf Ihnen nichts zu den Ermittlungen sagen«, wiederholte Romy. »Ich danke Ihnen auf jeden Fall für den Hinweis. Er ist sehr wichtig für uns.«

»Ja, schon gut.« Schubert legte auf.

Kasper traf ein, als Romy verschiedene Fotos von Ohlhof zusammenstellte. Sie brachte ihn auf den neuesten Stand.

»Fahren wir gleich los?«

»Hatte ich vor.«

»Und wenn er nach Bremen zurückgekehrt ist?«

Romy schüttelte den Kopf. »Der arbeitet freiberuflich und muss nicht um neun im Büro sitzen. Ich wette ohnehin, dass er häufiger auf Rügen ist als anderswo. Sein Wochenendhaus wirkt groß und geräumig und …«

»Ja?«

»Mit dem Kerl stimmt was nicht.«

Kasper seufzte. »Das hast du schon häufiger angemerkt. Du kannst ihn nicht leiden.«

»Mag sein. Und: ja, ich weiß, das allein ist kein Grund.«

»Falls er Merle tatsächlich getötet hat – aus Rache, aus verschmähter Liebe oder in welchem Zusammenhang auch immer mit seiner Freundin damals –, dann verrat mir doch mal, warum er sich so viel Zeit damit gelassen hat?«

Romy zuckte mit den Achseln. »Die Idee kam ihm unter Umständen erst viel, viel später.«

»Ein derart brutaler Mord?«

»Er hat sie seit geraumer Zeit immer wieder beobachtet, verfolgt – sein Bewegungsprofil wird uns möglicherweise noch genauer Aufschluss über seine Aktivitäten geben. Und wer weiß, vielleicht hat Merle doch was mitgekriegt, oder sie hat ihn an dem Abend bemerkt und zur Rede gestellt«, fuhr Romy fort. »Die Situation spitzte sich zu und eskalierte, seine Wut brach heraus – er schlug sie brutal zusammen und tötete sie anschließend.«

»Er wirkt sicher und gelassen.«

»Stimmt. Warum auch nicht? Es gibt keine verwertbaren DNA-Spuren, wir haben Wochen gebraucht, um überhaupt auf ihn aufmerksam zu werden, und wahrscheinlich hat er sogar ein gutes Alibi. Falls er das Ganze länger geplant hat, wird er sich umfassend abgesichert haben, denn dumm ist der Mann nicht.«

»Dann dürften wir ziemlich alt aussehen«, meinte Kasper.

»Wir werden sehen.« Romy wandte sich zur Tür. »Lass uns losfahren. Um die Zeit brauchen wir garantiert eine Dreiviertelstunde bis Wiek.«

Gabriel benötigte einen Moment, um sich von der Überraschung zu erholen. Der Mann, der mit leisem Lächeln und fragenden Augen in der Tür stand, war tatsächlich Jurek.

»Du hast dich echt verändert – kaum wiederzuerkennen«, wiederholte er staunend, nachdem Jurek ihn begrüßt und sich vorgestellt hatte. Der Unterschied zu dem Milchbubi aus der Schulzeit trat in natura noch deutlicher hervor als auf den Friedhofsfotos, die ihm die Polizisten gezeigt hatten, aber den Hinweis sparte er sich. Selbst Jureks Stimme klang anders – kraftvoll, sicher. »Setz dich doch.«

»Danke, gerne.« Jurek sah sich in dem kleinen Büro um. »Du hast also den Betrieb deines Vaters übernommen …«

»Wer sonst?«

Jurek nickte ernst. »Klar. Ich habe vor, mir ein kleines Boot zuzulegen – es darf ruhig ein gebrauchtes sein –, und dachte, es könnte nicht schaden, dich zu fragen.«

»Du bist häufiger hier?«

»Ja, oben in Wiek, hab da ein kleines Ferienhäuschen.«

Und warum kommst du zu mir, fuhr es Gabriel durch den Kopf, nachdem wir uns all die Jahre nicht gesehen haben?

Jurek lächelte, als stünde die Frage quer über seine Stirn geschrieben. »Ich musste in den letzten Wochen häufiger an die alten Zeiten zurückdenken. Du hast sicher auch mitbekommen, dass Merle tot ist?«

»Ja, natürlich. Ermordet – schrecklich, oder?«

Jurek atmete tief durch. »Das kann man wohl sagen. Hat dich die Polizei auch befragt?«

Gabriel hob die Hände. »Sie klappern alle Leute ab, die je mit ihr zu tun hatten, auch aus der Schulzeit.«

Jurek suchte seinen Blick. »Aus der alten Clique lebt niemand mehr, das ist schon irgendwie seltsam. Es tut mir leid, dass deine Schwester auch so früh sterben musste.«

»Schon gut.« Gabriel kratzte sich am Hinterkopf. »Hat uns alle mächtig … umgehauen.« Einen Augenblick lang war er versucht, Jurek auf den heimlichen Friedhofsbesuch anzusprechen, dann verwarf er den Gedanken wieder. Wahrscheinlich würde es ihm unangenehm sein.

»Es muss sehr schwer für deine Eltern gewesen sein«, fuhr Jurek fort. »Soweit ich weiß, waren sie immer stolz auf Nina.«

»Das stimmt. Sie waren völlig am Ende, eigentlich sind sie es immer noch.«

»Und du? Wie kommst du damit klar?«

»Ich hatte nicht viel Zeit, darüber nachzudenken. Die Familie ist nicht groß, und einer musste die Nerven behalten.«

»Ich verstehe.« Jurek blickte zum Fenster hinaus. Einen Moment lang blieb es still. »Ich hatte deine Schwester übrigens sehr gerne«, schob er dann hinterher. »Wir wären fast mal ein Paar geworden.«

»Echt?« Gabriel runzelte die Stirn. Mann, sie haben dich verarscht, fuhr es ihm durch den Kopf, aber das war auch so eine Wahrheit, die er besser für sich behielt.

Jurek wandte ihm wieder das Gesicht zu. »Erstaunt?«

»Nun …«

»Warum? Sprich es ruhig aus – ist ja lange her.«

»Ich hatte den Eindruck, dass du eher auf Merle stehst.«

Jureks Blick verdunkelte sich. »Wie kommst du darauf?«

Gabriel zog die Schultern hoch. »Nina hat das mal erwähnt, soweit ich mich erinnere.«

»Ach?« Jurek fixierte ihn.

»Aber vielleicht habe ich das auch nur in den falschen Hals gekriegt«, wiegelte Gabriel ab. Das Gespräch berührte ihn auf zunehmend unangenehme Weise. »Ich gehörte ja gar nicht dazu.«

Jurek lächelte plötzlich. »Ach komm, ich weiß, dass die Mädels sich hin und wieder über mich lustig gemacht haben, die Jungs wahrscheinlich auch. Wie gesagt – das liegt lange zurück, und seitdem ist viel passiert.«

»Ja, du hast dich echt verändert …«

»Das sagtest du bereits, aber trotzdem: danke. Also, ich werte das als Kompliment.« Jurek zwinkerte. »Auf einem Familienfest reagierte jemand letztens ähnlich perplex. Aber so krass kann der Unterschied doch gar nicht sein.«

»Und ob.« Gabriel grinste. »Vorschlag: Guck dir mal alte Fotos an, und dann schau in den Spiegel.«

»Keine schlechte Idee, aber bei meinem letzten Umzug ist leider eine ganze Kiste mit persönlichem Kram verloren gegangen.« Er schüttelte betrübt den Kopf.

Gabriel zögerte nur einen Moment. »Vielleicht kann ich dir weiterhelfen.«

Jurek setzte eine interessierte Miene auf. »Ach? Ich bin gespannt.«

»Nun, ich habe mich letztes Jahr um Ninas Wohnungsauflösung gekümmert … Ihre PC-Ausstattung samt Zubehör habe ich an mich genommen, weil ich hier fürs Büro was Neues brauchte, aber das nur so nebenbei.« Gabriel winkte ab. »Ich bin noch gar nicht dazu gekommen, mir das alles im Einzelnen anzugucken – ist auch nicht so leicht, wenn du verstehst.«

»Klar.«

»Wie dem auch sei. Es gibt einen Stick mit alten Fotos, auch aus der Schulzeit – vielleicht möchtest du eine Kopie haben.«

»Eine schöne Idee.« Jurek lächelte. »Hast du den greifbar?«

Gabriel machte eine flüchtige Handbewegung hinter sich. »Die Kiste steht in meiner Rumpelkammer. Ich kümmere mich darum – heute schaffe ich es nicht mehr, aber morgen kriege ich das hin, und dann könnte ich dir den Stick zuschicken, oder du kommst noch mal vorbei.«

Jurek überlegte kurz. »Das ist wirklich sehr nett.« Er zog eine Visitenkarte aus seiner Jackentasche und legte sie auf den Tisch.

»Magst du einen Kaffee trinken?«

Jurek schüttelte den Kopf. »Nein, danke. Ich will dich auch gar nicht mehr lange aufhalten.«

Gabriel legte die Hände auf den Tisch. »Wir können ja einen kleinen Rundgang machen. Ich habe zwei Boote zur Reparatur im Schuppen. Soweit ich weiß, wollen die Eigentümer sie loswerden.«

»Gute Idee.«

Jurek begutachtete die beiden Jollen anschließend mit

Kennerblick und versprach, sich in den nächsten Tagen noch einmal zu melden. Gabriel begleitete ihn zum Wagen. »Okay, und ich schicke dir den Stick.«

»Danke. Schön hast du es übrigens hier.«

»Finde ich auch. Ein friedlicher Ort, an dem es sich gut arbeiten lässt.«

Jurek reichte ihm die Hand, als Gabriels Azubi mit seiner knatternden Schwalbe um die Ecke bog. Milan bremste scharf, grüßte lässig in die Runde und stellte sein Kleinkraftrad neben dem Schuppen ab. Gabriel schüttelte den Kopf, winkte Jurek noch nach, der kurz darauf vom Hof fuhr, und tippte dann auf seine Uhr.

»Ich weiß, Chef.« Milan winkte im Näherkommen ab. »Bin ein paar Minuten zu spät. Sorry, du weißt schon, die B196 …«

»Scheiß Ausrede.«

Milan grinste. »Ich hänge die Viertelstunde ran, versprochen … Wer war denn das gerade?«

»Ein alter Freund und vielleicht ein neuer Kunde.«

Milan runzelte nachdenklich die Stirn und schob sich einen Kaugummi in den Mund.

»Warum fragst du?«

»Ich weiß nicht … Der kommt mir irgendwie bekannt vor.«

»Das ist ein Schulfreund meiner Schwester gewesen, wenn du es genauer wissen willst.«

»Ach so … Na ja, fällt mir vielleicht wieder ein.«

»Zerbrich dir nicht den Kopf – mach dich lieber an die Arbeit.«

»Schon verstanden, Chef.«

Ohlhof bog um die Ecke, als Romy gerade anfing, ungeduldig zu werden. Sie war auch nach einer knappen Stunde Wartezeit sicher, dass er nicht nach Bremen zurückgekehrt war – das Surfbrett lehnte an der Hauswand, die Fensterläden waren geöffnet. Sie stieg aus, kaum dass er unter dem Carport geparkt hatte. Kasper folgte ihr.

Ohlhof blickte den beiden Beamten mit ausdrucksloser Miene entgegen, aber begeistert war er über den neuerlichen Besuch keineswegs. Dein Problem, dachte Romy. »Wir haben noch einige Fragen.«

Ohlhof blickte auf die Uhr. »Ich muss an den Schreibtisch.«

»Ein paar Minuten.«

Er atmete tief durch. »Muss das sein?«

»Sonst wären wir wohl kaum hier.«

Er wies in Richtung Veranda. »Na schön.«

Romy setzte sich und beschloss, unmittelbar zur Sache zur kommen. »Merle hatte es Ihnen ziemlich angetan.«

Ohlhof hob die Hände. »Nicht schon wieder«, stieß er entnervt hervor. »Ich mochte sie, ich mochte die anderen, wir waren befreundet – was soll das?«

Romy schüttelte den Kopf. »Mit ihr war es irgendwie anders.«

»Ja?«

»Sie hat Sie nie so richtig losgelassen. Warum eigentlich genau – weil Sie so heftig verliebt waren? Oder weil sie Sie so böse verletzt hatte? Vielleicht sogar beides? Das ist immer eine ungute, eine womöglich explosive Mischung.«

Ohlhofs Augen zogen sich zusammen.

»Was genau hat sie Ihnen angetan?«

Er schlug ein Bein über das andere. »Fakten, Frau Kommissarin, ich warte auf Fakten. Wenn Sie die nicht haben, sollten Sie besser gehen.«

Der Typ spuckt ganz schön große Töne. »Nun gut, dann eben Fakten. Wir haben eindeutige Beweise, dass Sie Merle verfolgt haben, gestalkt, in jüngster Zeit oder besser gesagt: im letzten Jahr. Sie sind ihr bis Zingst und Usedom gefolgt.«

Ohlhof zwinkerte.

»Nun?«

Er rieb sich das Kinn. »Muss ich dazu was sagen?«

»Besser wäre es. Wir sind in einer Mordermittlung unterwegs, und da werfen derlei Verhaltensweisen eine Menge Fragen auf. Das dürfte Ihnen aber längst klar sein.«

»Na gut.« Er seufzte. »Ja, es stimmt. Sie ist mir zufällig auf Rügen über den Weg gelaufen, vor ein, zwei Jahren oder so. Und es hat mich interessiert, wie sie lebt, was sie so macht …«

»Wollen Sie mich ver…«

Er schüttelte rasch den Kopf und warf ihr einen ernsten Blick zu. »Keineswegs. So war es – ich bin ihr hin und wieder gefolgt. Ich wusste, dass sie einen Geliebten hat, wo sie arbeitet, was sie mit ihren Kindern unternimmt und so weiter.«

Romy atmete tief aus und wechselte einen schnellen Blick mit Kasper, der ähnlich verblüfft schien.

»Aber das war es dann auch schon«, fuhr Ohlhof fort. »Ich habe im Zusammenhang mit dem Mord nicht darüber sprechen wollen, was wohl nur allzu verständlich ist. Und noch einmal: Ich habe sie nicht ermordet. Ich mochte sie, sie interessierte mich – ja, ich war wohl verliebt.«

»Es war viel mehr als das.«

Er hob wieder die Hände. »Ich bleibe dabei. Ich habe sie nicht ermordet – warum hätte ich das tun sollen?«

»Gute Frage. Was hat sie Ihnen angetan?«

»Sie war nicht an mir interessiert. Das war … unschön, ja, durchaus. Aber Sie glauben doch nicht im Ernst, dass ich sie Jahre später deshalb töte? Ich hatte Spaß daran, sie zu beobachten – warum sollte ich …«

»Sie hat Sie bemerkt, und es kam zum Streit.«

»Unsinn. Sie hat mich nicht bemerkt, und falls doch – hätte sie mich nicht wiedererkannt.«

Romy nickte. »Ihre umfassende Veränderung hat mit ihr zu tun, nicht wahr? Wollten Sie ihr gefallen? Imponieren? Einen neuen Anlauf wagen? Oder sich einfach nur verstecken hinter einem neuen Outfit?«

»Das ist völlig nebensächlich.«

»Das ist es nicht«, widersprach Romy. »Wo waren Sie am Freitag, den zweiten Mai?«

Ohlhof zog sein Smartphone aus der Brusttasche und öffnete den Kalender. »Ich war die meiste Zeit hier.«

»Allein, nehme ich an?«

»Ja. Ich habe viel gearbeitet, war zwischenzeitlich mit dem Fahrrad unterwegs und abends zu Hause. Ich bin kein Partygänger oder dergleichen.« Er zog eine Braue hoch.

»Kein gutes Alibi.«

»Ich kann es nicht ändern. Es ist die schlichte Wahrheit. Die meisten meiner Tage verlaufen so oder so ähnlich: Schreibtisch, frische Luft, Sport, aufs Wasser, zu Hause.«

»Klingt nicht gerade aufregend.«

»Na und? Es ist mein Leben.«

»So ist es. Aber schauen wir doch noch einmal genauer hin. Wann haben Sie Merle zum letzten Mal gesehen?«

Er schüttelte den Kopf. »Keine Ahnung, ein paar Tage, eine Woche vorher.«

»Das reicht nicht«, stellte Romy fest.

»Für mich schon. Ich habe nicht Buch geführt.«

Hast du wohl, dachte Romy. Eine Wette würde ich darauf abschließen, dass du dir alles notiert hast, was mit der Frau zusammenhing, und ich werde es beweisen.

»Denken Sie noch einmal genau über Ihre Aussage nach«, schaltete sich Kasper plötzlich ein. »Wir werden Ihr Bewegungsprofil abfragen und mit großer Wahrscheinlichkeit Übereinstimmungen mit Merle Zobers Aktivitäten feststellen. Sie haben uns darüber hinaus mehrfach angelogen und für die Tatzeit kein Alibi. Das dürfte dem Staatsanwalt reichen, von einem klaren Mordverdacht zu sprechen.«

»Meinen Sie? Diese Einschätzung teile ich ganz und gar nicht.« Ohlhof lehnte sich zurück. »Ich habe sie nicht getötet. Es bestand nicht der geringste Anlass dazu. Kommen Sie wieder, wenn Sie richtige Beweise und einen Haftbefehl haben.«

Der fühlt sich verdammt sicher, dachte Romy. Sie sah ihn scharf an. »Wir machen es anders, Herr Ohlhof - wir nehmen Sie vorläufig fest und prüfen die Details Ihrer Aussage. Bis die Ergebnisse vorliegen, bleiben Sie unser Gast, und ich gehe davon aus, dass wir Sie anschließend nach Stralsund bringen lassen.«

Für den Bruchteil einer Sekunde blitzte Wut in seinen Augen auf, dann hatte er sich wieder im Griff und lächelte. »Sie machen sich unnötige Arbeit.«

»Wir werden sehen. Ein Geständnis wäre übrigens die mit Abstand beste Ausgangsposition für Sie.«

»Sie liegen falsch, Frau Kommissarin - denken Sie jetzt schon mal über eine gute Entschuldigung nach. Ich stehe auf so was.«

Romy verdrehte die Augen.

Die Handy- und PC-Daten, die Max am Nachmittag vorlagen und die er mit Merles Profil abglich, sorgten für eine unangenehme Überraschung. Zur Tatzeit befand sich Ohlhof in Wiek, und Stralsund ordnete an, den Mann wieder auf freien Fuß zu setzen, solange sie keine anderen Beweise hatten.

»Tut mir leid«, fügte Jan hinzu. »Die Indizien reichen Schwedtner nicht.«

»Sollten sie aber! Ohlhof hat kein Alibi, denn die Daten belegen, dass sich sein Handy in Wiek befand!«, entgegnete Romy aufgebracht. »Der Typ ist nicht bescheuert. Er folgte ihr schon eine ganze Weile und hat sich garantiert nach allen Seiten abgesichert.«

»Mag sein. Aber er war auch im Netz unterwegs – von der IP-Adresse in Wiek aus, und zwar zur Tatzeit. Das hat Max ebenfalls festgestellt.«

»Und? Auch so was kann man manipulieren. Programme gibt es dafür. Ich will wenigstens einen Durchsuchungsbeschluss.«

Jan seufzte. »Zu dünn. Beiß dich nicht an ihm fest oder …«

»Danke für den Tipp!«

»Oder bringt Beweise. Zum Beispiel ein astreines Motiv, das über unerfüllte Liebe und eine gewisse Besessenheit hinausgeht.«

»Alles klar.« Romy legte auf. Sie war wütend, am meisten auf sich selbst und ihre unbeherrschte Reaktion.

Wenige Minuten später verließ Ohlhof das Kommissariat, ein süffisantes Lächeln auf den Lippen.

13

Er kopierte den Stick mit dem Ordner »Schule, Party und Segeln« – ungefähr zwanzig, dreißig Fotos – in einem Schwung und sah sich einige Bilder schließlich doch genauer an. Die Aufnahmen von der Clique gaben die Gruppendynamik, wie Gabriel sie in Erinnerung hatte, ganz gut wieder – Jurek saß nicht immer, aber häufig etwas abseits, ohne dies selbst zu bemerken, so schien es zumindest. Er wirkte allerdings nicht unglücklich. Vielleicht hat er die Situation anders erlebt, dachte Gabriel, oder meine Erinnerungen stimmen nicht. Doch – die hämischen Kommentare hatte er sich keineswegs eingebildet. Jurek hingegen hatte womöglich nicht wirklich begriffen – weder damals noch heute –, wie gehässig die anderen hinter seinem Rücken über ihn hergezogen waren. Eine Aufnahme, ein Porträt von Jurek, trug irritierenderweise den Titel: der Puppenspieler. Gabriel runzelte die Stirn. Er konnte mit der Bezeichnung nicht das Geringste anfangen. Jurek saß am Lagerfeuer und grinste in die Kamera. Weit und breit war keine Puppe zu sehen …

Gabriel seufzte, zog den Originalstick ab und legte ihn zurück in die Kiste, als Milan eintrat. »Chef?«

»Hm. Bist du fertig?«

»Ja. Morgen schleife ich noch mal drüber, und dann können wir versiegeln.«

»Gut.« Gabriel blickte hoch. Milan war in der Tür stehen geblieben und wirkte plötzlich ungewohnt verlegen. »Ist noch was?«

»Ich glaube, ich weiß jetzt, woher ich den Typen kenne.«

»Echt? Und?«

»Der war schon mal hier.«

Gabriel lehnte sich zurück und blickte den Jungen aufmerksam an. »Kann schon sein, früher, aber das war lange vor deiner Zeit.«

»Eben nicht.«

»Wie jetzt?«

»Der ist im letzten Jahr hier herumgeschlichen.«

Gabriel starrte seinen Lehrling mit offenem Mund an. »Wie kommst du denn darauf?«

»Na ja, ich … Also, ich hatte da diese neue Freundin, und bei mir zu Hause war es ein bisschen eng, und bei ihr ging es auch nicht. Also, um es kurz zu machen …«

»Wäre schön, wenn du endlich zum Punkt kommen würdest«, knurrte Gabriel.

»Wir haben uns ein paarmal hier im Schuppen getroffen, also abends oder auch nachts.«

Gabriel spitzte die Lippen. »Du hast also deine neue Freundin im Bootsschuppen gevögelt – willst du darauf hinaus?«

»Ja, na ja … So in etwa.«

»Und was hat das mit Jurek zu tun?«

»Jurek heißt er? Nun, wie gesagt – ich bin ziemlich sicher, dass der hier herumgeschlichen ist.«

»Das hast du in der Dunkelheit erkannt, während du auf deiner Freundin gelegen hast? Alle Achtung.«

»Nein.« Milan trat aufs andere Bein. »Ich bin raus und hab eine geraucht, und plötzlich sehe ich, dass unten jemand am Steg herumläuft. Bevor ich einen Blick auf ihn werfen konnte, war er schon wieder verschwunden. Ich habe mir zunächst nichts weiter dabei gedacht – vielleicht hatte ich mich auch geirrt oder …«

»Dein Joint war zu stark gewesen.«

»Ja.« Milan griente kurz. »Erst als der Typ ein paar Tage später wieder auftauchte, bin ich stutzig geworden und habe überlegt, dass er vielleicht ausspionieren will, ob es bei uns was zu holen gibt …«

»Du hast kein Wort davon zu mir gesagt!«

»Wie denn auch? Du hattest frei. Ich habe mit deinem Vater gesprochen, und wir haben die Schlösser verstärkt. Dann war Ruhe, und wenig später war das alles nicht mehr wichtig …« Milan brach unvermittelt ab.

»Nina?«

»Ja.«

Gabriel nickte. »Und du bist sicher, dass es derselbe Mann war?«

»Ich denke schon. Bei seinem zweiten Besuch bin ich näher ran und konnte kurz sein Gesicht sehen, als er an der Laterne am Steg vorbeiging. Er schaute zu den Booten hinaus und verschwand dann plötzlich in der Dunkelheit. Gut, ich bin nicht hundertprozentig sicher, aber …« Milan nickte. »Sagen wir so: Er könnte es gewesen sein – auch die Größe und die Körperhaltung stimmen. Ich merke mir so etwas ganz gut und dachte, dass es dich vielleicht interessiert.«

Stimmt, dachte Gabriel, Milan hatte ein gutes Auge und ein gutes Gedächtnis, das stellte er nicht zum ersten Mal fest. Ein merkwürdiges Gefühl beschlich ihn. Irgendwas stimmt hier nicht, dachte er. Er nickte seinem Lehrling zu. »Danke.«

»Klar.«

»Mach Feierabend und sei morgen pünktlich.«

»Auch klar. Ach …«

»Was noch?«

»Kann ich mir den alten PC ausleihen, der in der Kammer rumsteht? Ich hab Bier über meinen Laptop gegossen und …«

»Er gehörte Nina und ist geschätzte hundert Jahre alt.«

»Macht nichts. Bis ich mir was anderes zulegen kann,

dürften noch ein paar Wochen vergehen, und so lange tut es die alte Maschine ganz sicher.«

»Wie du meinst. Aber sag hinterher nicht, ich hätte dich nicht gewarnt.«

»Schon klar. DOS wird wohl nicht mehr drauf sein.«

Kurz darauf kehrte Stille ein. Gabriel legte den Stick für Jurek beiseite. Warum war er ausgerechnet jetzt hier aufgetaucht? Weil die Polizei ermittelte und Ninas Name gefallen war. Wehmut. Er hat sich an die alten Zeiten erinnert und war an Fotos aus der Zeit interessiert, die er offensichtlich genossen hatte. Gabriel stand auf und strich sich mit einer hektischen Bewegung das Haar zurück. Vielleicht hatte sich Milan doch geirrt. Und falls nicht? Dann hätte sich Jurek heimlich auf dem Gelände herumgetrieben, gleich zweimal, vor ungefähr einem Jahr. Warum?

Gabriel grübelte mehrere Minuten lang still vor sich hin, dann stand er auf und öffnete die Tür zur Rumpelkammer, in der sich Büromaterial, alte Akten, aussortiertes Werkzeug, Kataloge, Werbematerial und andere Dinge auf zwei Regalen und in einer wackligen Kommode stapelten. Er zog den Karton mit Ninas altem PC-Zubehör zum zweiten Mal aus der hintersten Ecke hervor und stapelte CDs, USB-Sticks und zwei externe Festplatten auf seinem Schreibtisch. Es würde ihn Stunden, wenn er Pech hatte, sogar die ganze Nacht kosten, alle Dateien zu durchforsten – auf der Suche nach … ja, was? Etwas Ungewöhnlichem. Ob die Aktion überhaupt einen Sinn hatte, stand in den Sternen, aber er wusste, dass ihm das Ganze keine Ruhe lassen würde. Also ergab sie doch Sinn.

Kurz nach Mitternacht legte er den ganzen Kram in den Karton zurück. Seine Suche war ergebnislos geblieben, er war auf nichts gestoßen, was einen eigenartigen Zusammenhang vermuten ließ. Erleichterung durchströmte ihn.

Wenig später machte er sich auf den Heimweg. Unterwegs steckte er den Stick für Jurek in den Briefkasten.

Christoph beobachtete im Rückspiegel, wie Jakob schwungvoll aus dem Wagen stieg, sich noch einmal hinunterbeugte und der Fahrerin mit großer Geste eine Kusshand zuwarf, bevor sich das Fenster schloss und der Motor ein kraftvolles Vibrieren ausstieß. Er scheint ganz gut im Geschäft zu sein, überlegte Christoph, zog den Schlüssel aus dem Zündschloss und verließ seinen Wagen - ein deutlich PS-ärmeres und unauffälligeres Fahrzeug. Leise pfeifend folgte er Jakob, der sich erst an der Haustür umdrehte und ihn erstaunt anblickte. »He? Das ist ja eine Überraschung. So spät noch unterwegs?«

»Wie du siehst.«

»Alles in Ordnung?«

»Klar - wir haben was zu besprechen.«

Jakob lächelte. »Ich verstehe.«

Du verstehst gar nichts. »Zeit für einen Drink?«

»Und ob.«

Jakobs Zweizimmerwohnung war schick eingerichtet - etwas schwülstig und überladen, zu viel Rot und Schwarz, einige aufgesetzte erotische Anspielungen, aber das gehörte wohl zu seinem Job. Sie stießen mit Wodka auf Eis an, bevor Jakob auf die breite Ledercouch zeigte und im Sessel Platz nahm. »Setzen wir uns doch.«

Christoph ließ den Wodka eine Weile im Glas kreisen, dann sah er hoch. »Hör zu, Jakob, ich mache es kurz: Das Gespräch neulich hat nie stattgefunden.«

Jakob lächelte unbeirrt. »Wie meinst du das?«

»So wie ich es sage. Ich gebe dir den guten Rat, nicht mal im Traum daran zu denken, diese Leute herauszufordern.«

Jakob hob beide Brauen. »Oh - welch dramatische Worte ...«

»Ich meine es ernst. Lass den Scheiß! Ich stehe nicht ohne Grund mitten in der Nacht vor deiner Tür, um dich erneut eindringlich zu warnen.«

»Ich verstehe ja deine Sorge, aber Mann, was ist gegen einen guten Plan einzuwenden?«

Christoph knallte sein Glas auf den Tisch. »Du verstehst leider gar nichts.«

»Klär mich auf.«

»Was glaubst du, was passiert, wenn einer von denen unter Druck gerät? In die Enge getrieben wird?«

»Das hatten wir doch schon. Ja, sie drehen am Rad, das habe ich durchaus verstanden. Umso wichtiger ist es ja ...«

Christophs Kopf schnellte vor. »Hör gut zu – jeder ihrer Leute wird durchleuchtet, um die undichte Stelle zu finden, und zwar nicht einmal oder zweimal, sondern fünfmal. Und der geringste Verdacht reicht aus ...«

»Sie dürfen keinerlei Verdacht schöpfen, das ist mir schon klar. Das war mir von Anfang an klar.«

Christop fixierte Jakob. »Lass es sein«, zischte er. »Dir ist gar nichts klar. Ich bin nur eine ganz kleine Figur am Rand und erst seit Kurzem hier und da mit von der Partie. Sie werden mich durchchecken und dich sowieso, man wird die Verbindung entdecken. Glaubst du wirklich, dass die nicht ahnen, aus welcher Ecke der Wind weht, wenn da plötzlich jemand aufzutrumpfen versucht.«

»Schon mal was von falschen Spuren gehört?«

Christoph leerte sein Glas. »Ende der Durchsage. Ich hab dich gewarnt. Lass es sein.«

»Heißt das, dass du raus bist?«

Christoph stand auf. »Ich war nie drin, und ich kann nichts für dich tun, wenn du dich in Gefahr begibst. Ganz im Gegenteil.«

»Wie darf ich das verstehen?«

»Ganz einfach – du kriegst Ärger, auch mit mir, wenn

du daran denken solltest, so ein Ding durchzuziehen. Denn der Verdacht wird automatisch auch auf mich fallen, und ich habe nicht die geringste Lust auf Ärger, egal mit wem. Kapiert?«

Jakob zögerte, hob dann beide Hände. »Schon gut, Mann. Lassen wir es eben. Reg dich wieder ab. Eine Frage noch – nur damit ich es richtig verstehe. Gehörst du jetzt zu denen? Ich meine: so mit Haut und Haaren?«

»Selbst wenn – was geht dich das an?«

»Oh, nichts, gar nichts … Was sagt eigentlich dein Vater dazu?«

Christoph beugte sich blitzschnell zu Jakob herunter, packte ihn am Hemd und riss ihn hoch. »Red keinen Scheiß, du Vollidiot! Ausgerechnet du, der seine Brötchen mit Vögeln verdient, sollte sein Maul nicht so weit aufreißen.«

Jakob starrte ihn mit geweiteten Augen an und atmete schwer. »Mann, was ist denn in dich gefahren? Warum machst du plötzlich so auf dicke Hose?«

Christoph ließ ihn wieder los. Jakob taumelte zurück und ließ sich in den Sessel sinken.

»Ich will in Ruhe mein Ding machen und nicht mehr auf der Verliererseite stehen – nie mehr, verstehst du?«

»Ich geb mir Mühe.«

»Gut. Das lässt ja hoffen.«

Als Christoph Augenblicke später wieder auf der Straße stand, war sein Puls immer noch deutlich erhöht, doch seine Wut verrauchte allmählich. Das war es wohl, dachte er – nicht jede Schulfreundschaft taugt fürs ganze Leben. Die Dinge ändern sich, manchmal auf völlig unerwartete und abrupte Weise, und man muss sich entscheiden. Aufbruch – der Ausdruck beschrieb es am besten.

Er wischte sich die Hände an der Hose ab und spazierte langsam zum Parkplatz. Er setzte sich hinters Steuer, überlegte kurz und rief dann Louis an. »Wann trainieren wir wieder?«

»Du willst es echt wissen, was?«

»So ist es.«

»Okay. Ich kümmere mich darum. Noch was - leg dir mal ein zweites Handy zu.«

»Verstehe.«

»Gut.«

14

Jan war am Dienstagmorgen der Erste im Büro. Er hatte zu wenig und schlecht geschlafen. Romys Ohlhof-Fall hatte sie den ganzen Abend beschäftigt. Das müssen wir uns unbedingt abgewöhnen, dachte er. Feierabend ist Feierabend. Sie waren beide nicht besonders gut darin, abzuschalten, den Kopf frei zu bekommen, und zwar nicht nur für ein Stündchen. Romy war auf Ohlhof fixiert. Jan kannte das Gefühl nur allzu gut, doch juristisch bot die Sache zurzeit wenig Spielraum. Er ahnte, dass sie den nicht nur ausschöpfen, sondern überschreiten würde, wollte und durfte es aber nicht genauer wissen.

Was den Unfalltod von Schmizz und Timmer anging, so war er inzwischen fest davon überzeugt, dass die beiden von Leuten aus der Fight-Szene bedrängt worden waren und darum von der Fahrbahn abkamen. Das war eine Theorie, die auf ähnlich wackligen Füßen stand wie Romys Verdacht gegen Ohlhof. Das vermisste Handy war nur ein winziges Indiz, aber es schien zumindest vorstellbar, dass der oder die Verfolger es verschwinden ließen, weil sie Beweise aus der Szene befürchteten und/oder nicht ausschließen konnten, dass Timmer als Beifahrer das Verfolgerauto fotografiert hatte. Ein Ansatz, dem bislang jede Beweisgrundlage fehlte.

Schwerer wogen die Einschüchterungsbemühungen gegen die Kollegin Olivia; Jan hielt sie für ein beeindruckendes Indiz und den Beweis dafür, dass sie seinerzeit in ein Wespennest gestochen hatte. Die Leute scheuten keine Mühe, ihre Gefährlichkeit und ihren weitreichenden Einfluss nachdrücklich unter Beweis zu stellen. Jan hatte sich inzwischen das Material vom Kampf zwischen Schubert und Felix Mocker angesehen und war zutiefst beunruhigt. Er hatte Barth nie persönlich kennengelernt, und die Ähnlichkeit hauptsächlich an den Ohren festzumachen war zugegebenermaßen ein bisschen dünn und würde kein Gericht überzeugen. Andererseits hatte Olivia die bedrohliche Situation und die Isolation, in die sie gedrängt worden war, als sie die Ermittlungen heimlich forcierte, überaus klar und nachvollziehbar geschildert. Und die als beiläufiges Interesse verkleidete Anfrage aus Schwerin, an welchen Fällen Olivia zurzeit mitarbeitete, konnte kein Zufall sein, nachdem es gerade den zweiten Toten in der Fight-Szene in Stralsund gegeben hatte, der intensive Ermittlungen auslöste.

Jan zweifelte nicht einen Moment an der Darstellung seiner Kollegin. Die Frau war weder hysterisch noch besonders empfindlich und hatte einen guten Ruf als Ermittlerin gehabt. Dass sie oftmals eigene Wege ging – nun, das sprach eher für sie, zumindest nach Jans Auffassung. Darüber hinaus hielt er sich für einen passablen Menschenkenner. Komplett falsch lag er mit seiner Einschätzung nur höchst selten und schon gar nicht, wenn es um Kollegen ging.

Er holte sich einen Kaffee, wechselte ein paar Worte mit einem der Techniker und ging ins Büro zurück, als das Telefon klingelte. Schweriner Vorwahl, dachte er und atmete tief durch, bevor er den Hörer ans Ohr hob und sich vorstellte. Am anderen Ende meldete sich ein Kollege aus der PI, der sich als Kommissar Paul Kling vorstellte. Er ließ sich fünf Minuten Zeit, um zum Thema zu kommen, und Jan machte das Spiel mit. Sie plauderten über den Polizeialltag im Besonderen und Speziellen, tauschten ein paar Anekdoten über Vorgesetzte aus, bis Kling sich schließlich räusperte und zum Punkt kam. Ohne großartig darüber nachzudenken, betätigte Jan im nächsten Moment die Aufnahmetaste. »Also, Riechter, warum ich eigentlich anrufe … Aus unserem Team wird ein langjähriger Kollege ins LKA nach Hannover wechseln.«

»Und lohnt es sich?«

»Ich glaube schon. Er soll sich um Drogendelikte kümmern, in großem Stil.«

»Dann kann man wohl gratulieren.«

»So ist es.«

Jan drehte sich um, als die Tür hinter ihm aufschwang und Olivia eintrat. Er legte rasch den Finger über die Lippen und winkte sie näher, gleichzeitig aktivierte er den Lautsprecher.

»Lass mich raten – nun plant ihr eine große Abschiedsfete?«

»Auch richtig. Außerdem wollen wir ihm ein Präsent mit auf den Weg ins dröge Niedersachsen geben … Lange Rede, kurzer Sinn: Olivia kannte den Kollegen auch ganz gut, und wir haben lange in einem Team gearbeitet. Und nun würde ich sie gerne fragen, ob sie Lust hat, was zum Geschenk dazuzugeben und vielleicht sogar zur Fete zu kommen. Leider erreiche ich sie unter ihrer Festnetznummer nicht. Kannst du mir ihre Handynummer geben?«

»Klar doch«, erwiderte Jan prompt und diktierte ohne Zögern die Nummer, während er Olivia mit hochgezogener Braue anblickte. »Da ist sie bestimmt dabei.«

»Danke.«

»Nicht dafür. Wünsch euch einen ruhigen Tag.« Jan legte auf, nachdem Kling sich überschwänglich bedankt hatte.

Einen Augenblick blieb es still im Büro.

»Und? Kennst du einen Paul Kling?«, fragte Jan dann.

»Ja, ein netter Kerl.« Olivia trat ans Fenster. »Der Typ am Telefon war aber nicht Paul.«

»Sicher?«

»Ja. Die Stimme kenne ich nicht.«

»Der Nummer nach zu urteilen, war es jemand aus dem LKA oder der Staatsanwaltschaft.«

»Das überrascht mich nicht sonderlich.«

Jan stellte sich neben sie. Er spürte, dass sie aufgewühlt war und um Beherrschung rang. »Ich habe die nette Anfrage aufgezeichnet. Kann nicht schaden, oder?«

»Nein.« Sie atmete tief durch. »Sie wollen mein Handy orten, um sicherzugehen.«

Jan nickte. »Ist mir klar. Du lässt es hier, wenn du Stralsund verlässt. Wir besorgen dir sofort ein neues. Außerdem benutzt du für weitere Touren einen anderen Wagen, zum Beispiel meinen.«

Olivia warf ihm einen langen Blick zu. »Willst du nicht erst in Hannover anrufen und dich vergewissern?«

»Warum? Der Anrufer war nicht Paul Kling, der Typ hat ganz bewusst in aller Herrgottsfrühe mich angerufen und den Namen des Kollegen, der beschenkt werden soll und Abschied feiert, nicht erwähnt. Und auf deinem Festnetztelefon hat sich niemand aus Schwerin gemeldet, oder?«

Olivia schüttelte den Kopf.

»Sie wissen, dass wir dran sind, und sie gehen davon aus, dass du längst eins und eins zusammengezählt hast. Und nun wollen sie sich vergewissern, wie du dich verhältst – unauffällig und ohne Bezug zu den Fällen oder aber neugierig und unerschrocken wie damals«, fasste Jan zusammen. »Das gilt es herauszufinden. Sicher ist sicher. Eine Überreaktion scheint ihnen dabei aber genauso fehl am Platz wie Nachlässigkeit. Dafür steht zu viel auf dem Spiel.« Er biss sich auf die Unterlippe. »Spricht für hohe Professionalität und dichte Verstrickung. Das ist eine verdammt heiße Kiste.«

»Ich weiß. Das war sie schon damals. Sie haben sich echt Mühe gegeben, mich einzuschüchtern, auf perfide Weise.

Ich hatte das Gefühl, niemandem mehr trauen zu können.«

Jan hielt ihren Blick fest. »Wir sollten einstellen.«

»Was?«

»Offiziell. Aber das kann ich natürlich nicht alleine entscheiden. Wir sollten mit Schwedtner reden.«

Olivia blies die Wangen auf und stopfte die Hände tief in die Hosentaschen.

»Wir können ihm vertrauen. Er ist manchmal ein bisschen spitzfindig, aber meine Güte: Er ist Staatsanwalt! Das kann man ihm kaum verübeln.« Jan lächelte verschmitzt und, wie er hoffte, beruhigend. »Ich halte es für die beste Idee, ihn einzuweihen – komplett. Denk darüber nach. Wir sollten das bald entscheiden, am besten heute noch.«

»Du fackelst nicht lange, was?«

»Nein. Und noch was, Olivia – ich bin dafür, dass du für eine Weile woanders wohnst.«

»Nun …«

»Ich überlege mir was. Niemand darf bemerken, dass wir Vorsichtsmaßnahmen ergriffen haben.«

»Das wird schwer, denn falls ich tatsächlich beobachtet werde, kriegen sie mit, dass ich meine Wohnung meide«, wandte sie ein. »Das könnte sie stutzig machen. Nicht gerade eine ideale Ausgangssituation für uns.«

»Stimmt. Könnte jemand bei dir …«

Olivia schüttelte den Kopf. »Keine Mikros oder dergleichen. Das prüfe ich regelmäßig. Und mein PC ist auch sauber. So weit werden sie wohl nicht gehen – ist ja auch nicht ganz ungefährlich.«

»Wer weiß außer dir und mir noch Bescheid über die aktuelle Entwicklung?«

»Mein V-Mann aus der Schweriner Zeit. Wir hatten kürzlich Telefonkontakt – über ein nicht registriertes Handy natürlich.«

»Und du vertraust ihm hundertprozentig?«

»Absolut.«

»Gut. Gibt es jemanden in deinem Ex-Team, den man kontaktieren könnte?«, schob Jan nach kurzer Pause nach.

»Ich fürchte, nein. Ein junger Staatsanwalt hat seinerzeit die Fühler ein bisschen nach mir ausgestreckt, was nicht unbemerkt blieb, und er dürfte das tausendfach bereut haben. Würde mich nicht wundern, wenn seine Karriere komplett den Bach runtergegangen ist.«

»Oder sie kam erst so richtig in Gang«, gab Jan zu bedenken.

Olivia stutzte kurz. »Nein, das glaube ich nicht«, meinte sie. »Er konnte Barth nicht ausstehen und hätte ihm nur allzu gern eins ausgewischt.«

Das muss nichts heißen, dachte Jan, behielt den Gedanken jedoch für sich. Wenig später brach Olivia auf, um Schubert im Auge zu behalten – mit neuem Diensthandy und mit Jans Wagen. Sie versprach, sich regelmäßig zu melden und über ein gemeinsames zeitnahes Gespräch mit Schwedtner nachzudenken. Jan bat kurz darauf einen IT-Mann ins Büro, der Olivias Handy auf Spyware untersuchen und sich auch ihr Auto vornehmen sollte.

Die Entstehung des Videos lag mehrere Jahre zurück und war technisch von beängstigend schlechter Qualität, wie Max eingangs erläutert hatte. »Beängstigend schlecht« bedeutete zunächst mal nicht allzu viel, wenn die Bewertung aus Breders Mund kam – seine Ansprüche waren besonders hoch. Doch diesmal hatte er nicht übertrieben, wie Romy zugeben musste. Allerdings spielte der technische Aspekt eine nahezu belanglose Rolle, denn der Inhalt erschloss sich mühelos mit Auftakt der ersten Szene, die an Deutlichkeit nichts zu wünschen übrig ließ.

Ein Mann, dessen Gesicht verpixelt war, hatte heftigen

Sex - mit einer verblüffend lebensecht wirkenden Puppe, wie erst auf den zweiten Blick zu erkennen war. Sie trug eine Maske, die aus einem großformatigen Foto zurechtgeschnitten und über ihrem Gesicht befestigt worden war, und bei genauerem Hinsehen wiesen ihre Gesichtszüge verblüffende Ähnlichkeit mit Merle Zober auf. Der Mann war hocherregt und verlieh seiner Begeisterung lauthals Ausdruck oder flüsterte leise Koseworte.

Romy war sprachlos, was ihr nicht allzu oft passierte. Kasper, der neben ihr stand, verschränkte die Arme vor der Brust und wirkte, ja: nahezu beschämt. Ihm war eindeutig nicht wohl in seiner Haut.

»Der Film ist heute Nacht hochgeladen worden und verzeichnete innerhalb weniger Stunden zigtausende Klicks«, ergänzte Max schließlich. »Vor Kurzem ist er aufgrund seines sexistischen Inhalts von der Plattform genommen worden.«

»Und woher weißt du das alles so schnell und genau?«, fragte Romy verblüfft.

»Ich versuche netztechnisch immer auf dem Laufenden zu bleiben. Solche Sachen verbreiten sich wie ein Lauffeuer.« Max runzelte die Stirn, als könnte er den Hintergrund der Frage nur mühsam nachvollziehen. »Jedenfalls in der Netzgemeinde.«

»Was immer das sein soll«, brummelte Kasper. »Und was kannst du sonst noch so berichten?«

»Das Video dürfte vor circa acht Jahren entstanden sein«, fuhr Max fort. »Ich lasse das gerade von der IT-Abteilung in Stralsund genauer untersuchen. Die melden sich später. Da der Blickwinkel die ganze Zeit über konstant der gleiche ist, schätze ich, dass die Webcam des Computers aktiviert wurde - mittels Trojanern zum Beispiel …«

»Jetzt lasst uns mal Tacheles reden«, unterbrach Kasper ihn ungeduldig. »Der Typ dürfte Ohlhof sein, der mit einer … Gummipuppe, die wie Merle aussieht, Sex hat, und zwar echten, wenn mich nicht alles täuscht.« Er räusperte sich. »Das Video wurde heimlich aufgenommen und machte in der Clique die Runde – ihr erinnert euch an die SMS von Schmizz' Handy? Die Puppe und das hübsche Video …«

»Er könnte es auch selbst aufgenommen haben, und jemand hat es auf seinem Rechner entdeckt«, warf Max ein. »Mithilfe des Trojaners zum Beispiel – kriegt man übrigens samt ausführlicher und leicht verständlicher Anleitung im Internet, das war schon vor acht oder neun Jahren nicht anders. Alles kein Problem.«

»Wie dem auch sei – die Clique hat sich offensichtlich prächtig amüsiert und, Schmizz' Kommentar nach zu urteilen, noch Jahre später darüber lustig gemacht.« Romy schüttelte den Kopf. »Was für eine Demütigung! Das dürfte Ohlhofs Motiv sein, oder?« Sie ließ den Blick zwischen Max und Kasper hin und her wandern.

»Er hat sie geliebt«, wandte Kasper nachdenklich ein.

»Vielleicht hat sie das Ganze inszeniert, und er wusste, dass sie die Hauptverantwortliche war, diejenige, die die Idee hatte und das Video auf die Reise schickte – auf welche Weise auch immer es entstanden ist«, entgegnete Romy. »Womöglich hatte die Frau mehr Ecken und Kanten oder auch unergründliche Tiefen, als wir bislang vermuteten, zumindest zu jener Zeit. Denkt an die beiden Ex-Soldaten – ich finde, ihre Aussage klingt vor diesem Hintergrund durchaus überzeugend.«

»Bleibt aber die alte Frage: Warum jetzt?«

»Irgendwas ist hochgekocht«, grübelte Romy. Dann schüttelte sie langsam den Kopf. »Nein, es war anders – die Geschichte hat ihn all die Jahre nicht losgelassen. Sie hat ihn verfolgt, und er hat beschlossen, sich irgendwann zu rächen. Dafür hat er sich Zeit gelassen, sie beschattet, ihr Leben ausgeforscht und sich selbst zunehmend verändert, in jeder Hinsicht ...«

»Um sie acht Jahre später brutal zu ermorden?« Kasper rümpfte die Nase. »Letztlich dürfte das Ganze im Abstand der Jahre ein zugegeben mieser Schülerstreich gewesen sein.«

»Ich glaube nicht, dass er das so gesehen hat. Er pendelt seit Jahren zwischen Bremen und Rügen, wahrscheinlich ist er meistens hier. Sie könnte ihn bemerkt haben ...«

»Passt trotzdem nicht.«

»Wozu passt es nicht?«

»Zu dem Typen und seiner bisher stillen, unauffälligen Vorgehensweise.«

»Er ist explodiert - sein ganzer Frust, die tiefe Verletzung, alles kam auf einmal hoch. Merle hat ihn an diesem Abend bemerkt, und wer weiß, wie sie reagierte: erstaunt und freundlich oder verblüfft und dann lachend? Höhnisch lachend.«

»Die Frau ist doch mittlerweile auch erwachsen geworden«, wandte Kasper ein. »Auch unter Berücksichtigung von Ecken und Kanten können wir nicht ausschließen, dass ihr die ganze Sache sogar inzwischen peinlich war oder sogar leid tat.«

»Das kannst du nicht wissen.«

»Natürlich nicht. Es ist eine Überlegung, denn du kannst im Moment genauso wenig davon ausgehen, dass sie ihn ausgelacht hat und daraufhin die Situation eskalierte.«

Romy fuhr sich mit einer hektischen Bewegung durch die Locken. »Nun gut - hierbei kommen wir zurzeit nicht auf einen Nenner. Wie geht es weiter?« Sie wandte sich an Max. »Wann wissen wir, wer das Video hochgeladen hat?«

Er zuckte mit den Achseln. »In ein, zwei Stunden - schätze ich.«

»Gut - ich will denjenigen sofort vernehmen!«

»Dann können wir nur hoffen, dass er in der Nähe wohnt und greifbar ist«, meinte Kasper abschließend und verließ den Besprechungsraum ohne weiteren Kommentar.

»Er ist ja mal wieder richtig gut drauf«, sagte Romy leise. »Weißt du, was mit ihm los ist?«

Max wiegte den Kopf. »Vielleicht. Fine meinte letztens, dass Kasper hadert.«

»Ach? Und womit?«

»Ende des Jahres ist Schluss.«

»Wie Schluss?«

»Er hat das Pensionsalter erreicht.«

Romy machte große Augen und schluckte. »Ach, du liebe Güte. Ich kann mir gar nicht vorstellen …«

»Er wohl auch nicht.«

Sie schwiegen beide eine ganze Weile. Schließlich wandte Max sich um. »Ich mach mich wieder an die Arbeit.«

»Okay.«

Romy ging in ihr Büro. Sie musste in Ruhe nachdenken – über Ermittlungen ohne Kollegen Kasper und über eine Strategie, mit der sie Ohlhof überführen konnten.

Ihre Hände zitterten so heftig, dass es ihr nicht gelang, den Zündschlüssel ins Schloss zu stecken. Sie warf ihn auf den Beifahrersitz, schloss die Augen und riss sie wieder auf. Da war sie wieder: die große Schwester der Angst. Panik. Sie war zurückgekehrt – mit aller Macht. Hektisch laute Atmung, Herzrasen, Schweißausbruch, Schwindel. Ruhig atmen, flüsterte eine leise Stimme in ihr – durch die Nase einatmen, langsam durch den Mund ausatmen, die einzelnen Atemzüge mitzählen, die Attacke atmend bewältigen, als würde man behutsam ein Pferd ausbremsen, das durchgehen wollte. So hatte sie es bei einer Therapeutin gelernt, vor Jahren. Sie hatte gebetet, die Lektion nicht mehr zu benötigen. Ein überflüssiges Gebet.

Olivia brauchte fast zehn Minuten, um zur Ruhe zu kommen, und im Nachhinein war sie erstaunt, dass sie sich im Gespräch mit Jan noch so gut unter Kontrolle gehabt hatte. Es ist alles anders als damals, beschwor sie sich, während sie den Motor startete und langsam anfuhr. Wir kriegen sie diesmal - mit diesem Team ist das möglich, mit diesem Teamleiter.

Sie fuhr auf Umwegen in Richtung Greifswald und behielt den nachfolgenden Verkehr konzentriert im Blick. Auch in Stresssituationen behielt sie ihren guten Blick für Verfolger. Erst als sie hundertprozentig sicher war, dass sich niemand an ihre Fersen geheftet hatte, schlug sie den Weg zu Schuberts Wohnung ein.

Piet trat ungefähr zehn Minuten nach ihrem Eintreffen aus der Tür und stieg in seinen Wagen, seine Frau Mareike war freiberufliche Grafikerin und arbeitete zu Hause. Es sah ganz danach aus, als würde Olivia die gleiche Alltagsroutine wie am Vortag begleiten. Sie folgte Piet in großem Abstand zur Uni, wo er ungefähr acht Stunden arbeiten würde, unterbrochen von einer Mittagspause in der Mensa. Tags zuvor hatte er am Nachmittag in einem Bistro Zwischenstation gemacht, bevor er seinem Sportstudio einen Besuch abgestattet und dann nach Hause gefahren war. Abendliche Aktivitäten: keine. Die Schuberts waren zu Hause geblieben.

Olivia parkte zwei Reihen hinter Piets Wagen und wartete eine halbe Stunde, bevor sie sich auf den Weg ins Verwaltungsgebäude machte. Um mehr zu erfahren, musste sie ihm dichter folgen. Schubert kannte sie zwar nicht, dennoch wollte sie verhindern, ihm direkt über den Weg zu laufen - vielleicht merkte er sich Gesichter gut. Oder er war längst kontaktiert worden, und womöglich hatte man ihm ein Foto von ihr unter die Nase gehalten … Klang etwas weit hergeholt, war aber nicht auszuschließen. Ihr Herzschlag beschleunigte erneut, verfiel aber glücklicherweise nicht in das beklemmende Rasen. Sie betrat den Flur im zweiten Stock und studierte die Aushänge am Schwarzen Brett. Sein Büro, das er sich mit zwei anderen Sachbearbeitern teilte, befand sich in der Mitte des Ganges. Der Raum rechts daneben war als Technik- und Materialkammer beschildert, und natürlich war er abgeschlossen. Olivia holte sich in der Cafeteria einen Latte macchiato und ein belegtes Baguettebrot und setzte sich wieder ins Auto.

Piet aß an diesem Mittag nicht in der Mensa, sondern verließ das Unigelände zu Fuß. Olivia verbarg ihr Haar unter einem Basecap, setzte eine Brille auf und schlüpfte in eine weite Jacke, bevor sie ihm folgte. Er ging in flottem Tempo in östlicher Richtung und betrat wenige Minuten später das Pommersche Landesmuseum, wo er sich kurz orientierte und dann die Abteilung Landesgeschichte betrat. Olivia tauchte in einer Reisegruppe unter, die ebenfalls an der zigtausendfachen Geschichte der Menschen an der südlichen Ostseeküste interessiert war. Als sie wieder freien Blick auf Schubert hatte, entdeckte sie ihn, in die Betrachtung der Brunneneinfassung des Wolgaster Herzogschlosses aus dem Anfang des 15. Jahrhunderts vertieft. Neben ihm stand ein junger Mann im dunkelgrauen Zweireiher mit kurzem Haar, Typ: aufstrebender Banker, Versicherungsmakler oder Ähnliches. Die beiden redeten leise miteinander.

Olivia sah keine Chance, dem Gespräch unauffällig zu lauschen oder auch nur einzelne Fetzen aufzuschnappen, ohne das Risiko einzugehen, auf sich aufmerksam zu machen. Das ist es nicht wert, dachte sie. Immerhin gelang es ihr im Schutz der Reisegruppe, den Mann unbemerkt zu fotografieren. Die beiden wanderten gemächlich zum nächsten Ausstellungsstück weiter, einem Croy-Teppich aus dem 16. Jahrhundert, und ungefähr zehn Minuten später blieb Schubert zurück, während der schnieke Anzug-Typ die Ausstellung mit eiligen Schritten verließ.

Olivia folgte ihm bis zu seinem Wagen und fotografierte das Nummernschild. Eine Viertelstunde später teilte Jan ihr mit, dass das Fahrzeug auf den fünfundvierzigjährigen Stralsunder Unternehmensberater Robert Leistner zugelassen war. Der Name sagte ihr nichts.

»Wir haben nichts gegen ihn oder einen seiner Mitarbeiter vorliegen«, berichtete Jan weiter. »Soweit es die kurze Abfrage ergeben hat. Aber wir checken das natürlich noch gründlich, auch bezüglich der geschäftlichen Verbindungen. Möglicherweise gibt es Treffer, die uns weiterhelfen.«

»Da bin ich sicher.«

»Der Mann von dem Foto, das du uns geschickt hast, dürfte ein Angestellter von ihm sein – so weit der erste Abgleich. Kommt er dir irgendwie bekannt vor?«

»Nein.«

Kurze Stille. »Hast du schon …«

»Ja. Lass uns mit ihm reden.«

»Gut.« Das klang erleichtert. »Bis später. Melde dich.«

»Mach ich.«

15

Milan Berger war gerade achtzehn Jahre geworden und hatte den Mund kaum wieder zugekriegt, als die Beamten vor der Tür standen, um ihn und den alten PC abzuholen. So hatte Kasper berichtet. Romy hatte den Eindruck, dass der junge Mann immer noch vollkommen neben der Spur war, als er ihr im Vernehmungsraum gegenübersaß. Dabei hatte sie wohl ein ähnlich perplexes Gesicht aufgesetzt, als sich herausstellte, dass er als Auszubildender bei Gabriel Bisdorf beschäftigt war.

»Lassen Sie uns bitte nicht lange um den heißen Brei herumreden«, kam Romy in forschem Ton zur Sache. »Wo haben Sie das Video her?«

Milan warf Kasper einen verdutzten Blick zu, dann wandte er sich wieder Romy zu. »Würden Sie mir bitte mal verraten, wozu dieser ganze Aufriss veranstaltet wird? Fehlt nur noch das SEK. Ich kapier das nicht, echt nicht.«

»Spiel dich bloß nicht auf. Du kannst froh sein, dass wir dich nicht direkt von der Berufsschule abgeholt haben«, brummte Kasper.

»Ja, schon gut, aber ich muss noch in den Betrieb und …«

Romy trommelte mit den Fingern auf der Tischplatte. »Milan, wo haben Sie das Video her?«

»Von einem uralten PC. Ich habe mir nichts dabei gedacht …«

»Das haben wir mitgekriegt, aber dass es um eine pornografische Darstellung geht, die nicht frei zugänglich öffentlich gemacht werden darf, wissen Sie schon, oder?«

»Ja, ja, schon, aber … Meine Güte – er vögelt eine Puppe,

oder?« Milan breitete die Arme aus. »Das ist mehr Joke als alles andere. Und ich habe das Gesicht verpixelt. Man erkennt nichts von dem Typen.«

»Wie überaus gnädig. Zurück zu dem uralten PC. Wo haben Sie den her?«

Milan zog die Schultern zusammen. »Stand seit ewigen Zeit bei meinem Chef rum, genauer gesagt: seit knapp einem Jahr. Er braucht ihn nicht mehr, gehörte seiner Schwester …«

»Nina?«

»Ähm – ja.«

Romy warf Kasper einen schnellen Blick zu. »Und weiter?«

»Auf der Platte befanden sich noch einige Programme und ein paar Dateien. Das Video hatte sie gelöscht, aber der Papierkorb war seit Urzeiten nicht geleert worden. Sollte man niemals vergessen. Ist ne Grundregel …«

»In der Netzgemeinde?«, riet Kasper in sarkastischem Ton.

Milan sah ihn verwundert an. »Nun, es ist eher so …«

»Vergiss die Bemerkung.«

Romy suchte Milans Blick und hielt ihn fest. »Okay, Sie haben also die Datei auf Ninas altem PC entdeckt, ein bisschen bearbeitet und dann ins Netz gestellt – um den Rest der Welt, sofern er sich im Netz versammelt und auf derlei Plattformen unterwegs ist, an diesem wunderbaren Porno-Joke teilhaben zu lassen. Fasse ich den Vorgang in etwa grob, aber korrekt zusammen?«

»Ja. Und was genau ist jetzt so wichtig daran, dass ich wie ein Schwerverbrecher abgeholt werde?«

Romy stützte das Kinn auf ihre zusammengelegten Hände. »Wir ermitteln in einem Mordfall.«

»Das habe ich schon mitgekriegt, aber …«

»Das aufgeklebte Fotogesicht auf der Puppe soll Merle

Zober darstellen.« Romy klappte ihren Ordner auf und wies auf ein Schülerporträt von Merle sowie ein aktuelles Bild. »Sie ist das Opfer gewesen. Wir suchen nach wie vor ihren Mörder.«

Milan schien langsam ins Grübeln zu geraten. »Okay, das ist jetzt aber ziemlich blöd gelaufen …«

»Könnte man sagen, ja.«

»Das habe ich nicht gewusst.«

»Nein?«

»Nein!«

»Stellen Sie sich doch mal für fünf Sekunden vor, wie Angehörige von Frau Zober diesen Joke fänden?«

Milan schluckte. »O Mann …«

»Wissen Sie, wer der Typ ist?«

»Keine Ahnung – so genau habe ich da nicht hingesehen«, wehrte Milan ab. Die Angelegenheit war ihm offensichtlich überaus peinlich. »Außerdem erkennt man nicht so viele Details, das müssen Sie zugeben. Das könnte ja sonst wer sein.«

Romy zeigte Milan ein Foto von Jurek aus der Schulzeit. Er kratzte sich am Hinterkopf. »Tja, ich weiß nicht.«

»Es besteht eine gewisse Ähnlichkeit – das dürfen Sie ruhig zugeben.«

»Nun gut: ja.«

»Und jetzt zeige ich Ihnen nur der Vollständigkeit halber auch noch ein aktuelles Foto von dem Mann. So sieht er heute aus.«

Milans Reaktion war bemerkenswert. Er starrte das Bild sekundenlang fassungslos an, bevor er hochblickte. »Ach du Scheiße.«

Romy stutzte. »Würden Sie das bitte genauer erklären.«

»Der Typ hat den Chef besucht – gestern. Außerdem war er nicht zum ersten Mal auf dem Gelände.«

»Geht das alles sehr viel genauer?«

Bevor der Azubi das Kommissariat eine halbe Stunde später verlassen durfte, hatte er hoch und heilig versprechen müssen, kein Sterbenswörtchen über die Unterredung zu verlieren. Im Gegenzug würden die Ermittler die Sache mit dem hochgeladenen Video nicht auf die Goldwaage legen, sondern ein Auge zudrücken und auch seinen Chef, soweit möglich, nicht in die Einzelheiten einweihen, sondern im weiteren Verlauf der Ermittlungen nur das Notwendigste mit ihm besprechen. So in etwa hatte Kasper sich ausgedrückt, und Milan schien sehr glücklich über den Deal.

Romy konnte Jan nicht erreichen, und Simon wusste nur zu berichten, dass sie eine Spur in den Boxerfällen verfolgten – unter Hochdruck.

»Nun gut, vielleicht kann er sich kurz melden, wenn es zwischendurch passt. Wir befinden uns auch gerade unter Hochdruck.«

Romy legte auf und sah Kasper an. »Wir müssen noch mal mit Gabriel reden, so schnell wie möglich.«

»Finde ich auch.«

Romy sah auf die Uhr und überlegte kurz. »Wir rufen ihn an und bitten ihn, nach Feierabend vorbeizukommen. Es ist nicht auszuschließen, dass Ohlhof ihn im Auge behält. Ich will auf keinen Fall, dass er mitkriegt, welche Spur wir verfolgen.«

Kasper nickte langsam. »Hältst du es eigentlich für möglich, dass Ohlhof das Video entdeckt hat, als es online war?«

Romy stand rasch auf. »Daran habe ich noch gar nicht gedacht … Lass uns lieber sofort losfahren. Wir sehen uns bei der Gelegenheit mal die Umgebung des Betriebes genauer an und behalten den Laden im Auge.«

Hinter Bergen schob Romy für einen Moment alle Gedanken beiseite und tauchte ins satte Grün der Landschaft ein. Sonnenflecken tanzten über ihr Gesicht.

»Warum jetzt?«, holte Kaspers Stimme sie zurück. »Wenn es das Video ist, wonach Ohlhof sucht …«

»Was sollte er sonst bei Bisdorf gewollt haben, so aus heiterem Himmel?«

»Woher willst du wissen, dass die sich nicht häufiger getroffen haben? Der Azubi hat ihn zum ersten Mal dort gesehen, die nächtliche Herumschleicherei außen vor gelassen. Das muss also nichts heißen.«

»Kein schlechter Einwand, aber warum sollte Ninas Bruder uns anlügen, was den Kontakt zu Ohlhof angeht?«

»Gute Frage.« Kasper überlegte kurz. »Wir sollten wohl aufhören zu spekulieren.«

»Wohl wahr, es fehlen zu viele Eckdaten … Aber die Chronologie macht mir auch zu schaffen. Vielleicht gibt es noch einen anderen Zusammenhang, und da braut sich gerade was zusammen.«

Den Rest der Fahrt schwiegen sie.

Piet ließ sich Zeit für den Heimweg. Er würde eine Weile brauchen, um den Kopf frei zu bekommen.

Die Kontaktaufnahme wunderte ihn weniger als seine heftige Reaktion. Er hatte schon damals geahnt, dass der Bumerang zurückkommen würde. Er kam immer zurück, häufig, wenn man es am wenigsten erwartete. Solche Geschichten verliefen nicht im Sande, schon gar nicht, wenn man so viele Fehler machte, wie er sie sich damals geleistet hatte. Es war eine Sache, sich auf einen hitzigen Fight einzulassen, bei dem man ordentlich Prügel einsteckte und/oder verteilte und dabei ein paar Euros einstrich, aber eine ganz andere, bei einem No-limit-Kampf anzutreten, bei dem so gut wie alles erlaubt, besser gesagt: gefordert war, Hauptsache, es gelang, den Gegner auszuknocken. Das Geld und die besondere Herausforderung hatten ihn gelockt, und das Umwerben des Veranstalters war überaus schmeichelhaft für ihn gewesen. Dabei hätten ihn die sagenhaften Wettquoten sofort stutzig machen müssen. Sein Gegner Felix Mocker galt als haushoher Favorit, doch so chancenlos, wie es die Wetten suggerierten, schätzte Piet sich nicht ein. Später wurde ihm klar, dass die Einsätze gepusht waren und sich einige Wetter eine goldene Nase verdient hatten.

Es war zunächst ein ausgeglichener Kampf gewesen - sie hatten sich nichts geschenkt, doch ab der dritten Runde war Piet wie ausgewechselt gewesen. Er erinnerte sich an das Gefühl wie an einen Rausch, ein machtvolles, zorniges Drängen, das ihn im Einklang mit den Anfeuerungsrufen des Publikums vorangetrieben hatte. Er hatte keinerlei Schmerzen gespürt, wenn Mocker ihn erwischte, doch die Treffer, die er landete, waren stetig wuchtiger, präziser, zerstörerischer geworden, ohne dass er auch nur die geringste Hemmung spürte. Er wollte Felix verletzen und war bereit, jedes Risiko einzugehen.

Tage später wurde ihm klar, dass man ihn unter Drogen gesetzt hatte. Da war der schwer verletzte Felix längst tot, und Piet dämmerte, dass er sich auf ein teuflisches Spiel eingelassen hatte, bei dem der Tod billigend in Kauf genommen wurde - und darin lag wohl der eigentliche Kick. No limit.

Der nächste Fehler, den er begangen hatte, bestand darin, dass er sich zwar aus der Szene zurückzog, aber dennoch das Geld annahm, das ihm ausgezahlt wurde. Ein mieses Geschäft war damit besiegelt. Das machte ihn klein, verletzlich, angreifbar. Felix schlich sich immer wieder in seine Träume, sorgte für schlaflose Nächte und bereitete den Boden für einen weinerlichen Piet, der nichts Besseres zu tun hatte, als Jahre später seiner Frau von der Geschichte zu erzählen - ein weiterer großer Fehler.

Piet strich sich über die Stirn. Mareike hatte ihn ebenso in der Hand wie die alte Boxgarde. Es gab Aufnahmen von dem tödlichen Kampf und Fotos, die bewiesen, wie er einen Umschlag voller Bargeld annahm. Und Mareikes Forderung war unmissverständlich: Er hatte so zu funktionieren, wie sie es sich vorstellte. Die Erkenntnis, dass die Ehe ein Fehler gewesen war, hatte sich bereits knapp ein Jahr nach der Hochzeit eingestellt, aber da war es längst zu spät. Er zweifelte keine Sekunde daran, dass sie ihn ans Messer liefern würde, wenn er sie tatsächlich verließe. Die Affäre mit Merle war eine Gratwanderung gewesen, das hatte sie gespürt. Ein zweites Mal würde Mareike so etwas nicht dulden.

Piets Hände umklammerten das Lenkrad. Und wenn ich reinen Tisch mache? Der Gedanke tauchte nicht zum ersten Mal auf, die Sehnsucht nach Befreiung, nach Neubeginn schnürte ihm manchmal den Hals zu. Er war zu feige für einen solchen Schritt – das wusste er, das wusste sie. So einfach war das. Und doch …

Das Geschäft mit den No-limit-Fights war weitergelaufen – und hatte kürzlich im Abstand einiger Monate zwei weitere Todesopfer gefordert, diesmal in Stralsund. Womöglich waren es über die Jahre noch deutlich mehr Opfer gewesen. Dazu hatte Florian beim Treffen im Museum nichts gesagt. Sein einziges Interesse galt der Frage, was die Polizei von ihm gewollt hatte, wer die Ermittler gewesen waren und was er ausgesagt hatte. Sie wussten, dass er vernommen worden war, natürlich wussten sie das. Er hatte von Merle berichtet und nach einem winzigen Zögern beschlossen, das zweite Thema der Vernehmung in Stralsund außen vor zu lassen. Die beiden Beamten hatten einen Verdacht gegen ihn gehabt – irgendwie war er ins Raster geraten –, ohne ihn jedoch mit handfesten Beweisen untermauern zu können, und wollten ihn dazu verleiten, ein Geständnis abzulegen, aus dem Nähkästchen zu plaudern, das war offensichtlich gewesen. Das hatte er Florian aber nicht auf die Nase gebunden. Wenn die alte Geschichte irgendwann doch aufflog – und das würde sie, dessen war er sicher –, waren sie ohnehin alle dran. Fast alle. Es gab immer einen, dem es gelang, sich aus der Affäre zu ziehen.

Piet parkte direkt vor dem Haus. Als er ausstieg und den Blick hob, sah er Mareike am offenen Küchenfenster stehen. Sie lächelte und winkte. Er winkte zurück. Wie lange muss ich diese Farce noch ertragen? Merle ist tot, grausam ermordet, und du beherrschst mein Leben. Ist das gerecht? Vielleicht. Ich habe auch jemanden getötet und bezahle dafür, ein Leben lang. Ein Zittern durchfuhr ihn.

Es hatte sich nichts getan – kein heimlicher Beobachter, kein Ohlhof, der durch die Gegend schlich. So waren sie Bisdorf eine gute Viertelstunde, nachdem er das Betriebsgelände gesichert und verlassen hatte, nach Vilmnitz gefolgt, wo er seit einigen Jahren nur wenige Schritte neben der historischen Anlage eines zweihundert Jahre alten Dreiseitenhofs in einer kleinen Bauernkate lebte. Für den Erhalt machten sich Naturschützer seit geraumer Zeit stark. Ob der Abriss auf Dauer verhindert werden konnte, stand in den Sternen.

»Hier wurde mal ein Film gedreht, oder?«, fragte Romy, während sie ausstiegen.

»Die Heiden von Kummerow«, erwiderte Kasper prompt. »In den später Sechzigern.«

»Kannst du ihn mir empfehlen?«

»Lies das Buch, wenn du mal richtig abschalten und in eine andere Welt eintauchen willst.«

Bisdorf öffnete die Tür, bevor Romy und Kasper das Grundstück betraten. Er blickte sie einen Moment konsterniert an, bat sie aber dann ohne Zögern herein. »Ich mache mir gerade was zu essen. Setzen wir uns in die Küche?«

Es duftete nach Bratkartoffeln und Speck. Romy ließ den Blick schweifen – Bisdorf hatte den runden Tisch unter dem Fenster für eine Person gedeckt, kein benutztes Geschirr stapelte sich in der Spüle, die Dielen waren sauber, eine Schale mit frischen Kräutern stand bereit, und der Herd blitzte vor Sauberkeit.

»Meine letzte Freundin war Köchin«, erklärte Bisdorf mit leisem Lächeln. »Wir haben eine Weile zusammengewohnt und einiges voneinander gelernt. Sie auf dem Boot, ich in der Küche.« Er deckte die Pfanne mit einem Deckel ab und setzte sich neben Kasper. »Es geht um Ohlhof, nicht wahr?«

Romy nickte langsam.

»Mein Lehrling hat mir vorhin erzählt, dass Sie ihn auf Jurek angesprochen haben«, fügte Bisdorf hinzu. »Somit wissen Sie ja, dass Milan meint, ihn hier im letzten Jahr auf dem Gelände gesehen zu haben.«

»Halten Sie das für vorstellbar?«

»Ja und nein. Der Junge ist kein Spinner – ich vertraue seiner Beobachtungsgabe, andererseits: Was könnte er hier gewollt haben? Und vielleicht gibt es eine ganz harmlose Erklärung.«

Das glaube ich nicht, dachte Romy. »Was wollte er denn gestern hier?«

»Er interessiert sich für ein Boot, und wir kamen ein bisschen ins Plaudern …« Bisdorf brach ab.

»Alte Zeiten?«

»Ja. Ich habe ihm Fotos aus der Schulzeit zusammengestellt, die sich unter Ninas Sachen befanden …«

Romy beugte rasch sich vor. »Danach hat er gefragt?«

»Nicht direkt.«

»Wie meinen Sie das?«

»Na ja … Er erzählte, dass er während eines Umzugs eine Kiste mit persönlichen Erinnerungsstücken verloren hätte, und daraufhin habe ich ihm angeboten, Ninas Kram durchzugehen, ihm entsprechende Fotos auf einen Stick zu ziehen und zuzuschicken. Da ist aber nichts Besonderes dabei«, betonte Bisdorf. »Ich habe mir das alles in Ruhe angesehen.«

»Ja? Warum?«

Er zog kurz die Schultern zusammen. »Na ja – man gibt ja nicht einfach so Dateien raus, oder? Es waren Ninas Sachen. Außerdem habe ich noch die Geschichte in den Ohren, dass er sich bei den Beerdigungen herumgedrückt hat. Ist ja, alles zusammen betrachtet, schon ein bisschen schräg.«

Ganz meine Meinung. »Verstehe. Wir wissen inzwischen, woran er interessiert ist«, sagte Romy. »Es existierte ein kompromittierendes Video, das seinerzeit die Runde gemacht hat.« Sie sparte sich den Hinweis auf die Veröffentlichung im Netz.

Bisdorf starrte sie mit gerunzelten Brauen an. »Die Mädchen haben sich damals über irgendwas unglaublich amüsiert … So viel habe ich mitbekommen. Aber ich weiß nicht, was es war.«

Romy nickte. »Eine widerliche Geschichte, so viel kann ich dazu sagen. Vielleicht hoffte er, dass sich das Video unter den Dateien aus jener Zeit befinden und Ihnen beim Kopieren gar nicht auffallen würde.«

»Hm, ja, durchaus möglich …« Bisdorf kratzte sich im Nacken.

»Was geht Ihnen durch den Kopf?«

»Nun – was hätte er von einer Kopie, noch dazu ausgerechnet jetzt, nach so vielen Jahren?«

»Er will Gewissheit, ob die Datei noch existiert«, antwortete Romy, ohne lange nachzudenken. »Und über kurz oder lang hätte er dann versucht, an das Original zu gelangen, um es endgültig zu beseitigen.«

Kasper warf ihr einen warnenden Blick zu. Erzähl nicht zu viel. Er hatte recht. Ohlhof, das war klar, dass sie nach wie vor gegen ihn ermittelten und das Video als Beweis für ein Tatmotiv tauglich war; irgendein Hinweis, unter Umständen von Merle selbst, hatte ihn zu Ninas Bruder geführt. Doch diese Überlegungen oder Spekulationen sollten sie nicht mit einem Zeugen diskutieren.

»Wie beruhigend«, meinte Bisdorf in sarkastischem Ton. »Haben Sie auch eine Idee zu der Frage, warum er im letzten Jahr auf dem Betriebsgelände herumschlich? Mit diesem Video kann es ja kaum etwas zu tun gehabt haben.«

Romy hob die Hände.

»Nina lebte zu der Zeit noch. Sie starb wenige Tage später …«

Die Erkenntnis durchfuhr sie wie ein Blitz. Romy atmete scharf ein und starrte Kasper an. Der erwiderte ihren Blick und hob kurz eine Braue, bevor er sich an Bisdorf wandte. »Wir kennen die Hintergründe genauso wenig wie Sie, und über Erkenntnisse zu den laufenden Ermittlungen dürfen wir ohnehin nichts sagen. Bitte behandeln Sie unser Gespräch absolut vertraulich.«

»Aber klar doch.«

»Und falls Ohlhof sich noch mal bei Ihnen meldet, informieren Sie uns bitte.«

»Mach ich.«

Romy verabschiedete sich einsilbig und eilte zum Auto. Sie schlug die Tür zu und presste die Hände aneinander. »Er war es«, sagte sie leise, als Kasper anfuhr. »Er hat sie alle umgebracht.«

Kasper warf ruckartig den Kopf herum. »Unsinn – Schmizz und Timmer haben einen Unfall gebaut, sehr wahrscheinlich von Leuten aus dieser Boxgang provoziert …«

»Wissen wir das wirklich hundertprozentig?«

»Neunundneunzigprozentig. Du weißt, dass es eine Verbindung gibt«, entgegnete Kasper.

»Nun gut. Dann hat er sich mit den beiden nicht beschäftigen müssen – da sind ihm andere zuvorgekommen. Ich bin fest davon überzeugt, dass er auf Ninas Boot war, um dort einen falschen Riegel zu deponieren, einen mit Nüssen. Und ich halte jede Wette, dass er Sonja Greif im Krankenhaus besucht hat …«

»Um ihr irgendwas zu spritzen?« Kaspers Stimme klang argwöhnisch.

»Ja – lass uns mit Möller sprechen. Ich will wissen, welche Substanz infrage käme.«

»Du denkst wirklich …«

»Und ob! Er beschäftigt sich seit Jahren, vielleicht seit damals neben seinem Job mit kaum etwas anderem als mit der Beseitigung der Clique. Er hat sie beobachtet, ihr Leben, ihren Alltag analysiert, Pläne geschmiedet, Spuren verwischt und sich viel Zeit genommen«, kam Romy zunehmend energischer in Fahrt. »Der Tod dieser jungen Menschen hat Entsetzen ausgelöst und Fragen provoziert, aber der Gedanke, dass jemand nachgeholfen haben könnte, kam nie auf und falls doch, wurde er rasch wieder fallen gelassen, weil es keine Hinweise gab, die das hätten belegen können. Bis jetzt.«

Minutenlang blieb es still.

»Nehmen wir mal an, an deiner These ist was dran«, meinte Kasper schließlich.

Immerhin, dachte Romy.

»Zwei Aspekte stechen dabei ins Auge …«

»Der brutale Mord im Gegensatz zu den anderen Fällen«, ergriff Romy wieder das Wort. »Sie muss für ihn die Haupttäterin gewesen sein, diejenige, die seiner Ansicht nach genau diesen Tod verdiente. Er hat sich bitter gerächt, und es ist sicher auch kein Zufall, dass sie die Letzte auf seiner Liste war.«

Kasper nickte. »Denkbar, auch wenn ich nicht überzeugt bin.«

»Denkbar klingt doch schon mal ganz gut. Was stört dich?«

»Der Film hat offenbar lediglich innerhalb der Clique die Runde gemacht. Niemand aus der Schule und dem Segelverein, mit dem wir sprachen, ließ irgendwas in dieser Richtung verlauten. Lediglich Ohlhofs Außenseiterrolle wird erwähnt.«

»Stimmt.«

»Sie haben ihn demnach nicht verbreitet«, stellte Kasper fest.

»Immerhin – oder worauf willst du hinaus?«

»So in etwa. Es sind ja auch fiesere Versionen denkbar. Außerdem befand sich die Datei im Papierkorb von Ninas Rechner …«

»Sie hat den Film demnach aller Wahrscheinlichkeit selbst gelöscht, und zwar bereits damals«, ergänzte Romy. »Max wird uns sagen können, wann genau. Die Geschichte war dann offensichtlich doch nicht mehr so interessant, zumindest für Nina nicht. Aber worauf willst du hinaus?«

»Ohlhof war jahrelang überaus vorsichtig und hat alles bedacht, bis ins kleinste Detail geplant – wenn deine These stimmt. Warum hat er sich nicht früher um die Beseitigung aller Dateien gekümmert beziehungsweise nachgeforscht?«

»Ich bin sicher, dass er das hat«, erwiderte Romy. »Max hat auf Merles PC nichts gefunden, und er sucht immer sehr gründlich. Ninas Video befand sich auf einem uralten Rechner, den sie vor Ewigkeiten das letzte Mal benutzt hat. Andere Leute schmeißen so was auf den Müll. Das hat sie schlicht versäumt, ihr Bruder ebenfalls. Es war einfach Pech, dass der Lehrling das Ding an sich nahm, sich auf der Platte genauer umsah und zu allem Überfluss auch noch Ohlhof als denjenigen wiedererkannte, der ein Jahr zuvor nachts übers Gelände geschlichen war …«

»Eine überzeugende Begründung, das muss ich zugeben, aber wenn Ohlhof gar nicht nach der Datei suchte, warum kreuzt er plötzlich bei Ninas Bruder auf?«, hielt Kasper dagegen.

»Unsere intensiven Ermittlungen bezüglich der alten Clique haben ihn überrascht, womöglich aufgeschreckt und sehr vorsichtig werden lassen. Ihm ist klar geworden, dass wir auch Ninas Bruder befragen würden, und er wollte auf Nummer sicher gehen und einfach mal die Fühler ausstrecken. Dass der Azubi dazwischenfunken würde, hatte niemand auf der Rechnung, Ohlhof am allerwenigsten.«

Kasper fuhr auf den Parkplatz und stellte den Motor aus. »Und jetzt?«

»Gute Frage. Ich muss mit Jan sprechen. Er hat uns aufgefordert, Motivnachweise zu erbringen. Das zumindest dürfte uns gelungen sein.«

»Stimmt.«

Romy legte die Hand auf die Türklinke. »Wir müssen noch mehr über die anderen herausfinden – zum Zeitpunkt der Entstehung des Videos sowie hinsichtlich Ninas Löschdaten.«

Kasper stöhnte leise.

»Falls Ohlhof nicht mitbekommen hat, dass das Video hochgeladen wurde, dürfte er ziemlich überrascht sein, wenn wir ihn damit konfrontieren.«

»Gut. Und dann?«

»Du stellst vielleicht Fragen.«

16

Es war die zweite Abfuhr innerhalb kurzer Zeit gewesen. Christophs rabiater Anschnauzer – der viel mehr war als nur das – hatte ihn tiefer getroffen, als er es sich zunächst eingestehen wollte. Die Auseinandersetzung hatte in aller Schärfe gezeigt, wie sehr der Freund sich verändert und mit großen Schritten von ihm distanziert hatte. Er war längst in eine völlig andere Welt eingetaucht, zu der Jakob keinen Zugang hatte und niemals haben würde. Und das schien ihn nicht einmal zu stören, ganz im Gegenteil.

Christoph hatte ihn eindringlich davor gewarnt, sich mit Leuten aus seinem neuen Wirkungskreis anzulegen oder Aktivitäten zu planen, die auch ihm selbst gefährlich werden könnten – auf gut Deutsch: Er hatte sich eindeutig positioniert. Die Regeln dieser Leute waren auch seine Regeln. Hundertprozentige Loyalität. Aber worum genau ging es ihm? Um Geld? Um die Boxszene? Wollte er tatsächlich zu irgendeinem elitären Club dazugehören, egal, was die auf dem Kerbholz hatten? Vielleicht.

Jakob versuchte das Ganze zu vergessen, einschließlich des Plans, Feldkamp beziehungsweise seiner Frau eins auszuwischen, aber er spürte, dass ihm das nicht gelingen würde – nicht nur weil seine Gedanken um Christoph kreisten und das Gefühl, einen Freund verloren zu haben, ohne so recht zu wissen, warum. Eine kleine Erpressung hätte ihm gefallen, und dabei spielte das Geld lediglich eine sekundäre Rolle. Margret zu erschüttern, zu wissen, dass ihr selbstgefälliges Lächeln bröckeln und zu einer grauen Maske erstarren würde, bereitete ihm diebisches Vergnügen, sich darüber hinaus die kalte Wut des Gatten vorzustellen und ein saftiges Taschengeld einzustreichen, hunderttausend oder so – das wäre es doch gewesen.

Christoph, du bist ein Idiot, dachte er immer wieder. Was für ein Spaß, wenn wir beide das gemeinsam durchgezogen hätten, und anschließend wärst du dann meinetwegen deinen ganz persönlichen Weg alleine weitergegangen – à la Rocky Balboa, der italienische Hengst. O Mann, früher hätten wir beide den ganzen Abend schallend über so etwas gelacht. Heute jagst du mir einen Heidenschreck ein, brüllst mich an und gehst, als wären wir nie Freunde gewesen.

Falsche Spuren legen, Unruhe stiften und eine richtig schlaue Geldübergabe aushandeln … Was konnte dabei schon großartig schiefgehen? Die Idee hatte sich längst eingenistet.

Am nächsten Tag recherchierte Jakob Feldkamps Firmenadresse, kaufte eine Boxsport-Zeitschrift, tütete sie ohne Anschreiben oder dergleichen in einen Allerweltsumschlag, den er an den Chef persönlich adressierte, und warf ihn in der Mittagszeit persönlich in den Briefkasten am Hauptsitz der Firma. Anschließend schlenderte er in ein Café um die Ecke, trank einen doppelten Espresso und genoss die kraftvollen Strahlen der Maisonne. Das war der erste Schritt, dachte er lächelnd. Morgen schick ich dir einen Artikel über die toten jungen Männer, vielleicht garniert mit einem dezenten Hinweis auf deine Frau, und dann sehen wir weiter.

Die Geldübergabe könnte irgendwo auf Rügen stattfinden – vielleicht am Leuchtturm, dort, wo Merle ermordet worden war. Eine skurrile Idee, die jedoch bei eingehender Betrachtung nicht infrage kam – zu abgelegen, zu gefährlich. Die Menge suchen, überlegte Jakob weiter, Touristenströme, eine Ausstellung oder eine Wanderung auf dem Baumwipfelpfad zum Beispiel. Was für eine Vorstellung, in luftiger Höhe inmitten mächtiger Baumkronen eine Tasche voller Geld abzugreifen und dabei mit unschuldigen Augen nach den Kirchturmspitzen von Stralsund und den Pylonen der Rügenbrücke Ausschau zu halten oder einen Seeadler auf seinem majestätischen Rundflug über die umliegenden Wälder zu beobachten …

Jakob lächelte, bezahlte und fuhr nach Hause. In seinem E-Mailpostfach befand sich eine Nachricht von der Agentur, eine Anfrage wartete auf ihn. Es lief gut.

Staatsanwalt Schwedtner hatte auf Jans Bitte um ein Treffen zu dritt außerhalb des Dienstgebäudes zunächst mit deutlichem Zögern reagiert. »Können Sie ein Stichwort nennen?«

»Lieber nicht.«

»Ist es eilig?«

»Mehr als das.«

»Und das lässt sich nicht hier besprechen?«

»Nein.«

»Ich melde mich.«

Eine halbe Stunde später rief er an und nannte als Treffpunkt für den frühen Abend ein Fischrestaurant am Hafen in der Nähe der »Gorch Fock«.

Jan blieb noch Zeit für zwei Besprechungen, bevor er gemeinsam mit Olivia aufbrach. Er überließ ihr das Steuer, um in Ruhe mit Romy zu telefonieren, die bereits mehrfach versucht hatte, ihn zu erreichen. Die Neuigkeiten im Fall Ohlhof verblüfften ihn einigermaßen. »Das ist in der Tat ein gutes Motiv, nur …«

»Es ist ein hervorragendes Motiv!«, unterbrach Romy ihn. »Ich bin übrigens relativ sicher, dass er ahnungslos ist, was den hochgeladenen Film angeht.«

»Ja? Warum?«

»Wir haben einen Kollegen aus Wiek gebeten, einen

Abstecher in die Ferienhaussiedlung zu machen und einen verstohlenen Blick auf sein Häuschen zu werfen. Er sitzt auf der Terrasse, putzt sein Rad und trinkt Tee. Ich schätze, er würde sich anders verhalten.«

»Möglich, wenn auch nicht zwingend ...«

»Schon gut, Jan, ich weiß es natürlich nicht, aber es ist eine für mich naheliegende Vermutung – was schlägst du vor, wie es nun weitergehen könnte?«

Jan lächelte leise. Ihre Ungeduld war mit Händen greifbar. Er konnte sie nur allzu gut verstehen. »Was wird passieren, wenn wir ihn mit dem Video konfrontieren und daraus den Verdacht ableiten, dass er mehrere Menschen auf dem Gewissen hat?«

»Wenn ihm plötzlich klar wird, wie weit unsere Nachforschungen reichen, dürfte ihn das gewaltig erschüttern. Er wird Fehler machen, sich in Widersprüche verstricken, die uns weiteren Handlungsspielraum eröffnen.«

»Könnte ihn das Ganze so aufrütteln, dass er bereit ist, ein Geständnis abzulegen, oder sich entlocken lässt?«

»Tja ... Gute Frage.«

Jan nickte. »Romy, die Indizien sprechen zweifellos eine deutliche Sprache, und ich teile deine Ansicht, aber die Beweislage ist schwach, erst recht, was die beiden anderen Frauen angeht. Das dürfte dir klar sein. Natürlich ist es seltsam, dass der Knabe immer wieder im Umfeld der alten Clique auftaucht, ohne sich offen zu zeigen, aber wenn das alles ist, was wir gegen ihn vorzubringen haben, wird es schwer.«

»Wenn er alles abstreitet und sich nicht aus der Fassung bringen lässt, könnte er damit durchkommen – willst du darauf hinaus?«

»Unangenehme Vorstellung, aber durchaus denkbar«, gab Jan zu.

»Und wenn wir ihm eine Falle stellen?«

Jan runzelte die Stirn. »Was schwebt dir vor?«

»Noch nichts Genaues, es ist nur so ein Gedanke.«

Jan war sicher, dass es längst mehr war, aber er hatte weder Zeit noch Ruhe, ausgiebig darüber zu diskutieren. »Das sollten wir ausführlich besprechen, nur nicht jetzt. Ich bin auf dem Weg zu einem wichtigen Termin.«

»Gut, gut - wir behalten ihn erst mal aus der Ferne im Auge, und ich hoffe, dass Max noch fündig wird.«

»Klingt vernünftig.«

»So kennt man mich.«

Jan räusperte sich. »Es wird spät.«

»Bei mir wahrscheinlich auch.«

Er unterbrach die Verbindung und steckte das Handy ein. Keine Minute später waren sie am Hafen angelangt. Olivia hatte ein gleichmütiges Gesicht aufgesetzt, aber er meinte, sie inzwischen besser zu kennen. Sie hatte Angst.

Schwedtner wartete an einem Vierertisch am Fenster und begrüßte beide Ermittler mit Handschlag. Er schlug vor, zunächst eine Kleinigkeit zu essen, und winkte dem Kellner. Als ihre Getränke serviert worden waren, blieb es einen Moment still am Tisch, dann ergriff Jan die Initiative. »Danke, dass Sie sich gleich die Zeit genommen haben, Doktor Schwedtner.«

»Lassen Sie bitte den Titel weg, Riechter - worum geht es?« Der Staatsanwalt bezog Olivia mit einem Seitenblick ein.

»Ich möchte, dass wir die Ermittlungen im Fall der beiden toten Boxer einstellen.«

Schwedtner ließ sich in die Lehne zurückfallen. »Sie haben sicherlich eine gute Begründung für eine Maßnahme, die normalerweise ich zu treffen habe.«

»Und ob.« Jan nickte. »Wir haben Anlass zu der Vermutung, dass es zwischen den beiden Stralsunder Fällen und einem toten Boxer in Schwerin vor ungefähr fünf Jahren einen Zusammenhang gibt«, begann er mit herabgesenkter Stimme zu berichten. »Einen direkten Zusammenhang, der höchst beunruhigende Hintergrundaspekte aufweist. Kollegin Durant«, er warf Olivia einen Seitenblick zu, »recherchierte damals wochenlang unter Hochdruck, unterstützt von einem verdeckten Ermittler. Der Fall wurde genau in dem Augenblick eingestellt, als endlich Erkenntnisse vorlagen.«

Schwedtner setzte sich wieder gerade auf und fasste zunächst Jan, dann Olivia ins Auge. »Was ist passiert?«

»Es sah ganz danach aus, als seien höchste Kreise in den Fall verstrickt …«

»Hauptkommissarin Durant?«, unterbrach Schwedtner Jan. »Um welchen Verdacht geht es hier? Sprechen Sie es bitte ganz offen aus – darum sind wir hier, oder?«

Olivia verzog keine Miene. »Der Oberstaatsanwalt hängt mit drin – es geht um illegale Kämpfe und Wetten, es geht um Fights, bei denen Männer an ihren Verletzungen sterben, und es geht darum, eine hartnäckige Ermittlerin zu verfolgen, zu mobben und ins Abseits zu stellen – und das seit Jahren. Ohne die Unterstützung und Zuverlässigkeit des Kollegen Riechter säße ich nicht hier, weil ich mir eigentlich vorgenommen hatte, niemandem mehr zu vertrauen. Sie kennen ja den Spruch: eine Krähe und so weiter.«

Schwedtner lehnte sich zurück, als das Essen serviert wurde. Jan nahm sein Besteck und ließ ihn nicht aus den Augen. Er hatte den Eindruck, dass er betroffen war. Einen Augenblick blieb es still. Olivia stocherte lustlos im Essen herum. Der schöne Fisch, dachte Jan.

»Beweise?«, fragte der Staatsanwalt schließlich.

»Es gibt Aufnahmen – Video- und Fotomaterial, das bei einem Kampf zwischen Felix Mocker und Piet Schubert entstanden ist. Dieser Fight führte mit allergrößter Wahrscheinlichkeit zu Mockers Tod. Die Qualität ist nicht besonders gut und lediglich bruchstückhaft, aber der Staatsanwalt, der unten am Ring sitzt und das Geschehen gebannt verfolgt, ist ganz gut zu erkennen, andere Gesichter könnte man wahrscheinlich mit moderner Identifizierungstechnik zuordnen, wenn man sich die Mühe machte.«

»Woher stammt das Material?«

»Von zwei jungen Männern, die meinem V-Mann vertrauten. Beide leben übrigens nicht mehr. Sie starben einige Monate später bei einem Autounfall, der meiner Ansicht nach keineswegs allein aufgrund der widrigen Straßenverhältnisse zustande gekommen ist.« Olivia fasste die Ausgangssituation und die daraus folgenden Ermittlungen sachlich und mit wachsender Sicherheit zusammen. Sie bemühte sich, nicht zu werten, auch nicht, als es in der Folge um die Schikanen gegen ihre Person ging.

Jan ergänzte den Bericht anschließend um die aktuellen Recherchen und Erkenntnisse zu Piet Schubert und die Verquickung mit dem Rügen-Fall; dabei vergaß er auch nicht, die Nachfragen der Schweriner bezüglich Olivias Ermittlungsaufgaben sowie der Schnüffelei nach ihrer Handynummer zu erwähnen.

Als die beiden ihre Ausführungen beendet hatten, sagte Schwedtner zunächst gar nichts; er bestellte ein Glas Wein, als der Kellner das Geschirr abräumte. Jan und Olivia wählten Espresso.

»Sie möchten, dass ich einstelle, damit Sie unbemerkt und vor allen Dingen unbehelligt weiter ermitteln können«, erklärte er schließlich. »Das kann ich gut nachvollziehen, aber ganz so einfach ist das nicht, wie es Sie kaum überraschen dürfte.«

»Es ist nie einfach«, meinte Jan.

Schwedtner hob eine Braue. »Ich möchte das Material sehen.«

Olivia nickte.

»Wenn es mich überzeugt, schalte ich umgehend die Interne ein. Ich habe einen guten Draht zu denen.«

Jan scharrte mit den Füßen. »Klingt nicht schlecht, aber das dauert alles viel zu lange …«

»Das geht ganz schnell, Kommissar Riechter.«

»Aber …«

»Kein Aber, Riechter! Wenn wir nicht gründlich und sauber arbeiten und uns professionell absichern, sind Ihre hochbrisanten Erkenntnisse nichts wert!«, beharrte Schwedtner energisch. »Und mit Ihren Schlussfolgerungen können Sie dann schon mal gar nichts anfangen. Der Verdacht gegen einen Oberstaatsanwalt will gut belegt sein, sonst lacht der Mann uns aus. Wenn die Interne mitmacht, haben wir Rückendeckung, und die schicken zudem ihre eigenen Leute los.«

»Und wenn die Interne nicht mitmacht?«, fragte Olivia. »Wenn sie zögern, weil die Sache nur zu achtundneunzig Prozent überzeugend scheint?«

»Dann müssen wir wohl zwei Prozent nachliefern.«

Olivia lächelte, und zwar zum ersten Mal seit sie das Restaurant betreten hatten.

Ein gutes Zeichen, dachte Jan. »Was heißt bei Ihnen ganz schnell?«, schob er nach und zuckte mit keiner Wimper, als Schwedtner ihm einen scharfen Blick zuwarf.

»Ich sehe mir das Material an, sobald es mir vorliegt, und nehme Kontakt zur Internen auf, wenn es so brisant ist, wie es gerade angeklungen ist. Ist das schnell genug?«

Olivia nickte. »Sie erhalten von mir das Passwort für einen Online-Speicher. Es ist eine Stunde gültig.«

»Gut.« Schwedtner blickte in die Runde. »Danke für Ihr Vertrauen, und die Rechnung geht auf mich.«

Der Mann hat Stil, dachte Jan, und zwar in jeder Hinsicht. Wenn wir doch nur solche Leute hätten.

Romy hatte die Kollegen nach Hause geschickt, nachdem sie gemeinsam noch einmal zwei Stunden über den Akten gebrütet und den Fall, genauer gesagt, die Fälle von rechts nach links und zurück gewendet hatten. Kasper wollte am nächsten Tag erneut Angehörige und Freunde abklappern, während Max weiter nach Auffälligkeiten suchen würde. Sie hatte sich kurzerhand entschlossen, mit dem Roller nach Wiek hochzufahren, über Glowe, entlang der Schaabe, wo es so wundervoll nach Fichten und Salz roch.

Niemand musste ihr sagen, dass ihr Ausflug nicht das Geringste mit der Absicht zu tun hatte, während einer ausgedehnten Spritztour einen anstrengenden Tag ausklingen zu lassen und abendliche Rügenluft zu schnuppern. Sie wollte Ohlhof nahe sein, ihm nachspüren, sich einsam grübelnd und spekulierend mit ihm befassen und vielleicht aus sicherer Distanz einen Blick auf ihn werfen, in der Hoffnung, mehr Klarheit darüber zu gewinnen, wie der Mann tickte, wo sein Schwachpunkt war, ob es Bruchstellen gab, an denen man nur noch ein wenig rütteln musste, um das ganze Gerüst zum Einsturz zu bringen. Das klang albern, verschroben, abgefahren, aber genau so fühlte es sich an.

Romy war davon überzeugt, dass er ein Mörder war, der seine Vorhaben jahrelang haarklein geplant und durchgezogen hatte und auf dem üblichen Weg nicht zu überführen sein würde. Beweise, Spuren, welcher Art auch immer – Fehlanzeige; Zeugen – gab es nicht; Reue – nein.

Fest stand, dass er aus dem Tritt geraten war. Der Besuch bei Ninas Bruder entsprach nicht seiner üblichen Vorgehensweise – verdeckt, heimlich, unauffällig bleiben –, und er würde die Entscheidung, aktiv eingegriffen zu haben, sehr wahrscheinlich bitter bereuen, sobald ihm klar wurde, was er damit ausgelöst hatte.

Was genau war damals geschehen? Warum war das

Video gelöscht worden? Das war kein Zufall. Warum war es sonst nirgendwo aufgetaucht? Hatte er sich Zutritt zu den Wohnungen verschafft und die Dateien jeweils selbst gelöscht beziehungsweise überprüft, ob sie noch existierten? Gar nicht mal so unwahrscheinlich - und dabei war ihm Ninas alter Rechner durch die Lappen gegangen. Fakt blieb dennoch, dass die vier den Film nicht verbreitet hatten, und Romy fiel es schwer, daran zu glauben, sie hätten die Aktion bereut. Das passte auch nicht zu der SMS auf dem Handy von Schmizz. Andererseits war die Nachricht nur bruchstückhaft erhalten gewesen. Fakt war hingegen, dass die alte Geschichte erst jetzt hochkochte - im Zusammenhang mit den Mordermittlungen. Die Todesfälle der anderen hatten keine polizeilichen Nachforschungen ausgelöst … Das war Ohlhof sehr wahrscheinlich klar gewesen.

Romy drosselte das Tempo und fuhr die beschauliche Straße, in der Ohlhof wohnte, langsam hinunter. In einigen Gärten wurde bereits gegrillt. Sommerliche Wärme war noch eine ferne Sehnsucht, aber am Bodden war es wesentlich milder als an der See. Bei Ohlhof brannte Licht, die Vorhänge waren jedoch zugezogen, unter dem Carport stand sein Wagen. Romy blieb in einiger Entfernung stehen und stellte den Motor ab. Er war in Merle verliebt gewesen. Sie hatten ihn ausgelacht und sein Geheimnis gelüftet, ihn gedemütigt. Das beschämende Video verschwand wieder, wodurch auch immer ausgelöst, und Jahre später starben alle, die gesehen hatten, wie ein verliebter Schüler leidenschaftlich und voller Hingabe mit einer Puppe schlief, deren Gesicht eindeutig die Züge von Merle trug … Romy stutzte. War das das tragende Motiv für ihn? Trug ihn weniger das Streben nach Rache als der zwanghafte Wille, alle Zeugen zu beseitigen?

Romy wendete und setzte den Helm wieder auf. Im

nächsten Augenblick klackte eine Tür, und sie schob den Roller ein Stück weiter, so dass er von einem VW-Bus verdeckt wurde. Ohlhof trat auf die Terrasse und starrte in die Dunkelheit. Romy rührte sich nicht. Was geht in dir vor?

17

Schwedtner war entsetzt. Er hatte nicht daran gezweifelt, dass die Sache ernst war, denn Riechter trug trotz seiner manchmal überstürzt und spontan wirkenden Handlungsweisen und seiner hitzigen Art selten dick auf, wenn es darum ging, eine Situation zu analysieren und Gefahrenpotenzial zu erkennen. Olivia Durant kannte er zwar noch nicht lange genug, um ihre Fähigkeiten und Glaubwürdigkeit einschätzen zu können, doch wenn Riechter ihr vertraute, konnte man sich getrost darauf verlassen.

Die Verdachtsmomente wogen tonnenschwer. Die Ermittlerin hatte in ein Wespennest gestochen und sich zunächst nicht irritieren lassen. Aber der Preis dafür war hoch gewesen.

Eine schöne Frau, dachte Schwedtner, als er am späten Abend das Material auf einem Stick speicherte und sich eine Pfeife anzündete – sie war zutiefst verletzt und voller Angst. Mit Recht. Unter der Last derartiger Anfechtungen, ausgeübt vor dem Hintergrund eines offenbar weitverzweigten Netzes, das mafiöse Strukturen aufwies, brachen andere komplett zusammen – Olivia Durant hatte weitergemacht, war in ihrem Job geblieben, irgendwie. Das war bewundernswert.

Schwedtner sah sich das Video zum dritten Mal an. Natürlich war das Barth, Henrik Barth – als erfolgreich, ehrgeizig, mutig beschrieben –, der dem Kampf mit gierigen Augen folgte, und selbstverständlich hatte er seinen Apparat und Einfluss genutzt, um die Ermittlungen zu behindern und einzustellen und Kollegin Durant das Leben zur Hölle zu machen.

Schwedtner ließ sich noch fünf Minuten Zeit, bevor er die Nummer von Gerit Schlegel heraussuchte. Die fünfundfünfzigjährige Beamtin hatte eine Karriere beim BKA ausgeschlagen und sich für die Interne entschieden, wo sie seit über zehn Jahren höchst erfolgreich tätig war. Interne Ermittler standen auf der Beliebheitsskala sehr weit unten – kaum ein Kollege freute sich, wenn Gerit anrückte und in lakonischem Ton Akteneinsicht forderte und Vernehmungen anberaumte. Sie war ohne Zweifel eine äußerst geschickte Ermittlerin, gesegnet mit einem messerscharfen Verstand und einer gehörigen Portion schmutziger Fantasie, wie sie selbst gerne betonte. Ihre eigentliche Stärke lag jedoch nach Schwedtners Ansicht zum einen in ihrer Persönlichkeit begründet: Sie war unverfroren und ließ sich von keinem noch so schön klingenden Titel beeindrucken. Zum anderen nutzte sie gnadenlos den Vorteil aus, den ihre skurrile Erscheinung mit sich brachte.

Wer zum ersten Mal mit Gerit Schlegel zu tun hatte, nahm sie schlicht und ergreifend nicht ernst. Die Frau war nichts weniger als taff, sondern wirkte auf den ersten Blick wie eine biedere Hausfrau aus den späten Sechzigern. Sie trug Kostüme, die in alten Edgar-Wallace-Filmen bewundert werden konnten, sowie eine dazu passende Frisur und löste bei Verdächtigen in aller Regel zunächst nichts als heitere Gelassenheit aus. Die meisten lehnten sich entspannt zurück und hätten eine Wette darauf abgeschlossen, dass Gerit ihnen niemals auf die Schliche kommen würde. Schwedtner erinnerte sich an einen Beamten, der für einen Drogenhändlerring gearbeitet hatte und fast vom Stuhl gefallen wäre, als Anklage gegen ihn erhoben wurde. Er war fest davon überzeugt gewesen, dass Gerit nicht mal wusste, wie man Ecstasy schrieb – so wurde der Mann zitiert, der immer noch hinter Gittern saß, soweit Schwedtner wusste.

Es war kein Problem, Gerit am späten Abend zu kontaktieren. Sie war alleinstehend, und ihr berufliches Engagement endete keineswegs um siebzehn Uhr. In der Regel ging sie, falls sie keine Akten mehr wälzte, ihrer Lieblingsbeschäftigung nach und guckte amerikanische Serien. Wenn ihn nicht alles täuschte, arbeitete sie sich seit einiger Zeit mit großem Eifer durch die aktuelle Staffel von »Walking Dead«.

Sie meldete sich nach dem zweiten Klingeln. »Was gibt's, Harald?«

»Viel Arbeit. Können wir uns treffen?«

»Reicht es dir, wenn ich morgen vorbeikomme?«

»Ja.«

»Schön – dann bis morgen, so gegen neun, wenn ich es schaffe … Entschuldige, dass ich dich abwürge, aber es ist gerade verdammt spannend.«

»Schon okay, viel Spaß noch.« Schwedtner lächelte und legte auf.

Die Teambesprechung war erst für den Vormittag festgelegt worden. Kasper war direkt von zu Hause aus zu Befragungen aufgebrochen, während Max sich in seinem Büro verkroch und Romy erneut nach Wiek hochfuhr. Wie sie es nicht anders erwartet hatte, war Ohlhof in seinem Haus. Sie besorgte sich in einem Hafenbistro einen Kaffee und wartete. Nach ungefähr einer Stunde trat er in Bikerklamotten aus der Tür und schwang sich aufs Fahrrad. Romy parkte ihren Roller in einer Nebenstraße und schlenderte zum Haus zurück. Ihr Puls war leicht erhöht. Denk nicht mal im Traum daran, beschwor sie sich selbst. Aber ich könnte einen Blick ins Wohnzimmer erhaschen oder durchs Küchenfenster spähen … Sie zuckte zusammen, als ihr Handy klingelte – Max. Sie atmete tief durch und stellte sich hinter die Litfaßsäule auf der gegenüberliegenden Straßenseite.

»Doktor Möller hat sich gerade gemeldet.«

»Aha.«

»Kalium.«

Romy schüttelte den Kopf. »Ich stehe gerade auf dem Schlauch, Max. Worum genau geht es?«

»Um eine schnell wirkende Substanz. Kasper meinte, ihr hättet darüber gesprochen, mal beim Doktor nachzufragen ...«

Romy schlug sich vor die Stirn. »Ach ja, richtig. Und was meint er genau?«

»Eine Überdosis Kalium hätte Sonja Greif relativ zügig ausgeknockt, zumal sie mit Nierenproblemen zu tun hatte und ihr Kreislauf instabil war. Da eine Überdosierung schon wenige Stunden nach dem Tod nicht mehr nachweisbar ist ...«

Romy erinnerte sich an Kaspers Bericht nach seiner Unterredung mit der behandelnden Ärztin. Die Leiche von Sonja Greif war gründlich untersucht worden, auch von einem Pathologen – aber eben erst geraume Zeit später und schon mal gar nicht unter dem Verdacht, dass die junge Frau ermordet worden sein könnte. Das Krankenhaus und die Ärzte hatten sich absichern wollen – verständlicherweise.

»Sie lag in einem Einzelzimmer«, fuhr Max fort.

Vielleicht hatte er sich als Arzt getarnt, überlegte Romy weiter. Klang das zu abenteuerlich? Ja, und dennoch ... »Hast du noch mehr?«

»Ja. Kasper hat gerade mit der Großmutter von Sonja gesprochen, die während der ersten Befragungsrunden im Krankenhaus war. Sie erwähnte etwas sehr Interessantes. Das Mädchen habe wertvollen Schmuck besessen, wie sich erst nach ihrem Tod herausstellte. Niemand konnte sich erklären, woher er stammte, und sie habe ihn nie getragen.«

Romy hob die Brauen. »Das ist in der Tat aufschlussreich. Gibt es den Schmuck noch?«

»Kasper kümmert sich darum und fragt auch bei den anderen Eltern nach ungewöhnlichen Besitztümern.«

Wenig später beendete Romy das Telefonat. Sie behielt die Straße im Auge und wechselte schließlich auf die andere Seite. Der Zaun war nicht besonders hoch, sie überwand ihn mit einem Sprung und lief geduckt am Haus entlang. Ihr Herz schlug heftig gegen die Rippen. Es gab keine Entschuldigung für ihr eigenmächtiges Handeln. Sollte sie erwischt werden, musste sie die Konsequenzen tragen.

Die Fenster waren gut gesichert; Jalousien und Vorhänge verdeckten die Sicht. Romy schlich auf die Rückseite. Das Haus war noch größer, als sie geschätzt hatte. Die Fenster waren nicht nur isolierverglast, sondern mit Schlössern versehen; selbst das Badezimmerfenster gab um keinen Millimeter nach. Hier bricht keiner so schnell ein, dachte Romy. Sie beendete ihren Rundgang und schwang sich wieder über den Zaun.

Kasper meldete sich, als sie Lietzow gerade hinter sich ließ. Sie fuhr rechts ran. »Und? Noch mehr Schätze, die sich niemand so recht erklären kann?«

»Tja, die Jungs sind in der Tat kurz nach dem Abi zu Geld gekommen. Die Eltern dachten, sie hätten gejobbt. Genaues weiß aber keiner mehr.«

»Gut – und Nina? Hast du mit ihrem Bruder gesprochen?«

»Ja – der meint, dass seine Schwester im Sommer nach dem Abi den Führerschein gemacht hat, und der war nicht billig, bei Merle war es ganz ähnlich.«

»Und weiter? Hat Ohlhof sich noch mal bei ihm gemeldet?«

»Hat er – wollte sich für den Stick bedanken«, erklärte Kasper.

»Und das war es?«

»Ja. Bisdorf konnte nichts Ungewöhnliches feststellen, keine drängenden Fragen oder dergleichen. Ohlhof klang entspannt und freundlich.«

»Na schön. Wir sehen uns gleich im Kommissariat.«

»Wo treibst du dich eigentlich herum, wenn ich mal fragen darf?«

»Darfst du - ich bleibe Ohlhof ein bisschen auf den Fersen.«

»Sei vorsichtig.«

»Immer.«

Ohlhof stammte aus gut situierten Verhältnissen - die anderen aus der Clique hatten zwar auch nicht gerade am Hungertuch genagt, aber sehr wahrscheinlich dürfte Ohlhof über das meiste Geld verfügt haben, überlegte Romy, während sie weiterfuhr. Sie haben ihn erpresst, nachdem sie sich köstlich amüsiert hatten. Wir löschen das Video und verteilen es nicht in der Schule, wenn du dich erkenntlich zeigst. Romy atmete tief durch. Was für eine widerliche Saubande - falls die Theorie stimmte.

Christoph verließ die Baustelle am frühen Mittag. Die Arbeiten liefen nach Plan, der Kunde würde sein Haus - ein kleines Schmuckstück direkt am Kniepower- und Katharinensee, einige Kilometer nördlich von Garz, in unmittelbarer Nähe des Golfclubs - pünktlich beziehen können. Der Auftrag war durch Leistners Fürsprache zustande gekommen; Christoph erinnerte sich voller Vergnügen an das verblüffte Gesicht seines Vaters, als er ihm die schriftliche Bestätigung unter die Nase gehalten hatte. Der Kunde ließ sich eine edle Treppe mitten ins Wohnzimmer stellen, der Fußboden musste entsprechend angeglichen werden, ebenso Fenster und Türen. Da kam richtig was zusammen.

Die Dinge entwickelten sich prächtig. Er lächelte zufrieden und machte sich auf den Weg nach Stralsund, wo er mit Louis im Boxclub an der Greifswalder Chaussee verabredet war. Das Studio befand sich im Souterrain einer ehemaligen Textilfabrik – der Eigentümer des Areals wechselte seit Jahren in regelmäßigen Abständen, und das Gebäude verfiel zunehmend. Christoph fuhr auf den Hinterhof und hatte die freie Parkplatzwahl. Tagsüber war selten viel los, die meisten Boxer trainierten in den Abendstunden. Christoph nahm die halbe Treppe nach unten mit großen Schritten. Die Tür stand auf. Pfeifend lief er zum Umkleideraum, wo Louis bereits auf ihn wartete. Christoph grinste. »He, du bist ja pünktlich.«

Louis blickte auf. Seine Miene war düster.

»Alles in Ordnung?« Christoph stellte seine Tasche ab und öffnete den Spind.

»Wie man es nimmt.«

»Was ist los?« Christoph fixierte Louis. »Ärger?«

»Könnte man so sagen …«

Hinter Christoph schwang die Tür auf, und drei Männer schoben sich in den Raum. Er wandte den Kopf – ein schlanker junger Typ im Anzug sowie zwei groß gewachsene kraftstrotzende Gestalten, einer war häufiger in Brandts Club, soweit Christoph sich erinnerte, die beiden anderen Gesichter sagten ihm nichts. Der Mann im Anzug blieb an der Tür stehen, die Kraftprotze traten näher.

Christoph meinte, die Gefahr, die von ihnen ausging, förmlich riechen zu können. »Was ist los, Männer?« Er gab sich Mühe, seine Stimme ruhig und sachlich klingen zu lassen.

Der größere der beiden, ein Rotschopf mit boxertypisch breiter Nase, machte zwei weitere Schritte auf ihn zu und hielt seinen Blick fest. »Wir müssen was mit dir klären.«

Christoph sah kurz zu Louis hinüber, aber der starrte an ihm vorbei. »Okay. Worum geht es?« Sollte das ein Test sein? Etwas in der Art, ob er überhaupt mutig genug war, einen richtigen Fight anzunehmen? Wollten sie wissen, ob er sich schnell einschüchtern und beirren ließ oder im richtigen Timing blieb und unbeeindruckt zurückzuschlagen imstande war?

Der Anzugtyp fasste in die Innentasche seines Sakkos und zog ein Foto heraus. Er stieß sich von der Tür ab, kam näher und hielt Christoph die Aufnahme unter die Nase. Sein Eau de Toilette roch teuer. »Schon mal gesehen?«

Christoph erstarrte augenblicklich. Jakob.

»Wir verstehen dich so schlecht. Was hast du gesagt, wer das ist?«, ergriff der dritte Mann das Wort – er trug ein Basecap, auf seinem Shirt prangte das Motiv eines Hais mit weit aufgerissenem Maul.

»Wir sind zusammen zur Schule gegangen«, entgegnete Christoph schließlich leise. Was hast du angestellt, du Arsch? Warum habe ich mir überhaupt die Mühe gemacht, mit dir zu reden?

»Das ist aber schon eine Weile her, oder?« Anzugmann setzte eine gespielt grüblerische Miene auf. »Oder seid ihr beide häufiger sitzen geblieben?«

Hai und Rotschopf grinsten.

»Sind wir nicht – ich wollte sagen, dass wir uns seit der Schulzeit kennen.«

»Aha. Und wie gut kennt ihr euch heute noch?«

Christoph warf einen Blick in die Runde. »Ihr macht es sehr spannend. Worauf wollt ihr eigentlich hinaus?«

Anzugmann nickte. »Du lässt dich nicht so schnell einschüchtern, das ist gut, das schätzen wir, nur nützt dir das in diesem Fall herzlich wenig. Dieser Typ hier … Wie war gleich noch sein Name?«

»Jakob.«

»Jakob, ein schöner Name, kennt man aus der Bibel, oder?«

»Ich bin nicht sonderlich bibelfest – Auge um Auge, Zahn um Zahn, danach hört es bei mir schon auf.«

»Interessant, aber wie dem auch sei: Jakob hat gestern höchstpersönlich eine Postsendung in Feldkamps Firmenbriefkasten eingeworfen. Eine Kamera der Videoüberwachung hat ihn erfasst. Damit hatte er wohl nicht gerechnet, unter anderem, vermute ich mal.«

Christoph erbleichte. Was für ein hirnloser Vollidiot!

»In dem Umschlag befand sich eine Zeitschrift, die sich mit nichts anderem als dem Boxsport beschäftigt. Das ist schon merkwürdig, oder?« Anzugmann schnalzte leise, während Christoph spürte, wie ihm das Blut gefror.

»Um nun zu den entscheidenden Fragen zu kommen, deren Antworten uns wirklich sehr interessieren: Aufgrund welcher Informationen könnte Jakob geschlussfolgert haben, dass sich Herr Feldkamp für das Boxen interessiert? Und, fast noch wichtiger, was bezweckt er mit dieser Aktion? Plant er vielleicht weitere Wurfsendungen?«

Genau das, dachte Christoph entsetzt.

»Nun?«

Hai und Rotschopf beäugten ihn. Es hat überhaupt keinen Sinn, denen irgendeine Lüge aufzutischen, überlegte Christoph. Sie haben in Nullkommanichts registriert, wer der Postzusteller war, und Louis hat Jakob auf dem Foto wiedererkannt. Der Zusammenhang lag auf der Hand. Sie würden Jakob fertigmachen und ihn auch, so viel stand fest.

»Die Tatsache, dass wir dich hier so freundlich befragen, hast du übrigens ausschließlich deinem Talent als Tischler zu verdanken«, fuhr Anzugmann im Plauderton fort. »Mein Chef meint, dass wir dich zunächst anhören sollten. Das tun wir – also, was hast du zu sagen?«

Christoph atmete tief aus. »Jakob hat zufällig ein Gespräch oder Teile davon zwischen Louis und mir mitbekommen – das war Ende letzter Woche, nachts vor der

Bar. Wir haben uns über die angespannte Situation unter den Boxern unterhalten.«

Anzugmann und Louis tauschten einen Blick.

»Er hat sich was zusammengereimt«, fügte Christoph hinzu.

»Hat er dich auf das Thema angesprochen?«

»Ja.«

»Interessant. Wie genau hat er sich geäußert?«

Christoph brach plötzlich der Schweiß aus.

»Nun?«

»Er hat den Namen Feldkamp aufgegriffen und …« Christoph verstummte abrupt.

Anzugmann lächelte. »Hör zu, Christoph – du hast keine Wahl, als die Karten auf den Tisch zu legen. Das muss dir klar sein. Wir kriegen sowieso raus, was da abgelaufen ist. Die Frage ist nur noch, wo du stehst. Kapiert?«

Christoph rieb sich über die Stirn. »Ja, kapiert. Ich hatte den Eindruck, dass er Feldkamp ein bisschen provozieren wollte, und ich habe ihm dringend davon abgeraten.«

»Hat wohl nicht funktioniert«, kommentierte Rotschopf.

»Nein, hat es nicht.«

»Vielleicht habt ihr ja gemeinsame Sache gemacht.«

»Haben wir nicht.«

»Warum sollten wir dir glauben?«, fragte Hai.

»Weil ich nicht das geringste Interesse habe, mich mit Feldkamp anzulegen«, versicherte Christoph. »Ich bin neu in eurer Runde, und ich möchte dabeibleiben. Warum sollte ich mir diese Chance mit so einer Bullshit-Nummer verderben?«

Anzugmann verschränkte die Arme vor der Brust. »Das klingt gar nicht mal schlecht.« Erneut suchte er Louis' Blick. »Für mich durchaus überzeugend, aber ganz so einfach ist das natürlich nicht. Es wurden Namen genannt, ein Außenstehender hat seine ganz speziellen Schlussfolgerungen gezogen und zieht plötzlich sein eigenes Spiel auf, ein sehr freches Spiel. Du wirst verstehen, dass unser Vertrauen erschüttert ist.«

»Nun …«

»Wer weiß, wen Jakob seinerseits noch ins Vertrauen gezogen hat und was ihm als Nächstes vorschwebt. Erpressung womöglich.«

»Er hat ansonsten mit niemandem über das Thema gesprochen«, entgegnete Christoph eilig.

»Woher willst du das wissen?«

»Wir kennen uns lange genug. Außerdem hat er kaum Freunde, mit denen er sich über so ein Thema austauschen könnte.«

»Womit verdient er sein Geld?«

»Er ist Callboy.«

Hai und Rotschopf grinsten hämisch.

»Interessant«, meinte Anzugmann. »Dann lernt er allerdings genug Leute kennen, vorzugsweise Frauen, oder ist er da nicht so wählerisch …«

»Er hat mit niemandem darüber gesprochen außer mit mir«, wiederholte Christoph ruhig.

Anzugmann schüttelte den Kopf. »Das sagtest du bereits, aber egal, wie oft du das wiederholst: Deine Beteuerung genügt uns nicht. Wir müssen reagieren. Du hast ihm dringend davon abgeraten, Feldkamp herauszufordern. Diesen ganz hervorragenden Tipp hat er sich aber offensichtlich nicht zu Herzen genommen – warum? Vielleicht liegst du mit deiner Einschätzung falsch und weißt nicht viel von deinem alten Kumpel … Um es auf den Punkt zu bringen: Wir müssen genau wissen, was in ihm vorgeht und wer noch Wind von der Sache bekommen hat – das ist das eine.«

»Und was ist das andere?«

Anzugmann neigte den Kopf seitlich. »Du kannst uns

von deiner Loyalität überzeugen, indem du dafür sorgst, dass der Typ sich nie wieder in Sachen einmischt, die ihn nichts angehen. Und ›nie wieder‹ darfst du wörtlich nehmen.«

Christoph sah ihn ruhig an.

»Ist die Botschaft angekommen?«

»Ich glaube schon.«

»Du hast bis Ende der Woche Zeit.«

»Ich verstehe.«

»Prima. Melde dich, sobald du erfolgreich warst. Und noch was: Mein Chef lässt Grüße für deinen Vater ausrichten. Geht es dem Betrieb inzwischen besser?«

Christoph presste die Kiefer aufeinander. Die Botschaft war angekommen.

18

Ohlhof war ein gefragter Übersetzer naturwissenschaftlicher Bücher, Abhandlungen und Fachartikel, insbesondere medizinischer und medizintechnischer Themen. Max war bei seiner Recherche auf interessante Arbeiten zu internistischen Aspekten gestoßen, die die Vermutung nahelegten, dass Ohlhof sein Fachwissen genutzt haben könnte, um Sonja zu töten, ohne dabei den geringsten Verdacht zu erregen. Doch sosehr sich die einzelnen Puzzleteile inzwischen zu einem überschaubaren Bild zusammenfügten – als Beweise taugten sie nicht, allenfalls als Eckpfeiler einer Theorie. Und so interessant die auch klingen mochte – Romy war klar, dass sie damit nach wie vor keinen Durchsuchungsbeschluss bekommen würden.

Ohlhofs Alibi für die Tatnacht, in der Merle ermordet wurde, war nicht grandios, aber umgekehrt ließ sich an keiner Stelle eindeutig beweisen, dass er sich in der Nähe des Leuchtturms aufgehalten hatte. Und da das Puppenvideo uralt war, würde der Staatsanwalt vor voreiligen Schlussfolgerungen warnen – so ungefähr drückte Jan es aus, als sie am frühen Nachmittag telefonierten. Seine Stimme klang abwesend, auch wenn er sich Mühe gab, seine Unkonzentriertheit zu verbergen. Der Boxerfall hatte ihn fast völlig in Beschlag genommen.

»Ich weiß, dass das alles ziemlich wackelig ist – jedenfalls nach Ansicht von Staatsanwalt Schwedtner«, gab Romy zu. »Wir kriegen ihn nur, indem wir ihn überraschen.«

»Etwas in der Art hast du kürzlich schon erwähnt. Worauf willst du hinaus?«

»Nach Ohlhofs Kenntnisstand lebt niemand mehr, der

das Video gesehen hat, was nach meiner Einschätzung durchaus in seiner Absicht gelegen haben könnte«, umschrieb Romy den Sachverhalt betont umständlich.

»Und?«

»Es könnte jemand an ihn herantreten, der seine schöne Gewissheit zunichtemacht.«

»Darauf fällt der Mann nicht herein, und selbst wenn …«

»Milan, der Azubi, könnte ihn quasi überführen. Er hat ihn bei seinen nächtlichen Schleichtouren wenige Tage vor Ninas Tod gesehen, er hat ihn wiedererkannt, als er ihren Bruder besuchte, er hat das Video entdeckt und eins und eins zusammengezählt. Ohlhof ahnt nicht das Geringste davon.«

»Habe ich das gerade richtig verstanden – du willst den Jungen als Köder benutzen?« Jans Stimme klang scharf.

»Nur seine Rolle, die ich weiterspielen werde.«

»Romy!«

»Warum denn nicht? Der Knabe verlangt Geld – darauf muss und wird Ohlhof reagieren. Er hat sehr wahrscheinlich schon einmal in genau dieser Situation gesteckt. Wir werden ihm eine Falle stellen und zugreifen.«

»Selbst wenn Ohlhof darauf hereinfällt – damit beweist du lediglich, dass er die Verbreitung des Videos mit allen möglichen Mitteln verhindern will, aber keineswegs die Morde.«

»Die Aktion wird ihn erschüttern.«

»Aha, und zwar so, dass er gesteht?«

»Das halte ich zumindest für wahrscheinlich.«

»Ich nicht«, hielt Jan dagegen.

»Er wird entscheidende Fehler machen.«

»Hast du schon mal in Erwägung gezogen, dass er tatsächlich komplett durchdrehen und keinen anderen Ausweg mehr sehen könnte, als einen weiteren Mord zu verüben?«

Romy zögerte einen winzigen Moment. »Jan – ich denke an eine gut gesicherte Aktion, bei der das Risiko minimal gehalten wird.«

»Ich will aber nicht, dass du das machst!«

»Wer denn sonst? Fine? Oder gar Max? Gib es zu, das wäre gefährlich. Und Kasper kommt auch nicht infrage. Deine Leute sind rund um die Uhr beschäftigt. Da ist im Moment niemand so abkömmlich, dass er sich zeitnah und angemessen mit dem Fall beschäftigen und eine solche Aktion mit vorbereiten könnte.« Romy hörte, dass Jan tief ausatmete. »Wir könnten hier im Team einen detaillierten Plan entwickeln und bräuchten dann lediglich für den Zugriff ein paar Leute«, fuhr sie eifrig fort.

»Wir reden in aller Ruhe darüber.«

»Wann?«

»So schnell wie möglich.«

»Okay.«

»In der Zwischenzeit hältst du bitte die Füße still.«

»Mach ich.« Romy verdrehte die Augen. Vielleicht, vielleicht auch nicht.

Als sie aufgelegt hatte, tauchte Kasper in der Tür auf und lehnte sich an den Rahmen. »Wofür komme ich nicht infrage?«

»Dich als Azubi Milan auszugeben.«

»Na schön – da gebe ich dir recht.«

Romy blickte auf die Uhr und hob mit einer entschlossenen Bewegung das Kinn. »Kannst du den Knaben von der Arbeit abholen, und zwar möglichst unauffällig? Muss niemand mitkriegen, dass er mit der Polizei zu tun hat, Bisdorf auch nicht.«

Kasper runzelte die Stirn. »Was genau hast du vor?«

»Milan wird Ohlhof erpressen.«

»Aha. Na, wenn es weiter nichts ist …«

Gerit Schlegel hatte sich das Material nach Schwedtners zusammenfassender Einführung minutenlang schweigend angesehen. Danach bat sie ihn um die Herausgabe aller Akten und Dokumente, die die Todesfälle im Boxermilieu betrafen, und zog sich mit dem Stapel in ein leer stehendes Büro zurück. Als sie Stunden später wieder auftauchte, wusste Schwedtner beim ersten Blick in ihr Gesicht, dass sie in die Schlacht ziehen würden. Gerit veranlasste, dass die Fälle der offiziellen Ermittlung entzogen wurden, und setzte kurzfristig eine Besprechung unter Beteiligung von Olivia Durant und Jan Riechter an. »Wenn es dir recht ist …«

Das war mehr eine rhetorische Frage, die der Höflichkeit diente. »Natürlich«, versicherte Schwedtner. »Den beiden haben wir die Aufarbeitung zu verdanken.«

»Das sehe ich auch so. Ich vertrete mir kurz die Beine und gehe eine Kleinigkeit essen.« Gerit verließ das Büro mit eiligen Schritten.

Als sie eine Stunde später das kleine Sitzungszimmer betrat, wirkte sie munter und erholt wie nach einem sonnigen Wochenende auf Rügen. Vielleicht liegt darin das Geheimnis ihrer unglaublichen Effizienz und ihres Pensums, überlegte Schwedtner und stellte sie seinen Mitarbeitern vor. Gerit war in der Lage, in allerkürzester Zeit komplett zu regenerieren.

»Ich denke, es ist uns allen klar, worum es hier mit größter Wahrscheinlichkeit geht: Gewalt, Geld, Macht, Korruption auf höchster Ebene – das übliche unschöne Zusammenspiel«, stieg sie sofort in lapidarem Tonfall ins Thema ein. »Ich teile Ihren Verdacht, nachdem ich mich mit jedem zur Verfügung gestellten Aspekt beschäftigt habe. In Schwerin wird seit geraumer Zeit an einigen Schrauben gedreht, und Staatsanwalt Barth scheint im Mittelpunkt zu stehen.«

Sie ließ kurz den Blick schweifen. »Bitte haben Sie Verständnis dafür, dass ich mich vorsichtig ausdrücke, solange noch keine weiteren harten Beweise vorliegen. Wir werden zunächst überprüfen, mit wem Barth verkehrt, und werfen einen scharfen und umfassenden Blick auf seine finanziellen Verhältnisse und Geldbewegungen – dafür gibt es Spezialisten, mit denen ich bereits Kontakt aufgenommen habe. Es ist davon auszugehen, dass der Mann Wettgewinne nicht auf dem Sparbuch einzahlt, sondern gut versteckt; das Gleiche gilt für die Einsätze, die er tätigt. Er wird über entsprechende Kontakte verfügen, Gleichgesinnte, sehr wahrscheinlich Vertreter der organisierten Kriminalität und so weiter. Das gilt es sehr genau auszuleuchten, bevor wir direkt auf ihn zugehen.«

Schwedtner registrierte aus den Augenwinkeln, dass Durant ihre Hände ineinander verschränkte.

»Barth scheint sich in seiner Dienststelle sehr gut abgesichert zu haben«, fuhr Gerit fort. »Er hat Mitwisser, Mitverdiener. Die neuen Ermittlungen will er im Auge behalten, wie die Schweriner Nachforschungen bezüglich der Kollegin Durant hier in Stralsund vermuten lassen. Umso wichtiger, dass wir offiziell einstellen und ihn in absoluter Sicherheit wiegen.«

Schwedtner blickte zu Riechter hinüber, der zufrieden wirkte, während Olivia Durants Miene keine Regung verriet. Gerit Schlegel goss sich ein Glas Wasser ein. »Was ich nicht verstehe und was Sie mir vielleicht näherbringen können«, wandte sie sich an die beiden Kommissare. »Warum lassen sie die toten Boxer nicht einfach verschwinden? Warum gehen sie dieses Risiko ein und provozieren Ermittlungen?«

»Weil sie nicht tot sind«, antwortete Durant prompt. »Sie sind bei Kampfende ›nur‹ lebensgefährlich verletzt, und man gewährt ihnen eine wenn auch winzige Chance zu überleben. Darum werden sie halb nackt und ohne Papiere in der Nähe von Krankenhäusern oder Arztpraxen abgelegt. Das ist Teil der Wette, Teil auch des gefährlichen Spiels - womöglich ein zusätzlicher, ganz besonderer Reiz. Und bisher hat sich ja nichts Entscheidendes getan, wenn die Polizei auf den Plan trat ...« Sie räusperte sich. »Wer noch im Ring stirbt, wird irgendwo versteckt begraben - davon bin ich jedenfalls überzeugt.«

Gerit musterte sie aufmerksam. »Interessanter Gedanke, aber was ist mit Vermisstenanzeigen?«

»Ich denke, es wird nur wenige geben. Die Boxer, die in dem Milieu antreten, haben dort ihre Familie gefunden, ein neues Zuhause. Angehörige haben schon länger nichts mehr von ihnen gehört, oder der Kontakt ist zunehmend abgeflacht. Kaum jemand macht sich intensivere Gedanken, und Freundinnen werden möglicherweise unter Druck gesetzt, oder man erkauft ihr Stillschweigen ...«

»Wir kennen einen Boxer, der ausgestiegen ist und wieder ein ganz normales Leben führt«, ergänzte Riechter. »Das dürfte aber die Ausnahme sein.«

»Schubert.« Gerit Schlegel nickte. »Wir werden mit dem Mann reden.« Sie warf Schwedtner einen langen nachdenklichen Blick zu. »Noch was - ich brauche jemanden aus dem Haus, der sich eingehend mit den Fällen und dem Milieu auskennt und mich unterstützt.«

Schwedtner war klar, dass Gerit die Absicht hatte, Durant zu gewinnen. Er hielt das für eine ausgezeichnete Idee und nickte, bevor er die Ermittlerin ansah. »Hauptkommissarin Durant - was halten Sie davon, sich in der nächsten Zeit der internen Ermittlung anzuschließen?«, fragte er.

Riechter seufzte unterdrückt.

»Kann ich eine Nacht darüber schlafen?«

»Natürlich. Ich erwarte Ihre Entscheidung bis morgen früh, acht Uhr«, warf Gerit ein. Sie klappte Ordner und

Laptop zu, packte alles in ihre kofferähnliche Aktentasche und stand auf. »Danke. Hervorragende Arbeit.«

Schwedtner erhob sich rasch und hielt ihr die Tür auf. Als Gerrits Schritte auf dem Flur verhallten, blieb es einen Moment lang still. Er sah Riechter an. »Schnell genug?«

Der lächelte. »Und ob. Hat eine zupackende Art, die Frau. Traut man ihr auf den ersten Blick gar nicht zu.«

»Der erste Blick taugt manchmal gar nichts.«

Durant blieb still und sah zum Fenster hinaus. Schwedtner war gespannt, wie sie sich entscheiden würde.

Riechter stand auf. »Ich will nicht unhöflich sein, aber ich muss los - auf der Insel gibt es auch noch einiges zu tun.«

»Apropos - wie ist der Stand der Ermittlungen inzwischen?«

»Wir haben einen Verdächtigen, aber die Beweislage ist kritisch, wie Sie es ausdrücken würden. Wir brauchen noch deutlich mehr harte Fakten ... Ich werde gleich zur Teambesprechung fahren. Einzelheiten erfahren Sie zeitnah.«

»Klingt gut.«

Jan ließ sich nicht gerne vor vollendete Tatsachen stellen, aber ein Blick in Romys entschlossene und Kaspers abwartende Miene machte ihm klar, dass das allein kein gutes Argument war.

»Milan wird für einige Tage bei Kasper einziehen, das ist bereits besprochen«, fuhr Romy fort, ihre Strategie auszubreiten. »Darüber hinaus wird er sich krankmelden - bis die Sache ausgestanden ist. Die Gefahr für ihn liegt demnach bei null.«

Jan strich sich die Haare zurück.

»Außerdem werde ich mich ganz allgemein als ein Mitarbeiter von Bisdorf ausgeben. Das schafft zusätzliche Unsicherheit für Ohlhof, auch wenn er im weiteren Verlauf vermuten dürfte, wer ihn erkannt und die entsprechenden Schlussfolgerungen gezogen hat. Ich werde mit künstlich verzerrter Stimme behaupten, seine allermiesesten Geheimnisse zu kennen. Alles Weitere hängt dann davon ab, wie sich das Gespräch entwickelt.«

»Alles Weitere? Was, glaubst du, hält Schwedtner von so einem Plan und den daraus gewonnenen Erkenntnissen?«

Romy hob die Hände. »Nicht allzu viel, aus seiner Sicht als Staatsanwalt, das ist mir schon klar. Doch wenn alles gut läuft, wird diese Story vor Gericht gar keine oder lediglich eine Nebenrolle spielen.«

»Wenn alles gut läuft.« Jan schüttelte den Kopf. »Und wenn es schiefläuft? Wenn er überhaupt nicht auf diese Nummer eingeht? Weil du doch falschliegst, zum Beispiel – nicht auszuschließen, oder? Oder weil er gelassen bleibt, da er genau weiß, dass ihm niemand was anhaben kann, schon gar nicht mit Beweisen, die aufgrund einer gefakten Erpressungsnummer gewonnen wurden. Was ist dann wohl los?«

»Dann habe ich ein Problem.«

»Nicht nur du.« Jan sah sie lange an, aber Romy zuckte mit keiner Wimper. Dann wandte er sich an Kasper. »Was meinst du?«

»Der Junge ist in Sicherheit – das ist das Wichtigste. Und ansonsten«, er zuckte mit den Achseln, »bleiben uns ehrlich gesagt nicht mehr allzu viele Möglichkeiten, den Mann zu überführen. Ich denke auch, dass er Dreck am Stecken hat, und mir ist unwohl bei dem Gedanken, dass er völlig ungeschoren davonkommt und weiter auf der Insel herumläuft, als wäre nichts gewesen. Unwohler als bei diesem zugegebenermaßen eigenwilligen Plan.«

Romy nickte eifrig.

»Ich schlage übrigens vor, dass wir ihn vom Moment des Telefonats an observieren.« Kasper sah auf die Uhr. »Ich könnte sofort losfahren, und ihr schaltet mich dann zum Gespräch dazu.«

»Okay, das hört sich nach ausgefeilter Planung an, aber lasst mir wenigstens noch paar Minuten Bedenkzeit … Gibt es frischen Kaffee?«

»Ja und Streuselkuchen von Fine.«

Wenn das kein Argument war.

Er war bis hoch ans Kap geradelt, fünfzehn Kilometer – rechts die Klippen und der Blick in das unendliche Blau, metallisch schimmernd, Schaumkronen verzierten die See, links die hüglige Landschaft in moosigem Grün, eingebettet in sanft geschwungene Rapsfelder. Bei Vitt war er eine steile Eisentreppe zum Strand hinuntergestiegen und hatte sich zu den Steinen gesetzt, um dem stillen Flüstern der Wellen zu lauschen. Kein Mensch weit und breit. Die Zeit war stehen geblieben.

Als er nach Wiek zurückkehrte, waren viele Stunden vergangen, und tiefe Zufriedenheit hatte ihn ergriffen. Er arbeitete, bis es dunkel wurde, dann aß er – gebratene Flunder mit Kartoffelsalat. Alles wird gut, alles ist gut, dachte er. Vielleicht auch nicht.

Er konnte immer noch nicht verstehen, dass sie tot war. Unterm Leuchtturm gestorben, dort, wo sie früher stundenlang am Feuer zusammengekommen waren und sie später ihren Liebhaber getroffen hatte. Stirbt es sich an einem schönen Ort, der mit vielen Erinnerungen verflochten war, leichter? Mit Blick hinauf zum steinernen Turm, um dessen Kranz sich die Sterne der Ostsee versammelten. Den Geruch des Boddens in der Nase. Vielleicht weil die Vertrautheit den Abschied erwärmte. Vielleicht auch nicht, weil die Sehnsucht sich dem unausweichlichen Loslassen in den Weg stellte. Merle hatte gewusst, was Sehnsucht war. Ein derart großes und gutes Gefühl hätte er ihr damals, in der Schulzeit, nicht zugetraut. Der Mann aus Stralsund hatte ihre tiefe Sehnsucht geweckt. Sie hatte Frieden bei ihm gefunden, stets für einige Stunden, dessen war er sicher. Umso größer war der Schmerz gewesen, den sie ertragen musste, als er ging.

Sie hatte danach versucht, sich den Kummer von der Seele zu schreiben, und es war ihr nicht gelungen. Manch ein Kummer rührte sich nie vom Fleck, egal, wie viel Zeit verging. Jurek hatte immer vermutet, dass sie mit ihm leben musste, zur Gewissheit wurde seine Ahnung, als er vor einigen Wochen ihr Tagebuch las – ein dickes Heft, angefüllt mit altem und neuem Schmerz und Ballast, Beziehungsmüll, Ehedrama, heimlichem Liebesglück, alltäglichen Betrachtungen und miesen Erfahrungen, schon als Kind auf der Flucht vor zudringlichen Händen; Händen, denen man normalerweise vertraut. Und nur ein einziger Satz zu jenen Tagen mit der Clique, einer, der sein Herz erwärmte.

Sie hatte das Heft in dem kleinen Gartenschuppen hinter dem Haus versteckt – dort, wo er sie manchmal alleine auf einer wackligen Holzbank in der Sonne hatte sitzen und oft auch schreiben sehen, während er sich hinter ein Gebüsch auf der anderen Seite des Zauns kauerte, ohne dass sie seine Nähe auch nur erahnte. Als sie tot war, hatte er nicht länger gezögert und es an sich genommen. Es war ein Kinderspiel gewesen, über den niedrigen Lattenzaun zu klettern und das Schloss zu knacken. Das Heft hatte sich in einem Blechkarton auf einem staubigen Regal befunden – unter abgegriffenen Spielkarten aus einer anderen Zeit und alten Haushaltsbüchern, die die Großmutter penibel geführt hatte. Er hatte seine Spuren verwischt und Minuten später den Heimweg angetreten – im Besitz eines Schatzes, von dessen Existenz er als Einziger wusste, davon war er zumindest zutiefst überzeugt. Wer konnte sich Merle schon als heimliche Tagebuchschreiberin vorstellen? Auf den ersten

Blick passte es so gar nicht zu ihr, auf den zweiten schon. Irgendwo hatte sich all die Fülle und Heimlichkeit ausdrücken, das Gewicht der Erinnerung einen Platz erhalten müssen, und ein Computer war niemals sicher.

Vielleicht hat sie mich ja doch manchmal bemerkt, überlegte er beim Abwaschen, und die heimliche Nähe zugelassen. Er schüttelte den Kopf. Nein, niemals, aber diese Frage hätte er ihr doch zu gerne gestellt, eine unter Dutzenden, die sich tief in die Einsamkeit seiner Seele eingebrannt und fieberhaft darauf gewartet hatten, vor ihr ausgebreitet zu werden. Er hätte auf Antworten bestanden. Aber es war zu spät.

Er ging mit seinem frisch aufgebrühten Tee ins Wohnzimmer, als das Handy klingelte. Die Nummer war unterdrückt. Er zögerte einen kurzen Moment, dann stellte er die Verbindung her. »Ja?«

Es knisterte. »Ohlhof?« Eine blecherne Stimme.

»Wer ist da?«

»Das spielt keine Rolle.«

»Und ob das eine Rolle spielt …«

»Ich weiß, was du getan hast.«

Jurek setzte sich in den Sessel vor dem Kamin. »Was soll das? Wer bist du?«

»Ich arbeite für Bisdorf.«

»Und?«

»Er hat mir kürzlich Ninas alten Computer zur Verfügung gestellt. Ein vorsintflutliches Modell, noch aus Schulzeiten, aber ich habe mir die Festplatte mal ein bisschen genauer angesehen und auch den Papierkorb. Es gibt Leute, die löschen nie ihren Papierkorb. Ist schon merkwürdig.«

Jurek stellte seine Tasse ab.

»Dabei habe ich etwas sehr Interessantes entdeckt.«

Sein Herz schlug hart und schnell gegen die Rippen.

»Kannst du dir vorstellen, worauf ich hinauswill?«

»Nein.«

»Der Film – du und die Puppe. Die Puppe heißt Merle.«

Niemals geschieht etwas ohne Auswirkung auf die Zukunft. Niemals. »Was willst du?« Seine Stimme klang merkwürdig. Er erkannte sie kaum.

»Du vögelst sie. Das ist ein ziemlicher Spaß. Ich hab mir das gleich dreimal angesehen, obwohl die Qualität mies ist. Na ja, liegt ja auch schon ein paar Jahre zurück. Mein Güte, du hast echt ein Ding zu laufen gehabt.« Blechernes Lachen.

Sein Gesicht gefror.

»Du sagst ja gar nichts.«

Er war unfähig, seiner Stimme Raum zu geben.

»Na schön, dann rede ich weiter. Ich habe den Film auf einen Stick gezogen und die Festplatte anschließend plattgemacht. Ich könnte mir vorstellen, dass du an dem Ding interessiert bist.«

Er riss sich mit Gewalt aus der Starre. »Wie kommst du darauf? Das ist eine uralte …«

»Ja, ja – und doch ziemlich peinlich für dich, oder? Und gerade die uralten Geschichten hängen einem oftmals am längsten nach. Aber das ist längst nicht alles. Die Puppenfrau – Merle – das ist die Zober. Sie wurde ermordet, es war ein Foto von ihr in der Zeitung. Die Polizei war hier und hat Fragen gestellt. Ich habe mir mein Teil gedacht und nicht viel gesagt. Aber ich weiß einiges, was die Bullen hochinteressant finden könnten.«

»Was willst du von mir? Ich habe Merle nicht ermordet.«

Blechernes Lachen. »Du hast auch Nina erledigt. Ich habe dich beobachtet und wiedererkannt, du bist nachts auf dem Gelände herumgeschlichen, wenige Tage bevor sie umkam. Warst du auf ihrem Boot?«

Der Lehrling auf dem Moped, durchfuhr es Jurek. Er war der Einzige, der mich zu Gesicht bekommen hat. »Was willst du von mir?«

»Einen ordentlichen Zuschuss zu einem neuen Computer, und ich vergesse den ganzen Mist, außerdem kriegst du den Stick. Ist das ein Deal? Ich melde mich wieder. Dann reden wir über konkrete Zahlen.«

Die Leitung war plötzlich tot. Jurek blieb still sitzen. Nichts geschieht ohne Auswirkung auf die Zukunft. Denk nach! Denk nach …

19

Romy und Jan lösten Kasper um fünf Uhr ab und übernahmen gemeinsam die zweite Schicht in Wiek. Jan lehnte sich zurück und schloss die Augen, Romy behielt das Haus im Blick. Die Dämmerung kroch mit zarten Rosétönen den Horizont hinauf. Flamingorot, dachte sie und lauschte für einen Moment Jans tiefen Atemzügen. Wenigstens ging es endlich mit dieser Boxersache voran.

Sie öffnete das Seitenfenster und atmete in tiefen Zügen die frische Morgenluft ein. Geduld ist Ohlhofs Stärke, dachte sie. Jahrelang hat er Merle beschattet ... Sie war quasi zu seinem Lebensinhalt geworden, bis die Situation vor einigen Wochen eskalierte. Und nun musste er befürchten, dass es einen Mitwisser gab oder zumindest jemanden, der entscheidende Zusammenhänge erfasste und damit ein Risiko darstellte. Das konnte er ebenso wenig im Raum stehen lassen wie die Befürchtung, dass das Video nach wie vor existierte. Die Frage blieb allerdings, ob ihn die unerwartete Entwicklung derart stresste, dass seine Handlungen in eine vorhersehbare Richtung steuerten, oder ob es ihm dennoch gelang, nur das Notwendigste zu tun und alles Weitere auf die lange Bank zu schieben.

Wir können nicht sechs Monate auf Milan aufpassen, grübelte Romy, nicht einmal sechs Wochen. Ihr war nicht wohl in ihrer Haut. Sie hoffte, dass Ohlhof nicht den Hauch eines Verdachts schöpfte, dass die Polizei hinter der Aktion steckte. Wir dürfen den Mann keine Minute aus den Augen verlieren. In wenigen Stunden würde sie ihn ein zweites Mal anrufen, fünftausend Euro verlangen – das war viel Geld für einen Azubi – und ihm die Übergabemodalitäten diktieren, die sie im Vorfeld eingehend im Team besprochen hatten.

Milan traf sich häufig mit Freunden in einer Zweirad-Kneipe in Sassnitz. Dort sollte Ohlhof zu einer festen Zeit ein ganz bestimmtes Getränk bestellen, worauf der Wirt den Stick gegen das Geldpaket tauschen würde. Wenig später würde Romy, in Milans Lederjacke gehüllt und mit seinem Helm ausgestattet, mit seiner Schwalbe zu ihm nach Hause fahren, in der Hoffnung, dass Ohlhof dranblieb und aktiv wurde. Kasper und Jan sowie zwei weitere Beamte würden sie im Auge behalten. So weit die Planung.

Jan hatte der Aktion zwei Tage gegeben. »Wenn sich bis dahin nichts getan hat, brechen wir ab und holen ihn mit der Begründung, dass es einen anonymen Hinweis gegeben hätte, zur erneuten Befragung.«

»Aber …«

»Kein Aber! Schwedtner reißt mir den Kopf ab, wenn dabei auch nur das Geringste schiefgeht. Und selbst wenn alles glatt läuft, dürfte sich seine Begeisterung in Grenzen halten angesichts dieser fingierten Geschichte. Falls Ohlhof einen guten Anwalt beschäftigt, wird der uns genüsslich auseinandernehmen.«

»Es geht hier um einen dreifachen Frauenmörder!«

»Die Beweise dafür …«

»Liefern wir.«

Jan hatte schließlich eingelenkt, aber er war nach wie vor skeptisch. Wäre Romy an seiner Stelle auch. Ich wollte schon immer mal auf einer Schwalbe durch die Gegend kurven; sie feixte und goss sich einen Kaffee aus der Thermoskanne ein.

Jakob hatte seine Begleiterin im Grandhotel in Binz zum Essen ausgeführt, wo auch ein Zimmer für die Nacht gebucht war. Judith war knapp fünfzig und nahm zum ersten Mal einen solchen Service in Anspruch – aus reiner Neugierde und Abenteuerlust, wie sie mehrfach betonte. Jakob konnte nicht sagen, ob sie kokettierte oder log, und es war ihm auch egal. Die Frau war offensichtlich nicht unvermögend – der Kleidung, dem Schmuck und der Wahl des Hotels nach zu urteilen. Sie mochte ihn auf Anhieb, das spürte er, und sie suchte Zärtlichkeit und Romantik. Mit einem kurzen Flirt beim Essen war es nicht getan. Während eines langen Strandspazierganges mit abschließendem Rundgang auf der Seebrücke hängte sie sich bei ihm ein und schwelgte in alten Zeiten.

Jakob schaltete innerlich ab, gab vor, interessiert zu lauschen, und machte ihr Komplimente – ein Spiel: Sie wusste, dass es zu seinem Job gehörte, freute sich aber dennoch, und er gab sich Mühe, das Professionelle mit spielerischem Charme zu übertünchen. Margret hatte mal gesagt, dass seine ganz besondere Stärke in der überzeugenden Wirkung seiner pointierten und stets perfekt dosierten Zuwendung lag. Die Beschreibung hatte ihm schon damals gut gefallen: pointierte und perfekt dosierte Zuwendung. Margret würde sich noch wundern, wie weitgefächert seine Stärken waren.

Judith sah passabel aus und war nicht ungeschickt beim Liebesspiel. Jakob erfüllte seine Pflicht mit authentischer Leidenschaft und schlief gegen Mitternacht ein. Als er aufwachte, schien die Sonne, und Judith war verschwunden. Sie hatte ihm sein Honorar, mit einem kleinen Grußzettel versehen, auf den Nachttisch gelegt. »Schöner Abend, schöne Nacht. Ziehe es vor, alleine wieder abzureisen. Lass Dir das Frühstück schmecken. Vielleicht gibt es schon bald ein Wiedersehen. J.«

Jakob warf die Bettdecke zurück. Und wie komme ich jetzt von der Insel runter? Er duschte ausgiebig und nahm auf der Sonnenterrasse das Frühstück ein. Der Tag lag ausgebreitet vor ihm, das Smartphone schwieg, keine neuen Anfragen, bisher, aber es war noch sehr früh, und er verdiente inzwischen so gut, dass eine Auszeit überhaupt kein Problem darstellte. Geld würde in naher Zukunft so oder so kein bedrängendes Thema mehr sein. Ich könnte meine eigene Agentur aufziehen, überlegte er. Es muss ja nicht Stralsund sein.

Als er das Hotel verließ, schien die Sonne von einem perfekten Himmel. Er wollte gerade einem Taxi winken, als ein Lieferwagen am Straßenrand hielt. Die Fensterscheibe glitt herunter, und Jakob lächelte erstaunt, als er den Fahrer erkannte. »He, was machst du denn hier?«

»Wollte ich dich auch gerade fragen«, entgegnete Christoph. »Wo soll es denn hingehen?«

»Richtung Stralsund – hatte einen Job ...« Er feixte.

»Komm, steig ein, ich nehme dich ein Stück mit.«

»Klasse.« Jakob öffnete die Tür und schwang sich auf den Beifahrersitz. »Fährst du auf eine Baustelle?«

»Ja. Neuer Auftrag in Samtens. Von da kannst du den Bus nehmen.«

»Okay.« Er schnallte sich an. »Ihr habt inzwischen deutlich mehr zu tun, stimmt's?«

»Stimmt.«

Christoph wirkte nicht sehr gesprächig, das war alles andere als neu. Vielleicht hing ihm auch noch die Auseinandersetzung nach. Jakob lehnte sich zurück und schloss die Augen. Wenn du wüsstest, mein Lieber. Als er eine knappe halbe Stunde später hochschreckte, hielt der Wagen vor einem renovierungsbedürftigen Einfamilienhaus in einer ruhigen Nebenstraße am Wald. Ein klappriges Holzschild wies mit einem aufgemalten Pfeil auf einen Sportplatz in zweihundert Metern. Jakob gähnte und reckte die Arme. Er runzelte die Stirn. »Und wo ist die Bushaltestelle?«

Christoph erwiderte seinen Blick. »Hier ist die Endhaltestelle.«

»Wie jetzt?« Jakob sah sich verwirrt um. Dann blickte er Christoph an. »Hier?«

Christoph grinste plötzlich. »Komm mit, ich zeig dir was und bring dich dann zum Bus.«

»Na schön.«

Das Haus war unbewohnt, und es roch muffig. »Hier gibt es aber einiges zu tun«, bemerkte Jakob beim Eintreten.

»Das kannst du wohl laut sagen.« Christoph schloss die Tür und zeigte den Flur hinunter. »Geh nach hinten durch.«

»Bin gespannt. Hast du beim Einrichten der Baustelle einen Schatz entdeckt? Hunderttausend DDR-Mark in kleinen unbenutzten Scheinen?« Jakob lachte.

Im nächsten Moment flog Christophs Faust auf ihn zu, und Sekundenbruchteile später wurde alles schwarz.

Als er wieder aufwachte, war immer noch alles schwarz oder zumindest sandfarben, dunkelbraun. Er saß auf dem Boden, mit dem Rücken an der Wand, sein Kopf steckte unter einem kratzigen Sack, und die Hände konnte er nicht bewegen. Metallisch schmeckende Flüssigkeit lief ihm in den Mund. Blut, dachte er verwundert. Als er begriff, was geschehen war, schnellte sein Puls in die Höhe. Ein Stuhl wurde gerückt.

»Christoph?« Seine Stimme klang erbärmlich leise und dumpf, selbst in seinen eigenen Ohren. »Was wird das? Was tust du?«

Keine Antwort.

»Wir sind Freunde! Hast du das vergessen?«

Räuspern. »Mit wem hast du über die Sache geredet?«

»Was für eine Sache …«

Der nächste Schlag traf ihn an der linken Schläfe und tat

höllisch weh. Einen Moment lang befürchtete Christoph, dass er sich übergeben würde.

»Keine Spielchen, keine Lügen – ist das klar? Mit wem hast du geredet?«

»Mit niemandem«, flüsterte Jakob. Entsetzen fraß sich durch seine Eingeweide. Das ist ein furchtbarer Albtraum, ein Angst-Albtraum aus der Kindheit, ein …

»Du hast mich in eine prekäre Lage gebracht«, fuhr Christoph fort. »Du ahnst gar nicht, wie prekär.«

»Schon gut – ich lass die Finger davon«, beteuerte Christoph eilig. »Ich wusste nicht, dass es so ernst ist, und ich schwöre, ich habe mit niemandem darüber gesprochen. Mit wem denn auch? Bitte, hör auf mit dem Scheiß.«

»Du hast meine erste Warnung in den Wind geschlagen. Ich glaube dir kein Wort mehr, und die Leute, denen du auf die Füße getreten bist, schon mal gar nicht.«

»Du kannst mir aber glauben, du musst mir glauben!«, betonte Jakob. Sein Herz wand sich in hektischer Panik. Schweiß tropfte von seiner Stirn, vielleicht war es auch Blut. Er hätte alles versprochen in dieser Situation, und das wusste Christoph natürlich.

»Hör zu, Kumpel, wir haben doch letztlich immer zusammengehalten, oder? Was willst du denn jetzt machen?« Sein Hals wurde eng. Er hörte ein Stuhlknarzen, dann Schritte, eine Tür fiel ins Schloss. »Christoph!«

Es blieb still. Panik flatterte in seiner Brust wie ein junger Vogel. »Was willst du jetzt eigentlich machen?«, schrie er. »Mich auf ewig hier festhalten? Zusammenschlagen, bis ich nicht mehr kriechen kann? Oder … töten? Ist es das – willst du mich wirklich umbringen? Wegen dieser elenden Boxergeschichte? Das ist nicht dein Ernst! Um Gottes willen …«

Er hielt inne, senkte den Kopf und wartete. Er hatte keine Ahnung, wie viel Zeit vergangen war, als er in der Stille plötzlich hörte, wie die Türklinke niedergedrückt wurde. Ein Luftzug strich durch den Raum. Sein Atem stockte.

»Was hast du vor?«, flüsterte er. Blankes Entsetzen vereiste seine Stimme.

»Tut mir leid, Kumpel.«

Olivia hatte ihre Entscheidung am frühen Morgen unter der Dusche getroffen, vielleicht auch zwei Minuten später, als sie vor dem Spiegel stand, den Wasserdampf abwischte und dem direkten Blick ihrer Augen begegnete. Ihre Augen tasteten die Linien und Schatten ihres Gesichts ab, erfassten den Schwung ihrer Brauen und den manchmal harten Zug um den Mund. Die Angst werde ich nie wieder los, so lange ich weglaufe, dachte sie; möglicherweise werde ich sie so oder so nie wieder los, aber es ist besser, stehen zu bleiben und ihr entgegenzusehen, als ihren kalten Hauch im Rücken zu spüren. Das klang nach Selbstbeschwörung. Na und? Das Bild war dennoch stimmig.

Zwei Stunden später teilte sie Schwedtner und Gerit Schlegel ihre Entscheidung mit; Jan, der auf Rügen unterwegs war, schrieb sie eine Nachricht. Schlegel reagierte hocherfreut.

»Lassen Sie uns bei einem Kaffee ein paar grundsätzliche Dinge besprechen, bevor wir loslegen«, regte die Ermittlerin gut gelaunt an und erörterte im Schnelldurchlauf ihre Arbeitsweise sowie ihr strategisches Vorgehen als interne Ermittlerin. »Was den äußeren Rahmen angeht: Wir verbringen in der Regel viel Zeit über Akten und am Computer, sitzen stundenlang am Telefon und in deutlich zu engen Büros zusammen. Besprechungen und Befragungen gestalten sich oftmals zermürbend. Aber das dürfte Ihnen wohl nicht fremd sein, ebenso wie der häufig sehr schmale juristische Grat, auf dem wir uns bewegen.«

»Durchaus nicht.«

»Ich arbeite gerne mit bewährten Leuten aus den jeweiligen Fachgebieten zusammen – IT, Wirtschaft, Rechtsmedizin und so weiter –, bin aber durchaus offen für neue Ansätze, neue Gesichter. Wichtig ist deren Zuverlässigkeit, Gründlichkeit und Schnelligkeit«, führte sie weiter aus. »Wir haben zur Vorbereitung des entscheidenden Zugriffs selten viel Zeit. Dennoch: Ich verschaffe mir gerne einen Gesamtüberblick, bevor ich das Gespräch mit dem Beamten suche, der im Verdacht steht, und ich nutze jede Lücke, um an Informationen zu gelangen. Das führt übrigens gar nicht mal so selten auch zur Entlastung eines Kollegen oder leuchtet sein Verhalten zumindest manchmal weiträumiger aus, dient aber selbstverständlich zur Festigung der Beweislage.« Sie hielt kurz inne. »Für mich gibt es in einem Rechtssystem kaum etwas Schlimmeres als Beamte, die ihre Stellung missbrauchen, indem sie ihre Macht als Instrument für den eigenen Vorteil und zur Unterdrückung einsetzen«, schob sie nach kurzem Überlegen nach. »Ich weiß – große Worte, aber ich meine sie verdammt ernst.«

Olivia nickte. Sie nahm ihr jedes einzelne ab.

»Lassen Sie uns über Schubert sprechen, während wir nach Greifswald fahren und ihn an der Uni aufsuchen.«

»Jetzt? Ich meine …«

Schlegel lächelte. »Warum nicht? Ich möchte ihn ermuntern, uns zu helfen.«

»Auf das Angebot ist er bereits bei der letzten Befragung nicht eingegangen«, wandte Olivia ein. »Und wir haben ihm klargemacht, dass er nichts zu befürchten hat, wenn er mit uns zusammenarbeitet.«

»Ich weiß.«

»Er könnte Barth informieren, und dann haben wir mit der angeblich offiziellen Einstellung der Ermittlung nichts gewonnen.«

Schlegel wiegte den Kopf. »Er ist seit Jahren raus aus der Szene – soweit wir wissen …«

»Sie haben ihn kontaktiert«, warf Olivia ein.

»Ja, um sich zu vergewissern, was die Polizei von ihm wollte – zu einem Zeitpunkt, der nach Ansicht der Schweriner Gefahrenpotenzial in sich barg …« Schlegel runzelte die Brauen. »Warum ist er eigentlich nach Greifswald gegangen?«

»Er hat Stralsund wegen der Affäre mit seiner Kollegin verlassen – Merle Zober, das Mordopfer auf Rügen.«

»Ein klarer Schnitt?«

»So würde ich es verstehen.«

Schlegel sah Olivia mit festem Blick an. »Sie sollten ihm Ihre Geschichte erzählen.«

Olivia öffnete den Mund und schloss ihn wieder.

Schlegel stand auf. »Nur so nebenbei – ich habe Polizeischutz für Sie in die Wege geleitet, übrigens bereits heute Nacht, weil ich, ehrlich gesagt, sicher war, dass Sie zugreifen würden. Und während wir mit Schubert sprechen, ist ein neuer Praktikant auf dem Weg in Barths Büro, wo er heute Morgen seinen Dienst antritt. Der junge, schüchtern wirkende Mann sieht aus wie zarte zwanzig, und man traut ihm auf den ersten Blick gerade mal zu, dass er die Schule abgeschlossen hat. Tatsächlich wird er demnächst dreißig und ist ein ausgefuchster Profi. Ich arbeite seit zwei Jahren eng und höchst erfolgreich mit ihm zusammen. Er wird uns zeitnah über Barths Aktivitäten informieren, der Kontakt läuft sicherheitshalber ausschließlich über mich.«

Die Frau war wirklich von der schnellen Sorte. Olivia sah auf ihre Hände, entdeckte, dass sie zu Fäusten geballt waren, und streckte die Finger. Und Erik gibt es ja auch noch, dachte sie. Sie erhob sich langsam und folgte Schlegel zur Tür hinaus. Ihre Knie waren weich.

Schlegel reichte ihr auf dem Parkplatz den Autoschlüssel. »Fahren Sie? Dann kann ich in Ruhe telefonieren.«

Schlegels Handy klingelte keine fünf Minuten nach Fahrtantritt. »Ja?« Sie lauschte einen Moment. »Augenblick, Ben, ich stelle auf Lautsprecher, damit die Kollegin auch gleich alles mitkriegt.«

»Okay«, ertönte eine tiefe Stimme. »Es geht um einen ersten Überblick bezüglich geschäftlicher, privater und finanzieller Verknüpfungen, den ich während einer Nachtschicht gewinnen konnte. Barth ist seit Jahren mit dem Unternehmensberater Robert Leistner und dem Bauunternehmer Philipp Feldkamp verbandelt – wie der Kontakt erstmals zustande kam, weiß ich noch nicht, ist aber vielleicht für den Moment unwichtig. Jedenfalls haben sowohl Barth als auch Leistner ihre Privathäuser von Feldkamp bauen lassen. Darüber hinaus haben die Ehefrauen der drei eine GbR gegründet, die wiederum Teilhaberin einer Gesellschaft ist, die bei Feldkamp mitverdient ...« Ben brach ab.

»Das klingt sehr interessant«, murmelte Schlegel. »Auf diese Weise lässt sich natürlich ganz prima Geld verstecken, waschen und so weiter.«

»Denke ich auch. Die Konstruktion ist sehr geschickt angelegt – der Unternehmensberater hat sich was einfallen lassen –, und man kommt nur drauf, wenn man ganz konkret und zielgerichtet nach diesen Verbindungen sucht.«

»Und wie hängen die drei mit dem Boxgeschäft zusammen?«

»Über den vierten im Bunde. Leistner war früher selbst Boxer, und zwar in Rostock. Liegt gut zwanzig Jahre zurück. In seinem Boxverein dürfte er seinerzeit einem Mann namens Karl Brandt begegnet sein, der seit Urzeiten in der Bar- und Clubbranche in Stralsund, Schwerin und Rostock sein Geld verdient. Ihm gehören mehrere Läden, an anderen ist er beteiligt. Alle sind der gehobenen Klasse zuzurechnen. Darüber hinaus engagiert er sich in der Sportstudiobranche, Schwerpunkt – na? Logisch: Kampfsport, Fitness, Boxen.«

»Ist er mal polizeilich aufgefallen?«

»Nein. Alles sauber. Es gab mal einen Anfangsverdacht wegen illegaler Wettgeschichten. Liegt aber lange zurück und musste mangels Beweisen fallen gelassen werden.«

»Prostitution?«

»Hält er sich völlig raus.«

Olivia spürte Schlegels Seitenblick. »Was halten Sie davon?«, fragte ihre neue Chefin.

»Klingt schlüssig.«

»Und sonst?«

»Eine aufschlussreiche und höchst effektive Verflechtung der einzelnen Talente und Aufgabenbereiche«, entgegnete Olivia. »Es gibt den Mann mit den Kontakten sowohl ins Box- als auch Sportwettenmilieu, der zudem über seinen Bar- und Clubbetrieb lukrative Kunden anlockt, der alte Kumpel aus Rostock ist inzwischen Spezialist für Unternehmensgründungen, Personalcoaching und die elegante Geldwäsche, daneben reihen sich der Unternehmer mit dem vorhandenen Firmengeflecht und ein Staatsanwalt ein, der im Notfall korrigierend eingreifen kann und dies mit Hilfe seines Apparates wahrscheinlich schon dutzendfach getan hat. Dennoch würde mich ganz konkret interessieren, an welchem Punkt Barth ins Spiel gekommen ist. Der Kontakt zwischen dem Bauunternehmer und dem Unternehmensberater ist schlüssig herleitbar – solche Leute begegnen sich naturgemäß. Aber Barth wird Feldkamp und Co nicht beim Hausbau kennengelernt haben und mal eben so mit ins Boxgeschäft eingestiegen sein. Das kann ich mir einfach nicht vorstellen. Es muss mehr dahinterstecken.«

»Spielschulden? Ein Faible für Gewalt?«, mutmaßte

Schlegel. »Das könnte ihn angreifbar gemacht haben, so dass er mit in die Szene rutschte und sich dort bald unentbehrlich machte?«

»Tja, möglich …«

»Ich hör schon«, unterbrach Ben den Austausch. »Ihr wollt es noch viel genauer wissen.«

»Ja. Ganz konkret: Wie kam Barth ins Geschäft? An welchem Punkt wurde aus dem erfolgreichen Trio ein bedeutendes Quartett? Halt Ausschau nach Querverbindungen. Gab es womöglich ein Strafverfahren, bei dem es zu einer Begegnung kam?«

»Gut. Bis später.«

Schlegel verabschiedete sich und legte das Handy beiseite. Kurz vor Greifswald meldete Ben sich erneut. »Es ist ganz einfach – Familienbande.«

»Wir hören.«

»Margret Feldkamp war in erster Ehe mit Barth verheiratet, und zwar von 1994 bis 2004. Zwei Jahre später hat sie Feldkamp das Jawort gegeben. Die Verbindung zum Ex ist entweder nie abgerissen oder wurde unter neuen Gesichtspunkten wiederbelebt. Ich schicke euch mal ein Foto.«

Olivia pfiff leise durch die Zähne.

20

Ohlhof hatte sich beim zweiten Telefonat bemerkenswert ruhig und sachlich gegeben und nur das Nötigste gesprochen. Er hatte weder diskutiert noch irgendeinen Widerstand gezeigt. Schließlich war er aufgebrochen, hatte Geld geholt und sich zehn Minuten vor der vereinbarten Übergabezeit in der Kneipe eingefunden; er verließ sie unmittelbar nach dem Tauschgeschäft wieder und machte sich auf den Weg nach Wiek. Romy hätte ihren Frust am liebsten mit einem kräftigen Tritt gegen den Hinterreifen der Schwalbe zum Ausdruck gebracht, konnte sich aber im letzten Moment beherrschen.

Sie setzte den Helm auf und betätigte das Headset. »Okay, ich fahre jetzt rüber in Milans Wohnung«, erklärte sie. »Unter Umständen will Ohlhof sich lediglich in Wiek sehen lassen.«

»Möglich«, erwiderte Jan. »Die Sassnitzer Kollegen bleiben gemeinsam mit Kasper an ihm dran, während ich vor der Wohnung Stellung beziehe. Sobald sich was tut, rücken alle hier an.«

Eine Viertelstunde später machte Romy es sich in Milans Wohnung gemütlich – sofern man es sich in der Bude eines gerade volljährigen Azubis gemütlich machen konnte. Vollendetes Chaos auf circa vierzig Quadratmetern, aber der Junge hatte sie mit zerknirschter Miene vorgewarnt: »Bin nicht mehr zum Aufräumen gekommen, Frau Kommissarin, sorry.«

Wenn es nur das gewesen wäre. Romy befreite das Sofa von Pizzakartons, leeren Flaschen und Chipstüten. Der Tisch klebte vor Dreck, darunter stapelte sich Geschirr, auch das Badezimmer machte keinen wesentlich besseren Eindruck, wie sie kurz darauf bei einem Rundgang feststellte, doch in der winzigen Küche sah es wider Erwarten gar nicht so schlimm aus. Und der Fernseher war vom Allerfeinsten – der Bildschirm nahm die halbe Wand ein, beeindruckte mit satten Farben und tiefem Sound.

Romy schaltete die Programme durch und blieb schließlich bei einer Kochshow hängen. Sie regulierte die Lautstärke auf leises Flüstern herunter und telefonierte mit Kasper. »Ohlhof ist zu Hause«, berichtete er. »Keine Vorkommnisse.«

Romy hatte nach zähem Ringen in der Vorbesprechung mit Jan vereinbart, dass sie zunächst alleine in der Wohnung blieb und ohne Rücksprache mit ihr kein Zugriff erfolgte. »Wir müssen ihm den Freiraum lassen, völlig ungestört in Milans Wohnung einzudringen.«

»Natürlich, das ist hinreichend besprochen, aber der Mann ist und bleibt gefährlich und …«

»Ich will mit ihm reden.«

»So ist es geplant, sofern er tatsächlich auftaucht. Und sobald Kasper Bescheid gibt, dass er Wiek in Richtung Sassnitz verlässt, komme ich ebenfalls hoch in die Wohnung.«

»Jan, die Bude ist verdammt klein und …«

»Du bleibst auf gar keinen Fall mit ihm allein. Er könnte eine Waffe haben.«

»Quatsch!«

»Was glaubst du, was er mit dem Jungen vorhat? Über die guten alten Zeiten quatschen und ihm auf kumpelhafte Weise ins Gewissen reden?«

»Er wird ihn kaum erschießen wollen – in einem sechsstöckigen Wohnhaus.«

»Warum nicht? Überall laufen Fernseher, oder die Mucke ist aufgedreht. Da fällt doch ein Schuss gar nicht auf. Im

Übrigen: Er könnte auch ein Messer dabeihaben! Merle hat er die Halsschlagader durchtrennt, schon vergessen? Und so was geht sehr schnell.«

Romy schluckte. »Nun, ich kann mich ganz gut zur Wehr setzen.«

»Trotzdem. Wenn die Situation eskaliert, sind wir zu langsam, selbst wenn wir im Hausflur hinter der Tür warten, und das weißt du sehr genau.«

»Und wenn er dich bemerkt, ist die gesamte Aktion für die Katz gewesen!«

»Immer noch besser, als dich zu gefährden.«

Romy hatte schließlich einlenken müssen. Inzwischen ging sie davon aus, dass Ohlhof frühestens am späten Abend, womöglich erst in der Nacht aktiv werden würde. Oder am nächsten Tag ... Kann er es sich leisten, mit dem Zeitfaktor zu spielen? Nein, entschied Romy kopfschüttelnd. Solange er die inszenierte Erpressungsstory nicht infrage stellte, barg die Einmischung von Milan ein großes Risiko für ihn. Der Junge war völlig unerwartet aufgetaucht und hatte mit seiner Forderung Ohlhofs sorgfältig errichtetes Gerüst, im Grunde seine ganze Welt beträchtlich ins Wanken gebracht. Er hatte den Film gesehen, und er könnte Ohlhof mit seinen Beobachtungen anschwärzen – ein Szenario, das ihm mächtig zu schaffen machen dürfte.

Romy atmete tief durch und stand auf, um sich ein Glas Wasser aus der Küche zu holen. Das winzige Fenster ging zum Hof hinaus. Wäsche flatterte auf der Leine. Kaspers Stimme meldete sich plötzlich in ihrem Ohr. »Er bricht auf.«

Romys Puls beschleunigte abrupt, sie ging zurück ins Wohnzimmer und schaltete den Fernseher aus. Eine halbe Stunde später meldete sich der Kollege erneut. »Tja, was soll ich sagen – er fährt über Lietzow in Richtung Bergen und nicht nach Sassnitz.«

»Was hat er vor?«, murmelte Romy. Eine dumpfe Ahnung beschlich sie.

»Ich wette, dass er nach Bremen zurückfährt«, schaltete Jan sich ein. »Wir müssen schnellstmöglich Kontakt zu den Kollegen aufnehmen. Wir dürfen wohl davon ausgehen, dass der Kerl sich ein richtig gutes Alibi besorgt. Wiek reicht ihm dafür nicht.«

Romy nickte.

»Ich mache mich auf den Weg nach Bergen und kümmere mich darum, sobald wir Klarheit haben«, ergriff Kasper das Wort. »Was ist mit euch?«

»Der Tag ist noch lang. Wir gehen was essen und kehren dann zurück zu Milans Wohnung«, entschied Romy. »Und wir bleiben in Verbindung.«

»Natürlich.«

Schubert saß in einer bis mittags angesetzten Besprechung, hatte danach noch zwei wichtige Termine im Kalender und war frühestens am Nachmittag wieder erreichbar – so die höfliche Auskunft der Sekretärin. Auf deren Nachfrage, worum es denn ginge, hatte ihr Schlegel, ohne mit der Wimper zu zucken, erklärt, dass Schubert ein auch für die Universität Schwerin hochinteressantes Personalverwaltungsmodul entwickelt habe, zu dem allerdings noch einige Fragen offen seien.

»Sie hätten sich einen Termin geben lassen sollen.«

»Das haben wir in der Tat versäumt. Wir waren in der Nähe und dachten … Egal, das ist alles überhaupt kein Problem«, erwiderte Schlegel munter und warf Olivia einen Blick zu. »Wir setzen uns mit unseren Laptops in die Bibliothek und arbeiten dort …« Sie zögerte kurz und wandte sich dann wieder an die Sekretärin. »Bestünde unter Umständen die Möglichkeit, irgendeinen gerade leer stehenden Raum zu benutzen? Dann könnten wir zwischendurch telefonieren, ohne jemanden zu stören. Das darf auch eine kahle Rumpelkammer sein«. Sie lächelte gewinnend.

Olivia bewunderte Schlegels Anpassungsfähigkeit und ihren Gleichmut. Als sie nach Stunden in einer abstellraumähnlichen Kammer Schubert vor seinem Büro abpassten, hatte sie das untrügliche Gefühl, einzelne Protokolle auswendig zitieren zu können, und ihr Rücken schmerzte vom langen Sitzen. Schlegel hatte kurz ihre Schultern gelockert und war dann zügig vorangeschritten.

Schubert war mit seinem Handy beschäftigt, als er um die Ecke bog. Er sah hoch und musterte sie abwechselnd, bevor sein Blick mit wachem Interesse an Olivias Gesicht hängen blieb. Schöne dunkle Augen, dachte sie. Er lächelte und streckte die Hand aus. »Ich nehme an, Sie sind von der Uni Schwerin. Ich habe zwischendurch von Ihrem Besuch erfahren, konnte aber die Besprechung nicht vorzeitig beenden. Tut mir leid.«

Schlegel antwortete mit einem unverbindlichen Gruß und stellte sich kurz vor, Olivia tat es ihm gleich. Er hielt ihnen die Tür auf. »Das ist ja eine Überraschung. Sie hätten aber wirklich anrufen sollen. Seit wann interessiert sich Schwerin für Greifswald, noch dazu im Zusammenhang mit Verwaltungsmodulen?«

Er wies auf zwei Stühle und nahm hinter seinem Schreibtisch Platz. Schlegel strich ihren Blazer glatt. »Herr Schubert, wir freuen uns, dass Sie Zeit für uns haben. Allerdings geht es, ehrlich gesagt, nicht um Verwaltungsbelange.«

Schubert runzelte die Brauen. »Aha.«

»Wir sind hier, um Sie für ein ganz besonderes Projekt zu gewinnen, das wir jedoch im Vorfeld keinesfalls im Sekretariat ankündigen wollten«, fuhr Schlegel fort.

»Ein Uni-Projekt?«

»Eher nicht.«

Er legte die Hände auf den Tisch und ließ seinen Blick wandern. »Und worum geht es dann?«

»Darf ich ein bisschen pathetisch werden? Es geht um Gerechtigkeit und Wahrheit und, ja, auch um Angst.«

Schuberts Rücken versteifte sich, er suchte kurz Olivias Blick. »Ich weiß immer noch nicht …«

»Ich bin interne Ermittlerin der Staatsanwaltschaft, werde also tätig, wenn Beamte sich strafbar gemacht haben oder ein begründeter Verdacht gegen sie vorliegt«, antwortete Schlegel mit fester Stimme. »Frau Durant ist Hauptkommissarin in Stralsund und zurzeit als meine Assistentin tätig. Sie hat vor Jahren in Schwerin gearbeitet und war viele Monate mit dem Fall des toten Boxers Felix Mocker betraut.«

Schubert hielt die Luft an und blies sie dann kraftvoll aus. »Hören Sie zu, das Thema …«

»Nein, tue ich nicht«, wandte Schlegel ruhig, aber bestimmt ein. »Wir kennen Ihre Haltung, Ihre letzten Aussagen und so weiter und so fort. Ich versichere Ihnen – es geht nicht darum, einen alten Fall aufzurollen und ihn in Bezug zu aktuellen zu stellen, um Sie schlussendlich zu belasten. Es geht sozusagen überhaupt nicht um Sie in Ihrer Eigenschaft als Täter. Ganz im Gegenteil, wir brauchen Sie als Zeugen, dringend. Nur so haben wir eine konkrete Chance, die Organisatoren dieser illegalen Kämpfe zur Rechenschaft zu ziehen, die Hintermänner, die Wettmafia und diejenigen, die ganz bewusst für den besonderen Kick und das große Geld Leib und Leben aufs Spiel setzen – im wahrsten Sinne des Wortes.«

Schubert verzog keine Miene. »Vergessen Sie es. Ich stehe nicht zur Verfügung, außerdem würde ich Ihnen wenig nützen. Das habe ich letztens schon bei der Stralsunder Polizei ausgesagt. Ich habe ein paarmal geboxt, bin bei einigen Fights angetreten, und das war es dann auch schon.

Ich kenne die Hintermänner nicht, und mit Mockers Tod habe ich nichts zu tun …«

»Ich habe lange mit mir gerungen, bevor ich mich entschied, nicht aufzugeben«, ergriff Olivia plötzlich das Wort. »Der Fall Mocker ist nur eingestellt worden, weil der Staatsanwalt es so wollte. Und das ging nicht mit rechten Dingen zu.«

Sie spürte Schuberts Blick fast wie eine Berührung über ihr Gesicht streichen, eine angenehme Berührung.

»Es gab zwei anonyme Zeugen sowie Foto- und Videomaterial. Das wollte aber niemand sehen und schon gar nicht ernsthaft als Rechercheergebnis in Betracht ziehen. Angeblich konnte man den Quellen nicht trauen«, berichtete Olivia weiter. »Ich wurde anschließend von einer Dienststelle zur nächsten versetzt, gemobbt, ausgegrenzt, bedroht, natürlich so unterschwellig, dass es nicht beweisbar war. Und die beiden Zeugen starben einige Monate nach dem Geschehen bei einem Autounfall … Der wurde sehr wahrscheinlich geschickt inszeniert.« Sie spürte, dass sie Schuberts volle Aufmerksamkeit gewonnen hatte. Immerhin.

»Das ganze Programm lief da ab. Anfang des Jahres landete ich schließlich in Stralsund, in einem gut funktionierenden Team«, erzählte sie weiter. »Fast schien es so, als wäre der Albtraum endlich ausgestanden. Aber dann gab es wieder einen Toten, dessen Umstände mich fatal an Mocker erinnerten, und Wochen später den zweiten Todesfall aufgrund massiver Gewaltanwendung. Diesmal lag der Zusammenhang mit dem Schweriner Fall auf der Hand. Ich konnte mich dem nicht entziehen, unmöglich. Und dass wir bei den Recherchen schließlich auf Sie stießen und aufgrund der Ermittlungen auf Rügen so schnell identifizieren konnten, stellt für mich viel mehr als einen puren Zufall dar.«

Olivia beugte den Kopf vor. »Wir wollen sie schnappen: Barth, Feldkamp, Leistner, Brandt und alle, die in ihrem Sinne aktiv sind, die mit verdienen bei diesem miesen Geschäft.«

Schubert verschränkte die Arme vor der Brust und ließ einen Moment den Blick wandern. »Ich bin wirklich beeindruckt, das dürfen Sie mir glauben, aber ich kann Ihnen nicht helfen«, entgegnete er schließlich leise.

»Sie haben Angst.«

»Das sagen Sie.«

»Wir nehmen Sie ins Zeugenschutzprogramm«, schaltete Schlegel sich wieder ein. »Sie und natürlich auch Ihre Frau. Sie fangen ein völlig neues Leben an – kein Druck mehr, keine Bedrohung, sondern unabhängig und, ja: frei.«

Schubert wandte das Gesicht ab. »Eigentlich ein schöner Gedanke, aber …« Er schüttelte den Kopf. »Ich werde nie frei sein.«

»Aber warum nicht?«, hielt Olivia dagegen.

»Lassen Sie es mich so ausdrücken: Ich traue niemandem, aus gutem Grund.«

»Nur Sie und Ihre Frau und die unmittelbar betrauten Beamten des Zeugenschutzprogramms erfahren, wo Sie Ihr neues Leben beginnen«, erklärte Schlegel. »Sie sind vollkommen sicher.«

»Wie gesagt – ich traue niemandem, und das meine ich wörtlich. Vollkommene Sicherheit gibt es nicht, nirgendwo …«

Olivia stutzte.

»Außerdem … meine Aussage dürfte alles andere als bedeutsam sein«, fuhr er fort. »Diese Namen sagen mir gar nichts. Die Hintermänner, die Strippenzieher oder Organisatoren, wie Sie sie nennen, treten doch nicht offen in Erscheinung, um mit einem Boxer zu verhandeln. Das dürfte Ihnen wohl klar sein.«

»Durchaus, aber sicherlich können Sie den einen oder anderen identifizieren oder erinnern sich an Namen. Und zum internen Prozedere dürften Sie einiges zu erzählen haben, was unsere Ermittlungen unterstützen könnte. Jedes Detail ist dabei wichtig.«

Schlegel zog das Foto, auf dem Barth am Ring steht und das Kampfgeschehen gebannt verfolgt, aus ihrer Mappe. »Dieser Mann hier zum Beispiel.«

Schubert warf einen flüchtigen Blick darauf. »Keine Ahnung, wer das sein soll.«

»Sie haben viel Geld bekommen, nicht wahr?«

Schubert blickte auf seine Hände. »Vergessen Sie es – ich werde nicht reden.«

Fünf Minuten später gaben sie den Versuch auf, Schubert auf ihre Seite zu ziehen, und verließen kurz darauf sein Büro. Schlegel wirkte nachdenklich. »Davon hatte ich mir mehr erhofft«, meinte sie, während sie zum Parkplatz gingen und ins Auto stiegen. »Ich schätze, dass er meine Visitenkarte zerrissen hat, kaum dass wir aus der Tür waren.«

Olivia nickte. »Seine Entscheidung scheint unumstößlich zu sein, wie bei seiner Befragung in Stralsund auch.« Sie startete den Motor.

»In der Tat. Allerdings frage ich mich gerade, warum er dann überhaupt detailliert Stellung bezog und sich in das Gespräch locken ließ. Er hätte uns nach einer Minute einfach vor die Tür setzen können …« Schlegel schmunzelte plötzlich. »Er mag Sie. Vielleicht hat er deshalb so lange mit uns gesprochen.«

Olivia lächelte. »Der Mann hat durchaus Charme.« Sehr viel sogar. Schuberts Aussage zum Rügen-Fall ging ihr durch den Kopf. »Seine heftige außereheliche Affäre scheint nicht von ungefähr zu kommen, unter Umständen war er nicht zum ersten Mal untreu«, überlegte sie halblaut. »Warum auch immer.«

»Hm und?«

»Die Ehefrau hat den Seitensprung entdeckt, und kurz darauf …«

»Erfolgte, wie bereits heute Morgen hervorgehoben, der klare Schnitt mit dem Umzug nach Greifswald«, vervollständigte Schlegel. »Neue Umgebung, neuer Job – keine schlechte Idee für einen kompletten Neustart, oder? Worauf wollen Sie hinaus?«

»Vielleicht empfindet er das Zeugenschutzprogramm für sich und seine Frau alles andere als eine vielversprechende Lebensalternative.«

»Weil die Ehe ohnehin am Ende ist? Dann könnte er sich von ihr trennen, wäre auch ein klarer Schnitt.«

»Ja, hat er aber bislang nicht getan.« Olivia runzelte die Stirn. »Das klingt ziemlich spekulativ, aber … Vielleicht traut er seiner Frau auch nicht.«

Schlegel hob die Brauen. »Sie meinen, sie weiß von der alten Sache und setzt ihn damit unter Druck?«

»So etwas in der Art – nicht auszuschließen, oder?«

»Scheußliche Vorstellung.«

»Ja.« Schade um ihn, fügte Olivia in Gedanken hinzu.

»Wie dem auch sei, ich hoffe, dass er sich die Sache noch mal gründlich durch den Kopf gehen lässt und mit dem Zerreißen der Visitenkarte wartet … Ihre Dienstnummer habe ich übrigens meinen Kontaktdaten hinzugefügt. Falls er sich meldet, dann garantiert bei Ihnen.«

»Nun …«

»Würde ich an seiner Stelle auch tun. Sie sind nun mal unbestreitbar deutlich hübscher als ich.« Schlegel lachte laut und herzlich.

Der Handy-Ortung nach zu urteilen befand sich Ohlhof tatsächlich auf dem Weg nach Bremen; Überwachungskameras auf der A20 bestätigten die Peilung der Sendemasten. Bei normal fließendem Verkehr würde er ungefähr viereinhalb Stunden benötigen, überlegte Kasper. Er hatte inzwischen mit den Bremer Kollegen konferiert, die Ohlhof observieren würden. Kasper hielt es für sehr wahrscheinlich, dass er nachts auf Umwegen auf die Insel zurückkehren und Milan einen Besuch abstatten würde.

Fine hatte eine Platte mit Fischbrötchen bereitgestellt, und Kasper griff beherzt zum zweiten Mal zu, als die Kollegin ihn telefonisch bat, kurz in der Wache vorbeizuschauen. »Ich weiß, dass ihr den Kopf voll habt und mehr als genug zu tun, aber vielleicht kannst du doch ein paar Minuten erübrigen. Vor mir steht jemand, der unbedingt mit einem Kriminalbeamten sprechen möchte.« Ihr Räuspern verriet Kasper den unausgesprochenen Nachsatz – und sich nicht abwimmeln lässt, nicht mal von mir, keine Ahnung, worum es geht.

Kasper biss zweimal ab und machte sich auf den Weg nach unten. Am Tresen stand ein älterer Herr von zarter und gebeugter Statur – deutlich jenseits der achtzig, schätzte Kasper und nahm kurz Blickkontakt zu Fine auf, bevor er dem Mann die Hand reichte und sich vorstellte.

»Ich bin Fritz Kubald«, erwiderte der Mann mit fester Stimme, seine blassblauen Augen funkelten. »Geboren in Sassnitz, Hafenarbeiter, Mukran und so weiter. Seit fünfzig Jahren lebe ich in Samtens. Und Sie, junger Mann, sind auch wirklich ein Kriminalbeamter?«

»Ja, bin ich.« Kasper verkniff sich ein Schmunzeln. Junger Mann hatte schon seit ewigen Zeiten niemand mehr zu ihm gesagt, mit Recht. Aber es klang irgendwie nett.

»Früher haben wir Hauptmann gesagt.« Kubald nickte ernst.

»Ich erinnere mich. Worum geht es, Herr Kubald?«

»Mir ist was aufgefallen.«

Kasper wies auf eine Sitzbank im Wartebereich. »Wollen wir uns setzen?«

»Ja, warum nicht?«

Der alte Mann wandte sich langsam um und nahm mit sparsamen Bewegungen Platz. Seine Hände zitterten, er nestelte nach einem Taschentuch und wischte sich zunächst umständlich die Mundwinkel ab. »Wissen Sie, ich habe angerufen«, meinte er dann.

»Wen haben Sie angerufen?«

»Hier - bei der Polizei. Aber man hat mir gesagt, ich müsste selbst kommen und eine Anzeige aufgeben. Einfach so am Telefon, das wollte man nicht durchgehen lassen. Also musste ich mich in den Bus setzen.«

Kasper nickte. »Tja, wissen Sie, viele Leute machen sich einen Spaß mit Anrufen und Beschwerden, die nicht das Geringste zu bedeuten haben, oder wollen uns veralbern.«

»Ernsthaft?«

»O ja.«

»Das ist ja ungeheuerlich.«

»Und ob. Was haben Sie beobachtet, Herr Kubald?«

»Habe ich das gesagt – dass ich etwas beobachtet habe?«

»Nun, so ähnlich drückten Sie sich aus. Sie sprachen davon, dass Ihnen etwas aufgefallen sei.«

»Ja, ja …« Er kratzte sich am kahlen Hinterkopf. »Bei mir gegenüber im Haus vom alten Otto – der ist im letzten Jahr gestorben, und die Kinder lassen jetzt alles sanieren – ist was sehr, sehr Merkwürdiges passiert.«

»Was genau ist passiert?«

»Ich habe das nur von Weitem mitbekommen, verstehen Sie? Ich lebe allein, und es ist still in der Gegend, und mein Gehör und meine Augen funktionieren noch sehr gut, auch wenn ich manchmal ein bisschen schwach auf den Beinen und kurzatmig bin – mit siebenundachtzig darf ich das wohl auch.«

»Unbedingt.«

»Also, was ich sagen will – mir fällt auf, wenn nicht alles so ist, wie es sein sollte«, betonte er. »Verstehen Sie, was ich meine?«

Und ob. Kasper nickte und unterdrückte ein Stöhnen. »Was genau haben Sie beobachtet?«, wiederholte er seine Frage.

»Heute Morgen ist ein Lieferwagen vorgefahren – mit zwei Männern. Bauarbeiter, dachte ich, aber einer von ihnen sah gar nicht nach Bau und Handwerk oder so was in der Richtung aus. Der war eine halbe Portion und trug einen Anzug, ganz schnieke. Egal.« Er schüttelte den Kopf. »Die Leute tragen heutzutage merkwürdige Klamotten. Und vielleicht hat er sich ja im Haus umgezogen.«

»Das wäre eine Möglichkeit«, stimmte Kasper zu. »Und weiter?«

»Einige Zeit später verließ der andere, ein richtiger Bauarbeiter, ein großer breitschultriger Kerl, der bestimmt einiges stemmen kann, das Haus wieder und fuhr weg, alleine.« Kubald nickte ernst. »Der andere hingegen war nicht zu sehen.«

»Und?«

»Nun, er ist einfach weg.«

»Wie meinen Sie das?«

»Ist das so schwer zu verstehen?« Kubald runzelte die Brauen. »Der zweite Mann im Anzug hat sich in Luft aufgelöst – so könnte man es ausdrücken.«

Kasper stöhnte leise auf. »Aber woher wollen Sie das denn wissen, Herr Kubald? Vielleicht arbeitet er immer noch im Haus, während sein Kollege …«

Der Alte schüttelte sofort energisch den Kopf. »Nein, nein, junger Mann, ganz bestimmt nicht.«

»Warum nicht?«

»Mir ist das merkwürdig vorgekommen. Ich habe also

gewartet und gewartet, dann bin ich irgendwann raus und ums Haus rumspaziert. Ich habe durch die Fenster geguckt. Niemand da, alles war still, alle Räume leer. Wie gesagt – als hätte er sich einfach in Luft aufgelöst. Ich habe sogar nach ihm gerufen!«

Nimm es mit Humor, beschwor Kasper sich lautlos, aber das war gar nicht so einfach. »Sie werden wohl verpasst haben, dass der andere Mann irgendwann doch aufgebrochen ist«, entgegnete er. Du warst garantiert mal Blockwart und hast jeden angeschwärzt, der an hohen sozialistischen Feiertagen nicht Flagge gezeigt hat, fuhr es ihm durch den Kopf.

»Habe ich nicht«, widersprach Kubald in gebieterischem Tonfall, und er setzte eine Miene auf, als hätte er mit diesem Einwand längst gerechnet.

»Sie waren zwischendurch sicher mal auf dem Klo, oder?«

»Ja, ja, aber das Fenster stand sperrangelweit auf, und es kam kein Wagen. Den hätte ich gehört. Ich habe sehr gute Ohren.« Seine Stimme schraubte sich triumphierend in die Höhe. »Ich habe das Haus und die Straße die ganze Zeit im Blick beziehungsweise im Ohr behalten, das ist mal sicher. Und so lange sitze ich nicht auf dem Klo herum.«

Gut zu wissen.

»Das ist außerdem ungesund.«

»Jo.« Bitte kein Vortrag über Hämorrhoiden. »Und wenn er zu Fuß gegangen ist?«

»Wie?«

»Der Mann im Anzug könnte das Haus verlassen und zu Fuß weggegangen sein«, gab Kasper zu bedenken. »Seine Schritte hätten sie wohl kaum gehört, auch wenn Verlass auf Ihre Ohren ist.«

»Nein, aber das glaube ich nicht. Die Bauleute kommen doch aus Stralsund oder von sonst wo. Die laufen doch nicht zu Fuß durch die Gegend. Völliger Quatsch. Und Mittag hat er auch nirgendwo gemacht, dann hätte ich ja mitgekriegt, wenn er zurückgekommen wäre, oder?« Kubald kniff die Lippen zusammen und schob das Kinn angriffslustig vor.

Frappierende Logik, das musste man zugeben.

»Alles in allem ist das sehr merkwürdig. Und ich finde, Sie sollten etwas unternehmen.«

Kasper atmete tief ein. »Wissen Sie zufälligerweise den Namen der Baufirma? Die stehen ja meist an den Fahrzeugen.«

»Tja … es waren unterschiedliche Wagen, die da immer vorfuhren, und die einzelnen Beschriftungen habe ich mir nicht gemerkt.«

Nicht zu fassen, das hast du also nicht mitgekriegt.

»Manchmal haben zwei, drei von denen in der Auffahrt gestanden, manchmal nur einer.«

»Was ist mit dem Wagen, der heute vor dem Haus stand, trug er auch eine Beschriftung?«

»Ich denke schon … ein schwarzer Schriftzug auf weißem Untergrund. Ja, es war ein heller Lieferwagen«, betonte Kubald. »Aber ich habe nicht darauf geachtet, wie die Firma hieß, oder es vergessen – vor Aufregung. Das kann ja mal passieren, oder? Ich bin schließlich kein Kriminalbeamter. Aber Sie! Und Sie müssen dem nachgehen.«

»Das werden wir«, versicherte Kasper mit ernster Miene. »Hinterlassen Sie bitte Ihre Adressdaten. Wir kümmern uns so schnell wie möglich darum.«

»Wirklich?«

»Wirklich.«

»Danke, Herr Kommissar.«

»Schon gut.« Kasper wandte sich zu Fine um, die ihn dankbar anlächelte. »Ein Kollege soll Herrn Kubald nach Hause bringen, sobald du die wesentlichen Infos aufgenommen hast, und einen Blick auf das Haus werfen.«

»Alles klar.«

»Und sag mir unbedingt Bescheid, wie die merkwürdige Sache ausgegangen ist.«

»Natürlich.«

Kasper tippte sich grüßend an die Stirn, bevor er kopfschüttelnd wieder den Weg nach oben antrat.

21

Schlegel hatte ihn angewiesen, an ihm dranzubleiben, und das hatte er getan. Barth trug seit zwei Stunden ein Mikro und einen Sender an einem Kugelschreiber spazieren, den Daniel ihm zugesteckt hatte. Ließ er den Stift irgendwo liegen, wäre das sehr schade; entdeckte er womöglich dessen besondere Qualitäten, könnte es richtig Ärger geben. Letzteres Risiko schätzte Daniel allerdings als gering ein. Barth ahnte nicht im Mindesten, dass er im Mittelpunkt einer Observation stand.

Daniels herausragende Stärken bei der verdeckten Ermittlung bestanden zum einen in seiner bemerkenswerten Fähigkeit, einen Menschen in kürzester Zeit zu charakterisieren und seine Handlungsweisen damit berechenbar zu machen, zum anderen in seiner Unauffälligkeit, die er weitestgehend dem äußeren Eindruck seiner jugendlichen Unbeholfenheit verdankte. Noch ein, zwei Jahre, so schätzte er, dann dürfte dieser Bonus ausgereizt sein, und er machte sich nichts vor: Er war ein erfahrener und umsichtiger Profi, der zahlreiche Tricks auf Lager hatte, in riskanten Momenten ruhig und klar blieb, doch er musste Entscheidendes dazulernen, wenn er auch ohne den Jugendfaktor so erfolgreich bleiben wollte.

Barth verließ die Staatsanwaltschaft am späten Nachmittag und machte sich zu Fuß auf den Weg in Richtung Schlossgarten, von wo er zügig weiterlief zur Schleifmühle. Daniel blieb in sicherem Abstand hinter ihm. Der Mann, mit dem er sich zwanzig Minuten später vor der Mühle traf, war sehr jung und gut gekleidet. Daniel schoss versteckt mehrere Aufnahmen, während er in einer Besuchergruppe untertauchte und so tat, als sei er mit seinem Smartphone beschäftigt.

Die beiden wechselten ein paar Worte und betraten dann den Ausstellungsraum – glücklicherweise, denn der rauschende Betrieb der Wassermühle hatte bisher jedes Wort der Unterhaltung verschluckt.

»Das unerwartete Problem ist also gelöst?«, fragte Barth plötzlich mitten in ein allgemeines Geplänkel über die Einzigartigkeit der Schweriner Steinschleifkunstwerke, die ihn schon als Kind fasziniert habe.

»Ja.«

»Gut. Dann kehrt jetzt also endgültig Ruhe ein.«

»Davon gehen wir aus. Und bei euch?«

»Alles eingestellt. Da kräht kein Hahn mehr nach.«

Daniel stellte sich vor, dass Barth grinste und seine großen Ohren dabei in Bewegung gerieten.

»Schön zu hören.«

»In nächster Zeit sollten wir dennoch vorsichtig sein.«

»Das ist so geplant. Keine Risiko-Veranstaltung für mindestens drei Monate.«

Einige Minuten später trennten sich die Wege der beiden, und Daniel nahm Kontakt zu Schlegel auf.

»Schick mir die Fotos und das aufgezeichnete Gespräch«, sagte sie im Anschluss an seinen Kurzbericht.

»Mach ich.«

»Konntest du schon Erkenntnisse gewinnen, mit wem Barth engere Bindungen auf Ermittlerseite pflegt?«

»Bislang nicht. Er ist kein Freund von Notizheftchen oder Ähnlichem. Ich denke, er vertraut seinem privaten Computer eine Menge an und hält lange Passwörter für einen guten Schutz. Könnte mir vorstellen, dass ich dort fündig werde. Vielleicht auch nicht. Dumm ist er nicht. Aber ein Blick auf die Festplatte lohnt sich immer.«

»Sei vorsichtig.«

»Natürlich.«

Daniel besorgte sich auf dem Rückweg zur Staatsanwaltschaft, wo er seinen Wagen stehen gelassen hatte, einen Hotdog und verzehrte ihn in aller Ruhe, bevor er sich auf den Weg zu Barths Privatadresse machte – einem noblen Anwesen mit weitläufigem Grundstück am Ziegelsee. Die Familie wollte das schöne Wetter zum Grillen mit Freunden ausnutzen, wie Daniel mitbekommen hatte, als Barth mit seiner Frau telefonierte.

Wenig später behielt er aus sicherer Entfernung das Geschehen im Blick. Der Geruch von Holzkohle lag in der Luft, Kinder tobten über den Rasen, die Erwachsenen gönnten sich gekühlten Weißwein, ein Bierfässchen wurde angestochen. Barth führte das gediegene Leben eines hohen Beamten mit gesichertem Einkommen und besten Karrierechancen, seine Kinder wuchsen unbeschwert, ja in purem Luxus auf.

Vielleicht reicht ihm all das nicht, überlegte Daniel. Der Kitzel fehlte inmitten der Vorhersehbarkeit eines netten, aber irgendwie eintönigen Alltags, die Herausforderung, sich in kritischen Situationen beweisen zu müssen, die mehr von ihm verlangten als fleißiges Aktenstudium, Leitungsaufgaben, Jonglieren mit Paragraphen und die Fähigkeit, Deals mit Kriminellen, Richtern und Anwälten einzufädeln. Unter Umständen ging es ihm nur in zweiter Linie um die blutigen Fights und die Wetten, den satten Gewinn, diese ganz andere Welt abseits seines Schreibtisches; der eigentliche Reiz lag womöglich darin, das Geschehen gegenüber den Ermittlungsbehörden perfekt abzuschirmen – ebenso raffiniert und elegant wie brillant und frech und ohne dass auch nur der geringste Verdacht entstand, dass da jemand seine schützenden Hände über eine dunkle Sache hielt. Jahrelang hatte er diesen Part unbehelligt durchgezogen, Hürden waren beseitigt worden, mal unauffällig, mal etwas holperig, aber letztlich lief alles wie am Schnürchen. Daher rührte seine Selbstsicherheit. Und die wurde ihm gerade zum Verhängnis, weil seine Wachsamkeit nachgelassen hatte.

Daniel setzte das Fernglas ab, als ein Lieferwagen vorfuhr und zwei Männer in Overalls ausstiegen – der Beschriftung nach zu urteilen, handelte es sich um Monteure für Küchengeräte. Die beiden traten durchs unverschlossene Gartentor und blieben an der Haustür stehen.

Daniel zögerte nur einen Moment, dann schnappte er sich seine schwarze Umhängetasche, stieg aus dem Wagen und eilte auf die andere Straßenseite, wo er im Schutz eines Gebüsches stehen blieb und lauschte.

»… seit heute Morgen«, vernahm er eine Frauenstimme. »Die Maschine pumpt nicht mehr vernünftig ab, und wie Sie sehen, haben wir Gäste. Es wäre wirklich sehr ärgerlich, wenn der Geschirrspüler gerade heute seinen Dienst aufgeben würde.«

»Wir sehen uns das gleich mal an, Frau Barth.«

»Das ist schön. Kommen Sie bitte, wir gehen durch den Hauswirtschaftsraum.«

Die Monteure gingen rechts ums Haus herum, den Blicken der anderen Gäste entzogen. Daniel wartete eine Minute, dann schlüpfte er durch das Gartentor und folgte ihnen mit raschen Schritten über den betonierten Weg. Würde ihn jetzt jemand wahrnehmen, hielte man ihn aller Wahrscheinlichkeit nach für den Lehrling, der den Monteuren zur Hand gehen sollte und die Werkzeugtasche ins Haus schleppte.

Sein Puls war kräftig und schlug in erhöhter Frequenz, durfte aber seiner Einschätzung nach immer noch deutlich unter einhundert Schlägen liegen. Es war wichtig, die Spannung zu beherrschen und nicht umgekehrt. Die Tür zum Hauswirtschaftsraum war nur angelehnt. Er schob sie ein Stück auf und lugte um die Ecke – linker Hand lag die Küche, wo die Herrin des Hauses den Monteuren gerade den defekten Geschirrspüler präsentierte, rechts ging es eine Treppe hinunter in den Keller, geradezu öffnete sich der Flur zu einer großzügigen Diele. Daran schlossen sich Wohn- und Esszimmer an, schätzte Daniel, wahrscheinlich gab es auch ein Kaminzimmer. In solchen Häusern gab es fast immer ein Kaminzimmer. Er erinnerte sich, aufgestapelte Holzscheite an der Garagenwand gesehen zu haben. Aber wo befand sich Barths Büro? Im Keller? Hm, eher nicht, schien ihm unpassend. Im ersten Stock? Wo war er ungestört? Garantiert nicht neben den Kinderzimmern. Unterm Dach? Schon eher. Hoch über den Wolken …

Daniel huschte in die Diele, atmete einmal tief durch und rannte, zwei Stufen auf einmal nehmend, die Treppe hinauf. Wenn ihm jetzt jemand entgegenkam, war er geliefert.

Das erste Stockwerk war in zwei Bereiche unterteilt: links die Kinderzimmer, rechts der Elternbereich, dazwischen Bad, Diele, Garderobe – eine weitere Treppe führte unters Dach. Er lief hinauf und spürte, wie ihm der Schweiß auf die Stirn trat. Das Zimmer war abgeschlossen, aber der Schlüssel steckte von außen. Daniel betrat den Raum, drehte sich einmal um sich selbst und überdachte in Windeseile die Fluchtmöglichkeiten. Falls Barth plötzlich vor ihm stehen würde, musste es schnell gehen, sehr schnell. Der Raum war groß, das kam Daniels Bedürfnissen entgegen. Mit einem geschmeidigen Ausweichmanöver dürfte es ihm gelingen, den Mann auszutricksen oder schlicht über den Haufen zu rennen. Den einen oder anderen Fausthieb beherrschte er auch, aber Tritte erwiesen sich meist als wesentlich effektiver. Kaum jemand achtete auf die Füße, wenn ein Gegner mit den Fäusten vor seinem Gesicht herumfuchtelte.

Daniel schlüpfte hinter den Schreibtisch und öffnete die Umhängetasche. Der Laptop war eingeschaltet und summte leise vor sich hin. Er schloss eine externe Festplatte an und gab in Windeseile den Copybefehl ein. Fünf Minuten sollte die Prozedur nach Auskunft des Übertragungsprogramms dauern ... Er biss sich auf die Unterlippe. Das war verdammt lange. Schamlose Untertreibung: Fünf Minuten in einem fremden Haus, in dem man sich nicht auskannte und zu dem er sich höchst dreist sowie auf juristisch mehr als fragwürdige Weise Zutritt verschafft hatte, waren eine halbe Ewigkeit. Er schwitzte stärker, der Puls lag inzwischen über hundert, die Aktivitäten im Garten drangen leise zu ihm hoch – Kinderlachen, eine laute Frauenstimme, ein Mann erzählte einen Witz. Als endlich das leise Piepen das Ende des Kopiervorganges ankündigte, seufzte er, entkoppelte den Stecker und packte seine Tasche ...

»Wer bist du denn?«

Sein Herz blieb für zwei Sekunden stehen. Er hob langsam den Blick und starrte direkt in die dunklen Augen eines ungefähr vier- bis fünfjährigen Jungen, der ihn mit seitlich geneigtem Kopf von der Tür aus beobachtete und gleichzeitig selbstvergessen in der Nase bohrte. Schreib ne Postkarte, wenn du oben bist, hatte Daniels Mutter immer gesagt.

»Ich bin der Computermann«, erwiderte Daniel mit gedämpfter Stimme.

»Ist der auch kaputt?«

»Ja, so wie der Geschirrspüler.«

»Krass.« Der Junge zog den Finger aus der Nase und begutachtete ihn einen Moment mit kritischem Blick.

»Aber jetzt ist er wieder in Ordnung.« Daniel stand auf und trat näher. Seine Knie waren weich. Er lauschte in Richtung Flur. Offensichtlich war der Junge alleine im

Haus herumgeschlichen. »Manchmal geht alles auf einmal kaputt. Solche Tage gibt es.«

»Ja.« Der Junge lächelte. »Soll ich dich runterbringen? Du kannst noch ein Würstchen essen. Wir haben viel zu viele Würstchen auf den Grill gepackt. Du kannst auch zwei kriegen und eine Cola. Oder magst du Bier?«

»Hm, das ist lieb von dir, aber ich muss noch zu einem anderen Kunden, der schon seit einer Stunde auf mich wartet. Tust du mir einen Gefallen?«

Der Junge nickte eifrig.

»Wartest du, bis der Ventilator des Laptops sich abgeschaltet hat? Du weißt schon – wenn das leise Summen aufhört und es plötzlich ganz still wird.«

»Ja.«

»Das ist prima.«

»Was macht denn der Ventilator?«

»Er belüftet den Computer und verhindert, dass er zu heiß wird.«

»Ja?«

»Ja, denn wenn er zu heiß wird, geht er schnell kaputt«, erklärte Daniel und bemühte sich, gleichmäßig und tief zu atmen.

»Okay. Und was soll ich machen, wenn er sich abgestellt hat?«

»Dann machst du einfach die Tür zu und gehst wieder zu den anderen nach unten.«

Der Junge überlegte kurz. »Hm, na gut, aber mein Vater darf das nicht wissen«, flüsterte er plötzlich. »Ich darf hier gar nicht rein, weißt du? Das ist hier sein Zimmer. Aber er vergisst oft, die Tür abzuschließen.«

»Okay, dann sag ihm einfach nichts. Und ich halte auch meinen Mund. Wie wäre das?«

»Gute Idee.« Der Junge lächelte mit Verschwörermiene.

Als Daniel zwei Minuten später in seinem Wagen saß,

war sein Shirt schweißnass, und sein Puls lag bei hundertzwanzig. Er zitterte und fuhr rasch los. An der nächsten Tankstelle kaufte er eine Literflasche Cola und zwei Schokoriegel. Er hatte das Gefühl, völlig unterzuckert zu sein.

Der Bericht des Praktikanten traf ein, kaum dass sie nach Stralsund zurückgekehrt waren. Florian Sabert war der entscheidende Mann im Außendienst – er hielt Kontakte, überbrachte Nachrichten, die nirgendwo dokumentiert werden durften, organisierte Treffen. Ein Bote, dem die entscheidenden Leute im Hintergrund vertrauten. Und er hatte dabei offensichtlich ein Faible für Treffen in Museen entwickelt. Olivia war nicht überrascht, erneut auf ihn zu stoßen.

»Er ist noch sehr jung«, sagte sie zu Schlegel. »Leistner hat ihn ausgebildet und benutzt ihn nicht nur als Laufburschen, sondern garantiert auch als Schild. Wenn es hart auf hart kommt, weist er jede Schuld von sich und zeigt mit dem Finger auf Sabert.«

»Möglich. Warten wir ab, was die Festplatte von Barth hergibt. Daniel leitet die Kopie bereits weiter, und zwei IT-Spezialisten werden sich noch heute damit befassen.«

Olivia war beeindruckt. »Wie ist er eigentlich an den Laptop herangekommen?«

»Das habe ich ihn auch gefragt – er meinte, dass er eine günstige Gelegenheit nicht verstreichen lassen konnte. Details sollten aber besser sein Berufsgeheimnis bleiben. Mit dem Hinweis kann ich ganz gut leben.«

»Falls Barth mitbekommt, dass jemand an seinem PC war …«

Schlegel winkte ab. »Damit beschäftigen wir uns erst gar nicht. Viele Informationen, die wir auf diesem oder einem ähnlichen Weg gewinnen, stehen uns ohnehin nur indirekt zur Verfügung. Aber das reicht oftmals schon.«

»Er wird doch nicht so dumm sein, die einzelnen Kämpfe und Details zu den Wetten, womöglich Beträge und Namen frei zugänglich aufzuzeichnen«, wandte Olivia ein.

»Davon gehe ich auch aus, aber irgendein vielleicht versteckter Hinweis auf Konten, Quoten, Zahlungsmodalitäten und so weiter würde uns schon weiterhelfen. Es gibt immer einen, der alles fein säuberlich aufzeichnet, erst recht wenn ein ganzes Team von Leuten dahintersteckt. In dem Geschäft fließt so viel Geld, dass man Gefahr läuft, den Überblick zu verlieren.«

»Hm, ja, aber passt dieser Job nicht eher zu Leistner und/oder Feldkamp?«

»Denkbar. Aber warten wir erst mal ab, ob Barths Daten auf eine Querverbindung hinweisen, die wir nutzen können.«

Olivia nickte nachdenklich. »Was genau meinte Sabert wohl mit dem ›unerwarteten Problem‹?«

»Ich denke, es geht um die Einstellung der Ermittlungen ...«

»Das ist erst zwei Sätze später Thema«, entgegnete Olivia.

»Hören wir doch einfach noch mal rein.« Schlegel spielte die Aufnahme erneut ab.

Barths Stimme klang leise, war aber deutlich zu verstehen. »Das unerwartete Problem ist also gelöst?«

»Ja.«

»Gut. Dann kehrt jetzt also endgültig Ruhe ein.«

»Davon gehen wir aus. Und bei euch?«

»Alles eingestellt. Da kräht kein Hahn mehr nach.«

»Schön zu hören.«

»In nächster Zeit sollten wir dennoch vorsichtig sein.«

»Das ist so geplant. Keine Risiko-Veranstaltung für mindestens drei Monate.«

Schlegel schaltete wieder ab. Olivia stützte das Kinn auf

die Hand. »Es könnte um unterschiedliche Belange gehen. Vielleicht knirscht es an mehreren Stellen im Getriebe.«

»Ja, nicht auszuschließen. Andererseits klingen die beiden nicht sonderlich beunruhigt. Wir werden ihn zu gegebener Zeit befragen.« Sie blickte auf die Uhr. »Aber jetzt machen wir erst mal Feierabend. Es war ein langer Tag. Ich hoffe, dass morgen die ersten Ergebnisse der IT-Leute vorliegen. Falls sich zwischendurch noch etwas tut, melde ich mich noch einmal.« Sie lächelte. »Sehr gute Arbeit, Kollegin.«

»Danke.«

»Und vergessen Sie nicht …«

»Polizeischutz, ich weiß.«

»Vergessen Sie bitte nicht«, ergriff Schlegel mit leisem Schmunzeln erneut das Wort, »mein Handy ist immer eingeschaltet.«

»Meins auch.«

Olivia parkte eine Viertelstunde später direkt vor ihrem Haus, zwei Wagen hinter ihr stand bereits das Fahrzeug ihres Aufpassers. Der Beamte würde sich die ganze Nacht nicht vom Fleck rühren beziehungsweise zwischenzeitlich das Grundstück kontrollieren und sie zuvor in die Wohnung begleiten, um sich davon zu überzeugen, dass alles in Ordnung war. Sie händigte ihm einen Zweitschlüssel aus und stellte sich kurz darauf unter die Dusche.

Ihr Handy klingelte, als der Fischauflauf im Ofen war und sie sich gerade ein Glas Rotwein eingeschenkt hatte. Staatsanwalt Schwedtner wollte hören, wie es ihr ging, und freute sich, dass die Zusammenarbeit mit Schlegel offenbar reibungslos funktionierte und bereits erste Früchte zu tragen begann. Olivia ging jede Wette ein, dass das persönliche Engagement, das er in ihrem Fall an den Tag legte, durchaus nicht die Regel war …

Der nächste Anruf erfolgte während des Essens. Die

Nummer war unterdrückt. Olivia schaltete den Aufzeichnungsmodus ein und nahm das Gespräch an. »Ja?«

»Ich weiß nichts über die internen Abläufe.«

Schubert, dachte Olivia, und ihr Herz machte einen kleinen Sprung. Schlegel hatte recht behalten.

»Wir sind dankbar für jeden Hinweis, das wissen Sie.«

»Ich bin sicher, dass mir Drogen verabreicht wurden, irgendein Aufputschmittel. Ich sollte so aggressiv wie möglich vorgehen. Denen war alles egal …«

»Hohe Wettquoten?«

»Ja, viel Geld.«

»Wer hat die Auszahlungen veranlasst?«, fragte Olivia.

»Keine Ahnung. Sabert war immer der Mann, der sich um alles gekümmert hat.«

»Damals auch schon? Er ist noch sehr jung, und Ihr Kampf liegt ja schon etliche Jahre zurück.«

»Ja, er kam da gerade so richtig in Schwung. Er ist ein sehr eifriger Mann, dem seine Rolle gut gefällt. Er fühlt sich … ja: wichtig.«

Olivia nickte. Die Einschätzung klang stimmig. »Und wie läuft das Ganze organisatorisch ab? Wer schlägt Boxer für die Fights vor? Stammen die alle aus der illegalen Szene?«

»Teils, teils«, antwortete Schubert ausweichend. »Dazu möchte ich eigentlich nichts sagen, nur so viel: Wer solche Kämpfe will und sucht, der stößt früher oder später auch auf die entsprechenden Kreise. Hungrige begabte Kämpfer werden immer gesucht. Ein Clubbesitzer hatte damals den direkten Kontakt zu den Boxern.«

»Brandt?«

»Ja. Er war vom Fach und entschied in einem Team mit anderen Kämpfern, ob jemand überhaupt infrage kam. Und diese anderen Geschäftsleutetypen interessierten mich nicht. Das waren die, die Wetten organisierten, mitspielten und gerne zusahen. Wahrscheinlich haben sie das ganz große Geld gemacht.«

»War der mit den großen Ohren auch dabei?«

»Ja, der auch.«

»Und wo finden die Kämpfe statt?«

»An unterschiedlichen Orten – so war es damals jedenfalls: leeren Fabrikhallen, die kurzfristig hergerichtet wurden, Containerschiffen, Kellern in Clubs. Die Örtlichkeiten wechselten immer wieder. Das war Teil des geheimnisvollen Prozederes und ist es wahrscheinlich immer noch.«

»Geht das etwas genauer?«

»Nun, es geht um private Veranstaltungen, und es werden nur geladene Gäste reingelassen – in der Regel ist das ein ganz bestimmter Kreis von Leuten, die bilden so etwas wie eine verschworene Gemeinschaft«, berichtete Schubert. »Wer dazugehört, fühlt sich … angenommen – ob als Boxer, als Zuschauer oder Wettspieler, ganz egal. Es ist wie ein elitärer Club. Sie nennen sich die Garde. Man gehört ihr lebenslang an. Ganz schön albern, was?«

Die Garde, dachte Olivia und trank einen Schluck von ihrem Wein. »Und manchmal müssen bei den Fights Kämpfer sterben.«

»Die Fights enden nie unentschieden. Es soll immer einen Gewinner und einen Verlierer geben, und wenn beide lange durchhalten, wird es hin und wieder richtig eng …«

»Falls der Unterlegene nach dem Knock-out noch atmet, wird er in der Nähe eines Arztes oder Krankenhauses abgelegt«, fuhr Olivia fort. »Ist es so vereinbart?«

»Davon weiß ich nichts. Mockers Tod war, solange ich dabei war, der Einzige, von dem ich etwas mitbekommen habe, und danach bin ich ausgestiegen.«

Das kann man glauben oder auch nicht. »Aber Sie sind der Garde immer noch verpflichtet, nicht wahr?«

»Sie wissen selbst, wie weit ihr Einfluss reicht. Mehr kann ich Ihnen beim besten Willen …«

»Sind die Kämpfe gefilmt worden?«

»Darauf habe ich nicht geachtet, aber Aufzeichnungen von den Fights sollten natürlich nicht in die falschen Hände geraten, andererseits … nun, möglich wäre es wohl. Es soll ja Leute geben, die sich so was immer wieder gerne angucken, auch Frauen.«

Olivia nickte langsam.

»Einer von den Geschäftstypen brachte regelmäßig seine Frau mit. Die war ganz heiß auf die Show im Ring.«

Olivia horchte auf. Margret Feldkamp.

»Ähm … Das war's, mehr kann ich Ihnen beim besten Willen nicht sagen.«

»Ich danke Ihnen für Ihren Anruf.« Sie legte das Handy beiseite, nahm es jedoch wenig später erneut zur Hand, um Schlegel zu informieren.

22

Romy war kurz eingenickt, als Jans Stimme im Ohrhörer ertönte.

»Er fährt Richtung Sassnitz, zwei Kollegen treffen gleich hier ein, Kasper steht in der Seitenstraße, und ich komme jetzt hoch.«

»Alles klar.« Romy sprang auf und öffnete die Wohnungstür. Sie war heilfroh, dass das zermürbende Warten ein Ende hatte. Die Aussicht, den Fall noch heute Nacht klären und endgültig lösen zu können, vertrieb den letzten Rest an Müdigkeit.

Ohlhof hatte sich in Bremen kaum eine Stunde aufgehalten, wie die Kollegen gemeldet hatten, und war mit dem Motorrad Richtung Insel zurückgekehrt. Dumm ist er wirklich nicht, überlegte Romy, als Jan zur Tür hereinschlüpfte. Der Flur war zu eng und bot kein unauffälliges Versteck. Jan ging ins Bad und verbarg sich in der Dusche hinter dem Vorhang, während Romy im dunklen Wohnzimmer auf dem Sofa sitzen bleiben würde. Nächtliches Mondlicht fiel zum Fenster herein. Sie war angespannt und hoch konzentriert. Es war ruhig im Haus, wenn auch nicht völlig still, irgendwo weinte ein Kind, leise Musik wehte durch Flure, ein Telefon klingelte. Vereinzelt fuhren Autos vorbei, Hundekläffen.

Dann hörte Romy plötzlich Kaspers Stimme. »Er hat das Motorrad hinterm Haus abgestellt und betritt jetzt das Haus.«

Romys Herz pochte. Sie atmete tief durch. Eine Minute später knackte es an der Wohnungstür, dann war es wieder still. Er hat sich mit wenigen Handgriffen Zutritt verschafft und steht jetzt im Flur und lauscht, dachte Romy. Sie spürte, wie sich ihre Nackenhaare aufstellten.

Ohlhof stand plötzlich in der Tür, ein Schatten, und blickte regungslos in ihre Richtung. Für einen Moment erstarrte die Zeit, als hätte winterlicher Atem eine Welle umschlungen und an ihrem höchsten Punkt mit zärtlichem Klirren vereist. Als Ohlhof sich löste, waren wohl kaum mehr als zwei, drei Sekunden vergangen.

Er kam langsam näher, setzte sich in den Sessel und zog die Handschuhe aus. So sah es zumindest aus. Romys Hand bewegte sich unauffällig in Richtung ihrer Waffe, die sie in einem Schulterholster unter dem Arm trug.

»Es war kein schlechter Plan, oder?«, warf er so abrupt in den Raum, dass Romy beinahe zusammengezuckt wäre.

»Ganz und gar nicht.« Sie griff an die Wand hinter sich und betätigte den Lichtschalter. Mehrere Deckenstrahler tauchten die Szene jäh in grelles Licht.

Ohlhof zwinkerte. Er trug eng anliegende Motorradklamotten, die ihm ausgesprochen gut standen. Nur der müde, resignierte Blick passte nicht zu diesem vitalen Eindruck.

»Wo lag der Fehler?« Er fasste sie ins Auge. »Erklären Sie mir, was mich verraten hat?«

»Nichts Besonderes. Wir haben Sie im Auge behalten und eins und eins zusammengezählt.«

Er nickte. »Sie verdächtigen mich, nicht wahr?«

»Ja, schon seit einiger Zeit.« Romy hörte mit halbem Ohr ein winziges Geräusch. Jan hatte wahrscheinlich das Bad verlassen und lag nun im Flur auf der Lauer. Sie war sicher, dass Ohlhof es auch gehört hatte. Aber es schien ihn nicht zu stören. Vielleicht hatte er aufgegeben.

Sie beugte sich über den Tisch und schaltete das Aufnahmegerät ein. »Sie haben nichts dagegen, oder?«

Seine Augen folgten der Bewegung ihrer Hand. »Nein.«

Plötzlich lächelte er. »Sie haben mich ja erwischt, auf frischer Tat sozusagen. Ich gestehe sogar.«

»Tatsächlich?«

»Ja, natürlich – ich habe das Schloss geknackt, was nicht besonders schwer war, zumal nicht mal abgeschlossen war, und bin in diese Wohnung eingedrungen. Wie viel kriege ich dafür?«

Romy runzelte die Stirn. Wäre ja auch zu schön gewesen, dachte sie. So einfach macht er es uns dann doch nicht. »Was genau wollten Sie hier?«

»Das muss ich Ihnen kaum erzählen.«

»Ach, tun Sie mir doch den Gefallen. Das macht es uns einfacher mit dem Protokoll.«

Er lächelte erneut. Sein Blick gewann an Intensität, er wirkte plötzlich deutlich lebendiger, seine Stimmung schien komplett umzuschlagen. »Ich wollte lediglich ein paar klärende Worte mit dem jungen Mann sprechen, der hier wohnt.«

»Tatsächlich?« Romy erwiderte das Lächeln. »Dafür betreiben Sie aber einen gewaltigen Aufwand und nehmen einen bemerkenswert ausgedehnten Umweg in Kauf. Sie fahren nach Bremen, stellen dort ihren Wagen ab und brechen kurze Zeit später wieder nach Rügen auf, und zwar mit dem Motorrad. Das ist eine ganz schön lange Tour.«

»Stimmt, aber ich kenne die Strecke aus dem Effeff. Außerdem ist es nicht verboten, durch die Gegend zu fahren, oder?«

Romy beugte sich vor. »Herr Ohlhof, Sie haben sich ein Alibi verschaffen wollen.«

»Na und? Ich lasse mir nicht gerne in die Karten schauen, das ist auch nicht verboten. Und ich kann so viel hin und her düsen, wie es mir gefällt. Den Einbruch in die Wohnung können Sie mir natürlich nachweisen, aber …«

Es knarzte an der Tür, als Jan auftauchte. Ohlhof drehte

sich langsam um und warf ihm einen ungerührten Blick zu. »Gibt es hier noch mehr von Ihnen?«

»Ja, wir haben ein ganzes Team auf Sie angesetzt«, entgegnete Jan im Plauderton und durchquerte mit langsamen Schritten den Raum. Am Fenster blieb er stehen und drehte sich um. »Wollen Sie nicht allmählich mal mit dem Theater aufhören? Ist doch ziemlich stillos, eine solche Kaspernummer abzuziehen. Sie hatten vor, den Jungen zu erledigen ...«

»Ach du liebe Güte! Und warum?«

»Wegen des Films natürlich«, erwiderte Romy. »Er hat den alten hässlichen Film entdeckt und damit Ihr Motiv. Auch darüber sind wir längst im Bilde. Noch ein Grund mehr, endlich die Karten auf den Tisch zu legen. Sie kommen aus der Nummer nicht mehr raus.«

Ohlhof lehnte sich zurück, wächserne Blässe übergoss plötzlich sein Gesicht. Romy bemerkte, dass ihn Jan keine Sekunde aus den Augen ließ.

»Mein Motiv? Für was, bitte schön?«, hob Ohlhof nach kurzem Überlegen wieder an.

»Drei Frauen sind im Verlauf weniger Jahre gestorben: Sonja, Nina und Merle. Letztere ist nachweislich brutal ermordet worden, doch auch in den anderen Fällen gehen wir inzwischen davon aus, dass auf höchst perfide Weise nachgeholfen wurde. Alle drei hatten auf unrühmliche Weise etwas mit diesem Film zu tun, mit der alten Clique«, führte Romy aus. »Und Sie wollten auf keinen Fall zulassen, dass der Auslöser bekannt wird, das verbindende Element zwischen ihnen, und wir daraus unsere Schlussfolgerungen ziehen. Nur darum haben Sie für den Stick bezahlt. Und Sie sind hier, um den möglichen Zeugen auszuschalten, mit dem Sie nicht gerechnet haben, schon gar nicht zu diesem für Sie höchst ungünstigen Zeitpunkt.«

Ohlhof zwinkerte und atmete tief durch. Dann schüttelte er den Kopf. »Nein. Ich wollte mich lediglich vergewissern, dass der Film tatsächlich nicht mehr existiert, und ich hatte vor, den Jungen ein bisschen zu erschrecken. Das ist alles. Erpressung ist schließlich kein Kinderspiel.«

»Und dafür nehmen Sie einen nächtlichen Umweg über Bremen auf sich?«

»Auf diesen Einwand habe ich schon geantwortet, und ich füge hinzu, dass ich jeden Umweg auf mich nehme, um diese Aufzeichnung für immer zu beseitigen.«

»Mord gehört offenbar auch dazu.«

Ohlhof schüttelte langsam den Kopf. »Sie irren ...«

Romy stützte die Hände auf die Oberschenkel. »Meine Güte, Herr Ohlhof, nun hören Sie schon auf! Sie haben alle drei Frauen seit Jahren gestalkt, das ist belegt! Und alle drei sind tot - merkwürdig, oder?«

Er neigte kurz den Kopf zur Seite. »Nein, das ist ganz und gar nicht merkwürdig. Ich denke, dass es so kommen sollte. Ich weine niemandem eine Träne nach, das dürfen Sie mir glauben, ganz im Gegenteil - nur bei Merle liegt der Fall anders ...« Er brach ab. »Ganz anders.«

»Was ist damals passiert? Hat man Sie erpresst?«

Ohlhof stutzte. »Manchmal liegen Sie gar nicht mal so falsch mit Ihren Vermutungen, Frau Kommissarin. Sie haben sich offenbar mächtig ins Zeug gelegt, um der Geschichte auf den Grund zu gehen. Nun, da wir hier schon mal zusammensitzen, kann ich mich auch ein bisschen erklären ... Ja, sie haben diesen Film fabriziert, wer auch immer die Initiative ergriffen und das Projekt angestoßen hat, und mich damit erpresst. Merle hat sich mit hineinziehen lassen und gute Miene zum bösen Spiel gemacht, sie konnte wohl nicht anders, aber ich hätte zu gerne genauer gewusst, wie das abgelaufen ist ...« Er senkte kurz den Kopf. »Sie war ganz schön einsam manchmal, aber das nur so am Rande.« Er sah wieder hoch. »Die vier haben sich ins Fäustchen gelacht ...«

»Fünf, Herr Ohlhof«, unterbrach Romy.

»Ich sagte doch, Merle wirkte sehr viel zurückhaltender. Sie stand unter dem Einfluss der anderen und hat sich mitziehen lassen«, betonte er. »Und sie hat es bereut.«

Was für ein Traumtänzer, dachte Romy. Oder entwickelte er gerade einen geschickten Schachzug, um das Motiv für Merle abzuschwächen? Oder könnte sich doch eine tiefere Wahrheit in dieser Darstellung verbergen?

»Ich musste mir die Szene immer wieder mit ihnen gemeinsam angucken und im Anschluss jeweils einen ausbezahlen.« Seine Stimme war leise, sie klang fast zart, und er sah auf seine Hände. »Dann wurde das Video vom jeweiligen Computer gelöscht, aber …« Ohlhof hob den Kopf, ließ den Blick zwischen Romy und Jan wandern und zuckte mit den Achseln. »Ich konnte natürlich nicht sicher sein und hatte ständig Angst, dass es doch noch mal auftaucht.«

Verständlich, dachte Romy. Was für eine miese Clique! »Nach dem Abitur haben Sie Rügen erst mal verlassen und sind nach Bremen gegangen.«

»Ja, und ich konnte doch nicht vergessen – Merle nicht, diesen Film und alles, was damit zusammenhing, auch nicht.«

Die tiefe Demütigung, ergänzte Romy in Gedanken. »Sie haben Merle immer noch geliebt?«

»Ja, auf meine Art schon. Und Rügen hat mir gefehlt, auf stille, eindringliche Weise, die Nordsee war kein Ersatz.« Er lächelte wehmütig. »Ich musste zurück, zumindest zeitweise, später habe ich dann das Häuschen in Wiek gekauft … Bei meinen Besuchen auf der Insel fing ich an, nach den anderen Ausschau zu halten. Inzwischen hatte ich mich äußerlich deutlich verändert. Wenn mich einer aus der alten Clique zufällig wahrnahm, dann hätte er mich kaum beachtet und schon gar nicht sofort erkannt. Wissen

Sie, ich wollte sehen, wie die ihr Leben lebten, wo sie doch meines so sehr beschädigt hatten.«

Das klingt wahr, dachte Romy.

»Und wie lebten die ihr Leben?«, schaltete Jan sich ein.

Ohlhof zuckte mit den Achseln. »Ganz normal, als wäre nie etwas passiert – Ausbildung, Uni, Freunde, Freizeit und so weiter. Für mich war alles ganz anders. Ich kam nur mit mir alleine klar.« Er nickte. »Doch dann passierte etwas, was mich entschädigte.«

Romy hob den Blick.

»Ich las von dem Unfall – Leo und Stefan waren tot.« Ohlhof machte eine wegwerfende Geste. »Ich kann mir vorstellen, wie das jetzt für Sie klingen mag – grotesk, verräterisch womöglich, krank. Aber ich bin einfach nur ganz ehrlich, und das wollten Sie doch, oder? Ich soll die Karten auf den Tisch legen. Nun, hier sind sie: Ich war erleichtert, und ich war sicher, dass sie ihre gerechte Strafe erhalten hatten. Das hat mir ein gutes Gefühl gegeben.«

Jan stieß sich vom Fensterbrett ab und setzte sich mit an den Tisch.

Ohlhofs Blick folgte ihm. »Es sollte so sein«, fuhr er fort. »Verstehen Sie? Dieser tragische Unfall – was konnte er anderes bedeuten als ein Wink des Schicksals?«

»Hat sich für Sie in dem Moment etwas verändert?«, fragte Jan. »Abgesehen von einem Gefühl der Erleichterung? Konnten Sie nach dem Tod der beiden Ihr Leben anders gestalten – aus diesem Gefühl heraus?«

»Darum ging es nicht mehr.«

»Worum ging es dann?«

Ohlhof zwinkerte. »Um die Bestätigung, dass nichts geschieht ohne Wirkung auf die Zukunft.«

»Verstehe«, erwiderte Jan. »Für mich klingt das nach einem tief empfundenen Gefühl im Augenblick der vollzogenen Rache. Waren Sie in der Nähe, als der Unfall passierte?«

»Nein – ich sagte doch, ich habe darüber gelesen. Ich hatte mit diesem Unfall nichts zu tun. Es war gar nicht nötig, dass ich Rache übte, verstehen Sie? Es geschah einfach. Ich musste mir nicht mal die Finger schmutzig machen – faszinierend, oder?«

Romy verschränkte die Arme vor der Brust. Ganz sicher hatte Ohlhof nicht vor, mal eben drei Morde zu gestehen. Das können wir uns abschminken. Er war, verglichen mit den bisherigen Unterredungen, ungewöhnlich auskunftsfreudig; seine Darstellung wirkte jedoch authentisch und passte zu seiner Persönlichkeit, so schräg auch manches anmutete. Letztlich dürfte ihm klar sein, dass er in Anbetracht der Umstände mit Offenheit reagieren musste, die anfängliche Unsicherheit und Verblüffung waren gewichen, und seine Beschreibungen klangen wahr im Sinne von möglich und überzeugend – bis hierher.

Die spannenden Fragen waren allerdings noch gar nicht gestellt.

»Wie ging es weiter?«, fragte Romy. »Die beiden waren tot – ein Unfall, der in Ihren Augen gerecht war. Haben Sie sich Gewissheit verschafft, dass der Film nicht mehr existierte?«

Ein winziges Flackern glomm in seinen Augen. »Das habe ich, ja.«

»Sie haben sich Zutritt zu den Wohnungen der beiden verschafft und die Computer gecheckt?«

»Genau. So wie ich es hier auch vorhatte.«

»Und? Gab es ihn noch?«

»Nein. In dem Punkt waren sie tatsächlich ehrlich gewesen – das Video existierte nicht mehr, soweit ich das auf die Schnelle prüfen konnte«, erklärte Ohlhof, ohne zu zögern. »Einige Speichersticks habe ich mitgehen lassen und zu Hause durchgesehen.«

»War was Besonderes dabei?«

Ohlhof zuckte mit den Achseln. »Musik, Techno und Ähnliches. Ich stand nie auf so was.«

»Haben Sie die Dinger noch?«, ergriff Jan das Wort.

Romy warf ihm einen Blick zu. In seiner Stimme schwang dezente Anspannung.

»Nein.« Ohlhof lächelte. »Wie gesagt – nicht meine Welt, diese Musik und der ganze Kram.«

»Und ich glaube, dass Sie diesen Kram aufbewahrt haben, als Trophäe.«

»Tja, aber selbst wenn. Was interessiert Sie denn daran? Die Typen sind seit über vier Jahren tot …«

»Lassen Sie es mich mal so ausdrücken – Ihre Schilderung würde an Glaubwürdigkeit gewinnen, wenn Sie uns die Sticks überließen«, erklärte Jan.

»Brauche ich das – Glaubwürdigkeit?«

Jan musterte ihn kühl. »Und ob. Im Moment sieht es so aus, als seien Sie immer dann zur Stelle gewesen, wenn Menschen starben – zudem noch Menschen, mit denen Sie ein ziemlich großes Hühnchen zu rupfen hatten. Sie beschreiben den Unfall von Leo und Stefan als Wink des Schicksals, der Ihnen Erleichterung verschaffte, eine Art Wiedergutmachung für den Schaden, der bei Ihnen angerichtet wurde. Richtig?«

Ohlhof nickte.

»Nun, dieses Ereignis, bei dem zwei sehr junge Männer ihr Leben verloren, könnte Sie auf die grandiose Idee gebracht haben, dass die anderen ein ähnliches Schicksal verdienten.« Jan hob eine Braue. »Dabei kann man ja ruhig mal ein bisschen nachhelfen …«

»Unsinn. So funktioniert das nicht.«

»Ich denke schon. Der Unfall auf vereister Straße wurde damals nicht hinterfragt, Ninas und Sonjas Tod löste Entsetzen aus, und es wurden viele Fragen gestellt, aber Fremdeinwirkung wurde nicht in Betracht gezogen.«

»Tja …«

»Sie könnten bei beiden Todesfällen Ihre Hände im Spiel gehabt haben. Ihr Hintergrundwissen zu beiden Frauen war aufgrund Ihrer gemeinsamen Jugendzeit, aktuellen Beobachtungen und Schnüffeleien umfangreich genug – Sie haben perfekte Pläne geschmiedet und sich viel Zeit gelassen. Kein Mensch hat ein Verbrechen vermutet, geschweige denn an Sie gedacht. Nur bei Merle sind Ihnen die Nerven durchgegangen.«

»Quatsch! Niemals hätte ich Merle umgebracht!«, rief Ohlhof erregt. »So ein Wahnsinn! Irgendwann wollte ich mal mit ihr reden über all das …«

»Das haben Sie vielleicht versucht, aber sie hat Sie abblitzen lassen«, behauptete Jan. »Sie vielleicht sogar ausgelacht, verhöhnt. Und dann hat es gescheppert. Sie haben zugeschlagen, einmal, zweimal, fünfmal und sie getötet. Ihre Geschichte, dass Merle im Grunde ihres Herzens damals auf Ihrer Seite war, ist schlicht gelogen. Sie wollen Ihr Motiv entkräften, das ist alles. Würde ich an Ihrer Stelle auch versuchen.«

»Nein.« Er schüttelte energisch den Kopf. »Nein. Sie fand es scheußlich, die Puppe zu sein, verstehen Sie das nicht?«

Da könnte was dran sein, überlegte Romy. Und dennoch war die Annahme, dass eine Begegnung zwischen den beiden eskaliert war, vorstellbar.

»Und außerdem fehlen bei Ihrer Darstellung die Beweise.«

»Wir haben einen Zeugen, der Sie mehrfach nachts auf dem Bootsgelände hat herumstreunen sehen; wenig später ist Nina tot«, ergriff Romy wieder das Wort. »Merle wird am Leuchtturm in Maltzien ermordet – einem seinerzeit beliebten Treffpunkt Ihrer Clique. Darüber hinaus gehe ich jede Wette ein, dass Sie sich im Krankenhaus herumgedrückt haben, als Sonja nach ihrem Unfall dort lag. Den

Beweis dafür werden wir noch erbringen, davon bin ich fest überzeugt. Jetzt erwischen wir Sie hier auf frischer Tat in einem eindeutigen Zusammenhang. Was glauben Sie, was der Staatsanwalt sagen wird, wenn wir ihn um einen Durchsuchungsbeschluss bitten – für Wiek und Bremen –, gleich morgen früh, nachdem wir Sie die ganze Nacht vernommen haben? Ich denke, er wird zustimmen.«

Ohlhof sah sie ruhig an. »Ich kann mich nur wiederholen: Ich habe niemanden umgebracht. Das war gar nicht nötig. Ja, ich habe die Frauen beobachtet, ihre Lebensumstände verfolgt, insbesondere was Merle betraf. Ich war einfach immer wieder da und habe registriert, wie sich die Dinge entwickelten – ja, so könnte man es nennen. Dann stirbt plötzlich Sonja im Krankenhaus, und ein Jahr später Nina – ich musste gar nichts tun, kapieren Sie das? Es geschah einfach. Und natürlich passte alles wunderbar zusammen, für mich jedenfalls.«

»Sie haben sich auf Ninas Boot geschlichen. Ihre Allergie war Ihnen bekannt. Sie haben dort einen für sie tödlichen Riegel hinterlegt und den Inhalator unbrauchbar gemacht oder entwendet.«

»Ich war auf dem Gelände – ja, einfach so. Und hätte ich von weitem beobachtet, dass sie nach Luft ringt und umfällt, nun … Wahrscheinlich hätte ich es geschehen lassen. Weil es geschehen sollte.«

»Und wenn es Merle gewesen wäre?«, fragte Romy.

Er stutzte. »Das ist eine gute Frage«, antwortete er nachdenklich. »Bei ihr ist alles anders. Sie ist auf grausame Art ermordet worden – kein Unglücksfall, tragischer Irrtum, Unfall oder dergleichen.«

»Ist ein Mord kein Wink des Schicksals?«, fragte Jan.

»Ich sagte doch – bei ihr liegt der Fall anders. Ihr Tod hat nichts mit dem der anderen zu tun. Es gibt keine gemeinsame Linie, verstehen Sie? Und wäre ich tatsächlich der Mörder von Nina und Sonja und hätte auch Merle töten wollen, ich hätte es auf ähnlich unauffällige Weise getan. Ich bin kein Typ, der ausrastet und im Affekt einen brutalen Mord begeht.« Er schüttelte den Kopf.

Romy atmete tief durch.

»Menschen sterben im Krankenhaus, oder?«, fuhr er fort. »Auch junge Leute. Ärzte machen Fehler. Und was Nina angeht …« Er hob die Hände.

Es blieb lange still.

»Wir fahren nach Wiek, und Sie überlassen uns Ihre Trophäen«, sagte Jan schließlich in energischem Ton. »Außerdem werden wir uns in Ihrem Haus umsehen, und zwar gründlich. Den Durchsuchungsbeschluss halte ich Ihnen morgen unter die Nase.«

Ohlhof zögerte.

»Die Alternative: Wir fahren nach Stralsund und verhören Sie, bis der Beschluss vorliegt. Dann warten Sie in der JVA, bis wir fertig sind.«

»Das klingt nach …«

»Einem sehr vernünftigen Vorschlag«, vollendete Romy und schaltete das Aufnahmegerät ab.

Sie fuhren im ersten Morgengrauen nach Hause. Der Tag begann in stillem Frieden; kühler Dunst lag über der Insel. Romy spürte die Erschöpfung wie eine zweite Haut, unter der die Fragen und Zweifel gedämpft klangen, aber nicht verstummt waren.

Ohlhof hatte ihnen schließlich mehr oder weniger bereitwillig sein Material zur Verfügung gestellt – CDs und verschiedene andere Speichermedien, die er sichergestellt hatte und die Kasper mit nach Bergen genommen hatte, um sie Max auf den Schreibtisch zu legen. Insbesondere die Medien von Schmizz und Timmer waren im Hinblick ihres Kontaktes mit dem Boxermilieu von Bedeutung.

Von Merle hingegen gab es angeblich nur einige Fotos – im Garten in der Sonne sitzend, mit den Kindern beim Baden, allein mit dem Rad unterwegs, Hand in Hand mit Schubert am Strand und Ähnliches. Die Durchsuchung der Räume hatte keine weiteren Ergebnisse gebracht, doch Romy war genau wie Jan fest davon überzeugt, dass wesentlich bedeutungsvolleres Material zu Merle existierte. Es hatte, entsprechend seiner Obsession, einen eigenen, einen ganz besonderen Platz – wo auch immer der sich befand. Und ob selbst ein Team erfahrener Kriminaltechniker und Spurensucher Ohlhofs Schätze aufstöbern würde, war äußerst fraglich; er konnte es sonst wo verbuddelt haben – zwischen Bremen und Rügen.

Die Tatsache ihres besonderen Stellenwerts konnte alles Mögliche bedeuten – ein großes Stück Wahrheit zum Beispiel oder ein grandioses Ablenkungsmanöver, das sie niemals widerlegen würden. Auf jeden Fall wusste der Mann viel mehr, als er selbst in dieser bedrängten Situation zugegeben hatte.

»Was denkst du?«, fragte Romy, als sie noch ein paar Minuten in der Küche zusammensaßen. »Wäre er ohne diese fiese Geschichte ein anderer geworden?«

Jan hatte sich ein Bier aus dem Kühlschrank genommen, Romy trank ein Glas Saft.

»Ehrlich? Keine Ahnung. Darüber wage ich keine Prognose. Zweifellos hat ihm die Sache so richtig einen mitgegeben. Aber … Nun, wie es scheint, hat er sein ganzes Leben darauf abgestellt und sucht einen irgendwie erhellenden Sinn. Vielleicht ist es die einzige Möglichkeit für ihn, damit umzugehen. Aber er ist noch jung. Unter Umständen ändert sich noch mal einiges für ihn.«

»Und wenn er es doch war?« Romy rieb sich die Schläfen. »Stell dir vor, er hat uns …«

Jan setzte die Bierflasche ab und zog ihren Kopf zu sich

heran. »Hör auf damit! Wir können nichts ändern, im Moment schon mal gar nicht. Wir schlafen jetzt ein paar Stunden, und dann geht es weiter, okay?«

Romy nickte. Sein Mund war plötzlich ganz nah. Sie schluckte, streckte die Hand aus und strich ihm zärtlich mit dem Zeigefinger über die Lippen.

Er lächelte. »Gute Idee, Liebes«, flüsterte er. »Eine sehr gute Idee sogar. Das Leben kann wunderbar sein, oder?« Er küsste sie.

Leidenschaft, die aus der Erschöpfung erwacht, dachte Romy, ein süßes Versprechen.

23

Das Stralsunder IT-Team war bereits voll ausgelastet, wie Max wusste, so dass ihn Jans kurze Notiz, die er am frühen Morgen in der Materialkiste auf seinem Schreibtisch vorfand – »Guck mal, ob du was findest« – nicht weiter verwunderte. Er prüfte die Medien mit Hilfe von Stichworten zu allen Todesfällen einschließlich der Recherchen, die die Boxergeschichten betrafen. Das Programm lief viermal ohne Ergebnis durch; Max gähnte, steckte den nächsten Speicherstick an und holte sich einen frischen Kaffee.

Bei seiner Rückkehr blinkte es grell. Er klickte den Namen des Videos mit dem kryptischen Namen: »Ich und M, die Frau am Ring« an, und sofort ertönte laute Technomusik. Ein breit grinsendes Männergesicht tauchte auf, beugte sich herunter und zwinkerte in die Kamera. »Hallo, Jungs«, ertönte eine Stimme in Kommentator-Manier. »Ihr wolltet mal wieder richtig gute Mucke hören? Kann ich verstehen. Ich hab am letzten Wochenende im Club aufgelegt, und es ging richtig zur Sache …«

Felix Mocker, erinnerte sich Max an die Recherchen, der Typ, den Schubert fertiggemacht hat und der mit Schmizz und Timmer befreundet gewesen war.

»Eine hübsche Auswahl hab ich euch zusammengestellt, außerdem ein paar Tanzszenen meiner coolsten Clubbesucher.« Er nickte und zwinkerte erneut. »Aber das ist nicht alles. Vorab eine kleine Videosession anderer, allerdings auch überaus dynamischer Art.«

Er legte kurz den Finger über die Lippen. »Die Lady, mit der ich mich nach dieser Einführung vergnüge, ist richtig heiß auf mich«, erläuterte er im Flüsterton weiter. »Und was noch viel besser ist: Sie ist schwerreich, guckt gerne beim Boxen zu und treibt es vorzugsweise mit jungen Männern, die sie ausgesprochen gut bezahlt. Außerdem ist sie mit einem sehr einflussreichen Geschäftsmann verheiratet.«

Er grinste erneut. »Ich dachte, es kann nicht schaden, wenn ich unsere Aktivitäten aufzeichne. Es wird sie anspornen, mich richtig gut zu bezahlen, außergewöhnlich gut, wenn ihr versteht, worauf ich hinauswill. Lasst euch heißmachen, Jungs.«

Der Bildschirm wurde dunkel. Als er wieder aufhellte, war auf den ersten Blick nichts anderes zu sehen als ein Bett, in dem sich zwei Menschen miteinander vergnügten – Mocker und eine deutlich ältere Frau. Max räusperte sich und hoffte, dass nicht ausgerechnet in diesen Minuten Fine auftauchte. Er stellte den Ton leise. Die Aufzeichnung umfasste eine Viertelstunde und präsentierte den Part der Frau wenig vorteilhaft.

Genau das dürfte Mockers Absicht gewesen sein, dachte Max. Keine Frau will sich so sehen – im Bett mit einem jugendlichen Liebhaber, der ihre lüsternen Forderungen mit kaltem Lächeln erfüllt, wofür er anschließend großzügig entlohnt wird. Sollte er den Film tatsächlich benutzt haben, um die Frau zu erpressen, könnte er sich mit den falschen Leuten angelegt haben.

Die Frau am Ring, grübelte Max und griff zum Telefon. Er entschied sich nach kurzem Überlegen, Jan noch etwas Schlaf zu gönnen und direkt die Stralsunder zu informieren. Wenige Minuten später verschlüsselte er die Datei und lud sie auf den Server der PI der Hansestadt.

Schlegel saß ab sechs Uhr an ihrem Schreibtisch in dem Büro, das Staatsanwalt Schwedtner ihr zur Verfügung gestellt hatte. Mitten in einem Fall schlief sie selten länger als fünf Stunden, eher weniger. Sie hatte einen Spaziergang unternommen und am Hafen gefrühstückt, bis der Eingang einer Kurznachricht sie darüber informierte, dass die Daten von Barths PC vorlagen.

Zwei Stunden lang las sie Mails, überflog private Aufzeichnungen, juristische Fachliteratur, durchstöberte Video- und Fotomaterial, checkte Spiele und Browserverläufe. Als Olivia eintraf, sprachen sie zunächst noch einmal kurz über ihre Unterredung mit Schubert und arbeiteten sich dann gemeinsam und die meiste Zeit schweigend durch die Informationsflut.

Bislang war keine direkte Kontaktaufnahme zwischen Barth, Feldkamp, Leistner und Brandt zu entdecken, aber das musste nichts heißen. Die vier agierten hochprofessionell und würden etwaige Mails natürlich zeitnah und komplett löschen beziehungsweise sehr wahrscheinlich über einen anonymen Webdienst abwickeln. Hinweise zu Nebenverdiensten, sprich: Wettgewinnen, waren nach Durchsicht von zwei Dritteln der Festplatte bislang ebenfalls nicht aufgetaucht.

Dann blickte Olivia plötzlich auf. »Es gibt einen Treffer. Ich habe einen Mailaustausch zwischen Margret Feldkamp und ihrem Ex entdeckt.«

»Na endlich.« Schlegel setzte ihre Brille ab. »Lesen Sie vor.«

»Klingt völlig beiläufig. Sie fragt nach einer …«

»Lesen Sie einfach vor.«

»›Reif für die Insel‹, lautet die Betreffzeile. ›Würde gerne ein paar Tage im Leuchtturm in Breege verbringen. Es ist aber nicht mein Wochenende. Bist du dort? Oder kann ich frei verfügen?‹« Olivia zuckte mit den Achseln. »Barth antwortet wenig später: ›Kein Problem. Hab ohnehin keine Zeit, L. und B. übrigens auch nicht. Andere Termine.‹ Damit dürften wohl Leistner und Brandt gemeint sein«, mutmaßte Olivia.

»Denke ich auch. Von wann ist die Mail?«

»Sie ist zwei Monate alt.«

»Der Leuchtturm in Breege beherbergt eine …«

»Luxuriöse Ferienwohnung«, ergänzte Olivia. »Direkt am Bodden, sehr schön, einzigartig, würde ich sagen.«

»Womöglich gehört das Ganze zum gemeinsamen Vermögen der Gruppe«, überlegte Schlegel. »Über eine andere Gesellschaft oder einen Teilhaber oder wie auch immer, und die vier verbringen dort abwechselnd geruhsame Tage oder feiern gemeinsam ihre Erfolge und Gewinne, sofern die Wohnung nicht anderweitig vermietet ist. Das lässt sich mit ein bisschen Recherche sicher genauer verifizieren. Ich leite das gleich mal weiter.«

Olivia nickte und griff nach ihrem Handy, das leise vibrierte. Sie lauschte einen Moment. Ein ungläubiger Ausdruck huschte über ihr Gesicht. »Ach? Wirklich? Ja, danke«, meinte sie schließlich. »Das klingt … sehr spannend.«

Sie legte das Handy beiseite und sah Schlegel an. »Die Rüganer haben ein interessantes Video für uns, das wir uns gleich mal anschauen sollten. Es stammt von Felix Mocker, der es Freunden auf einem Stick geschickt hatte – und zwar Schmizz und Timmer, die beim entscheidenden Kampf gegen Schubert dabei waren und später tödlich verunglückten.«

»Verstehe.« Schlegel runzelte die Stirn. »Aber würden Sie mir noch verraten, in welchem Zusammenhang es ausgerechnet jetzt auftaucht?«

»Es geht auf Rügen immer noch um den Mordfall Merle Zober – Schmizz und Timmer gehörten während der Schulzeit zu einer gemeinsamen Clique mit dem Mordopfer. Im Zuge von Ermittlungen gegen einen Tatverdächtigen, der auch zu diesem Jugendkreis zählte, stellten die Kollegen heute Nacht bei ihm das Material sicher. Er hatte es schlicht gestohlen.«

»Und was genau ist dabei für uns von Belang?«

»Das schauen wir uns am besten gemeinsam an. Die Erläuterungen des Kollegen klangen jedenfalls, sagen wir: vielversprechend.«

»Nun gut.« Schlegel meldete sich beim Server an und lud das Video herunter: »Ich und M, die Frau am Ring«. Minuten später tauchte Mocker auf, und wenig später konnte man ihn mit seiner Gespielin im Bett bewundern: Margret Feldkamp, ein paar Jahre jünger, aber zweifellos zu identifizieren.

Schlegel war, gelinde gesagt, verblüfft. Sie ließ einzelne Szenen im Detail zwei-, dreimal ablaufen, um das Bild schließlich zu stoppen und zu vergrößern. Olivia sah sie fragend an.

»Ich glaube, ich weiß, wo das ist«, sagte Schlegel.

Die Lichtverhältnisse waren nicht ideal, aber bei genauerem Hinsehen konnte man die Größe des Raumes zumindest erahnen. Im Hintergrund wurden Umrisse eines Kamins sichtbar. Darüber hing ein Bild ...

Olivia beugte sich vor und kniff die Augen zusammen. »Ein Leuchtturm.«

Schlegel nickte. »Margret Feldkamp hat die gemeinsame Ferienwohnung offensichtlich auch als Liebesnest genutzt, und falls Mockers Ankündigung nicht nur Prahlerei den Freunden gegenüber gewesen war, könnte sein Tod bei einem Boxkampf durchaus noch aus ganz anderen Gründen provoziert worden sein.«

»Zwei Fliegen mit einer Klappe – ein quotenträchtiger riskanter Fight und Mockers Beseitigung. Schubert sprach davon, dass man ihn unter Drogen gesetzt hatte. Das spräche zusätzlich für eine solche Theorie. Diese Frau lässt sich garantiert nicht erpressen.«

»Ihr Mann auch nicht.«

»Wie geht es weiter?«, fragte Olivia.

»Wir fassen unsere bisherigen Ergebnisse zu einem ausführlichen Bericht zusammen, in dem alle Aspekte eingehend beleuchtet werden, warten währenddessen ab, bis weiterführende Ergebnisse meiner Fachleute eintrudeln, legen Schwedtner dann einen Zwischenstand vor und besprechen gemeinsam die weitere Strategie. Ich denke, wir werden noch heute ein Observationsteam losschicken, das jeden Einzelnen der Gruppe im Auge behält. Einverstanden?«

Olivia nickte nachdenklich.

»Zusätzliche Vorschläge?«

»Nur so ein Gedanke. Falls es Aufzeichnungen, Filme und Details zur Gewinnausschüttung gibt, womöglich sogar eine aufschlussreiche Buchhaltung, finden wir sie im Leuchtturm.«

»Gut möglich. Aber auch der ist groß.«

»Man müsste sich dort mal unauffällig umschauen.«

Daniel behielt immer noch Barths Aktivitäten in der Staatsanwaltschaft im Auge, was Schlegel für ausgesprochen wichtig hielt.

»Der Kollege Jan Riechter ist gerade auf Rügen. Ich könnte ihn fragen, ob er uns unterstützt«, schlug Olivia vor.

»Gute Idee.«

Das Video vertrieb den letzten Rest ihrer Müdigkeit, und Jan ging es ähnlich. Nach der ausführlichen Teambesprechung nahm er Kontakt zu den Stralsundern auf und machte sich wenig später allein auf den Weg nach Breege, wo die Aufnahmen sehr wahrscheinlich entstanden waren. Romy ging gemeinsam mit Kasper erneut Ohlhofs Argumentationen durch – in der Hoffnung, doch noch eine Lücke zu entdecken, einen Hinweis, eine Möglichkeit, ihm etwas nachzuweisen.

Wie es aussah, hatten sie bei ihren mittlerweile mehrere Wochen währenden Nachforschungen alle möglichen alten und hässlichen Geschichten ausgegraben und eine bedeutsame Querverbindung zu anderen Fällen aufgedeckt, aber Merles Mörder lief immer noch frei herum. Romy spürte, wie sich Resignation in ihr ausbreitete, und Kasper schien es ähnlich zu gehen. Er wirkte erleichtert, die Besprechung unterbrechen zu können, als Fine in der Tür stand und seine Unterstützung einforderte. Kasper sah sie fragend an, und Romy nickte abwesend.

Der aufwändig inszenierte Zugriff, in dessen Folge Ohlhof aufgeben und gestehen würde, hatte sich als Fehlgriff erwiesen. Nicht ganz, korrigierte sie sich im Stillen – die Entdeckung dieses Videos brachte den anderen Fall offensichtlich voran. Wenigstens etwas. Aber es gibt keinen Serienkiller Ohlhof, fasste sie ihre Gedanken zusammen, auch wenn wir ihn noch im Auge behalten. Es gab einen zutiefst verletzten jungen Mann, der immer noch mit dem Nachhall einer viele Jahre zurückliegenden Demütigung beschäftigt war, nicht loslassen konnte und sich sein eigenes Verständnis der Geschehnisse zusammenreimte, das in einer verstörenden Sinngebung mündete. Die Befriedigung, die ihm der Tod der vier bereitete, wirkte absolut überzeugend und war nicht strafbar. Darüber hinaus war es offensichtlich, dass er Merle besser gekannt hatte als so manch anderer in ihrer direkten Umgebung. Aber er würde nicht freiwillig darüber sprechen. Sie wäre manchmal sehr einsam gewesen, hatte er gesagt. Es hatte ihr nicht gefallen, die Puppe zu sein … Nur das alles hatte offenbar nicht das Geringste mit dem Mord zu tun.

Sie schob das Gefühl der Entmutigung energisch beiseite, goss sich den dritten Kaffee ein und wählte Ohlhofs Nummer. Er meldete sich nach dem zweiten Klingeln.

»Ich kann mir vorstellen, dass Sie nicht die geringste

Lust haben, mit mir zu reden«, stieg sie ins Gespräch ein. »Ich möchte es trotzdem versuchen.«

»Sie sind sehr hartnäckig«, erwiderte er nach kurzer Pause. »Haben Sie einen neuen Aspekt entdeckt, der meine Rolle als möglicher Täter stärkt? Wenn es so ist, kann ich mich nur wiederholen ...«

»Nun, es ist ganz einfach: Wenn Sie es nicht waren, muss es jemand anders gewesen sein.«

»Eine frappierende Logik.« Das klang fast amüsiert. Kein schlechter Einstieg.

»Die Tat wurde mit großer Brutalität ausgeführt«, fuhr Romy fort. »Da hat jemand so richtig die Nerven verloren.«

»Warum ...«

»Sie kannten Merle gut, Sie haben immer wieder ihren Weg gekreuzt, ihre Nähe gesucht und womöglich vieles registriert, was anderen entgangen ist. Aus Ihrer Erfahrung und Kenntnis: Wer könnte einen Grund gehabt haben, sie derart zu hassen?«

»Niemand«, antwortete er prompt. »Der Hass ist mit dem Täter verknüpft, nicht mit Merle oder dem, was sie getan hat – so sehe ich das.«

Romys Augen weiteten sich – eine interessante Einschätzung.

»Sie war schön, klug und von bemerkenswerter Tiefe«, fuhr er leise fort. »Sie hat viel vom Leben gewollt, und viele haben etwas von ihr gewollt. Und wissen Sie, was das Tragische ist? Ich hätte es verhindern können, wenn ich an dem Abend, wie so oft, in ihrer Nähe gewesen wäre ...«

Romy schluckte. Ohlhof hatte sich bei den ersten Vernehmungen nicht das Geringste von seinen starken Gefühlen anmerken lassen, sondern Merles Bedeutung heruntergespielt – um von sich und der gemeinsamen Jugendgeschichte abzulenken. Niemand sollte Kenntnis von dem Video haben, und plötzlich war es doch wieder aufgetaucht. Ihr schlechtes Gewissen, den Film vor dem Hintergrund ihres Verdachts kurzerhand als letztes Druckmittel eingesetzt zu haben, verflog angesichts der Überlegung, was wohl in Ohlhof vorgehen würde, wenn er wüsste, dass das Machwerk im Netz verbreitet worden war …

»Würden Sie sich mit mir in Verbindung setzen, wenn Ihnen doch noch etwas einfällt, was für die Tätersuche wichtig sein könnte? Sie wissen ja – jedes Detail …«

»Ja«, entgegnete er schlicht. »Alles ist wichtig. Das weiß ich.« Damit legte er auf.

Als Romy hochblickte, stand Kasper in der Tür. Die Anspannung der letzten Nacht hatte sich tief in sein Gesicht gegraben, wie sie erst jetzt bemerkte. Er steckte sein Handy in die Tasche und sah sie stirnrunzelnd an. »Hast du Zeit für einen kleinen Ausflug?«

»Wohin soll es denn gehen?«

»Samtens.«

»Habe ich was verpasst?«

Kasper kratzte sich am Hinterkopf. »Ich weiß nicht … Gestern kreuzte hier ein alter Herr auf, der meinte, etwas Merkwürdiges im Haus eines Nachbarn beobachtet zu haben.« Er atmete laut aus. »Mir kam der Alte vor wie einer von diesen einsamen alten Leuten, die den ganzen Tag auf der Lauer liegen, um ja alles mitzukriegen, was in der Nachbarschaft vor sich geht. Er erzählte eine hanebüchene Geschichte von zwei Bauarbeitern, die gestern Morgen das Haus gegenüber betreten hätten und von denen später einer nicht wieder auftauchte. Sehr abenteuerlich, aber er wollte unbedingt Meldung machen und mit einem Kriminalbeamten sprechen – so drückte er sich aus und ließ sich nicht einmal von Fine abwimmeln.«

»Das soll ja was heißen. Hast du die Sache überprüfen lassen?«

»Ja – das Haus wird gerade von Grund auf saniert, da

wohnt niemand. Ich habe einen Kollegen rausgeschickt, der sich mal umsehen sollte – keine Besonderheiten. Aber vorhin hat der aufmerksame Nachbar erneut angerufen. Ihm ist wieder eingefallen, welche Firmenaufschrift auf einem der Wagen stand. Fine hat es mir gerade berichtet.«

Romy trommelte mit den Fingern auf der Tischplatte. Kaspers ungewohnte Weitschweifigkeit machte sie nervös.

»Es handelt sich um die Tischlerei des Vaters von Christoph Gärtner«, fuhr Kasper ungerührt fort. »Die Beschreibung, die der Alte von den Männern geliefert hat, könnte übrigens auf die beiden Ex-Kameraden von Merle zutreffen, mehr noch – sie passt wie die Faust aufs Auge.«

»Seltsamer Zufall«, murmelte Romy.

»Allerdings. Und es wird noch ein bisschen seltsamer: Wir haben gerade Kontakt zur Tischlerei und auch zu den Eigentümern aufgenommen. Das Grundstück gehört seit dem Tod des Vaters einem Geschwisterpaar, der Sohn befindet sich zurzeit auf Geschäftsreise, die Tochter lebt in Berlin. Sie haben Gärtners Tischlerei zwar vor kurzem einen Auftrag für das Haus erteilt, aber mit den Holzarbeiten kann frühestens in vier Wochen begonnen werden.«

»Vielleicht war er in der Gegend und hat die Gelegenheit genutzt, um schon mal etwas auszumessen«, meinte Romy. »Der Betrieb ist doch in Stralsund, oder?«

»Ja, etwas außerhalb. Aber was macht der schnieke Jakob dort? Im Anzug.«

»Nun ... Vielleicht hatten sie zufällig einen Weg?«

Kasper nickte langsam. »Nicht auszuschließen, aber der junge Mann ist nicht zu erreichen, und ...«

»Okay.« Romy stand auf. »Ich sehe schon, das lässt dir keine Ruhe. Wir fahren da mal vorbei.«

Haus und Grundstück lagen verlassen in der Mittagssonne. Keine Fahrzeuge, keine Geräusche von Baumaschinen.

Kasper sprach ein paar Minuten mit dem Nachbarn, während Romy das Haus umrundete. Im Garten war Baumaterial ordentlich unter Planen gestapelt, ein Zementmischer starrte in den Himmel, Rohre lagen im Erdbeerbeet neben einer alten Kloschüssel. Kasper trat zu ihr, und sie versuchten gemeinsam, einen Blick durch die dreckstarrenden Scheiben ins Innere zu werfen.

»Ist dem eifrigen Nachbarn noch was eingefallen?«, fragte Romy.

»Ja. Otto hatte immer einen Ersatzschlüssel für die Kellertür im Gartenschuppen versteckt, in einer alten Kaffeedose. Also, ich meine, wenn wir schon mal hier sind …«

»Tja, das meine ich allerdings auch.«

Die Kellertür ließ sich schwer bewegen und knarzte schrill. Es roch feucht und muffig. Die Decken waren tief, das Licht war abgestellt. Kasper ging mit der Taschenlampe voran. »Werkzeugkeller, Waschkaue, Vorräte, Kohlenkeller«, zählte er auf.

Plötzlich roch es intensiv nach frischem Zement. Kasper schnüffelte ebenfalls. »Fangen die hier unten mit Baumaßnahmen an? Ist ja seltsam.«

Er leuchtete in einen kleinen Abstellraum hinter der Treppe, in dem ein klappriges Rad an der Wand lehnte. Der Boden war noch feucht von einer frischen Zementschicht.

»Vielleicht war hier irgendwas undicht«, schlug Romy vor.

Kasper sah sich suchend um, ging in den Werkzeugkeller und kehrte mit einer Maurerkelle zurück. Er kratzte behutsam an einigen Stellen. »Das ist ganz frisch«, sagte er leise.

Romy hockte sich auf den Boden. »Leuchte bitte mal in die andere Ecke.«

Der Lichtkegel erfasste einen runden Gegenstand, der neben dem Vorderrad des Fahrrads lag. Irgendeine

Schraube, dachte Romy. Aber das kleine glänzende Teil war keine Schraube und auch keine Mutter.

»Ein Knopf«, sagte sie und sah Kasper an. »Von einem Anzug womöglich.«

Sie standen gleichzeitig auf und lauschten einen Moment in die Stille. Der schnieke Jakob. Die Kühle des Bodens kroch Romy unter die Haut. Sie fröstelte.

»Das große Team mit allem Drum und Dran?«, fragte Kasper schließlich, aber das war eine rein rhetorische Frage.

24

Der Leuchtturm war vor zwei Jahren aufwändig saniert worden und sah imposant aus, fand Jan. Mit dem Telefon am Ohr lief er ein paar Schritte in Richtung Hafen. Olivia hatte gerade angerufen und ihn darüber informiert, dass eine von Feldkamps Firmen die Arbeiten ausgeführt hatte.

»Ja, wer auch sonst?«, meinte er. »Und niemand aus dem Laden wird so ohne Weiteres mit uns sprechen. Außerdem werden verdächtig klingende Fragen sicher sofort weitergeleitet.«

»So ist es, und das darf auf keinen Fall passieren.«

»Aber ich könnte mich ja trotzdem mal umschauen«, schlug er vor, »und mich als Interessenten ausgeben.«

»Und wofür genau interessierst du dich?«

»Ich möchte die Wohnung für ein Wochenende mieten und frage, ob ich mal einen Blick in die Räumlichkeiten werfen darf.«

»Die sind ständig ausgebucht, man wird dich da nicht einfach reinlassen.«

»Fragen kostet nichts, und sicherlich hast du mich nicht hier an den Leuchtturm hochgelotst - schönes Wortspiel -, um allein den frischen Anstrich zu bewundern.«

»Tja, das stimmt wohl.«

Jan hielt sein Gesicht kurz mit geschlossenen Augen in den Wind. Schön war es hier in der Tat. »Darüber hinaus kann ich mir übrigens kaum vorstellen, dass die ihre internen Aufzeichnungen und ihre komplette Buchhaltung in den Räumen bunkern, die allgemein vermietet werden. Ein Tresor, der allen zur Verfügung steht, ist doch sinnlos.«

»Da ist allerdings was dran.«

»Ich versuche mal mein Glück und melde mich wieder.«

»Sei vorsichtig.«

»Klar doch.« Jan grinste.

Zehn Minuten später war er in der zuständigen Verwaltung der Ferienappartements, zu der auch der Leuchtturm gehörte, abgeblitzt. Man hatte ihm zwei Broschüren in die Hand gedrückt und auf die Homepage hingewiesen. Jan war unverrichteterdinge wieder gegangen und entdeckte wenig später aus etlichen Metern Entfernung am rückwärtigen Eingang des Turms einen blauen VW-Caddy mit der sachlichen Aufschrift: Haustechnik. Die Putzkolonne, dachte er. Zwei Frauen und ein Mann in Overalls betraten, mit Reinigungsutensilien ausgestattet, den Turm. Die Tür blieb halb geöffnet.

Jan sah sich prüfend um und überbrückte rasch die Entfernung bis zum Fahrzeug. Von dort erhaschte er einen Blick in den Flur. Eine Wendeltreppe führte nach oben, über ihm waren Stimmen zu hören. Er ging zwei Schritte näher, hielt die Luft an und schob sich durch die Tür, aber sehen konnte er nichts. Einige Minuten lauschte er dem allgemeinen Geplänkel der Putzleute, dann trat er wieder in die Sonne. Als er an dem Wagen vorbeiging, fiel sein Blick auf den Beifahrersitz, auf dem ein Klemmbrett mit Formularen lag. »Putz- und Belegungsplan Leuchtturm«, entzifferte er. Der Wagen war unverschlossen, Jan griff kurzentschlossen nach seinem Handy, zog so leise wie möglich die Tür auf und fotografierte in Windeseile die einzelnen Seiten. Hinter ihm klapperte es plötzlich, ein Lachen erklang, jemand machte einen derben Spruch. Jan duckte sich und lief den Weg zu seinem Wagen hinunter.

Er verschickte die Dateien an Olivia und wollte gerade Romy anrufen, als sein Handy einen eingehenden Anruf signalisierte und ihr Konterfei auf dem Display leuchtete. »Zwei Verliebte und ein Gedanke«, sagte er fröhlich und startete den Motor. »Ich mache mich jetzt auf den Rückweg. Alles klar bei euch?«

»Wir haben eine Leiche.«

»Äh, was?«

»Kasper und ich sind einem Hinweis in Samtens nachgegangen - die Einzelheiten dazu später«, erklärte sie in sachlichem Ton. »Die Techniker buddeln im Keller eines Hauses, das zurzeit saniert wird, gerade eine Leiche aus frischem Zement aus. Es dürfte sich um Jakob Dorfner handeln.«

»Ach du …«

»Der Rechtsmediziner ist unterwegs. Max und Fine koordinieren das alles, wie üblich. Du musst dich sofort um die Festnahme von Christoph Gärtner kümmern. Aufgrund der Beschreibung und Zeugenaussage eines Nachbarn steht er unter dringendem Tatverdacht.«

»Das ist doch der Freund, dieser Tischler?«

»Genau der.«

Jan schüttelte verblüfft den Kopf. »Nun gut, habt ihr irgendeine Ahnung, wo er sich gerade …«

»Er hält sich im väterlichen Betrieb in Parow auf, so sagte man uns gerade.«

Der Ort lag wenige Kilometer nördlich von Stralsund. »Ich bin schon auf dem Weg.«

»Mach das bitte nicht alleine!«

»Natürlich nicht. Bis später.«

Jan gab Gas und rief Simon an. »Christoph Gärtner, Festnahme in Parow, Einzelheiten erfährst du von Max. Bring mindestens einen Kollegen mit. Der Typ ist gefährlich. Fahrt vor, wartet aber, bis ich eingetroffen bin. Ich bin noch auf der Insel, oben in Breege, und hängt euch dran, falls er wieder vom Hof rollt. Lasst ihn keine Sekunde aus den Augen!«

»Alles klar, Chef. Was hat er denn angestellt?«

»Wie es aussieht, hat er seinen Kumpel ermordet und unter einer Schicht Zement begraben.«

»Ein klassisches Mafiabegräbnis? Ist das dein Ernst?«

»Seit wann scherze ich mit solchen Sachen?«

»Schon gut, bis später.«

»Ja, bis später. Und haltet mich auf dem Laufenden.«

Jan packte die Sirene aufs Wagendach und raste los. Bei normalem Verkehr und in angemessenem Tempo benötigte man für die Strecke ungefähr eine Stunde und zwanzig Minuten. Jan veranschlagte sechzig Minuten und benötigte achtundfünfzig. Während der halsbrecherisch rasanten Fahrt trafen Bilder vom Mordopfer und zwei aktuelle Porträts des Tatverdächtigen auf dem Smartphone ein sowie ein Kurzbericht zu den Geschehnissen, wie er mit einem flüchtigen Seitenblick aufs Display registrierte.

Simon parkte direkt vor der Tischlerei, ein Dienstwagen mit zwei weiteren Kollegen wartete an der Hauptstraße. Jan hielt neben einem Lieferwagen, stieg aus und winkte Simon zu. Das Schiebetor stand auf, die Luft war erfüllt vom kreischenden Sägen einer Schneidemaschine und flirrendem Holzstaub, von Männerstimmen, einem dudelnden Radio. Jan stellte sich in die Toröffnung. Die Maschine erstarb, zwei Männer blickten in ihre Richtung, ein dritter bugsierte gerade eine Holzplatte auf einen Tisch.

»He, Büro ist hinterm Haus!«, rief ihm ein großer breitschultriger Typ zu. Er setzte seine Schutzmaske ab und wischte sich den Schweiß von der Stirn. Christoph Gärtner.

»Ich möchte mit dem Juniorchef sprechen«, erklärte Jan.

»Worum geht es denn?«

Jan trat näher. »Um einen Auftrag.«

»Ich sagte doch – das Büro …«

Jan zückte seinen Ausweis. »Ein ganz besonderer Auftrag. Vom Staatsanwalt. Man erwartet Sie im Kommissariat, und ich möchte Sie persönlich begleiten.«

»Ach? Und wie komme ich zu der Ehre?«

»Eine durchaus zweifelhafte Ehre, Herr Gärtner. Sie sind wegen des begründeten Verdachts, Jakob Dorfner getötet zu haben, vorläufig festgenommen.«

Gärtners Miene spiegelte für einen Moment völlige Fassungslosigkeit. Als Jan näher trat und mit auffordernder Geste die Hand ausstreckte, schüttelte er nachdenklich den Kopf, legte die Schutzmaske beiseite und holte im gleichen Moment mit geballter Faust aus. Jan verdankte es seinem jahrelangen Kampftraining und seinem Instinkt, dass der Hieb lediglich das Ohr streifte. Blitzschnell duckte er sich unter der Faust weg, wich zur Seite aus und hob in der Drehung aus der Körpermitte seinen anderen Arm, um sein Gesicht zu schützen und gleichzeitig mit der Handkante Gärtners Hals anzugreifen. Gärtner stolperte zwei Schritte Richtung Tor und riss plötzlich beide Arme in die Höhe.

Jan blickte hoch und sah, dass Simon ihm den Lauf seiner Waffe in den Rücken gedrückt hatte. Er lächelte dem jungen Kollegen zu und sah dann Gärtner an. »Haben wir es dann? Ab geht's. Oder möchten Sie Ihren Leuten noch was sagen? Dürfte ein paar Jahre dauern, bis Sie dazu wieder Gelegenheit haben.«

Die Mitarbeiter waren regungslos in der Mitte der Werkstatt stehen geblieben. Niemand sagte ein Wort. Als sie vom Hof fuhren, stand ein alter Mann vor dem Tor und guckte ihnen fassungslos hinterher. Sein Vater, dachte Jan. Der muss sich wohl einen anderen Nachfolger suchen.

Gärtner blieb die Fahrt über schweigsam. Erst als er im Vernehmungsraum saß und Jan ihm die Handyfotos vom toten Dorfner unter die Nase hielt, regte er sich. »Ich will telefonieren.«

Jan nickte. »Sie brauchen einen Anwalt, das sehe ich auch so.« Er sah auf die Uhr. »Freitagnachmittag – tja, das könnte eng werden. Wen dürfen wir informieren?«

»Ich darf telefonieren – das ist mein gutes Recht.« Er blickte von Jan zu Simon und wieder zurück. »Und er hat mein Handy.«

»Das stimmt. Wen wollen Sie anrufen? Ihr Vater weiß Bescheid, verheiratet sind Sie nicht, und alle anderen Termine – Kino, Kneipe oder auch der Termin bei der Pediküre – sind gerade ziemlich zweitrangig.«

»Sind sie nicht«, entrüstete sich Gärtner. »Ich will ...«

»Sagen Sie uns, wen wir in Kenntnis setzen sollen, und schon kümmern wir uns darum.« Jan lächelte. »Verdunkelungsgefahr und so weiter, verstehen Sie?«

»Ich will einen Freund anrufen, der sich um einen Anwalt kümmern wird.«

»Telefonnummer?«

»Die weiß ich nicht auswendig. Ich brauche mein Handy.«

»Na schön.« Jan warf Simon einen raschen Blick zu und hob unmerklich eine Braue.

»Ein Anruf in unserer Anwesenheit.«

Gärtner klickte sich kurz durch seine Kontaktliste, wählte und hinterließ dem Angerufenen lediglich eine kurze Nachricht auf der Mailbox. »Hi, hier ist Christoph. Ich brauche einen Anwalt. Bin im Kommissariat Stralsund.«

Anschließend unterbrach er die Verbindung wieder und gab Simon das Telefon zurück. Jan nickte ihm zu, und sein Assistent verließ eilig den Raum. Es dürfte nicht allzu lange dauern, bis der Angerufene identifiziert war.

»Ehe Ihr Anwalt eintrifft, plaudern wir beide ein bisschen«, sagte Jan. »Warum haben Sie Ihren Freund getötet?«

»Ich will nicht darüber reden.«

»Aber warum denn nicht? Sie können Ihre Lage beträchtlich verbessern, indem Sie offen über die Tat sprechen. Es gibt einen Zeugen, und sobald die Leiche untersucht wird, finden wir weitere Spuren, die Ihre Täterschaft bestätigen werden. Im Übrigen ist gerade ein Team unterwegs, das sich in Ihrer Wohnung sowie bei Dorfner umsieht. Es kommt eins zum anderen. Worauf warten Sie noch?«

»Auf meinen Anwalt.«

»Na schön. Mögen Sie einen Kaffee?« Jan stand auf.

Christoph nickte.

»Gut, bin gleich wieder da.«

Jan ging in den Gemeinschaftsraum und hielt nach Simon Ausschau, während er zwei Tassen Kaffee eingoss und von einem Stück Kuchen abbiss.

»Der Typ heißt Louis«, berichtete Simon kurz darauf. »Kein Nachname. Er benutzt ein Prepaidhandy, aber die Techniker bemühen sich.«

Jan stellte gerade Wasser und Kaffeetassen auf ein Tablett, als Romy sich meldete.

»Er hat Dorfner verprügelt und ihm die Halsschlagader durchtrennt«, berichtete sie leise. »Die Tatwaffe befand sich bei der Leiche – es ist ein sogenanntes Tischlermesser. Ich schicke dir gleich ein paar Fotos.«

Jan stutzte. »Sag mal …«

»Ja. Ich habe denselben Gedanken, und der Rechtsmediziner stimmt mir zu – jedenfalls lässt er sich zu einer ersten Einschätzung hinreißen und bestätigt meinen Verdacht. Die Tötungsumstände erinnern auffallend an Merle, abgesehen davon, dass sie nicht weggeschafft wurde … Das Messer ist bereits unterwegs in die KTU.«

Jan war völlig perplex. »Aber warum?«

»Vielleicht musste Jakob sterben, weil er ahnte oder wusste, dass sein bester Kumpel Merle aufgelauert und ermordet hat. Die alte Geschichte beim Bund hat Gärtner doch keine Ruhe gelassen – an dem Punkt waren wir schon einmal, ohne dass er uns tatsächlich überzeugte, und dann gab es auf einmal andere, scheinbar plausiblere Spuren.«

»Ja, möglich«, stimmte Jan nachdenklich zu. »Wenn ich mich recht erinnere, war sein Alibi auch nicht hundertprozentig überzeugend. Sein Vater lieferte es, oder?«

»So ist es. Ich warte noch einige Zwischenergebnisse ab und komme dann rüber, okay?«

»Ja, tu das. Gärtner will allerdings ohne Anwalt nicht reden.«

»Wir werden sehen.«

Romy steckte das Entsetzen über den Leichenfund immer noch in den Gliedern, als sie nach Stralsund fuhr. Dorfner war Ende zwanzig gewesen, ein junger Mann, der sein gutes Aussehen und seine Wirkung auf Frauen zum Beruf gemacht hatte und sein halbes Leben eng mit seinem Mörder befreundet gewesen war – alles sprach zumindest im Moment für diese Theorie. Hätte es verwertbare DNA-Spuren am Tatort unterm Leuchtturm gegeben, wäre dieser Mord nicht geschehen … Sie fuhr sich mit einer Hand durch die Haare. Tröstlich war im Moment nur eines – die Aufklärung war endlich in greifbare Nähe gerückt.

Jan empfing sie im Vorzimmer des Verhörraums. »Er schweigt weiterhin. Sein Anwalt hat sich noch nicht blicken lassen. Der hat wahrscheinlich längst das Wochenende eingeläutet.«

»Ich will das hier heute Abend beenden«, sagte sie. »Ich werde ihm die Bilder von beiden Toten präsentieren und ihm so lange auf den Zahn fühlen, bis er redet.«

»Viel Glück.« Jan lächelte und strich ihr mit einer zärtlichen Geste über die Wange. »Aber provoziere ihn nicht zu sehr. Der Junge wollte mich vorhin doch glatt umhauen.«

»Er hat zugeschlagen?«

»Er wollte zuschlagen. Er hat zu einem ordentlichen Haken ausgeholt, aber ich war – natürlich – schneller.«

»Natürlich.«

»Und dann war Simon zur Stelle und hat ihm seine Knarre in den Rücken gedrückt. Das wird wahrscheinlich an seinem Stammtisch monatelang sein bevorzugtes Thema sein.«

»Verstehe.« Sie lächelte.

»Der Typ dürfte gut zwanzig Kilo mehr als ich wiegen«, beteuerte Jan. »Und er scheint in Form zu sein.«

»Die Männer vom Bau sind oft gut in Form.«

Jan ließ ihr den Vortritt. Romy durchschritt den Raum mit wenigen ausholenden Schritten und setzte sich Gärtner gegenüber. Er zog die Brauen zusammen. »Ich habe doch gesagt, dass ich mit niemandem reden will«, meinte er und blickte Jan an. »Kapiert ihr das nicht? Egal, wer hier auftaucht. Solange ...«

»Ihr Anwalt lässt sich offenbar Zeit - unter Umständen bis Montagmorgen«, unterbrach Jan ihn. »Das ist Ihr Problem. Meine Kollegin und ich möchten Ihnen einige Fragen stellen. Hören Sie doch erst mal zu. Vielleicht kommen wir ja doch ins Plaudern.«

Gärtner schüttelte den Kopf, als könnte er es nicht fassen. »Mann, bringt mich in eine Zelle, und lasst mich einfach in Ruhe!«

Romy beachtete ihn gar nicht. Sie sortierte mit scheinbar abwesender Miene einen Stapel Papiere und Fotos in ihren Ordner. Schließlich nahm sie die Aufnahme vom Messer in die Hand. »Das war ein Geschenk Ihres Vaters, nicht wahr?«, fragte sie leise. »Ein Datum ist am Ende der Klinge eingraviert. Ihre Gesellenprüfung?«

Er zog die Nase hoch und sah sie an.

»Hatten Sie vor, die Meisterschule zu absolvieren? Um den Betrieb weiterzuführen, wenn Ihr Vater nicht mehr kann?« Sie nickte. »Möglich, oder?« Sie blickte kurz aufs Foto. »Ein sehr schönes Messer. Missbraucht als Tatwaffe, mit der Sie Ihren besten Freund töteten. Aber immerhin: Jakob war so wichtig für Sie, dass Sie es dann doch nicht fertigbrachten, das Messer weiterhin zu benutzen, nicht wahr?«

Er schluckte, und sein Adamsapfel bewegte sich heftig. Ich krieg dich, dachte Romy und hielt seinen Blick fest. Diesmal krieg ich dich. Während ich den liebeskranken und tief verletzten Ohlhof gejagt habe, hat dieser Kerl mit dem Messer, mit dem er Merle erledigte, weiter auf dem Bau gearbeitet und Wochen später seinen Freund abgeschlachtet.

Sie atmete tief durch und streifte die Erschütterung mit einem Ruck ab. »Zu viel Blut?«

Sein Blick blieb unbewegt, aber er rieb sich mit einer hektischen Bewegung die Hände.

»Es wird gerade in der Kriminaltechnik untersucht. Ich denke, das wird Ihnen nicht unbekannt sein – Fingerabdrücke, DNA-Analysen und so weiter. Egal, wie sehr Sie es geschrubbt und gereinigt haben: Es bleibt immer etwas zurück, und wir werden auch winzige Reste von Merles Blut finden.«

Diesmal weiteten sich seine Pupillen.

»Die Ähnlichkeit der beiden Tötungsdelikte hätte uns ohnehin auf den anderen Fall aufmerksam gemacht und den Zusammenhang hergestellt, aber die moderne Kriminaltechnik bringt uns zudem in Kürze wissenschaftlich klare Ergebnisse«, führte sie in ruhigem Ton weiter aus. »Ihre Wut auf Merle war anders, nicht wahr?«

»Was meinen Sie damit?« Die Frage drängte aus ihm heraus, das war deutlich zu sehen.

»Nun, Sie haben Ihr Messer nicht verschwinden lassen, es sehr wahrscheinlich im Alltag weiterbenutzt. Der Tod dieser Frau hat Sie kaum berührt – also in Form von Reue, Entsetzen, Schuldbewusstsein. Vielleicht waren und sind

Sie zutiefst überzeugt von Ihrem Tun. Was ist passiert an dem Abend? Hat sie Sie erneut abgewiesen?«

Gärtner blickte auf seine Hände. »Ich will nicht darüber reden.«

»Warum nicht? Es ist vorbei.«

Er sah hoch und lächelte plötzlich unergründlich. »Sind Sie sicher?«

»O ja.«

»Es gibt immer einen Weg.«

»Durchaus – legen Sie ein umfassendes Geständnis ab, und der Richter wird sich freuen.«

»Der Richter kann mich mal.«

»Was hat Merle Ihnen angetan?« Romy beugte sich vor. »Es interessiert mich wirklich. Warum ist es für manche Männer so schwer, mit Zurückweisung klarzukommen?«

Er machte eine wegwerfende Handbewegung. »Geben Sie sich keine Mühe, Frau Kommissarin.«

»Doch, das tue ich«, hielt Romy dagegen. »Sie hat Ihnen damals den Mittelfinger gezeigt und sich später bei Ihrem Vorgesetzten beschwert – über Sie und Jakob. Es konnte Ihnen zwar nichts nachgewiesen werden, aber es gab Ärger, und die Chuzpe der Frau hat Sie geärgert, hat Sie zutiefst verletzt, hat irgendetwas in Ihnen zum Klingen gebracht. Manchmal entsteht Hass aus so einer Konstellation, abgrundtiefer Hass. Und dieses starke Gefühl ist erneut erwacht, als Sie ihr zufällig wieder begegneten – stimmt's? Es hat Sie nicht wieder losgelassen. Diese starke Sehnsucht, ihr eins auszuwischen, zumindest das hat Sie nicht wieder losgelassen.« Sie suchte seinen Blick.

Gärtner rümpfte die Nase und sah an Romy vorbei.

»Ihr Freund hat das wesentlich lockerer gesehen. Er hat ein paar coole Sprüche gepostet und mitgemacht, als Sie Merle ein bisschen auf die Pelle rückten. Sie waren ja alte Kumpel. Es kam ihm vor wie ein gemeinsamer Streich aus der Schulzeit. Aber irgendwann ist es ihm zu viel geworden, oder der Reiz ist schlicht verflogen, nicht wahr? Jakob kann nämlich gut mit Frauen, im Gegensatz zu Ihnen. Haben Sie eigentlich zurzeit eine Freundin? Ich schätze – nein.«

Sein Blick gefror. »Was halten Sie davon, wenn ich Ihnen einen Euro spendiere und Sie quatschen eine Parkuhr voll?«

Romy lachte. Die Heiterkeit war aufgesetzt. Sie spürte Jans Seitenblick.

»Danke, vielleicht komme ich später darauf zurück. Jakob wurde das zu viel. Aber Sie …«

»Hören Sie schon auf!«

»Was ist an dem Abend passiert? Sind Sie ihr gefolgt?«

Er schloss kurz die Augen. »Ja, verdammt noch mal!«, entfuhr es ihm. »Ich war unterwegs zu einer Baustelle. Sie fuhr vor mir über die Rügenbrücke – ich kannte ja ihren Wagen. Und ich bin ihr gefolgt. Ein dummer Zufall.«

»Ein verdammt dummer Zufall, der mit dem Mord an einer jungen Frau endete.«

»Ja.« Er wischte sich über den Mund. »Sie fuhr nach Zudar. Es ist einsam dort. Ich bin ihr nach – das geschah einfach so …«

»Sie hat Sie bemerkt?«

»Ja.«

»Und dann?«

»Sie war völlig entsetzt, als sie mich erkannte.« Gärtner schüttelte den Kopf. Sein Gesichtsausdruck schwankte zwischen Verblüffung und einer winzigen Prise Selbstgefälligkeit. »Als wäre ich ein Sittenstrolch oder so was.«

Du bist ein Sittenstrolch, unter anderem. »Sie hatte Angst.«

»Irgendwie schon. Sie forderte mich auf zu verschwinden, und sie wurde verdammt laut dabei. Ich hab gelacht und ihr geantwortet, dass sie mir gar nichts zu sagen hat … Ein Wort gab das andere, sie wurde hysterisch und ausfallend und immer lauter, und dann habe ich das erste Mal zugeschlagen und dann noch mal. Sie fing an zu schreien und nach mir zu treten, sie beschimpfte mich, und dann habe ich rotgesehen. Ich habe zugeschlagen, links, rechts, Haken, Punch, wie im Training, und auf einmal lag sie da. Ich beugte mich über sie. In dem Moment schlug sie die Augen auf und meinte, dass ich das bereuen würde … Das hätte sie nicht sagen dürfen. Endlich lief es in meinem Leben wieder mal gut, es ging aufwärts, auch mit dem Betrieb, ich hatte Pläne, war optimistisch und fühlte mich, ja, irgendwie angenommen. So was in der Art. Das konnte ich nicht gefährden, oder? Ich hab das Messer in der Tasche gespürt, und plötzlich war alles voller Blut.«

Gärtners Atem war kurzfristig hektisch geworden, sein Blick flackerte, aber seine Stimme klang bei den letzten Sätzen leise und dunkel. »Das konnte ich nicht gefährden«, wiederholte er und verfing sich in Romys Blick.

»Ich verstehe«, sagte sie. »Sie haben sie liegen gelassen und sind nach Hause gefahren.«

»Ja, plötzlich war es ganz still in mir, friedlich. Und es roch nach Regen. Ich habe mich gewaschen und bin abgehauen. Es war niemand zu sehen.«

Romy nickte. »Jakob hat es gewusst, nicht wahr? Hat er Sie mit der Wahrheit bedrängt oder gar unter Druck gesetzt?«

Gärtner schloss kurz die Augen. »Ach, Unsinn. Er hatte keine Ahnung.«

»Was ist passiert? Was hat Sie erneut in diese Raserei versetzt?«

»Es gab keine Raserei. Er hatte seine Chance und hat sie versaut. So einfach ist das. Und nun lassen Sie mich endlich in Ruhe.«

Romy wartete einen Moment, dann stützte sie die Hände auf den Tisch und erhob sich. »Gut, wir machen eine kurze Pause. Möchten Sie einen Imbiss?«

»Nein.«

Einen Moment blieb sie im Vorraum dicht neben Jan stehen und atmete mehrmals tief ein und aus.

»Gratuliere«, sagte er leise. »Das erste Geständnis haben wir. Aber was ist mit dem Mord an Jakob? Spielt er uns was vor?«

»Das wirkt nicht so.«

»Wie wirkt es dann?«

»Als gäbe es einen anderen Zusammenhang.«

Jan nickte. »Komm, wir gönnen uns einen Imbiss und versuchen es dann erneut.«

»Gute Idee. Ich komme um vor Hunger.«

»Ich auch.«

»Du kommst immer um vor Hunger.«

Eine Viertelstunde später saßen sie in der Cafeteria vor dem Tagesmenü und aßen schweigend. Plötzlich legte Romy die Gabel beiseite. »Sag mal …« Sie kniff die Augen zusammen. »Kann es sein, dass der Typ tatsächlich boxt?«

Jan ließ sein Besteck mit lautem Klirren fallen.

25

Mit dem Einsetzen der Abenddämmerung brach Ohlhof auf. Er nahm das Motorrad und fuhr die Küste entlang bis nach Lauterbach. Niemand folgte ihm, zumindest bemerkte er keinen Verfolger, aber eigentlich war es ihm egal, ob er einen Aufpasser oder die Polizei endlich das Interesse an ihm verloren hatte. Jetzt, da alles ausgesprochen war, schmerzte die alte Wunde wie neu entzündet. Merle war tot. Ermordet. Seit Wochen lief er wie im Kreis, auf der Flucht vor ... ja, wovor eigentlich? Leere. Es gab sie nicht mehr und in gewisser Weise darum auch sein Leben nicht mehr.

Er war den ganzen Tag in die Betrachtung der Fotos versunken gewesen, hatte das Tagebuch erneut gelesen und dann alles verbrannt. Die Gefahr war zu groß, dass es in die falschen Hände geriet. Einen letzten Dienst hatten die Aufzeichnungen dann doch noch geleistet – darum war er jetzt unterwegs.

Gabriel war nicht mehr am Hafen, der Betrieb lag in müder Dunkelheit. Kleine Wellen leckten mit zärtlichem Schmatzen am Bootssteg. Jurek setzte sich erneut aufs Motorrad und fuhr zu Gabriel nach Hause. Er klingelte zweimal, Ninas Bruder öffnete die Tür. Sein Gesicht wirkte verschlafen, Verblüffung kroch darüber hinweg, als er ihn erkannte. »Jurek? Ähm ...«

»Ich muss noch mal mit dir reden.«

Gabriel zögerte und kratzte sich am Hinterkopf. »Hat das nicht bis morgen Zeit? Ich bin ziemlich müde und muss wieder früh raus.«

»Ich halte dich nicht lange auf – ein paar Minuten.«

»Na schön.« Er gab die Tür frei und ging voraus in die Küche. »Setz dich. Magst du was trinken?«

Jurek schüttelte den Kopf. »Nein, danke.« Er ließ den Blick schweifen. Ein friedliches kleines Haus, dachte er. Es passte zu Gabriel. Oder auch nicht.

»Sie haben mich verdächtigt, Merle getötet zu haben«, sagte er in die Stille hinein. »Das hast du gewusst, oder?«

»Nicht direkt – es gab Fragen … Ich musste die beantworten.«

»Das kann ich nachvollziehen. Und dann stehe ich auch noch vor der Tür und rede von alten Zeiten.« Jurek schüttelte mit leisem Lächeln den Kopf. »Aber ich war es nicht.«

»Das habe ich auch nicht angenommen.«

Vielleicht doch, dachte Jurek. »Egal. Es ist ausgestanden. Ich mochte Merle sehr gerne, das wusstest du. Das hast du schon damals mitgekriegt.«

Gabriel sah ihn abwartend an.

»Und einiges andere wahrscheinlich auch.«

»Nun …«

»Auch das ist letztlich egal.« Jurek sah ihm fest in die Augen. »Sie haben mich sogar verdächtigt, mit den Todesfällen von Nina und Sonja etwas zu tun gehabt zu haben.«

»Ach …«

»Zugegeben – der Verdacht war gar nicht mal so weit hergeholt, da man mir eine gewisse unerklärliche Nähe zu beiden nachweisen konnte und von der alten Clique nur noch ich übrig geblieben war. Das mutete schon seltsam an.« Jurek hob die Hände. »Dennoch: Es war nicht so, wie die Polizei vermutete.«

Gabriel runzelte die Stirn. »Hör mal …«

»Ich bin hier, weil mir inzwischen klar geworden ist, dass du deine Schwester auf dem Gewissen hast.«

Stille senkte sich über den Raum. »Ich habe nach dem Unfall von Schmizz und Timmer alle Frauen im Auge behalten, am intensivsten Merle, aber eben auch deine Schwester und Sonja. Und dabei habe ich einiges mitbekommen aus ihrem Leben, aber auch aus deinem – dort, wo sich Berührungspunkte ergaben. Und nun habe ich mir in einer Art abschließenden Betrachtung meinen Reim darauf gemacht.«

Gabriel rührte sich nicht.

»Ich denke, du hast ihr einen Riegel untergeschoben und den Inhalator auf dem Boot beseitigt. Du hast dich schließlich um den Kahn gekümmert, das habe ich doch richtig beobachtet, nicht wahr? Wenn sie mit ihren Freunden unterwegs war, hattest du aber nichts darauf verloren, stimmt's? Und warum hast du das getan? Sie hat jeden Raum in dieser Familie besetzt. Du warst unsichtbar neben ihr. Das musste ein Ende haben. Und weißt du was?« Jurek lächelte. »Ich nehme es dir nicht übel, nein, ganz bestimmt nicht. Es sollte alles so kommen. Es ist nur wichtig, die Dinge zurechtzurücken. Nichts geschieht ohne Auswirkung, verstehst du?«

Gabriel war weiß geworden, seine Hände zitterten. »Den Inhalator habe ich nicht angerührt«, flüsterte er heiser. »Ich wollte ihr …«

»Nur einen Schrecken einjagen? Auch gut.« Jurek stand auf und klopfte ihm auf den Rücken. »Alles in Ordnung. Es geschieht, was geschehen muss. Beruhige dich. Das bleibt unter uns. Danke noch mal für den Stick.«

Er verließ das kleine friedliche Haus und fuhr die Küste entlang nach Norden. Wenn ich irgendwann sterbe, soll es hier geschehen, dachte er.

Schwedtner hatte Himmel und Hölle in Bewegung gesetzt, so dass das Observationsteam am späten Nachmittag zur Verfügung stand, mit den Einzelheiten vertraut gemacht wurde und in Alarmbereitschaft versetzt war. Nichts anderes hatte Schlegel erwartet, und Olivia war beeindruckt, mit welcher Gradlinigkeit und konsequenten Zielstrebigkeit die Ermittlerin den vielschichtigen Fall voranbrachte und dabei immer alle Fäden mit ruhiger Hand führte. Sie beherrschte das Kunststück, ihren Fall stets im Fokus zu behalten und keine Energie zu verschwenden, indem sie sich zum Beispiel mit dem Problem befasste, ob das nötige Personal rechtzeitig an den Einsatzorten verfügbar war und wie viel Aufwand und Logistik das Unternehmen im Hintergrund erforderte. Damit mussten sich andere beschäftigen.

Inzwischen hatte sich herausgestellt, dass die Belegung des Leuchtturms in Breege ein Fake war. Die Überprüfung einzelner Buchungen hatte offenbart, dass die angeblichen Gäste entweder gar nicht existierten oder zum inneren Kreis der Gruppe gehörten – außer dem Quartett enge Mitarbeiter und Vertrauensleute, wie weitere Nachforschungen ergeben hatten. Auf diese Weise wurde nicht nur der Zweck der Immobilie verschleiert, sondern auch eine effiziente Möglichkeit genutzt, Geld zu waschen – eine von vielen.

Olivia wusste, dass Schlegel sich von der Aufdeckung der Finanzen erheblichen Zündstoff versprach, und beide gingen davon aus, dass bei der Durchsuchung des Leuchtturms brisante Beweismittel sichergestellt werden würden. Ein Spezialteam für eine überraschende Zugriffsaktion war bereits geordert. Worauf genau Schlegel noch wartete, bis sie den Startschuss erteilte, wusste Olivia nicht. Schlegel hatte ihren eigenen Rhythmus, über den sie nicht diskutierte.

Am Abend meldete sich Jan und lieferte zwei zusätzliche Namen, die seiner Einschätzung nach im weiteren Umkreis der Boxfälle eine Rolle spielen könnten. Darüber hinaus war im Zuge der Durchsuchung von Jakob Dorfners Wohnung eine Notiz mit der Adresse von Feldkamps Firmensitz in Stralsund sichergestellt worden.

»Dorfner war Callboy«, erläuterte Jan. »Vielleicht hat ihn Margret Feldkamp gebucht ... Nur so ein Gedanke.«

»Du siehst eine Parallele zum Mocker-Video?«

»Ich sehe zumindest eine Verbindung zwischen Feldkamp und Dorfner, was mit dem Mordmotiv zusammenhängen könnte. Wir prüfen das gerade, ihr kriegt natürlich auch alle Infos umgehend. Leider ist Gärtner nicht bereit, in diesem Punkt deutlicher auszusagen, und bei ihm hat sich bislang kein weiteres Beweismaterial gefunden, abgesehen davon, dass er auch boxt. Er ist zweifelsfrei der Mörder, aber über sein Motiv bezüglich Dorfner schweigt er sich aus. Er wirkt übrigens sehr ruhig und scheint überzeugt, dass man ihm helfen wird.«

Olivia hatte die Einzelheiten gerade mit Schlegel besprochen und zur Recherche weitergeleitet, als Daniel Kontakt aufnahm. Schlegel aktivierte die Lautsprecherfunktion.

»Hier tut sich was«, sagte er leise. »Barth hat einen Anruf erhalten, der ihn so beunruhigt, dass er in seinem Büro die Wand anstarrt, obwohl um diese Zeit hier sonst längst der Feierabend eingeläutet wird. Und wenn mich nicht alles täuscht, geht es um eine Festnahme in Stralsund.«

Olivia horchte auf. »Gärtner«, meinte sie leise.

Schlegel nickte. »Er könnte versuchen, an Infos zu kommen, um das Risiko für die Gruppe abzuschätzen.« Ihre Miene spiegelte höchste Konzentration wider. »Ist Ihr V-Mann noch verfügbar?«

»Erik, ja.«

»Gut. Sagen Sie ihm Bescheid«, erklärte sie plötzlich. »Ich möchte, dass du weiterhin im Büro die Augen offen hältst, Daniel, mit wem kommuniziert Barth, ungewohnter Publikumsverkehr, Hektik und so weiter.«

»Klar, wie gehabt.«

»Und sobald Barth das Dienstgebäude verlässt, unterstützt dich Erik. Er meldet sich bei dir. Ich will eine nahtlose Observation.«

Sie unterbrach die Verbindung.

Olivia schrieb Erik eine Nachricht und sah Schlegel abwartend an.

»Wir ergreifen selbst die Initiative und locken Barth hierher«, entschied sie plötzlich. »Bei dem werden alle Alarmglocken schrillen und bei seinen Mitstreitern auch. Wollen wir wetten, dass sich eine bunte Gesellschaft am Leuchtturm einfinden wird?«

»Und wie genau wollen Sie das bewerkstelligen?«

Schlegel lächelte. »Wir konstruieren eine Aussage von Gärtner, die unser geschätzter Staatsanwalt höchstpersönlich – von Kollege zu Kollege – weitergeben wird.«

Schwedtner hatte vielleicht zwei Sekunden gezögert, schätzte Olivia, dann nahm er Schlegel den Notizzettel aus der Hand und ließ sich mit Schwerin verbinden.

»Ach, wie gut, dass ich Sie noch erwische, Kollege«, begrüßte er Barth kurz darauf in herzlichem Ton. »Das hatte ich kaum zu hoffen gewagt.«

»Nun, ehrlich gesagt, bin ich gerade auf dem Weg ins Wochenende«, tönte Barths Stimme aus dem Lautsprecher. »Sie haben Glück – ich wollte das Telefon gerade auf den diensthabenden Staatsanwalt umstellen. Wenn es um die Tagung in der nächsten Woche geht, das hat auch Zeit …«

»Keineswegs.«

»Gut, und was genau …«

»Das lässt sich leider nicht in zwei Sätzen zusammenfassen, Kollege Barth. Wir haben heute einen Tatverdächtigen festgenommen, dem wir einen zweifachen Mord nachweisen können …«

»Gratuliere!«

»Oh, danke. Er hat inzwischen seine Abwehrhaltung aufgegeben und einige Bemerkungen gemacht, die mich … nun, alarmieren.«

»Und das betrifft Schweriner Belange?«

»Klingt so.«

»Können Sie deutlicher werden?«, fragte Barth nach kurzem Schweigen.

»Ungern am Telefon.«

Erneute Pause. »Wenigstens ein Stichwort, Kollege.«

»Ihre Exfrau spielt dabei eine Rolle, eine kompromittierende Rolle, und ich würde mich gerne – von Kollege zu Kollege – mit Ihnen austauschen, bevor die Einzelheiten in Umlauf geraten oder gar die Presse Wind bekommt«, erklärte Schwedtner.

Er macht seine Sache ziemlich gut, dachte Olivia. Hätte ich ihm gar nicht zugetraut.

»Das klingt eigenartig. Was hat meine Exfrau mit einem zweifachen Mörder zu tun?«

»Nun, wie es aussieht, geht es dabei weniger um den Tatverdächtigen als um eines der Mordopfer, das Ihre Exfrau persönlich kannte … Glauben Sie mir bitte, ich würde Sie nicht behelligen, wenn mich nicht einige Anmerkungen zutiefst beunruhigt hätten. Lassen Sie uns bitte persönlich darüber sprechen, am besten noch heute.«

Pause. »Ich bin gerade auf dem Sprung«, entgegnete Barth dann. »Reicht es nicht, wenn wir uns morgen zu einem späten Frühstück zusammensetzen?«

Schlegel schüttelte sofort den Kopf, als Schwedtner sie fragend ansah.

»Tut mir leid – ich verbringe das Wochenende auswärts und fahre bereits in aller Frühe weg. Ich kann Ihnen nur anbieten, heute noch vorbeizukommen, bevor der Fall auf dem Schreibtisch meines jungen übereifrigen Nachwuchskollegen landet.«

Schlegel lächelte und zeigte Schwedtner einen Daumen. Guter Einwand.

»Ich verstehe.« Barth räusperte sich. »Gut, ich mache mich gleich auf den Weg.«

Schwedtner verabschiedete sich und warf Olivia ein Lächeln zu. »Zufrieden?«

»O ja.«

»Ich übrigens auch«, warf Schlegel räuspernd ein.

Zehn Minuten später trafen die ersten Rückmeldungen des Observationsteams ein: Barth befand sich auf dem Weg in Richtung Autobahn; einige Minuten darauf verließ Florian Sabert gemeinsam mit seinem Chef das Büro der Unternehmensberatung.

»Jede Wette – die fahren nach Breege, um im Fall der Fälle Beweismaterial zu vernichten oder sicherzustellen«, meinte Olivia. »Ich bin übrigens dafür, dass Jan Riechter und Romy Beccare zum Leuchtturmteam dazustoßen.«

»Nur zu.«

Das Ehepaar Feldkamp war zu Hause und rührte sich genauso wenig vom Fleck wie Brandt, der in seiner Bar beschäftigt war. Olivia sah auf die Uhr. Noch eine gute Stunde, und der Mann mit den großen Ohren würde vor ihnen sitzen.

26

Schlegel servierte dem Schweriner Staatsanwalt eine Tasse Kaffee. Der warf ihr einen unfreundlichen Blick zu und sah dann kurz auf die Uhr. »Wo bleibt Ihr Chef? Wir sind zu einem Vieraugengespräch verabredet.«

Schlegel nickte verständnisvoll. »Ich weiß, Herr Barth, Doktor Schwedtner ist auf dem Weg und bittet um Nachsicht.«

Sie lächelte höflich. Olivia und Schwedtner verfolgten das Gespräch von einem Nebenraum aus und würden später dazukommen. Barth hatte nach wie vor nicht die geringste Ahnung, was ihm bevorstand, und hielt sie ganz offensichtlich für eine Sekretärin, seinem abschätzenden Blick nach zu urteilen – für eine ihm unsympathische noch dazu.

Als Schlegel den Platz hinterm Schreibtisch einnahm, blickte Barth sie verdutzt an.

»Wir können ja schon mal anfangen, Herr Barth.«

»Wie bitte?«

»Darf ich mich vorstellen – mein Name ist Gerit Schlegel, ich bin als interne Ermittlerin der Staatsanwaltschaft landesweit unterwegs und verfolge seit einiger Zeit Ihr Tun.«

Barths Rücken wurde stocksteif, seine Augen weiteten sich schlagartig.

»Ich halte Sie und Ihre Partner Feldkamp, Leistner und Brandt diverser krimineller Taten für schuldig, unter anderem: Vorteilsnahme im Amt, illegale Wettgeschäfte, Geldwäsche, Anstiftung zum Mord und einiges mehr, befürchte ich – das werden die weiteren Untersuchungen noch ergeben.« Sie legte die Hände gefaltet auf den Tisch. »Vorweg – möchten Sie ein umfassendes Geständnis ablegen?«

Barth war so verdattert, dass er kein einziges Wort herausbekam. Schlegel stand langsam auf, durchschritt den Raum und öffnete die Tür. Olivia und Schwedtner traten ein und setzten sich zu Schlegel an den Tisch.

»Meine Kollegin Durant hat vor Jahren in Schwerin den Fall des toten Boxers Felix Mocker bearbeitet«, fuhr die Ermittlerin fort und strich ihren Rock glatt, bevor sie ebenfalls erneut Platz nahm. »Sie erinnern sich sicherlich an sie – eine bemerkenswert kluge Kollegin mit Scharfblick und Mut.«

Barth starrte Olivia wortlos an. Sie erwiderte seinen Blick, und ihr Herz klopfte laut.

»Mocker hat mit Ihrer Exfrau geschlafen und das Schäferstündchen aufgezeichnet«, führte Schlegel weiter aus. »Er ist wenig später bei einem No-limit-Kampf im Ring gestorben, zwei Freunde von ihm, denen er den Besuch dieser privaten Veranstaltung ermöglicht hatte, sind bei einem Verkehrsunfall auf Rügen ums Leben gekommen, der sicherlich kein Zufall war, wie wir im Zuge weiterer Überprüfungen noch beweisen werden. Inzwischen gab es weitere Tote bei No-limit-Kämpfen. Sind Sie auf den Geschmack gekommen?« Sie warf ihm einen scharfen Blick zu, aber Barth rührte sich nicht.

»Wir haben Videoaufzeichnungen sichergestellt, in denen Sie und auch Ihre Exfrau eine Rolle spielen. Wir wissen, dass das Geld aus den Wetten in eine weitverzweigte Unternehmensstruktur fließt, wo es dann über gut versteckte Kanäle wieder auf Ihre Konten geleitet wird. Und wir wissen darüber hinaus auch, dass Sie persönlich entsprechende Ermittlungen bezüglich toter Boxer eingestellt und stets ein Auge darauf gehabt haben, wer an welchem Fall arbeitet. Die Beweise hierfür sind ebenfalls erdrückend.« Sie nickte mit betrübtem Gesicht. »Im Moment sind mehrere Teams mit der Observation Ihrer Freunde beschäftigt, auch oben in Breege. Der Zugriff erfolgt in Kürze. Die Auswertung des Materials, das wir sicherstellen werden, wird die Fachleute monatelang beschäftigen. Ich muss Ihnen nicht erklären, dass Sie Ihre Position nur verbessern können, wenn Sie offen agieren.«

Barth schien tatsächlich unter Schock zu stehen. Seine Pupillen waren nach wie vor geweitet.

»War es so?«, ergriff Olivia auf einmal das Wort und beugte sich vor.

Er wandte ihr das Gesicht zu, als hätte er Mühe, seinen Hals zu bewegen.

»Sind Sie auf den Geschmack gekommen, nachdem Mocker im Ring lebensgefährlich verletzt wurde? Ist es so gewesen?«

Er räusperte sich leise. »Das interessiert Sie wirklich?« Seine Stimme klang brüchig.

»Ja.«

»Mag sein.«

»Gefährliche Spiele, die eine Sogwirkung ausübten.«

Er nickte. »Gar nicht mal schlecht diese Beschreibung. Ansonsten werde ich jetzt nichts mehr sagen, bevor ich nicht mit einem Anwalt gesprochen habe.«

»Warum beweisen Sie nicht wenigstens jetzt ein wenig Größe?«, beharrte Olivia.

Er zog den Mundwinkel hoch. »Vielleicht noch so viel, Kommissarin Durant: Sie haben einen unerwarteten und darum großartigen Sieg errungen, keine Frage. Aber glauben Sie mir, das Spiel geht letztlich immer weiter. So schnell kriegen Sie uns nicht klein.«

»Sie sind bereits jetzt ein Winzling, Barth«, schaltete Schwedtner sich mit tiefer Stimme ein. »In der Haut Ihrer Familie möchte ich nicht stecken, von Ihrer ganz zu schweigen.«

Er wandte sich ab, rief zwei Polizisten und ließ Barth festnehmen und abführen. Einen Moment herrschte tiefe Stille.

Im Verlauf der nächsten zwei Stunden meldeten die Teams nacheinander Vollzug. Die Viererclique war festgenommen worden, dazu Florian Sabert und ein Mitarbeiter des Leuchtturms sowie zwei Leute von Brandt. Die vermuteten Unterlagen befanden sich in einem gut gesicherten Tresor.

Olivia war so erschöpft, dass ihre Hände zitterten. Gerit Schlegel hatte sich mit den Worten verabschiedet, dass sie in den nächsten Tagen mal über die weitere Zusammenarbeit sprechen sollten. Ja, dachte sie, das werden wir. Und Schwedtner schlug ein gemeinsames Essen vor, zu zweit, wie er leise lächelnd hinzufügte. Auch das, stimmte sie zu.

Bevor sie sich auf den Weg nach Hause machte, rief sie Erik an und bedankte sich, anschließend wählte sie kurzentschlossen Schuberts Nummer. »Es ist vorbei. Alle sind gefasst. Sie sind … nun: irgendwie frei.«

»Irgendwie – ja.«

Sie legte das Handy auf den Beifahrersitz, als es erneut vibrierte: Jan. Sie zögerte nur einen Moment.

»Komm zu uns«, sagte er. »Vorschlag von Romy. Nach so einem grandiosen Ermittlungserfolg sollte man auf gar keinen Fall alleine zu Hause herumsitzen, und ich finde, dass sie recht hat.«

»Es ist mitten in der Nacht.«

»Na und? Wochenende!«

»Woher willst du wissen, dass ich keine Verabredung habe?«

»Weil ich gerade mit Schwedtner telefoniert habe, und der klang ganz so, als würde er gerade alleine nach Hause fahren.«

Olivia räusperte sich. »Du bist ganz schön frech.«

»Ich kann eins und eins zusammenzählen, meine Liebe. Er mag dich.«

Olivia lächelte.

»Komm schon. Es gibt italienschen Rotwein und besten Rügenfisch vom Grill, zum Nachtisch Vanilleeis mit Sanddornmus - mitten in der Nacht.«

»Klingt …«

»Ich weiß: vielversprechend.«

Olivia legte auf und fuhr kurz darauf über die Rügenbrücke. Stralsund blieb erleuchtet zurück.

ENDE

LESEPROBE

1

Die Umrisse eines Containerschiffs schoben sich durch den Morgennebel. Hannah zog die Schuhe aus und ging hinunter zum Elbufer, während der Schiffsriese still vorüberzog und Wellen über den Strand schickte.

Ausgerechnet in Hamburg würde sie ihren ersten Vermisstenfall bearbeiten – der Stadt, in der sie geboren und aufgewachsen war, ihre Ausbildung zur Kommissarin absolviert hatte und die sie vor zwanzig Jahren nahezu fluchtartig verlassen hatte, um in Berlin Fuß zu fassen. Seitdem hatte es einige Stippvisiten gegeben, wenn die Sehnsucht zu groß geworden war und mit ihr die Hoffnung, dass die alte Wunde vielleicht doch allmählich verheilen könnte. Aber die Begegnung mit den Eltern hatte stets einen schalen Nachgeschmack hinterlassen, erst recht, wenn ihr Sohn Ben dabei gewesen war, und ein ums andere Mal die bittere Erkenntnis hervorgerufen und schließlich gefestigt, dass ihre Erwartung naiv war und sie es eigentlich besser wissen müsste. Es würde nie wieder Normalität zwischen ihnen herrschen. Natürlich nicht. Seitdem Hannahs Schwester Liv von einem Tag auf den anderen spurlos verschwunden war, gab es keine familiäre Normalität mehr.

Die Diskrepanz zwischen Vertrautheit und Wehmut war an diesem frühen Sommermorgen so groß, dass sie für einen Moment ernsthaft überlegte, nach Berlin zurückzukehren und ihrem Vorgesetzten im Bundeskriminalamt mitzuteilen, dass sie völlig ungeeignet, nämlich distanzlos war, die Umstände zu ermitteln, die zum Verschwinden der jungen Frau geführt hatten, die vor gut einer Woche zum letzten Mal in der Nähe des Leuchtturms am Blankeneser Elbufer gesehen worden war.

Wie albern, kommentierte sie im gleichen Augenblick, nicht nur weil sie genau wusste, wie Bernd Krüger reagieren würde – mit schallendem Gelächter, wenn er gut gelaunt war, ansonsten würde er ihr schlicht einen Vogel zeigen. Vor zwei Jahren hatte das BKA die Kriminalpsychologin Hannah Jakob damit beauftragt, Strukturen und Routinen für die Suche nach vermissten Frauen und Kindern zu erarbeiten, um die bundesweite Fahndung auch unter psychologischen Gesichtspunkten zu koordinieren. Ihre Ernennung zur Sonderermittlerin, die darüber hinaus ihre Fühler auch vor Ort ausstreckte, insbesondere wenn die Nachforschungen der örtlichen Polizeibehörden keine oder nur vage Ergebnisse zutage förderten oder aber ein Zusammenhang mit Kapitalverbrechen vermutet wurde, war erst vor kurzem erfolgt. Aufgrund ihrer langjährigen Erfahrung im Bereich der Zeugenvernehmung und Motivforschung, die sie bereits zu Beginn ihrer Polizeilaufbahn beim LKA Berlin zu entwickeln begonnen hatte, und ihrer besonderen Begabung in der Gesprächsführung war sie prädestiniert für diese vielschichtige Aufgabe, das wusste sie nur allzu gut. Und bis gestern war sie sogar in der Lage gewesen, den Schwerpunkt ihrer Arbeit der letzten Jahre und die anstehenden Nachforschungen in Hamburg als Ironie des Schicksals zu werten. Ihre Suche würde genau an dem Ort beginnen, von dem sie geflohen war, weil ein Mensch sich in Luft aufgelöst hatte und die ständige Konfrontation mit dem Geschehen unerträglich für sie gewesen wäre. Und das war nur die halbe Wahrheit.

Aber gestern hatte sie nicht am Elbufer gestanden und den Geruch ihrer Stadt eingeatmet. Gestern hatte sie an ihrem Schreibtisch in Berlin-Treptow gesessen und mit professioneller Distanz die Entscheidung getroffen, dem unerklärlichen Verschwinden der achtundzwanzigjährigen Bibliothekarin Caroline Meisner persönlich auf den Grund zu gehen.

Ein leises Winseln riss sie aus ihren Gedanken. Kotti saß

plötzlich neben ihr und blickte zu ihr hoch. Der Windhundmischling, den Hannah vor zwei Jahren am Kottbusser Tor in Berlin-Kreuzberg aufgegriffen hatte, wich seitdem kaum von ihrer Seite und verbrachte mehr Zeit mit ihr als jeder andere. Hannah wusste, dass ihr Lebensgefährte Achim darüber manchmal ins Grübeln geriet, obwohl er den Hund durchaus schätzte und gernhatte. Doch bei Hannah und Kotti ging es nicht um Sympathie oder Fürsorge oder Aspekte des Tierschutzes. Hunde hatten in ihrem Leben noch nie eine Rolle gespielt, andere Tiere auch nicht. Die Verbindung zwischen ihr und dem zierlichen Hund mit dem beigefarbenen Fell und den leuchtenden Bernsteinaugen war mit dem ersten Blickkontakt entstanden. Hannah sprach nie darüber, aber sie hatte das intensive Déjà-vu-Gefühl, den Hund zu kennen, und ihm schien es ganz ähnlich zu gehen. Es gab nie eine Diskussion, wohin Kotti von nun an gehörte.

»Du hast recht, lass uns frühstücken gehen«, sagte sie nach einem Blick auf die Uhr. Der Termin im Polizeipräsidium in Winterhude war zwar erst in zwei Stunden angesetzt, aber sie frühstückte gerne ausgiebig und in aller Ruhe.

Hannah hatte in einer kleinen Pension in Iserbrook ein Zimmer bezogen. Dort hatte niemand ein Problem mit Kotti, und bis zur Elbe und zur Joggingstrecke war es auch nicht weit. Am ersten Morgen in Hamburg war die übliche Runde, die sie sonst mit ihrem Hund drehte, deutlich kürzer ausgefallen. Kein Wunder, dachte sie – schwere Gedanken, schwere Beine.

Die Wirtin servierte ihr eine Portion Rühreier mit Krabben und knusprigem Bauernbrot, die viele Stunden vorhalten würde. Um halb neun saß sie im Wagen und machte sich auf den Weg ins nördliche Hamburg. Sie war den hochsommerlichen Temperaturen und dem Anlass angemessen, aber dennoch leger gekleidet – helle Leinenhose, blaue Bluse, Weste. Sachlich, locker und klar. Hannah war zierlich, brünett und gerade mal eins fünfundsechzig groß, und sie wählte ihre Kleidung mit Bedacht aus. Achim behauptete stets, dass sie ihm unter Tausenden von Menschen sofort ins Auge stechen würde – egal, wie sie sich kleidete. Doch er trug auch nach fünf Jahren Beziehung häufig noch die rosarote Brille, und Hannah konnte ihre Wirkung ganz gut selbst einschätzen. Sie war kein Blickfang, kein Typ Frau, nach dem sich Männer scharenweise umschauten, und das war ihr recht so. Sie war Beobachterin und Zuhörerin, und was im Gespräch oder bei einer Vernehmung gesagt wurde, vergaß sie nicht – um genau zu sein: nicht ein einziges Wort.

Mit allzu großer Begeisterung würde man sie nicht empfangen, das war schon während ihres Telefonats vor einigen Tagen deutlich geworden. BKA bedeutete aus Sicht der örtlichen Behörden zunächst einmal, dass sich jemand »von oben« einmischte und natürlich alles besser wusste; im Falle von Sonderermittlungen befürchteten die Beamten einen Haufen zusätzlicher Arbeit, für die unter Umständen Kollegen von anderen Einsätzen abgerufen werden mussten, ohne dass die Zuständigkeiten vernünftig geklärt waren und alle Karten auf dem Tisch lagen.

»Wenn sie auf stur schalten, setz einfach deinen Charme ein«, hatte Bernd Krüger ihr geraten und dabei ein Gesicht gezogen, als würde er aus dem reichen Fundus eigener Erfahrungen berichten. Dabei hätte Hannah jede Wette gehalten, dass Bernd das Wort Charme nicht einmal buchstabieren konnte.

Um kurz vor neun betrat sie den sternförmigen Gebäudekomplex am Bruno-Georges-Platz, dicht gefolgt von Kotti, und wenige Minuten später öffnete sie die Tür zum Büro von Detlef Schaubert, Hauptkommissar beim LKA, zuständig für Sondereinsätze und Ermittlungsunterstützung. Schaubert war ein großer massiger Typ mit Schnauzbart, Anfang fünfzig und somit zehn Jahre älter als Hannah. Er trug Jeans und Polohemd und sah ihr mit einem freundlichen Lächeln entgegen, aber sein Blick verriet Wachsamkeit und das übliche Staunen, als er Kotti entdeckte.

»Guten Morgen, Frau Jakob – oder besser Dr. Jakob? Sie sind doch studierte Psychologin, oder?«, fragte er und kam ihr mit ausgestreckter Hand entgegen.

»Ja, aber ohne Doktortitel, dafür bin ich aber auch gelernte Kommissarin«, erwiderte sie. Sie war sicher, dass er genau wusste, wen er vor sich hatte und welche Qualifikationen sie mitbrachte. Sein Händedruck war fest, die Stimme klang selbstbewusst.

»Verstehe, von der Pike auf gelernt.« Schaubert wandte den Kopf und warf Kotti einen amüsierten Blick zu. »Sind das die neuen Berliner Polizeihunde?«, witzelte er.

Hannah erwiderte das Lächeln, während ihr Hund herzhaft gähnte und Schaubert völlig ignorierte. »Ja, die fressen weniger und sind genügsamer als Schäferhunde – es dürfte sich wohl herumgesprochen haben, dass wir in Berlin jeden Euro für den neuen Flughafen brauchen.«

Schaubert grinste und bot ihr einen Platz vor seinem Schreibtisch an, auf dem sich drei Stapel Akten türmten. »Sie kommen also extra aus der Hauptstadt, um sich mit der vermissten Caroline Meisner zu beschäftigen?«, stieg er sofort ins Thema ein. Er ließ sich in seinen Sessel fallen und schob das Telefon und die Computertastatur beiseite.

Hannah nickte. »Sie wissen, dass ich als Sonderermittlerin des BKA in Vermisstenfällen tätig werde …«

»Ja, ich weiß.« Schaubert winkte ab. »Der Kollege, mit dem Sie gesprochen haben, hat mich über Ihre Arbeit informiert. Ich frage mich nur, wo Sie rein ermittlungstechnisch ansetzen wollen. Caroline Meisner ist ein Fall von Tausenden, die jedes Jahr verschwinden, und zwar spurlos und ohne den geringsten Hinweis auf ein Verbrechen, und die dann irgendwann in den nächsten Tagen oder Wochen wieder auftauchen – zu den Statistiken muss ich Ihnen wohl nichts sagen …«

»Nein. Im letzten Jahr wurden über fünftausendfünfhundert vermisste Personen registriert. Gut die Hälfte der Fälle klärt sich innerhalb der ersten Woche, in welcher Weise auch immer«, erläuterte Hannah in sachlichem Ton. »Im Laufe eines Monats steigt die Aufklärungsquote auf ungefähr achtzig Prozent, nur etwa drei Prozent werden länger als ein Jahr vermisst. Doch drei Prozent sind hundertfünfundsechzig Menschen und meist ebenso viele Familien, die stets mit allem rechnen, aber im Ungewissen bleiben müssen, manche für immer.«

Schaubert beugte sich vor und legte die Hände auf den Tisch. »Ich habe Ihren Ansatz schon verstanden, Frau Jakob, aber nach einem Blick in die Akte der Kollegen vom Polizeirevier in Altona frage ich mich, was Sie ausgerechnet an der Frau interessiert.« Er kniff plötzlich die Augen zusammen. »Genauer gesagt: Gibt es da etwas, das ich noch nicht weiß? Steckt unter Umständen mehr hinter Ihrer Entscheidung, sich ausgerechnet mit diesem Vermisstenfall näher zu befassen?«

Hannah war auf die Frage vorbereitet. Sie schüttelte sofort den Kopf. »Nein. Wir ermitteln nicht gegen sie, und sie ist auch keine verdeckte Ermittlerin, von der andere Dienststellen nichts wissen, falls Ihre Frage in diese Richtung zielt, oder sonstwie verdächtig. Sie ist verschwunden und in die BKA-Vermisstendatei aufgenommen worden. Dort hat sie meine Aufmerksamkeit erregt. Nicht mehr, aber auch nicht weniger.«

Schaubert lehnte sich zurück. Er schien beruhigt, wenn auch noch nicht vollständig überzeugt. »Es liegt kein Ansatzpunkt für ein Verbrechen vor. Es ist durchaus möglich, dass die Frau sich aus eigenem Antrieb wohin auch immer zurückgezogen und ihr Handy ausgestellt hat, um ihre Ruhe zu haben. Wie genau wollen Sie vorgehen?«

»Völlig unspektakulär«, antwortete Hannah. »Ich werde mit Angehörigen, Freunden, Kollegen und so weiter reden. Ich mache mich auf die Suche nach Brüchen, nach Missklängen, Merkwürdigkeiten, die sich lohnen, hinterfragt zu werden.

Vielleicht stoße ich dabei auf etwas, das das Verschwinden erklärt, oder ich finde Hinweise, die durchaus einen kriminellen Zusammenhang vermuten lassen …«

»Die Kollegen haben den Fall überprüft, ihren Job gut gemacht und nichts Derartiges festgestellt«, warf Schaubert sofort ein.

»Das ist mir klar«, stimmte Hannah zu. »Ich bin auch nicht hier, um Ihnen oder den Kollegen Versäumnisse unter die Nase zu reiben. Ich agiere als Sonderermittlerin und bringe etwas ganz Entscheidendes mit, was möglicherweise zur Aufklärung beitragen kann und in den alltäglichen Routinen der örtlichen Kommissariate immer zu kurz kommt, und zwar nicht nur in Hamburg, sondern überall.«

Schaubert verschränkte die Arme vor der Brust. »Da bin ich ja mal gespannt.«

»Zeit, Ruhe, Distanz.« Beim letzten Punkt stockte Hannah kurz, aber Schaubert bemerkte es nicht. »Ich werde Sie an der einen oder anderen Stelle um Unterstützung bitten, ansonsten führe ich völlig selbständig viele Gespräche, über deren Inhalt und Verlauf ich Sie natürlich gerne informiere. Ich werde meine Kompetenzen nicht überschreiten, und wenn sich jemand über mich beschweren will, geht das direkt nach Berlin und landet nicht auf Ihrem Schreibtisch. Ich brauche nicht mal einen Stadtführer oder Aufpasser an meiner Seite, weil ich mich gut in Hamburg auskenne. Vielleicht stelle ich nach einigen Tagen fest, dass es keine Spuren gibt, jedenfalls keine, die zu Ergebnissen führen, die es auch nur lohnen, in einer Akte festgehalten zu werden, und mache mich wieder auf den Weg an die Spree. Aber vielleicht entdecke ich doch etwas, und wir lösen den Fall gemeinsam. Zufrieden?«

Schaubert musterte sie einen Moment stumm. »Na schön«, stimmte er schließlich zu. »Damit kann ich leben. Aber ich bitte Sie dringend, keine Alleingänge zu unternehmen, über die wir nicht informiert sind.«

Hannah schüttelte sofort den Kopf, wobei ihr allerdings

bewusst war, dass sie den Ausdruck »Alleingänge« manchmal durchaus eigenwillig definierte.

»Gut. Ich habe Ihnen die Akte zusammengestellt und auch zwei Telefonnummern notiert, unter denen Sie mich und einen Kollegen fast jederzeit erreichen können.«

Hannah lächelte. »Ich danke Ihnen.« Kotti, der neben ihrem Stuhl gelegen hatte, stand auf, streckte sich und ging zur Tür. Für ihn war die Besprechung beendet.

Schaubert nickte ihr zu, als sie sich erhob. Hannah hatte die Hand schon an der Klinke, als er sich räusperte. »Sagen Sie mal, stimmt das wirklich, dass Sie sich jedes Wort merken können, das im Gespräch und auch bei Vernehmungen fällt?«

Hannah unterdrückte ein Seufzen und drehte sich langsam zu dem LKA-Mann um. Irgendwer in Berlin hatte mal wieder nicht den Mund halten können. »Ja, das ist richtig. Ich kann mir Gesprächsverläufe sehr gut merken, so wie andere fehlerlos und schnell im Kopf rechnen oder innerhalb kurzer Zeit kinderleicht Sprachen erlernen können«, erklärte sie beiläufig.

Das war eine famose Untertreibung, aber Hannah ließ sich nicht gerne über ihre spezielle Begabung aus, und sie hatte auch keine Lust, zu Kunststückchen aufgefordert zu werden, frei nach dem Motto: »Ist ja toll! Und was hab ich vor fünf Minuten gesagt?« Wer nicht mehr wusste, was er vor fünf Minuten erzählt hatte, sollte ihrer Ansicht nach unbedingt ein Gedächtnistraining absolvieren, aber mit derartigen Ratschlägen machte man sich auch nicht gerade beliebt. Mit knappem Gruß und einem unverbindlichen Lächeln auf den Lippen verließ sie das Büro.

Vor vier Jahren war sie bei einem Crosslauf im Grunewald schwer gestürzt und hatte sich eine erhebliche Kopfverletzung zugezogen. Die war gut verheilt; zurückgeblieben war jedoch die plötzliche Fähigkeit, Gespräche zitatgenau zu erinnern, und zwar jedes einzelne, dessen sie sich nach dem Unfall konzentriert entsann. Niemand war verblüffter als Hannah. Sie vergaß die Worte nicht mehr, die sie gehört hatte, was zugleich

Segen und Fluch bedeuten konnte, wie sie bald feststellte, und gehörte damit von einem Tag auf den anderen zum Kreis der Savants – Menschen mit sogenannten Inselbegabungen, für die die Forschung inzwischen die unterschiedlichsten Ursachen und Ausprägungen entdeckt hatte. Unter ihnen gab es erstaunliche Gedächtnis-, Sprach- und Mathematikkünstler, Musikgenies und einiges mehr, wie Hannah bei Recherchen herausfand und im Gespräch mit ihrem Arzt erfuhr. Viele Savants waren Autisten und verfügten von Geburt an über ihre außergewöhnliche Fähigkeit, bei anderen entstand sie erst später, zum Beispiel nach einem Unfall mit Hirnschädigung.

Hannah hatte sich entschlossen, nicht mehr über ihre Fähigkeit zu sprechen, als unbedingt nötig war – anfangs weil sie verblüfft war, später um niemanden zu verunsichern oder sich neugierig begaffen zu lassen. Inzwischen nutzte sie ihre Erinnerungsfähigkeit im Beruf wie ein inneres Aufnahmegerät, um im geeigneten Augenblick Zeugen oder Verdächtige mit Einzelheiten ihrer Aussagen zu konfrontieren oder sie miteinander zu vergleichen und Zusammenhänge intuitiv zu erfassen. Privat bemühte sie sich, die Begabung auszublenden und war zugleich fasziniert und amüsiert, wenn sie spürte, wie Achim, der durchaus impulsiv war, in einer heftigen Diskussion oder Auseinandersetzung immer wieder darum rang, die richtigen Worte zu finden. »Nicht zu fassen«, sagte er ein ums andere Mal, »dass du dir wirklich jeden Scheiß merkst, den ich von mir gebe – ob du willst oder nicht.«

Manchmal fragte sie sich, wann ihr Gehirn seine Aufnahmekapazität erreicht haben und anfangen würde, auszusortieren, und ob sie Einfluss darauf hatte, welche Inhalte verblassten. Sie war zutiefst dankbar dafür, dass sie nicht bereits damals, als Liv verschwand, über die Fähigkeit verfügt hatte.